現代版
ホメロス物語
ヘレネよ、ヘレネ！　愛しのきみよ！

ルチャーノ・デ・クレシェンツォ
谷口伊兵衛、ジョバンニ・ピアッザ 訳

而立書房

雲のように大きくて白い額の
　盲人がひとり居り、
　腕をききからみすぼらしい者まで
　われらすべての楽士、
　作曲家、演歌師は
　彼の足下に座し、聴き入るのだ、
　彼がトロイアの没落を歌うのを。
　　　──エドガー・リー・マスターの詞華集
　　　　『スプーン・リヴァー』より

ELENA, ELENA, AMORE MIO
by Luciano De Crescenzo

©1991 Arnoldo Mondadori Editore S.p.A., Milano
©2015 Mondadori Libri S.p.A., Milano
Japanese translation rights arranged
with Mondadori Libri S.p.A., Milan, Italy
through Tuttle-Mori Agency, Inc., Tokyo

目　次

プロローグ	…………………………………………	5
Ⅰ	イリオンへの航行 ……………………………	9
Ⅱ	戦争の原因 ……………………………………	20
Ⅲ	一番美しい女性へ ……………………………	28
Ⅳ	テルシテス ……………………………………	45
Ⅴ	メネラオス対パリス …………………………	64
Ⅵ	神々のえこひいき ……………………………	75
Ⅶ	神託 ……………………………………………	88
Ⅷ	毒殺者エウアイニオス ………………………	103
Ⅸ	猪の牙（いのししきば） ……………………	118
Ⅹ	"二つの泉"にて ………………………………	130
Ⅺ	ポリュクセネ …………………………………	145
Ⅻ	アキレウスの叫び ……………………………	157
XIII	ヘクトルの死 ………………………………	171
XIV	アマゾンたち ………………………………	181
XV	アキレウスの踵（かかと） ………………	190
XVI	木馬 …………………………………………	203
エピローグ	………………………………………	219
訳者あとがき	……………………………………	222
共訳者あとがき	…………………………………	223
付録　ギリシャ神話小事典	…………………………	225

装幀・大石一雄

プロローグ

　私の世代はアメリカ先住民やカウボーイの遊びをやったことがない。どうしてかは私には言えまい。1940年代にはジョン・ウェインの映画はまだ入っていなかったからかも知れないし、あるいはムッソリーニのせいで私たちの関心が北アメリカの未開の西部地方(西部劇)よりも"古典世界"のほうに向けられていたからかも知れない。とにかく、私たちバリッラ少年団*1が殴り合いしなければならなかったときには、スー族*2と〔映画に出てくる〕第七騎兵隊の兵士とに分属されるよりも、ギリシャ人とトロイア人とに分属されることを望んだことは事実である。
　私が記憶している少年どうしの最初の小競り合いは、ヴィットーリア広場といわゆる共鳴箱(カッサ・アルモニカ)(当時は一階の彩色窓ガラスはすべて割られていた)との間に挟まれた市立公園にあった、ナポリのウンベルト1世・人文系高校(リチェオ)の4Bクラスと4Cクラスとの間のものである。
　私たちは木刀を持ち、盾として使ったゴミ桶のふたの上には、大文字で"トロイアの息子たちに死を"(*A MORTE I FIGLI DI TROIA**3)と事前に書き込まれていた。なぜ私たちがギリシャ人で、彼らがトロイア人だったのかは、私にも説明できない。きっと、私たち4Bクラスの者が初めにこの考えに至ったからなのだろう。実は私たちは全員アキレウスでいたかったのだが、声高にそれを主張するには、アヴァッローネなる者〔上級生〕のことを考慮しなくてはならなかった。私の級友たるこの野牛(バイソン)はハムみたいな大きな両手をしていた。ディオメデス、アイアス・テラモン、アイアス・オイレウス、イドメネウスの役割は即座に4Bクラスのもっとも強い少年たちに独占された。そのため私

---

　*1　ファシズム圧制下において、8歳から14歳までの少年たちに軍事訓練した組織。ジェノヴァの一少年が1746年、反オーストリア軍の民衆蜂起のきっかけを作ったが、その少年のあだ名が"バリッラ"だったことによる命名。
　*2　北アメリカの先住民の一種族。白人との激しい闘争で知られている。
　*3　トロイア(troia)はイタリア語で"売春婦"も意味する。

としては，ホメロスでさえ見下して，隊長リストで1回しか言及していないフォカイア人*1 エピストロフォスの役をすることで満足しなければならなかった。だが，これらの名前がまったく恣意的に割り振られたことを理解するためには，お人好しでも知られ，われらがクラスの最悪の生徒コテッキアが，ただアヴァッローネの友人だったというそれだけで，抜け目なきオデュッセウス役を演じたということを考えればよい。

言うまでもないが，私たちの誰ひとりとしてメネラオスにはなりたがらなかった。アガメムノンのこの弟には角が生えていた〔浮気された〕ことはあまりにも周知だったから，彼の名前をそう簡単に引き受けることは誰にもできなかったであろう。とはいえ，よく考えてみると，私にはこのありがたくもない役割がぴったりだったかも知れない。なにしろ私は3Aクラスの少女エレーナ・チェラーヴォロ——不倫の女の役を引き受けるのにはうってつけの名前だ——から見棄てられていたからである。

ある日の放課後の1時頃，私は彼女を待っていたが，無駄だった。女生徒たちがみんな次つぎに通り過ぎるのを見てから，私はとうとう意を決して，眼鏡をかけた一人のブロンドの少女に，彼女のことを尋ねた。すると少女は少しも悪意なくこう答えたのだ。「エレーナなら，4Cクラスののっぽの少年ジョルジョと一緒に授業をサボったわよ」。私は打ちのめされたまま立ちつくした。けれどもやっとのことで「ヘレネよ，ヘレネ！　愛しのきみよ！」なる標題の詩を一遍に書き上げたのであり，そして彼女の家へ向かう道中，ずっとそれを朗読してやりたいと思ったのである。その日は一日中，さながらうつけ者のように徘徊したし，翌日にはもっとひどいやり方で復讐した。私はアヴァッローネに対して，4Cクラスの生徒たちが彼を"脂肪の塊り"と呼んでいたよ，と告げたのだ。そしてこれだけで，アカイア人とトロイア人との大戦が勃発するのには十分だったのだ。

アヴァッローネ，いやむしろアキレウスは，まさしくカモッラ団員*2 そのものだった。級友はみな月に1個シガレットを彼に提供しなくてはならなかっ

---

*1　アテナイの植民地として，小アジアのクマエとスミルナとの間に創建された，イオニアの海洋都市。2つの港がある。

*2　19世紀，ブルボン王家支配下のナポリで生まれた犯罪秘密結社の団員。"無法者"の意味で使われる。

たし，もしそれを守らなかった者はただではすまなかった。ある日，私はちょっと反抗の試みをしたところ，今日でも忘れることができないほどの袋叩きに遭ったのだった。とにかく，次のギリシャ語のクラスで私はそれの埋め合わせをした。この巨人が私の訳を書き写させてくれと要求したとき，私は蛮勇を発揮して拒絶し，言ってやったのだ。「僕はエピストロフォスと呼ばれていて，哀れなフォカイア人に過ぎないんだから，ギリシャ語は知らないよ。何を書いてよいのか分からないのなら，君の友人のオデュッセウスに助けてもらいなさい！」と。

　こんな回想をしていて，私はすぐに，あの時分を追体験し，トロイア戦史を私なりのささやかなやり方で物語りたいという欲求を抑えられなくなった。とはいえ，私はレオンテスという16歳の若者の目から眺めることにした。彼は敵意が芽生えてから9年後に，先生のゲモニュデスと一緒に戦線へ出発することになる。
　レオンテスは5年ほど前から消息不明の父——ガウドスの王——を探す。父が戦死したのかトロイア人の捕虜になったのかについては，アカイア人は誰も知らせることができない。いろいろ推測できたが，容易に想像できるのは，彼のおじアンティフュニオスが陰謀を企て，クレタ島南方の小島ガウドスの王座を手に入れようとしたのではないかということだった。
　トロイアに上陸するや否や，少年はテルシテスと識り合う。この足に障害のある兵士は，毒舌のせいでみんなから嫌われている。彼に言わせると，アガメムノンは俗っぽい搾取者だし，アキレウスは残忍な暗殺者だし，オデュッセウスは名うてのごろつきだという。レオンテスは当初，これらあこがれの人びとを弁護しようとするが，その後，明白な事実を前にして見解を変えざるを得なくなる。
　この小説の冒頭は『イリアス』が始まるのとほぼ同じ年に，つまり，「アカイア人たちに限りない不幸をもたらした」アガメムノンとアキレウスとの有名な争いで始まり，木馬とそれに続く大殺戮で終わる。レオンテスは父の情報を尋ねようとして，結局はヘクタという名のトロイア女を識り（そして愛し合う）に至る。この女性は奇妙にもヘレネにそっくりだ。「彼女なのか，彼女ではないのか？」と少年は自問して苦しむ。「彼女じゃないよ」とテルシテスはぶっ

きら棒に答える,「もしそうだとしても,生身の女性ではないだろうよ。ヘレネは亡霊であって,ヘラがただトロイアを滅ぼすために作り出した女の姿をした雲なのさ!」

　情念と呵責の間をいつも揺れ動く,曖昧な人物ヘレネは,本書を通じてずっと私たちにつきまとうことになる。犠牲者にせよ罪人にせよ,彼女は世界をいつも操っている。リディア・ストラーニ・マッゾレーニが『ホメロスの横顔』(*Profili Omerici*, Editoriale Viscontea) の中で描いているヘレネは,私にははなはだ示唆的だ。彼女が女らしく特徴づけられている。生涯で恋したことのある人なら,私が何のことを言っているかお分かりのはずだ。たとえば,ほんの一瞬たりともこの悪人を実際には抱くことができなかったことがお分かりのはずだ——たとえ彼女を両腕の中で抱き締めたと思ったり,たとえ彼女が涙ながらに一生愛していると誓ってくれたとしても。

　ああ,ヘレネよ,ヘレネ!　愛しのきみよ!　きみに本書を捧げたい。きみにもう一度会えることを恐る恐る期待しつつ。

I　イリオンへの航行

　16歳のクレタ島の少年レオンテスが，行方不明の父親を探しにトロイアへ出発する。機会に乗じて，タロスとゲニアとの話も物語られるであろう。

　「そんなに近づくな，ステノビュオスめ！　そんなに近づくんじゃない！」フィロテロスが叫んだ。「タロスに儂の船を沈められたいのか？　山が背後に迫ってきているのに気づかないのか？　お前の目は節穴なのか？」

　ステノビュオスは答えないで，空だけを見つめた。さながらゼウスに，ここで聞かざるを得ない愚行の証人になってもらいたがっているかのようだった。

　「タロスを信用していないことは，分かっているだろう！」船長はわめき続けた。「よく聞け，早晩儂らの船を破壊するに決まっている。そんなに海岸に近づいてみろ，きっとタロスが儂の船を破壊してしまうことになるんだぞ！」

　「タウマスの娘たち全員にかけて」とステノビュオスは低い声で呪った。「フェレクロス*1の一番弟子の私がこんなフィロテロスごときぼけ老人に耳を傾けねばならないとは！　青銅の奴隷の伝説をまだ信じている，この世で唯一人の船長め！」

　ステノビュオスをもっとも苛立たせたのは，フィロテロスがどの文句も必ず最低2回は繰り返すことだった。だからわめき声がもう聞こえないように，かれはズギトイ*2の間に降りて，岸から少しばかり離れるよう舵手に命じた。とうとう彼はうんざりしながらも，海岸のどの地点からも等距離になるように，ザクロス湾*3の真ん中に錨*4を降ろさせた。

---

*1　パリスがヘレネを迎えに行ったときの船を建造した。
*2　ギリシャの三段櫂船では，漕ぎ手は θρᾱνίτοι（最上段席の漕ぎ手），ζυγίτοι（中段席の漕ぎ手），θάλαμίτοι（最下段席の漕ぎ手）と呼ばれていた。ζυγόν とは彼らが鎖で縛りつけられていた座席のことである。
*3　クレタ島にある。
*4　当時，鉄の錨は存在していなかった。鉄は金よりも稀な鉱物だったからだ。ホメロス時代の錨（εὐναῖα）は中央が空いた重い石であって，綱で引っ張られた（ホ

タロスの話は，初めての乗組員たちにだけ聞かされたものだった。何でもクレタ島の王ミノスはサルデーニャ島の海賊から絶えず襲撃されたので，ヘファイストスに助けを求めたところ，ヘファイストスからタロスという青銅の奴隷（今日ならロボットと言うところだろう）を贈られた。この奴隷が島中を毎夜3回見回り，近づくどの船にも石のかけらを投げつけた，とのことだ。サルデーニャ人たちに対してのタロスの仮借のなさは限りないものだったらしい。タロスは自らの身体を灼熱に輝くまで熱してから，射程内に入った者を全員抱きしめたのであり，そして，哀れにも苦痛の叫びを上げながら死んでゆく者たちを笑いながら眺めていたからだ。*1 どうやら，彼が項（うなじ）から踵（かかと）まで身体中に走っていたのは1本の静脈だったらしい。その後，ある日のこと魔女メデアが媚薬（びやく）で彼を誘惑し，錠（じょう）として役立っていた釘を彼の身体から抜き取ったため，タロスは死んだとのことだ。

　船首のロープのからまりの上に緑色の目をした赤髪の若い戦士がしゃがんでいた。クレタ島から20カイリばかり離れた，ガウドスという小島の王ネオプロスの一人息子レオンテスだった。この少年はステノビュオスがぐちるのを聞いた。彼は舵手が立腹していても，未経験なために船長に従わざるを得ないということを理解した。タロスの作り話を信じたくはなかったのだが——この夜，波はまったくなかった以上，沖にだって停泊できただろうのに，どうして石のかけらを身に受ける危険を冒さねばならなかったのか？ 停泊ラインから数メートルだけなのに，これをけちったのいうのか？ けちったら，翌朝，奴隷にされるとでも考えたのだろうか？

　ガウドスを後にしてから2日しか経っていなかったが，レオンテスにはこの航海がもう久しい以前のように思えた。彼はこれまで，おじのアンティフュニオスと一緒にファイストス*2 へ同道したことがあった以外には，この島を離

　　　メロス『イリアス』，第一歌436行）であり，漂流を遅らせるためだけ，停泊したのだった。それだから，船が目標地に到着すると，腕力で岸に引き上げられたのである。
　＊1　ここから「せせら笑い」（サルデーニャ人への笑い "Risus sardonicus"）という表現が出てきた。Cf. Lutz Röhrich, *Lexikon der sprichwörtlichen Redensarten* (Freiburg 1973), "Lachen" の項。
　＊2　クレタ島の一地方。

れた経験がなかったのだった。彼が神々のように尊敬していた（テラモンの子）アイアスやアキレウスと同程度の英雄たちと並んで戦うという考えで興奮していたとはいえ，それでも戦争で世界そのものを知りに出掛けることに，いくぶんか恐怖も覚えていたのだった。彼は16歳になったばかりだったし，やっと数日前から，ガウドスの良家の成人した息子たちの着るチュニカ，両袖のついた肌着（χιτὼν ἀμφιμάσχαλος）を着用していた。父親ネオプロスのことはかすかにしか思い出せなかったし，面影も時間の中に消え去ってしまっていた。なにしろネオプロスは9年前に家を出てこの方，もはやその消息は何も分からなかったからだ。

「レオンテス，起きなさい。日もとっくに昇っているよ」と母親が言うのだった，「お前の父は遠いトロイアに旅しているのだよ。さあ，すぐに生贄を始めましょう」。

あの生贄だ！ レオンテスはあの日のことを思い出すと，今でも心が締めつけられるのだった。あの可憐な小羊，名前さえ付けていて，儀式の数時間前まで一緒に遊んだあの小羊が，ポセイドンに慈悲の気分を起こしてもらうためだけに殺されたのだった！ もちろん母親からはこう忠告されていた。「レオンテス，神官たちの動物なんかと遊ぶんじゃないよ。遅かれ早かれ，祭壇の上に供せられることになるんだから！」でも頑固な彼は聞き入れないで，動物たちと遊んだのだった。ポセイドンは海を少しばかり静かにするためだけに，こんなにかわいらしい動物の死を要求したのだから，善良な神ではあり得なかった。今回の旅だって，まず子牛を生贄に捧げてこの神のご機嫌取りがなされたのだった。

「ねえ，ゲモニュデス」とレオンテスは正面に座っている老人に尋ねた，「あんたは世界をあちこち回ってきて，僕が老ティトノスより年取っても知り得ないほどの多くのことを知っている。そのあんたは，一体の神の怒りを鎮めるためだけに罪もない動物たちを殺めるのが正しいと思うかい？」

「"正しい"とはどういう意味かい？」ゲモニュデスは訊いた（彼は答える代わりに，よく別の質問をするのだった），「"正しい"を"神聖な"と解するのであれば，神官たちが行うことはすべて正しい。もし"正しい"を逆に"有用な"と解するのであれば，この世で生贄より有用なものはないと知るべきだよ。

神官たちは煙を糧にしているのだし，貧者たちは肉を糧にしているんだ。もしも生贄が行われなかったとしたら，また抽選での僅かな幸運がなかったとしたら，彼らは決して肉を食べられないだろうよ」。*

「あのね」とレオンテスが打ち明けた，「出発前に，僕らは子牛を生贄に捧げたんだ。その場に居合わせて，目撃したんだ。哀れ，その動物は全力で自衛したよ。どんなに房で飾られたり色を塗られたりしても，殺されかけていると察していたから，何とかしてそれを免れようとしたんだ。蹴飛ばしたり，後ずさりしたり，ひづめを地面に突きつけたりしたが，なんにもならなかった。奴隷たちがザイルで引っ張り上げ，両脇を突き棒で突いたんだ。ぼくは大神官が耳から耳まで子牛の喉を引き裂くのを見た。ぼくはその動物の目が死の接近とともにだんだんかすんでゆくのを見た。ぼくはその神官が指輪のついた手をぞっとするような傷口の中に差し込むのを見た。これらを見て，ぼくは涙した。このとき自問してみたんだ，神はこれではたしてどんな得をしたのだろう，って。またこうも自問したんだ，ぼくらはポセイドンにどんな悪さをしたのか，どうしてポセイドンはぼくらを嵐や荒波で苦しめなければならないのか，って」。

「おお，レオンテス，君は青二才だなあ」とゲモニュデスは弟子の激しい怒りの発散に驚いて答えた，「お前の心はエロスに一撃された処女よりも軟（やわら）かいのだな。お前がその運命を悲しんでいる動物は，どっちみち屠殺台に導かれて，お前や私のような死すべき者たちから食べられることになっていたんだぞ。それじゃクリュタイムネストラがアルテミスに生贄にするために愛（いと）しい娘を自分の腕から引き離されたとき，どう言うべきだったのかね？」

「いったいどの娘のことなの？」

---

* ギリシャでは生贄は民衆にひどく好まれていた。引き続いて，その肉がもっとも貧しい人びとにたくさん配分されたからだ。彼らはやがて「一緒に食べる者」の意味で"寄食者"（παράσιτιο）と呼ばれるようになった。もっとも美味な肉片は抽選にかけられた。もちろん，すべてのギリシャ人が生贄の後で肉を食べたわけではない。ある地方では，神々の排他性が強かったため，肉が埋められたり，海に投げ入れられたりした。話によると，太古の時代にはみんな菜食主義者だったのだが，ある日のこと，一人の神官が祭壇から落ちた，焼けたばかりの獣脂を集めてから，指をなめたのであり，こうして肉食が始まったのだという。(Sissa／Detienne, *La vita quotidiana degli Dei greci*, Laterza, pp. 62, 158)

「イフィゲニエさ。アウリス*1で生贄にされたんだよ。」
「なぜ生贄にされたの？」
「アガメムノンを罰するためだよ。あまり良からぬ言葉でアルテミスを傷つけたからだ。」
「それほどひどい，どんなことを言ったの？」
「実は何にも言わなかった。彼は或る鹿の額のど真ん中に射当ててから，こう叫んだんだよ，《アルテミスでもこんなことはできなかったろう！》って。」
「それから？」
「いや，これだけさ。ほかに何か言ってほしかった？」
「それじゃ，こんな取るに足りないことでも女神は傷つくの？」レオンテスは憤激して言うのだった，「たぶん，上機嫌のときに……ほんの冗談まじりに言っただけなのに……それでも女神は怒って，罪もない乙女に復讐するなんて！」
「若いの」とゲモニュデスが遮った，「お前はアルテミスのことを知らないと見えるな。この女神はほかのどの女神よりも怒りっぽいんだぞ。もっと無害なことでも，哀れニオベの目の前で14人の子供をこの女神は殺したんだ！ でも，はたしてイフィゲニエが実際に死んだのかどうかは，今日でも誰にも分からない。はるか彼方のタウリス*2で見かけたと言う人びともいるんだ。」
「ことの成り行きをもっと詳しく話してよ。」
「トロイア人との戦争が勃発したとき，アカイア人は船をアウリスに集結して，風が凪ぐまでそこでじっと待ったんだ。戦士たちは毎晩砂浜でたき火をして，毎晩東のほうを眺めた。航海の条件が良くなることを期待して。彼らのうちでももっとも荒々しい連中はトロイアの土地に到着するのを待ちかねた。低い声でそこの金銀の宝や，強姦できるであろう若い女たちのことを話し合った。ところが，幾日も幾日も風は彼らの望みとは反対の方向に吹いたし，海はひどく荒れ狂ったので，浜に引き揚げた船でさえ危なかったほどだった。待ちくたびれて，アガメムノンはとうとう予言者カルカスになぜ四大〔地・水・火・風〕が自分らにこうも立ち向かうのかと訊いたところ，この神官が答えて言うのだ，女神アルテミスがひどく怒っており，アガメムノンの長女を生贄に捧げな

---

*1 エウボイア島とギリシャ本土との間のエウリポス海峡に面した，ボイオティアの港町。
*2 現在のクリミア半島

い限り風は鎮まるまい，と。彼は蒼白になった。イフィゲニエは彼のお気に入りの娘だったし，イフィゲニエの母親である，おっかないクリュタイムネストラにそんなことを告げる勇気のある者がはたしていたであろうか？ いつものとおり，オデュッセウスがこの錯綜した難問でも解決する対策を講じたのだった。滑稽なこのイタカ男はアガメムノンに提案した，使者をミュケナイに送り，女王クリュタイムネストラに対してアカイア人の中でももっとも高貴な，速足のアキレウスがイフィゲニエに突然惚れ込み，結婚したがっていることを知らせるように，と。《見ていたまえ》とオデュッセウスは言ったのだ，《この母親はすぐさま娘を出発させるだろうし，しかもこれですっかり満足するだろう》と。」

「では，イフィゲニエは死に向かっているのをちっとも知らなかったの？」とレオンテスは心を乱して尋ねた。

「うん，まったく」ゲモニュデスは追認して続けた，「彼女は結婚式に出かけるのだとばかり信じ込んでいたんだよ。」

「……だとするとたぶん彼女は未来の夫に気に入るように，その日はさらに美しく身づくろいをしたんだろうね，生れつき綺麗だったが，それ以上に美しくね」，とレオンテスはその場の場景を想像するにつれて，だんだん興奮しながら続けた。「女友だちは彼女を抱擁し，嫉妬も包み隠さず言ったことだろうな，《貴女(あなた)は幸せ者ね。こんな素晴らしい結婚をするなんて！》そして彼女本人もおそらく内心考えたことだろうな，《ああ，きっと私は神々のお気に入り者なんだわ，この上なく強くて誠実な英雄を夫に持つことになるのだもの！》と。でも師匠，どうかぼくの質問に答えておくれ，乙女をこんなふうに欺す男でも"英雄"と呼べるの？」

「アキレウスはその策略のことは何も知らなかったんだ」とゲモニュデスは説明するのだった。「それでそのことを知らされたとき，激怒したんだ……」。

「それ見たことか！」とレオンテスはからかった。

「……アキレウスはイフィゲニエを腕力で解放したかったのだが，彼女は運命を甘受し祖国の幸福のために自分を生贄にする覚悟をしたんだ。彼女は冷たい大理石の上に長い金髪を垂らして生贄の祭壇の上に供された姿があまりに美しかったから，神官が彼女のサフラン色の肌着を開けて，胸に刀を突き刺そうとしたとき，すべての戦士たち，わけても彼女の父親は視線を逸らした。する

とこの瞬間に,アルテミスが雷電のように素早くさっと舞い降りて,彼女を奪い去り,代わりに血まみれの牝鹿を置いて行ったのだ。彼女が女神に優しく抱かれて飛んで行くのを見たという者もいるし,彼女は今では野蛮なタウリスで巫女(みこ)になっているのを見たという者もいる。こういうことがみな本当かどうかは言うことができないが,アカイヤ人たちがこの話を流布させたのは,きっとこの恐ろしい犯罪を隠すためだったことを私は否定しないよ。でもさあ,若いの,お前はこんな古い話に悩むことはしないで,むしろお前のお父さんのことを考えたまえ。かわいそうに,姿を消してしまってからずっと何の消息もないんだから。今も生きているのか,それとももうアゲシラオス*1の暗い場所に降ってしまったのか,誰にも分からない。」

　父のことが話題になるたびに,レオンテスはその顔を思い浮かべようとしたのだが,正確にその姿を思い出せずにいた。ほんのこまごまとしたこと,たとえば,堂々とした風采(ふうさい),命令に慣れた声,長いひげ,カリュドンの猪の牙をぶら下げた首飾,のことしか思い出せなかった。
　あの朝,群れをなす人びとが彼の名をひとつずつ音節を切ってはっきり呼んでいた——「ネ・オ・プー・ロス,ネ・オ・プー・ロス,ネ・オ・プー・ロス」と。そして,彼に祝辞を次々に掛けたのだった——「あんたがアカイア人一番の有名人になれるように!」「ガウドスの名が海外でも知れるように!」「はるかトロイアまであんたの船を神々が導いてくださるように!」そして,その日からみんなは彼の父親を人間の内でもっとも高貴な者,最上の者と賛(たた)え,真面目なネオプロス,賢いネオプロス,公平なネオプロス,等と呼んだのだった。
　実を言うと,彼はこの父親のことを全然知らなかった。知っていたのはただ,ネオプロスが9年前に戦争に出かけたこと,そして5年このかたもう何らの消息もないということだけだった。ときどき誰かが戦場から戻ってきて,ネオプロスの英雄的な死を報告するのだった。「デイコオン*2に殺されたんだ。みん

---

　　*1　ギリシャ人は厄除けのため,冥界の王ハデスの名を発音するのを避けていた。そのため,アゲシラオス,プルトン〔富めるもの〕,ディス〔ラテン名ディウェス(富めるもの)の省略形〕とかポリュデグモン〔多くの客を迎えるもの〕といった類義語を用いていた。
　　*2　アイネアスの軍隊の中の一人。

I　イリオンへの航行　15

なの前に居て、ちょうどイリオンの城壁を乗り越えようとしたとき、このトロイア人の矢が喉に突き刺さったんだ」。ほかの男が打ち消した——「いや違いますよ。トラキア人たちが彼を殺したんです。ペダソス[*1]の傍に罠を仕掛けておいたんです。われらの王は9名の敵と戦ったのですが、背後から卑劣なペイロオスなる者が彼に攻撃を仕掛けたために倒れたのです。しかもペイロオスは彼の武器と首飾りを奪ってから、死体を渦巻くスカマンドロス川[*2]に投げ落としたのです」。しかしながら、葬儀の準備をする暇もなくトロイアから別の帰還兵がまたしても戻ってきて、言うのだった、「止めろ！ ネオプロスは生きているぞ！ ミレトスで見かけたんだ。彼はカリア人たち[*3]の王アンフィマコスの40隻の船の一つに乗船していたんだ。漕手の座席に鎖でつなぎとめられて、奴隷みたいなありさまだったんだ」。確かに分かったのはたった一つのこと、つまり、彼の死体も武器も猪の牙のついた高価な首飾りも発見されなかったということだけだった。

　今レオンテスがトロイアに出かけたのも、父親の消息を確かめるためだった。彼がガウドスから出発したもう一つの理由は、ここでの生活が一年以来、彼にとって耐えがたくなったからである。つまり、おじのアンティフュニオスが摂政職を牛耳り、独裁的かつ残忍な支配をしていたのだった。誰かがちょっとでも反抗しようものなら、翌日には岩間に殺害されていたことだろう。アンティフュニオスは都であれ、田舎であれ至るところにスパイをまきちらしておき、出歩くときはいつも、クレタ島からわざわざ呼び寄せた少なくとも10名の傭兵を横に侍らせていたのだ。王位の継承候補者たるレオンテスは当然のことながら、おじにとって絶えざる脅威だった。だから、絶えずレオンテスを抹殺しようとの陰謀のたくらみがあっても不思議ではなかったのである。ある夜、ディオニュソス祭[*4]の日にサテュロスに扮した男が背後から彼を襲撃したのだが、2、3人の通行人たちの介入によって命を救われたのだった。この狂人は逮捕され、投獄されたのだが、この男が依頼人の名前を明かす前に、アンティフュ

*1　トロイア地方の町。サトニオエイス湖畔に位置する。
*2　トロイア近くを流れている川。神々からはクサントス（黄色）と呼ばれている。
*3　エーゲ海の小アジア南東部に位置するカリアの住民。
*4　ディオニュソス祭は宗教行列とバッカス祭との中途の儀式であって、民衆はこの機会に変装したり、酔っ払ったり、らんちき騒ぎをしたりするのだった。

ニオスは短刀で刺し殺してしまった。「私の甥の命を狙うような者は誰でもこういう死に方をすべきなんだ！」と，そのときにこの暴君は明言したのである。

そこでレオンテスの母親はわが子の命が風前のともしびであると気づいたのだった。だから同じ夕方に，息子をトロイアへ乗船させた。「身内の者たちよりもトロイア人に殺されるほうがましだよ！」と言ったのだ。彼を守るためにと，彼女は家族の旧友で，家庭教師・フェンシングの師範の一人を旅に同道させて，敵たちから，わけても友人たちから彼を衛（まも）らせたのである。このゲモニュデスなる者は若いときには戦車の著名な御者だったし，オンケストスの森*1での幾多のレースで勝利したことがあったのだった。

「ねえ，ゲモニュデス」とレオンテスは尋ねた，「あの賢いネルトルが君を戦車の御者（ぎょしゃ）にと乞うのに，君はただガウドスを去らないためだけに，銀貨20ミナを放棄したというのは本当なのかね？」

「そう，たしかに。でも当時自分はまだ若かったし，島にはファイストス*2出身の少女がいたんだが，彼女は若年で死んでしまい，ひどく苦い思いをしたんだ。でも，今はこんな想い出にぐずぐずすることはすまい。君の寝床は用意してあるから，もう行って眠るがよい。」

「僕はちっとも眠りに行きたくはないよ。それにこんな夜には北風（ボレアス）さえ怒りを和らげようとしたんだから，僕が外で寝なかったら神々が立腹するに違いないよ。」

「いいかい，夜は君の母さんの愛撫よりも暖かく感ずるかも知れないが，夜明けには骨に染（し）みるほど寒いぞよ。」

ゲモニュデスはレオンテスの教師のほか，召使い，料理人，毒味人，乳母でもあった。毎夕，船長のすぐ傍のデッキの下に，乾し藁（わら）でいっぱいのマットレスをレオンテスのために用意した。というのも，この若者は王子（さらには父が亡くなった場合には王）として，船のもっとも快適なベッドに対する要求権があったからだ。

けれどもレオンテスは民主主義者だったし，身分の特権には反対していた。

---

*1　ボイオティアにあるポセイドンに捧げられた森。おそらく最初の正規の二輪馬車レースが行われた場所だったであろう。ホメロスは船を列挙する際にこれを入れている（『イリアス』第二歌506行）。
*2　クレタ島にある都市。ゴルテュスの近くに位置する。

Ⅰ　イリオンへの航行　17

彼は尋ねるのだった，僕が王子だというだけでデッキの下に眠る権利がどうしてあり得よう？ この船には僕よりはるかに老いた人たちが悪天候にさらされたまま外で眠っているというのに。これでは，デッキの下に眠れるためにみんなが権力を欲することになるかも知れない。より暖かい場所のためだけで，殺害に及ぼうとする者だっている。たとえばアンティフュニオスは，いつか父の王座を手に入れたがるかも知れないとの不安だけから，自分──レオンテス──の死を望んでいたんだからね。

「なあ，ゲモニュデス，説明してくれないか」とレオンテスは頼むのだった。「どうして人びとはそんなに権力を欲しがるのかい？」

「彼らは善意を当てにするほうがはるかに好都合なことを理解していないのさ」とゲモニュデスは嘲弄気味に答えた。「誰でも隣人をゆするのに二つの武器しかない。一つは愛，一つは力だ。愛情の要求には前者を用い，恐怖には力を行使する。ラバはイナゴマメか，または棒で動かすことができるが，ほとんどすべての王子たちはイナゴマメよりも棒のほうを好んでいるんだ」。

いや，彼レオンテスはそうではなかった。権力は彼には関心がなかった。たぶん彼が王子に生まれたのは，宿命がうっかりしてのことだったのだろう。彼はガウドス出身の少女，カリュムニア*を愛していた。美しく，優しく，エーテルのように柔和な少女だった。そして彼女への愛のためなら，彼は地上のどんな王国でも，クノッソスの王国であれ，アガメムノンの王国であれ，いやそれどころか，ゼウスの王国だって放棄したであろう！ 残念ながら，政治状況から今や彼はカリュムニアを放棄せざるを得なかった。でも，できるだけ早い機会に帰国して彼女と結婚するつもりだった。ああ，その最後の数日に，おじアンティフュニオスに胸襟を開いて，思いを洗い浚（ざら）い語る勇気があったらなあ！

彼はこう言うべきだったろう──「おじさん，ちょっと聴いてよ。僕はあなたがガウドスを支配することになっても当然と思うよ。あなたは年老い，醜くて，病弱だし，誰か美しい少女から惚れられるとは期待できまい。だから，私の王国を受け取り，これで幸福になっておくれ。その代わり，僕はカリュムニアをもらいます。珊瑚（さんご）のような赤い唇をした，ブロンドの気高く，清らかなカ

---

* 「美しく歌える女」の意。

リュムニアを。僕はこの世で彼女以外には何も欲しくないです。僕たちはあなたに決していやがらせをしたりはしません。僕たちは花輪を頭につけてあなたの宴会にやってきて，あなたの宮廷を美しく飾ります。あなたが亡くなったときには，傍に居ますし，あなたの子たちの面倒も見ます」。

　だが，こんな言葉はすべて風に向かって言ったほうが良かったであろう。アンティフュニオスは彼の言葉を信じなかったであろう。なにしろ本人が意地悪だったから，他人をも自分と同じ——嘘つき，強欲，裏切者——と思ったであろう。こんな人物だから戦争が起きたのだ。でも，それはそうと，トロイア戦争はいったい何のために勃発したのか？

II　戦争の原因

不和の女神エリスが怒り出す。トロイア戦争の原因であり，初めにガイアが嘆き，ヘレナが誕生し，ペレウスとテティスが結婚することになる。

「私は不和の女神エリス，みんなは私に対して怒っており，私がトロイア戦争を惹起したと主張している。でも正直なところ，いったい誰がおっぱじめたのか？　私か彼ら……か？　彼らは何者なのか？　もちろん，神々であって，じっくりと彼らの名前を挙げてみようではないか。最初に不和を引き起こしたのはモモス。何だって？　モモスをご存知ないと？　それじゃ，モモスが誰かを語って進ぜよう。いつも何かとあら探しをしており，誰でも酷評して，永久に人を嫌悪させる顔を見せつけている。ゼウスに，ペレウスとテティスの結婚式へ私を招かないように言ったのも彼だった。《後生ですから》と彼はゼウスに言ったのだ（今なお彼の声が聞こえるみたいだ），《あのエリスだけは招かないでください，この宴会をすっかり駄目にしかねません。彼女はこの前饗宴にやってきたとき，アフロディテが前日リリュバイオン山*でアルゴナウテスのブテスと一緒のところを見た，とアドニスに語ったのです。それでアドニスはナイフを片手にブテスに突進しました。もしもヘスティアが介入しなかったとしたら，どうなったことか分かりません！》」

　エリスは正しかった。実際，モモスはあら探し屋だったし，非難と嘲りの神とされたのも十分な理由があったのだ。彼は万事に好奇の鼻を突っ込み，決して満足しなかった。ある日パラス・アテナが彼に快適な家を示したところ，それが十分とは思わなかった。「大変けっこうです」と彼は言うのだった，「快適なようですが，でも僕の趣味は動かせません。誰もこれを好きなように動かすことはできませんもの」。またヘファイストスがかつて聡明な美男子を彼に示したところ，すぐに欠点を一つ見つけたのだった——「この男の額に内密の思いを読み取れる小窓があれば，もっと美しいだろうに」。最後に，アフロディ

---

*　クレタ島にある山。

ナが彼に飛び抜けた美女を紹介すると，しぶしぶながらも彼女が魅力的だと認めた。けれども，すぐ後から付言したのだった——「でも，彼女はひどい靴を履いている！」と。

「なんてひどいごろつきだ，この神々は！」とエリスは悪態をつき続けた。「道で私に出くわしても，何も見かけないかのような振りをする。でも私をもっとも怒らせることは，私を彼らの祝宴に招こうとしないことだ。何か必要があるときしか私を招かないんだから。《ねえお前，エリスよ，トラキア人を少し挑発して，彼らの鉄面皮にもう我慢できなくなるようにしてくれないか。》《エリス，いいか，ロクリス人*1たちがアバンテス*2たちとけんかを始めるようにしておくれ。》《エリス，きみの兄弟アレスはもう戦争がないのを嘆いているよ。》《エリス，ハデスはもう誰も冥界に降りてこないと文句を言っているよ。》それでも私はこのときあまりに愚かなものだから，懸命にそんなことにかかわり合い，たぶんつかみ合いになりたいとはちっとも望んでいない哀れな人びとどうしの間に，境界争いを生じさせたりする。でもそれから祝いごとがあったり，飽きるほど飲み食いできるときには，みんながこう同意するのさ——《誰？ エリスって，不和の女神じゃない？ 後生だから，夢にもまっぴらだ！》私にはどんな楽しみごとにさえ要求権がないとでもいうのかい？」

彼女が為した不正はこれだけではない。もちろん，彼女は外見を少しでも良くするための骨折りを何もしなかった。毛髪の代わりに100匹の蛇を生やし，額には血のしたたるバンドを巻き，スカートのすそにはどれもむごたらしい餓鬼を従えて饗宴に現われたりできる人がいるだろうか？ どんな小僧を連れて現れたかをはっきりさせるために，名前を挙げておくと，飢餓，貧窮，忘却，苦痛，苦労，嘘，悪口，不正，がこれである。

「戦争の原因は」とエリスが結論するのだった，「はるか過去に求められねばならない。私が思うに，第一の罪は大地の母ガイアにあったのだ。ある日，彼女がゼウスに対して嘆いているところをふと耳にしたんだ——《何か手を施さないと》とガイアはゼウスに言ったのだ，《もうこの先どうなることやら分からないわ。地上ではみんながあちこちやたらにセックスしたり，子供をつくっ

---

*1 ギリシャ本土のクネミス山脈の両側に位置するエウリポス地域の住民。
*2 エウボイアに住む種族（『イリアス』II, 536-545；IV, 464）。

たりして，みんな彼らに許されている以上に長生きしているんだもの。私はこんな人間たちを全部私の背中におんぶすることはもうできません！ モイラ〔運命の3女神〕たちの話では，今やもう500万もの人間がおり，10年以内に800万になるだろうとのことですよ，私たちが何かすぐに手を打たないとね。》《800万か！》とゼウスは叫んだ，《いったいどうなることやら！》そしてすぐ後で，ゼウスはこの世でもっとも美しい女ヘレネを考え出したのだ。でも私が自問してみるに，戦争を勃発させるためには，どうしても一人の淫婦が必要ではないか？ もしそうだとしたら，そんな女は地上でもオリュンポスでもすでに十分に存在してはいまいか？ そもそももう一人を新たにつくる必要があったのだろうか？」

ヘレネの誕生はさまざまな形で語られてきている。ある話によれば，彼女が銀の卵からはい出るのが見られたという。月から落とされたのを，魚たちが岸辺に運び，それから鳩がついばみ上げたのだ，と。別の話では，ゼウスが鷲に追われた白鳥に化け，ネメシスの膝に隠れたのであり，ゼウスがいわば"ゾーン内に入った"ものだから，これを誘惑したのだという。この交接から生まれた卵は或る日，ヘルメスによってテュンダロスの妻レダ（彼女は股を広げて腰かけに座っていた）の太股（ふともも）の間に置かれた。この出来事を祝うために，ゼウスは白鳥と鷲の星座を天に創った。これが何かの祝いごとだということは，ゼウスしか知らなかったのだ！ もっとも好都合な話によると，これは強姦だったという。つまり，ゼウスは白鳥に姿に変身してレダを犯し，妊娠させた。こうして，ヘレネ，クリュタイムネストラ，カストルとポリュデウケスが生まれた。でも，彼らがみなゼウスの子供とは限らなかった。この日，レダは夫とも交わっていたからだ。

だが，ペレウスとテティスの結婚式に戻るとしよう。すでに知っているとおり，不和の女神エリスは招かれなかったのだ。
テティスは神々にとっては当初から頭痛の種だった。彼女はとても美しかった（たぶんアフロディテと同じくらい美しかった）から多くの神々，とりわけ，ゼウスやポセイドンから熱望されていた。むしろ，この両方の無鉄砲者たちはどちらが最初に愛顧を受けるべきかを争ってさえいたのだった。たぶん初夜権

(jus primae noctis)の力で，ゼウスが弟を蹴落として，まさに何度となく重ねてきた暴力で犯そうとしたとき，テミスが彼の腕を引きとめるのだった
「私があんただったら，彼女に触れたりしないだろう！」とこの正義の女神は叫んだ。
「どうしてまた？」とゼウスは自分の力の行使を誰かが妨げようとしたのをいぶかって尋ねた。
「この者は余の知る限りネレウスの娘たちの内で突出しているんだぞ！」
「あんたも言うように，なるほど突出しているが」とテミスは答えた。「でも彼女にはモイラたちの予言がのしかかっている」。
「モイラめ！ モイラめ！」とゼウスはへらず口をたたくのだった。「こんな呪われしモイラどもでも余の娘だということは否定しないが，余はもう我慢できないんだ！ いつも何かと恐ろしいことばかり予言しおって！ いつも避けられぬ不幸ばかり予告しやがる！」それからすぐ少しばかり不安になって，尋ね続けた，「モイラたちがいったいどう言ったのかい？」
「長男が父よりも強力になるって。このことを知っても，勇気があるのなら，安心してやり続けなさいよ。」
オリュンポスの王座への将来の継承候補者を世に送り出すという考えに恐れおののいて，ゼウスは自らの獲物を放置したばかりか，他のどの神に対してもこのニンフと関係を結ぶことを禁じた。そして安全のために，ゼウスは彼女にペレウスという，家族の仲間内ですでにおびただしい犯罪を犯してきた者＊を夫としてくれてやった。テティスはすぐ反対した——「不死の身の自分はネレウスの50人の娘のひとりであるはずなのに，どうして死すべき人間と結婚しなくてはならないのです？」彼女があらゆるレヴェルの抗議をしても何にもならなかった。当時の女たちは，女神を含めて，ほとんど問題にされていなかったからだ。しかも，ゼウスがきっぱりと意思表示をしたときにはなおさらだった。少女たちの同意に関しては，男がいったん或る少女を手に入れようと決めると，あまり考えるまでもなかった。不幸な少女の家に押しかけ，否応を言わせず連

＊ 異母弟フォコスをペレウスとテラモンが殺害したことを指す。この二人の英雄は，フォコスが不運にも競技の最中に手から円盤が外れて頭に当たったのだと言って弁解したのだった。やはり円盤投げが外れたという，もう一つの不幸を口実にして，ペレウスは舅のアクトルをも殺害した。

れ去るのだった。

　ペレウスも五十歩百歩だった。海の洞窟の近くに隠れて（彼はこのニンフが毎日そこで昼寝することを知っていた），じっと待った。半時もすると彼女が裸で髪を風になびかせながら，イルカにまたがって海からやってくるのが見えた。さぞかし素晴らしい眺めだったことだろう！　件の英雄は身じろぎもしないで，彼女が眠り込むまで待った。それから，まるで大悪漢みたいに彼女に飛びかかった。ありとあらゆる手段に訴えての闘争が行われた。テティスはこの野獣の手中に陥りながらも，まず火，次に水，次にライオン，次に蛇，次にイカに変身した。この最後の姿で彼の背中にインクを吹きかけたのだが，彼のほうはイカであろうがなかろうが，それでも彼女を犯したのだった（彼女がイカの姿になっていた間にどうやって彼はそれに成功したのかは，私としては想像するのを止そう）。だが数時間にわたり彼をかきむしったり，嚙んだりして身を振りほどこうとした後で，テティスは突如激しい欲望に負けたため，彼の両腕の中に身を任せ，彼に激しいキスをしたのだった。ペレウスの身体が海水や，汗や，血をしたたらせ，イカの黒インクでぬれ，黒焦げになりながら，それでもテティスの欲望をとうとう呼び覚ませたというのは，この私たちの物語のうちでもっとも感動的なイメージの一つではある。

　結婚式は豪華なものだった。ペリオン山のケイロンの洞窟の前で，足踏みする大勢のケンタウロスたちのさなかで祝われた。主神たちは祝宴でダイアモンドをちりばめた12の玉座に座しており，ガニュメデスは絶え間なくテーブルの間を動き回り，カップをネクタルで満たすのだった。ムーサの女神たちは歌を歌い始め，パンはバグパイプを，オルフェウスは竪琴を，アポロンはフルートを，テティスの49人の妹たち（ネレイデス）は輪舞しながら，客人たちにバラや百合を投げ与え，一方，何千羽もの鳩が彼らの頭上をバタバタと飛んで行った。ゼウスの妻ヘラ用は結婚式の手製のたいまつを左右に振った。天の使者イリスに導かれて，すべての神々は新郎新婦の前に並び，順々に贈物を手渡した。アテナは先端がヘファストスによって磨かれ柄がケイロンにより入手されたトネリコでできている長槍を渡した。ポセイドンはバリオスとクサントスという，二頭の不死の馬を連れてきた（クサントスは話すことさえできた）。ディオニュソスは赤暗い液体──これまで誰も味わったことがなく，その後"ワイン"と呼ばれた──を持参した。

今日の報道記事に見られるように，その時の出席者のリストを列挙しなくてはなるまい。上述した神のほかに居合わせたのは，弓の射手アルテミス，頭を覆ったヘスティア，決して欠けるところのないゼウス，賢いテミス，娘ペルセフォネを連れたデメテル，新郎の結婚立会人としてやってきたケイロン，その傍には妻のカリクロ。四季の女神たち（ホーライ），アンフィトリテ（三相一体の女神），母マイアと一緒のヘルメス，アフロディテと腕を組んだヘファイストス，さらに，敗走の神フォボス，恐怖の神デイモス，戦いの神エニュオといった子供たちを引き連れたアレス，新婦の両親たるネレウスとドリス，若いヘベに導かれた祖父母のオケアノスとテティス。妻レアを同伴した老クロノス，優美の3女神（カリテスたち）——輝きのアグライア，喜びのエウロシュネ，開花のタレイア（彼女たちが居なければ結婚式は悪い星の下にあったことだろう）——。最後にそのなかには幾人かの人間もいたのだが，ここではテラモン，カドモス，テセウスを挙げておくだけにしておく。列挙されなかった人たちには失礼ながら，招待客の数が多すぎたため，すべてを数え上げるのは不可能だったのである。

　さて，みんなが宴席に就き，互いに話し合っていると，突如，不和の女神エリスが洞窟の奥からやってきた。みんなは押し黙り，音楽は奏でるのを止め，ネレイスたちは輪舞を中断した。エリスは無言のまま，出席者を眺めることもせずに，宴席を横切り，主賓席に近づき，黄金のリンゴをその上に投げた。そのリンゴは料理の間をころがり，ネクタルの2カップを壊してから新郎新婦の前で止まった。ペレウスはそのリンゴを採り上げ，そこに刻まれていた言葉を大声で読み上げた——"κάλλιστε"（「一番美しい人へ」）と。彼はちょっと周囲を見回した……どうしたらよいか分からなかったからだ。だがそれから，これはむしろホット・ポテトのようなものだと悟って，ゼウスに手渡した。

　一方，テーブルのもう一つの端では，アフロディテとアテナの間で大げんかがすでに始まっていた。誰がもっとも美しいか？　誰にこのリンゴを帰属するのか？　ゼウスは出席しているすべての女神たちを注意深く見つめた。女性の問題ではエキスパートとして通っていたから，ゼウスはいかなる間違いもしたくなかったのだ。どの女神も魅力的な美を漂わせているように見えたが，それからアフロディテに目をやったとき，もう疑いはなかった。彼女が断然一番美しかった。それでまさにそのリンゴを彼女に手渡そうとしたとき，ヘラの敵意

ある視線に出くわしたため，挙げかけた手を止めたのだった。
　ゼウスが決心つかずにひどくためらっているのを見て，ヘルメスが勧めた，「さあ，お父さん，決めてくださいよ！　オリュンポスで一番美しいのは誰なのです？」
　そのとき，ヘファイストスがゼウスに近づき，飲物を少し注ぐかのように装いながら耳元で囁いた──「僕だったら，そんなに考え込まないね。アフロディテを選ぶな。僕の妻だからというわけでは絶対にない，そうではなくて，彼女が一番美しいことは自明だからさ。ちょっと彼女を見てごらん，すぐにも君のベッドに連れ込みたくないか言ってくれないか!?」
　「もちろん，そうしたいさ！」とゼウスは認めたし，これはまったくの真実だった。「すぐにも彼女にリンゴを手渡したいのだが。でも，妻の言い分に耳を貸さなくっちゃね。まだ何も決めていないんだ。彼女はまるで僕を感電死させたそうに睨んでいる」。
　その間にもみんなは熱心に協議していた。誰が一番美しい？　そもそも美とは何なのか？　それは肉体的な素質に過ぎないのか？　それとも精神的な素質でもあるのか？　もちろん，出席者の大半はアフロディテに賛成だった。
　「彼女は少しばかかもしれない」，みんなは言うのだった，「でも，こと美しさに関しては何の疑いもない。彼女こそもっとも美しい！」
　「でも，僕はアテナだな！」ともうひとりが主張した。「四六時中，女と同衾できはしない。いつかほかのこともしたくなるし，そうなると少しばかりお喋りするという問題が生じる。ところで，アフロディテといったい何を話すつもりかい？　香水？　化粧のこと？　絹の衣装？　それに対して，アテナは何でも話せるよ。アテナは女神たちのうちでもっとも賢い」。
　もう一人が反対して言った──「ここでは賢明さは必要ない。そもそもリンゴの上に何と書いてあるんだ？《一番美しい人へ》とあり，《一番賢い人へ》とは書いてない。だから，一番美しい人にこのリンゴを手渡されねばならない。そこで，今や私たちの女神のうちで実際に一番美しい人が誰なのかだけを決めなくてはならない。僕にはアフロディテはあまりに痩せているように見える。率直に言って，僕は白い腕をしたヘラのほうが好きだ。彼女は……どう言うか……肉づきもいいし，もっと豊満だし，要するにより女性らしい」。
　ゼウスの顔から読み取れたように，彼は実際，不和から投げ込まれたこの窮

地をどうやって脱出するか，その方法が分からなかった。あえて振り返ることをしなかったが，妻の恐ろしい視線を首筋に感じていた。

テミスがゼウスの耳元で囁いた，「あまり干渉しなさんな！ 誰か人間に任せなさい。その男が面倒に陥るようにしなさい」。

この忠告はすぐに聞き入れられた。神々の王は立ち上がり，2回咳払いして声をはっきりさせてから，こう話し出した。

「親愛なる女神たちよ，余はもう老いており，女性のことはますます分からなくなっている。余には，諸君はみな同じように美しいし，みんなに一つずつさし上げるために余としてはここに一個だけではなくて，千個の黄金のリンゴが欲しいところだ，みんながそれにふさわしいからね。でも諸君のうちの三名——ヘラ，アテナ，アフロディテ——が特に優れているように思われる。そこで今，余は最後の選択をして，この三名の女神のうち誰が一番美しいかを決定しなくてはなるまい。だが余は前者の夫であり，後者二人の父親でもあるからして，余としては後からえこひいきと非難されないために，われらの圏外の出身者，つまりひとりの男を審判に頼むことに決めた。」

食卓からは長らく文句の声が挙がった。いったいどの男がひとりの女神に決められるものか？ と銘々が尋ね合ったのだった。この哀れな男はオリュンポスの三女神が目の前に突然現われたら，はたして平静でおられるものやら？ むしろ，あまりの光輝で彼の目は眩惑されはしまいか？

ゼウスは沈黙を回復し話を再開するために，笏でテーブルを二度叩かねばならなかった。

「神々よ，黙りなさい。余が決めたことをしかと聞きたまえ。余が選んだのはパリスだ。プリアモスとヘカベの息子のひとりだ。彼は自分の血管に王家の血が流れていることをまだ知らないで，みじめな羊飼いだと信じ込んでいる。そして，海の彼方にあるイダ山中に住んでいる。明日ヘルメスが彼に三名の女神を示すことであろうし，それから彼がたったひとりで，女神たちのうちで誰がこの贈物にふさわしいかを決めるであろう。今はみんなと一緒に新郎新婦の健康を祈って，乾杯しよう！」

III　一番美しい女性へ

トロイア王妃ヘカベ*1が悪夢を見る。
パリスが審判を下し，ヘレネは略奪される。

　「プリアモス王の息子パリスがオリュンポスで誰が一番の美女かを決めるがよい」とゼウスが言ったのであり，このときからトロイア人たちにはもはやろくなことがなくなった。でも，最初から，つまりパリスが生まれた日から始めるとしよう。
　トロイアは小さいながら強力な都市だったのであり，今日ではダーダネルス海峡として知られている，ヘルスポントス近辺の丘にあった。エーゲ海とマルマラ海との間が急に狭くなるため，オリエントへのルートをたどるどの舟もどうしてもトロイア人たちの目の前を通り抜けざるを得なかったし，彼らは当然のことながら代償*2をなにがしか要求せずにはおられなかった。なかには隠れて，もしくは素早く，もしくは夜陰に乗じて通り過ぎようとたくらむ者がいたが，決まって襲われて，積み荷を奪われたのである。この目的から，プリアモスは10艘の特別速い船を持っており，これらがシゲイオン岬*3の背後から禿鷹みたいに飛び出してきて，無事通過しようと企てた船を一網打尽に罰していたのである。ところで，アカイア人がトロイア人に宣戦布告した真の動機は，エリスと黄金のリンゴというよりも，これと関係があったのかどうかは，誰にもよく分からない。
　今日，考古学者たちの発見のおかげで，トロイア市は少なくとも10回破壊さ

---

*1　ラテン名はヘクバ。イタリアの郷愁からはギリシャ語"ヘカベ"よりもこのほうが好ましいとして，原文ではラテン名が採用されている。

*2　トロイアはオリエントからの交易をすべて監視していた。ダーダネルス海峡を通って，金，銀，銅のような貴金属や，辰砂，翡翠，亜麻，麻のような稀少品が船で運ばれたのであり，黒海の市場ではギリシャにおけるより遥かに安かった小麦については言うまでもない。ここではっきりさせておくべきは，当時はほとんど道路網がなかったから，いかなる商売も海路を通って行われていたということである。

*3　今日のイェニ・セヒル岬。

れ放火されたことが分かっている。これから私たちがかかわろうとしているトロイアは破壊の順番では7番目のものなのだ。* そこでは王プリアモスと王妃ヘカベが支配しており，また三つの種族——トロイア人，ダルダニア人，そしてイリオン平野の住民——が入り混ざって暮らしていた。

　プリアモスとヘカベには男女合わせて，優に50人もの子供がいた。私は中学校の少年のころ，いつも想像したものである——彼らの家の昼食時に，子供たちがみんなぐるっと食卓を囲んで着席すると，父親は母親にこんな質問をしていたに違いない，と。

　「ヘカ，今何人目かい？」

　「50人目よ。」

　「よしっ，と。これで揃ったな！」

　もちろん，すべての子供が同一の母親から生まれたりすることはあり得なかった。第一，ヘカベは彼らすべてを産むだけの実質的な生活時間を持たなかったであろう。ホメロスによると，ヘカベは19人しか産まなかった（その中には，ヘクトル，デイフォボス，カッサンドラ，ポリュドロス，トロイロス，パリス，ポリュクセネがいた）。さらに，亡き前妻アリスベの子である長男アイサコス，そして最後に，妾(めかけ)または行きずりの女から生まれたセリエBの30人もの子供がいた。アイサコスに関しては，母方の祖父より未来を予言する力を継承したと言われてきた。彼はまたしばしば癲癇(てんかん)の発作に襲われたため，気狂いと見なされたりした。

　ある夜ヘカベが汗びっしょりになって目覚めた。悪夢を見たのだった。

　「プリアモス……」

　「……」

　「プリアモス……」

---

　*　ヒッサーリクの丘の廃墟の下で発見された10のトロイア市はだいたい以下のように年代づけされるはずである。すなわち，第1トロイアは前3000年，第2トロイアは前2500年，第3トロイアは前2300年，第4トロイアは前2150年，第5トロイアは前2000年，第6トロイアは前1800年，第7aトロイアは前1200年，第7bトロイアは前1000年，第8トロイアは前700年，第9トロイアは前400年に。アカイア人による放火を第3と見なしたハインリヒ・シュリーマンの見解とは反対に，ホメロスのトロイアは実は第7a層と第7b層との中間にあったのである。

Ⅲ　一番美しい女性へ

「なんだい？」トロイア王がぱっと飛び起きた。
「プリアモス，私，夢を見たのよ。」
「どんな？」
「恐ろしい夢よ！」
「分かった，明日言っておくれ。」
「いや，今すぐ話さなくっちゃ！」彼女は言い張るのだった，「とても恐ろしくて，明日まで待ったりできないわ。」
「でも，今何時だと思っているんだ！」とプリアモスは訊きながら，何とかして彼女を落ち着かせようとした。
「私はベッドの中で苦しんでいたの」と彼女は動じないで続けるのだった。「周囲には産婆や大好きな侍女たちがいたわ。苦痛はだんだんひどくなり，ますますひりひりしてきたけど，以前の出産のときのようではなかったし……まったく違っていたわ。」
「《まったく違っていた》とはどういう意味かい？」
「私の身体はまるで燃える薪(たきぎ)で詰まっているみたいだったの」とヘカベは説明するのだった。「それから突然私のお腹が開き，蛇が群がる燃えさかった薪の束が飛び出してきた。炎があちこち地面に落ち，壁にまで燃え拡がったの。百本の腕をもつ復讐の女神(エリニュス)たちが都全体に放火するところや，イダ山の周りの森がたいまつみたいに燃え上がるのを見たわ」。
当時エリニュスたちの夢を見るのは，愉快なことではなかったに違いない。伝承によると，彼女らは犬の頭，コウモリの翼，蛇の毛髪をしており，右手には鞭を持った姿で表されてきたからだ。彼女らはメガイラ，アレクト，ティシフォネと呼ばれており，それぞれ憎悪，憤怒，復讐を体現していた。彼女らの主な仕事は殺し屋たちに良心の呵責(かしゃく)を目覚めさせ，* しかし誰かが要求された悔悟の意を表わせば，すぐさま美形の生き物（エウメニデスという）に変身するのだった。

---

　*　オレステスは母親を殺害してから，神々の審判で実際上，無罪にされたのに，エリニュスたちから長らく苦しめられた。彼を弁護したアポロンは実に反女性的な見解を抱いていて，（やはりアポロンによると）女が男によって出される精子を受け入れる容器に過ぎないことを男が明らかにしている以上，母親殺しはそれほどひどい犯罪ではないと考えていたのである。（アイスキュロス『エウメニデス』，659行）

妻の夢に感化されて，プリアモスはトロイア王国でもっとも信頼の厚い占い師を呼び集めた。その中には彼本人のふたりの子供——上述のアイサコスと美人だが陰気なカッサンドラもいた。占い師たちはヘカベの寝室に集まって，末子の乳幼児パリスを長らく凝視した。

アイサコスは（夢からしてもう自明だったのに）じっと熟考してからこの幼児を指さして，低く悲痛な声で判決をこう告げた，

「これは死ぬべし！」と。

「なんと？」

「この子か，さもなくばトロイアが！」

「《この子か，さもなくばトロイア》とは，いったいどういう意味かい？」プリアモスはもはや機転がきかなくなっていたから，こう訊いたのだった。

「父上，お願いします」とアイサコスは叫ぶなり，地に身を投げ出し，ひっくり返って続けた，「私たちの美しい都が炎の中で滅亡するのを防ぎたいのなら，娘たちが敵に強姦されるのを防ぎたいのなら，息子たちが戦いで打ちのめされた挙句，犬に食いちぎられるのを防ぎたいのでしたら，この幼児を今日殺してください，日没前に出産したトロイアの女たちもすべて，彼女らから生まれた子供たちもろとも皆殺しにしてください！」

プリアモスは途方にくれた。アイサコスはいつもいささか頭に血が上っていたし，あまり人から本気に受け取られることもなかった。それというのも，トロイアの少女，アステロペからはねつけられて，毎日海の上の崖に登り，身投げして自殺しようとしたからだ。でも，その崖はそんなに高くはなかったから，痛い思いはしたが，決して死ぬことはなかったのである。ある日のこと，神々はいくども繰り返されるこの自殺未遂を目撃することに耐えきれなくて，彼を海鳥に変えてしまった。「こうすれば，好きなだけ飛び降りても，誰にも迷惑をかけない」* と。プリアモスは，アイサコスの意見に従い，30人もの無辜(むこ)の者を殺したものか，それとも，なんでもない振りをしてやり過ごし，20年後に生き残りの内のひとりがひょっとして都を破壊することになる危険を犯したものか，分からなかった。ちなみにちょうど同じ屋根の下には，妹のキッラと妻のヘカベがいたのだが，このふたりともまさに同じ日に出産していたのだ。こ

---

*　オウィディウス『転身物語』，第11章，755-795行。

Ⅲ　一番美しい女性へ

の妹のほうは卑しい性格をしていたから，彼にとって別段残念ではなかったろうが，ヘカベを殺（あや）めるのは本意ではなかったのである。

その間にもアイサコスはわめきちらすのだった，「お父さん，この子を殺しなさい！　ぼくらが殺される前に，この子を殺しなさい！」

プリアモスは途方に暮れて周囲を見回し，それから何かをしようとして，まず初めに，妹のキッラと，その息子ムニッポスを一緒に奴隷たちに絞め殺させにかかった。それから，幼いパリスをも殺（あや）めようとしたとき，突如ものすごい叫びが轟いた。カッサンドラも一言，口をはさもうと欲していたからだ。

「この乳幼児が死なねばならないか，トロイアが滅亡するかだわ！」

ところで知っておかねばならないことは，カッサンドラが若いときに，誰からも信用されないように，アポロによって罰されていたことだ。というのも，この神はかつて彼女をたいそう追い回しており，ベッドへ誘うために，透視の力を約束したことがあった。ところが少女は未来を予言する能力を授かるや否や，この神の申し入れを嫌悪してはねつけたのだった。その折に両者で交わされた対話はだいたいこんな具合だったであろう。

「カッサンドラ，私にキスしておくれ！」

「いやよ！」

「ほんの１回だけだよ！」

「いや，と言ったでしょうが！」

「１回だけで，十分なのだよ！」

「それじゃ，よろしい」と彼女は答えた，「ただし，断っておくけど，１回だけよ」。

毒蛇のように電光石火，アポロンは彼女の唇につばを吐いた。それでそのときから，誰もカッサンドラが何を予言しても決して信じなくなったのである。

そこで，カッサンドラはアイサコスの意見に同調しながらも，新生児を殺（あや）めるべしとの主張を支持したわけではなくて，この主張を挫折させることにしたのだった。プリアモスとしてはわが手でパリスを殺（あや）めたくはなかったから，この仕事をアゲラオスとかいう懇意の羊飼いに委ねた。「余の代わりにやっておくれ」，というのだった。「でも頼むから，この宮殿から離れたどこかでやっておくれ」。ところで，アゲラオスはきわめて礼儀正しい男であって，蠅一匹でさえ殺したことがなかった。どうしてその彼に子殺しができようぞ！　だから，

彼はパリスを雪に覆われたイダ山上に捨てておくだけにした。ところが5日後になって，一頭の牝熊のおかげで，幼児が飢えと寒さから生き延びたことを発見する。この奇跡に驚き，アゲラオスはパリスをバッグに入れ，そして，この子の名前をアレクサンドロス*と変えてから，養育するように妻に託したのである。プリアモスに対しては子殺しを行ったことの証拠に，子犬の舌を示した。もちろん，悪口屋たちもいるし，彼らはこの牝熊の話が真っ赤なでっち上げであり，アゲラオスがパリスを見逃してやったのは，ヘカベからあらかじめ多額のお金を受け取っていたからなのだ，と主張している。

16年後，アレクサンドロス（つまり，パリス）はいつものようにイダ山で羊の群れの番をしていたとき，目前に何の予告もなしに，ヘルメスとオリュンポスでももっとも美しい3女神——ヘラ，アテナ，アフロディテ——が出現するのを見た。

「おお，高潔なアレクサンドロスよ」とかの神は始めた，「余は神々の使者ヘルメスだ」。

パリスは両目をこすった。夢見ていると思ったからだ。

「きみはとても魅力ある若者だし，女性通でもある」とヘルメスは続けた，「だから，この黄金のリンゴをきみの眼前にいる女神たちのうちでもっとも美しい者に贈りなさい。これはゼウスの命令だ！」

「ぼくが魅力があるって？ ぼくが女性通だって？」と若者は当然ながら驚いた。「神々の使者よ，あなたはきっとぼくをほかの誰かと取り違えていなさるのでは？」

彼は実際，この瞬間まで，羊，そしてアゲラオスのような老いぼれしか見てこなかったのだ。なるほど確かに，ケブレノス川の娘オイノネというニンフとの情事はあったが，これはほんの若者の熱中，ちょっとした羊飼いの話だったし，繁みの背後での露顕しなかった2，3回のキスに過ぎない。ところが，今度の任務は較べものにならなかった。3名の女神のうちいずれがもっとも美しいかを決めよというのだ。実際上，これは第1回のミス・ユニヴァース選抜に劣らないものだったのだ！

「おお，神様，どうしてこんな哀れな羊飼いに対して，こんな美の裁判を下

---

　*　アレクサンドロスとは「人間を衛る者」の意である。

せと要求されるのです！」と若者は断ろうとして，さらに付言するのだった。「仮にその賞をぼくに授ける力があったとしても，賞に外れた女神たちの怒りからぼくを誰が守ってくれるというのです？ いえ，いえ，そんな高貴な女神たちに対して裁判員の役を果たすのがふさわしいとはとても思われません。ぼくなら，むしろリンゴを三等分して，それぞれの女神に一片ずつ贈ることにするでしょう。」

「おお，若造のパリスよ」とヘルメスは主張しながら，今度は初めて彼を真の名前で呼び掛け，そして伝令使いの杖＊で脅かした。「きみは雲集め人の命令に背くことはならぬぞ！ この余とても，きみの困難な選抜の手伝いはしかねる。よく眺めなさい，望むなら彼女らに触れてもよい。でも言っておくれ，きみの意見では，アテナ，ヘラ，アフロディテの内でだれがもっとも賞にふさわしいかを」。

女神たちはその間，あらゆる方法で彼の気に取り入ろうと努めた。より望ましいと思われるために，イダ山の新鮮な水に浸かったり，今や彼のほうにだんだんと近づき，ますます魅惑的になり，見知らぬ香水で彼の感覚を麻痺させるのだった。アテナの頭の周りにはきらきらと火花が散っていたが，これは彼女の金属の目のせいや，日光に照らされた兜(かぶと)のせいだった。堂々たるヘラは白い腕をしていて，光を背に，その豊満な姿をよりよく発揮させようとした。逆にアフロディテはと言うと，この機会とばかりにホラたち（ホーライ）やカリスたちに虹のあらゆる色で柔かなチュニカを縫わせていた。このチュニカは肩から足まで横から長い切れ目がつけられていたから，彼女の腰や右脚がむき出しになっていた。

「ぼくはこんな衣装をしたままの女神たちを審判しなくちゃいけないのですか」とパリスは尋ねた，「それとも，女神たちの裸も見てよいのでしょうか？」

「かまいはしないよ」と神は答えた。「きみの望みとあらば，女神たちは裸にもなるだろう」。

アフロディテのことなら，ふたこと言うまでもなかった。彼女は肩からリボンをほどき，チュニカがいきなり地面に落ちた。彼女はいまや帯を除き，全裸

＊　伝令使いの杖（caduceus）は，使者の目印だった。2匹の蛇が巻きついた小さな王笏(おうしゃく)のようだった。ヘルメスはフルートと交換に，それをアポロンから贈られていた。

のままだった。

パリスは息も詰まったままだった。

「帯も取り外しなさいよ！」とアテナが叫んだ。

「それじゃ，あんたもその兜を脱ぎなさいよ！」とアフロディテが応じた。「そうしたら，あんたはそんなに背が高く見えはしなくなるわね！」

アフロディテの帯については，特別なことがあった。これは絹の束であって，魔力があり（κεστός ἱμας「刺繍した帯」），この女神を眺めた者を誰でもすぐさま惚れさせてしまう働きをしていた。その帯にはあらゆる誘惑——優しさ，焦燥，親密，説得術，睦言（むつごと）——が刺繍されていた。アフロディテはたとえベッドに行っても決してこれを外したことがなかった（とりわけ，ベッドに行ったときには）。このときになって，パリスの眼前に立ち，ベルトを外すよう強要されてさえ，誰かからこのベルトが盗まれないようにとの恐れから，決してそれを手から離すことをしなかったのである。

「おお，オリュンポスの女神さまたち」と若い羊飼いはさながらアルテミスの女司祭が着衣式の日にまとうチュニカみたいに蒼白くなって叫んだ，「畏れ多くも，あなた方の美しさは私の能力を超えておりまする。でも神々の使者が言われますように，本当に僕がこの仕事を免れないのでしたら，どうかお助けくださいませ。おひとりずつ僕の傍に来てください，そしておひとりを観察している間はほかのおふたかたは数メートル離れていてください，そうすれば近くにいる女神に精神集中できますから」。

そこで，そのとおりに行われた。一番目にヘラが近づいた。

「死ぬべき者よ，よくご覧なさい」と女神は言った。「いいかい，私に特別の名誉を与えてくれれば，お前をアジア一番の強くて金持ちの男にしてやろう。お前は陸地も海も支配することになろうし，みんなはお前の名前を聞くだけで震えるだろうよ！」

敵を震わせ，アジアを支配し，近隣の人民に対してトロイアの主導権を認知させることは，王子にとっては望みうる最上のものだったであろう。しかしパリスのように，自分の出自についてまったく無知であり，《アジア》のことなぞ耳にしたことすらなかった一介の牛飼いにとっては特別に魅力のあることではなかった。

二番目に現われたのはアテナだった。

「おお，若いパリスよ，お前は強くて賢いが，一番力強くて一番賢いわけではない。リンゴを私にくれれば，お前が人生のあらゆる闘争に勝ち，またあらゆる時代でもっとも賢い者として，お前が世人の記憶に残るようにとりはからってやろう。」

「もっとも賢いって？」とパリスは自分でいろいろ考えてみたが，どうしてもよく分からなかった。「いったい一番賢いとはどういう意味なのか？ どんな闘争に勝たねばならないというのか？ どう考えてみても，戦うべき闘争はどこにもないようだ！」

要するに，アテナの提案は格別魅力があるようには思われなかったのである。

最後にアフロディテの番がきた。女神が近づくにつれて，パリスの脈は速く打ち出した。彼は抵抗力がなくなるのを感じたし，不思議な欲求に襲われた。それはまず頭から発し，ついで身体中に徐々にみなぎるのだった。

「おお，パリス，お前が気に入った！」と女神は言いながら，あたかも自分が彼の審判を言い渡さねばならないかのように，彼の目を凝視した。

「ぼくがお好きですか？」とパリスはどもった。

「うん，たいそう気に入ったとも」と女神は続けた。「お前が美男子だということはとっくに知っているようじゃね。でも訊くが，もっと美しくなりたくはないか？ すべての女がお前の足元にかしずいてほしくはないか？ よろしい。そのリンゴを私にくれるなら，死ぬべき者たちのうちでお前をもっとも愛される者にしてやるし，かつて天空の神（ウラノス）の天蓋の下で見られたもっとも美しい女性，スパルタのヘレネをお前の伴侶にして進ぜようぞ！」

とうとうよく練られた提案に行き当った。ベッドに連れて行くべき女とは！

「いったいヘレネとは誰なのです？」と彼は待ちきれずに尋ねた。

「とても華奢で繊細な顔つきをしている。白鳥の卵から生まれ，父親はゼウス，母親は無垢なレダだよ。髪の毛は長く，柔らかくてブロンド。両目はパルナソス*の湖上よりも澄んでいる。太股は男の手で愛撫されるのにおあつらえだよ。乳房は陽光を浴びたぶどうの房そっくりだよ。胸が暖かくて柔らかいさ

---

 * パルナソスはフォキスにある山で，約2500メートルの標高。ギリシャ人にとっては，この山は詩の故郷にされてきた。パルナソスには二つの峰があり，一方にはアポロンとムーサが住み，他方には酒神ディオニュソスとマイナデス（ディオニュソスに仕える巫女たち）が住むとされてきた。

まは……。」
　「もういいです，彼女が欲しい！」とパリスは叫び，ヘレネの胸を描写する暇さえ女神に残さなかった。
　そして，彼が気も狂わんばかりになって念仏を唱えるかのように「ヘレネ！愛(いと)しのヘレネよ」と叫んでいたときに，ヘラとアテナは怒りに燃えて遠ざかりながら，彼とトロイア人全員に対して恐ろしい復讐を目論んだのだった。
　力，知，愛の中からパリスは愛を選んだわけであり，ほかの選択はなし得なかったであろう。これだけが彼の理解した唯一のことだったのだからだ。私もこう告白せざるを得ない——彼の立場に立ったなら（ひょっとして自分自身の場合であっても）やはりアフロディテに決めたであろう，と。

　とはいえ女神がその約束を果たすためには，かなりの骨折りをしなければならなかった。ヘレネはすでに結婚していたし，またパリスは羊飼いの身であって，素敵な結婚相手どころではなかったからだ。だから，何よりもまず彼は宮廷での正当な地位を取り戻す必要があった。ところで，奇妙な偶然からちょうどこの頃，トロイアではダルダニアの競技が始まったのである。宮廷の高位高官の者が雄牛を選ぶためにアゲラオスの山小屋を訪ね，そして家畜を吟味して選びながら，競技のことを語り出した。彼の話では，これはプリアモスの父ラオメドンがアポロンの提案に基づき，近隣の諸民族との結束を強めるために設けられたのだった。この高官はさらに，さまざまな試合や，優秀な参加者たちや，とりわけ豪華な賞品のことを告げた。勝利者には黄金の三脚台，銅の花瓶，フリュギアの女奴隷たち，労働用動物が与えられるのだ，と。そして高官が賞品や，女奴隷や，動物や，競技者たちの偉業について誇張すればするほど，パリスはますます参加したくて仕方がなくなるのだった。
　とうとう若者は叫んだ，「お父さん，僕はその試合に参加したいよ！」
　「試合にだって？」とアゲラオスは当惑しながら訊き返した。
　「うん，お父さん，試合に！」とパリスは興奮して答えた。「僕は走ったり，戦ったり，拳闘に参加したりしたいんだ」。
　彼はもうすでに，勝利者の台の最上段に月桂冠を頭に巻いて発ち，プリアモスから賞品を受け取る姿を自分で思い描いていたのだった。
　アゲラオスはすぐさま，息子の有頂天振りを弱めようとして言うのだった。

「なあ，お前，いいか，世間の罠をお前より知っている者の言うことをお聞き。トロイアは千もの危険を宿した蛇の巣だ，羊飼いの息子には不都合な場所だぞ。そこの通りはひどく入り組んでいるから，日没前にお前は道に迷うだろう。ところがここじゃ，日光も水も樹木もあるし，お前の生活を脅かす者は一人もいない。」

だが，アゲラオスの警告は明らかにパリスを恐れさせはしなかった。翌日の夜明け前にはすでに若者は焦がれに焦がれたトロイアへと出発していた。養父はかわいそうに，見つからないようにと然るべき距離をとりながら，彼の後を追うのだった。パリスは間違わないように，シモエイス川に沿ってずっと降り，とうとう左手に首都の壁が聳(そび)えているのを目にした。

競技場は都の南方の囲壁のいくらか外に造られていた。パリスは入ろうとして何度か失敗した後で，とうとう競技場に入り込むことに成功した。そのときにはもう拳闘の試合は始まっていた。プリアモスはヘカベや年長の子供たちに囲まれて，天蓋に守られながら革の玉座に着席しており，自らの手で勝利者たちに賞品を渡していた。

少年パリスは予選試合を難なく勝ち抜いてから，王の眼前で決勝戦を行った。あるダルダニア人がパリスよりも体格でも力でも凌駕していたにもかかわらず，その下顎にうまくパンチが命中したため，パリスはKO勝ちしたのだが，賞品を受け取りには行かなかった。それというのも，競技場の別の端でちょうど競走が始まったのを横目でひそかに見て取ったからだ。稲妻のように素早く，スタートしたばかりの参加者たちの背後に追いつき，次々に追い越して行き，とうとう一着でゴール・インした。だが，今度も賞品を受け取る暇がなかった。レスリングの報せがあったからだ。彼は体育家*では習慣だったように，チュニカを脱ぎ去り，身体にオイルを塗ってから，トロイアでもっとも勇敢な選手に挑んだ。自明のことながら，どの試合でも彼の傍らには目には見えないが，アフロディテがついていたのである。彼女が拳闘の決戦ではダルタニアの巨人のブロックを下げさせていたのだ。また，彼女はふたりのプレイヤーを衝突させて，パリスに競走で勝たせたのだ。彼女はプリアモスの息子で最強のヘクト

---

* 体育家 (ginnasti) の語源は γυομνός (裸の) である。

ルを，レスリングでは足かけで倒させたのだった。
　地元のファンたちはパリスの成功を激しく非難した。いったいこの田舎者の野人は誰だというのか？ 競技に勝った後でも，どうして賞品を受け取らないような失礼なことができるのか？ ひょっとしてトロイア人たちの王を侮辱したかったのか？ 特に興奮したファンの中には，競技場の柵を乗り越えて，彼にリンチを加えようとさえしかけたのだが，そのとき，アゲラオスはこの危険を目にして，プリアモスの足元にひれ伏して叫んだ。
　「おお，王様，どうか臣民への憤りを抑えてくださいませ。すべての競技に勝利したこの若者は陛下の愛息パリスにほかなりません！」そして，自分の言葉を裏づけるために，彼はヘカベに対して，自分に委託された日に幼児の首に彼女がぶら下げたペンダントを示した。
　この言葉で，プリアモスの背後から，狂気じみた目つきの一人物が座席から立ち上がった。いつも不吉なことを予言するカッサンドラだった。怒りで顔が歪んでいたとはいえ，やはりこの上ない美女だった！ 酔っ払ったかのようによろめきながら，哀れな彼女は前進し，そして片手でこの未知の若者を指さし，もう片手では胸の高さのところで黒いチュニカをひきちぎるのだった。
　「父上！」と彼女は絶望の叫び声を発した。「この若者を殺して！ さもないと，この男がトロイアを抹殺することになるわ！」
　けれども，今度もプリアモスは彼女を信じようとはしなかった。
　「神々の思し召しとなれば，トロイアは亡びるがよい」と彼は傲慢に答えるのだった。「これほど勇敢な息子を諦めるつもりはないぞ！」

　ではヘレネはどこにいたのか？ ヘレネはメネラオスの妃であり，スパルタの女王だった。だがこういうやや静かなときに達する前に，彼女はさんざん嵐に遭ってきたのだった。
　彼女の継父でスパルタ王テュンダレオスは或る日，彼女の夫を探すことにした。そして，彼女の美しさにかんがみて，当時もっとも金持ちでもっとも勇敢な独身男を召集した。ギリシャのあらゆる宮廷に使者から伝えられた招待状にはすべての求婚者に対し，もし選ばれたなら，どれだけの金額と貴重品を調達する用意があるかをはっきりと表明することが要求されていた。この競売への参加者の内には，テラモンの息子アイアス，オデュッセウス，フィロクテテス，

メネスティオス，テウクロス，ディオメデス，イドメネウス，メネラオス，パトロクロスがいた。各人はテュンダレオスに王座，広大な所有地，途方もない贈り物を約束したのだが，ただしオデュッセウスだけは石とイラクサだらけの小島の王だったので，そのようなものを全然提示することができなかった。*
もっとも太っ腹な求婚者はアガメムノンだったのであり，彼は弟メネラオスの名において巨大な量の金銀の食器を王妃の目の前に積み上げたのだった。この申し出に眩惑されてテュンダレオスがもう少しで決定を告げようとしたそのとき，オデュッセウスが横から叫んだ。

「貴きテュンダレオスよ」と彼は持ち上げた，「知ってのように，私には差し出すような財宝は皆無だが，でもときには良い助言のほうが宝石いっぱいの箱よりも有用なことがある。もし貴殿が兄弟イカリオスに娘の貞淑なペネロペを私の妻にくれるよう仲介の労を取ると約束してくれるなら，お返しに良い助言をして進ぜよう」。

「了解」とテュンダレオスは本能的に答えた。「兄弟に対し，娘をきみの妻に与えるよう説得してみよう。だが今ここで，黄金よりも有用という助言を余にしておくれ」。

「貴殿が求婚者の一人を決定する前に」とオデュッセウスは提案して言うのだった，「求婚者たち全員に約束させなさい。見知らぬ他国者がヘレネに然るべき敬意を拒んだときにはいつでも，必ず彼女の名誉を武器をもって守ると」。

そのとおりのことがなされた。テュンダレオスは白馬を1頭捧げ，求婚者達の数に合わせてこれを14等分した。それから，諸侯は肉片に手を置きながら，自らの命にかけてもヘレネの名誉を守る，と誓った。この契約が結ばれた場所は今日でもスパルタ地方で訪れることができ，そこは「馬の墓場」と呼ばれている。

生涯をとおして，被誘拐者の役を演じなければならないというのがヘレネの

　＊　王が貧乏だということは何もそれほど不思議ではない。当時は王になるためには，どんなに小さかろうと何らかの村とか，石だらけの小島を支配するだけで十分だった。紀元前12世紀のどの人間でも，普通の生活条件は貧しかった。神話では，(アンキセスのように）羊飼いだったり，もしくは単なる農夫に過ぎないような王様たちにときどきぶつかる。ヘロドトスもその確証として，こう報告している——「昔は人民ばかりではなく，人の上に立つ僭主たちも富では，無力だったのである」（青木巌訳『歴史』(下)，創元社，1954年，233頁-Ⅷ,137)。

運命だったし，このことはすでに子供のときから始まっていた。まだ13歳にもならないときに，彼女がアルテミス神殿で子山羊を生贄に供しようとしていると，ふたりの兄弟，テセウスとペイリトオスによってさらわれたのだ。それから，ふたりはどちらが最初に彼女の愛顧を受けるべきか選ぶために，籤引きをした。するとテセウスが勝ち，それで彼女をアッティカの城塞，アフィドナイ城に閉じ込めた。この城には高価な家具や絹のクッションがいっぱいあったが，戸も窓もなかった。したがって，山中の黄金の監獄みたいだった。入口は1キロメートル以上も離れたところにある秘密の通路から成っていた。

へレネの兄弟（ディオスクロイ），カストルとポリュデウケス*1はギリシャの四方八方を探し回ったが，監獄を突きとめられなかった。ところが或る日のこと，アカデモスとかいうやや風変わりな人物の助言を得たおかげで，ふたりは秘密の通路を知り，彼女を解放したのだった。一説によれば，ヘレネは囚われていた間にテセウスに惚れ込み，イフィゲネイアという名の娘を産んだらしい。この子は後に，アカイア人たちの旅のため神々の機嫌取りに，アガメムノンによって生贄に供されることになる。メネラオスとの間にヘレネはヘルミオネという名の一人娘をもうけたのだが，他の典拠によれば，さらに3人の息子——アイティオラス，マラフィオス，プレイステネス——もいたらしい。*2 みんなが合意するようになるのであれば，パリスがヘレネを誘拐したとき，盛年に達していた娘ではなくて，5人の子供の母親をさらったということなのかも知れない。

さて，戦争が勃発する1年前のトロイアに戻るとしよう。パリスは宮廷に暮らすや，性格が一変してしまっていた。私たちがイダ山で知ったときの，謙虚で内気な羊飼いから，今では突如，野心的で傲慢かつ自己愛的な貴族に，豪華な衣服を着用し，自然の賜物よりもごちそうのならんだ食卓のほうを好むグルメに変わっていた。プリアモスはと言えば，ミュシア人たち*3と同盟を結びたがっていたから，パリスがアルギヌサイ*4の王女と結婚してくれるのを望

---

*1 ラテン名はポルクス。
*2 ホメロス（『オデッセイア』Ⅳ, 12-14）やパウサニアス（『ギリシャ案内記』Ⅱ, 18, 6）によると，ヘレネにはヘルミオネという一人娘しかいなかったらしい。グレーヴズ（『ギリシャ神話』159d）によると，さらにもう3人の息子がいたようだ。
*3 小アジアに住む種族（ミュソイ）。
*4 小アジアのアイオリア海岸の近くにある3つの小島のこと。

んでいたのだが，パリスはアフロディテとの約束を強く当てにしていたので，どんな女性が結婚相手に浮上してもこれを頑に拒否していた。しかし，誰かスパルタからやって来る人がいれば，パリスはひょっとしてメネラオスの妻ヘレネを見かけなかったか，とすぐさま尋ねるのだった。

　そしてとうとう大チャンス——諺にいう「人が泥棒にもなる」時と場合——が到来した。すなわち，トロイアはアカイア人たちによるヘレスポントス海峡の航行を鎮静させる目的で，ギリシャに使節を送ることに決めたのだ。プリアモスの主張では，トロイアの要求する通行税は権力乱用と見なされるべきではなくて，かつては海賊に襲われていた入江を片づけるために人間と手段を投入した者への正当な関税と見なされるべきだ，というのだ。もちろん，アカイア人たちは正反対の意見だった。彼らからすれば，海賊からであれトロイア人からであれ略奪されることに大差はなかったから，どちら側から課されるにせよ，いかなる暴力に対しても同じく暴力をもって応じよう，と真剣に決心していたのである。

　トロイア人たちから選ばれた使節はアイネイアスとパリスだった。プリアモスは（アカイア人たちに印象づけたいとの目的から）ふたりにエロスまでも艦艇に付き添わせた。パリスはアフロディテの記憶を少しばかり呼び起こすために，幼いエロスを両腕に抱いた愛神を象どった，木製の美しい船首像を艦船の舳に据え付けさせたのだ。第一の旅程はスパルタであって，この都市ではヘレネとメネラオス夫婦が仲睦まじく暮らしていたのだった。

　トロイアの貴顕は最高の栄誉をもって迎えられた。饗宴には王と王妃のほかに，その兄弟カストルとポリュデウケスも出席していた。食事中の会話は最後に，女性を誘拐するのと，詩歌で女性の好意を得るのとではどちらが男らしいかというテーマが焦点になった。後者のテーゼを主張した会食者ふたりはディオスクロイ（カストルとポリュデウケス）を非難した。彼らが女性を奪ったのは愛情からでなくて吝嗇からだったのであり，それというのも，誘拐の後で舅レウキッポスに嫁資を支払うのを拒んだからなのだ，と。このふたりの被疑者は誹謗を無礼と感じて，これに激しく反応した。雰囲気が白熱化したので，パリスはすぐさまこの状況を利用して，女主人の機嫌をとろうとした。すなわち，彼女が飲んでたワイングラスを彼女の手から取って，彼女が口を触れたまさにその個所に自分の唇と当てながら，厚かましくも自ら飲み干したのである。メ

ネラオスはぼんやりしていた（か，たぶん少し酔っ払っていた）ので，そのことに何も気づかなかった。翌日には，彼はもっとひどいことをやらかした。すなわち，イドメネウスから狩猟の勝負に招かれていたので，クレタ島へ出かけてしまい，しとやかで無防備なヘレネを誘惑者のなすがままに残していったのである。

　驚いたことに，この夫人はそれほどしとやかで無防備だったわけではあり得ない。なにしろ逃亡する前に，アポロン神殿の宝物の長持ちを空にしたり，嫁入り仕度の貴重品をすっかり2頭のらくだに積ませたり，5人の腹心の者にお伴をさせたりするだけの時間を見いだしたのだからだ。彼女がアフロディテの誘惑の犠牲になったという主張はあまり筋が通らない。だって，恋で逃亡するのだったら，金目のものをもすっかり持ち去ったりするだろうか！

　ふたりの愛人を乗せた船はまずキュプロス島，次いで，あまりよく知られていないエーゲ海の小島クラナイ*を通過した。ここの砂浜で，女神アフロディテによって然るべくきらめかされた夜空の下，パリスとヘレナは愛の初夜を過ごしたのだった。

　「さあ，奥さん」と若い王子は彼女の耳に囁いた，「一時も逃がさないように，互いにここで手足を伸ばして愛を楽しもうよ！」

　「もちろんよ，美わしきパリス」と少しも恥じらうこともなく彼女は答えるのだった，「うちもあなたがほしいわ，生涯でこれほど焦がれたことはないわ。アフロディテが今夜を一年中続けさせてくれたらいいのに！」

　実際，数日間にわたり，素晴らしい気象条件が続いた。海は暖かくて静かだったから，ふたりの愛人は夜でさえ，エーゲ海の波の中を頻繁に潜ることができた。誰かがヘレネの見事なヌードをたとえ遠くからでも眺められないようにするために，パリスは船長に命じて，船をはるか沖に停泊させた。その上，トロイアも含めて船乗り全員を漕ぎ手の座席に鎖でつながせた。アイネイアス（真面目人間だった）は従兄弟の控え目に言っても無責任なこの行動に憤慨して，彼を後に残し，トロイアへと進路を向けた。

　ハネムーンが過ぎてから，パリスも故国へ戻りたかったであろうが，今度はヘラが立ち直れない屈辱を記憶していたため，少なくとも10回の嵐を，次々に

　＊　ラコニア地方の沿岸に位置する。

一層強めて，パリスに引き起こしたものだから，彼は地中海中に押し流されることになる。伝えられるところでは，彼はエジプト，シリア，フェニキアにいたこともあったらしい。とにかく事実はどうかというと，トロイアの海岸にたどり着くまでにずいぶんと長い時を費やしたのだった。だがいったん帰宅するや，同国人たちから熱烈歓迎を受けた。プリアモスから最下級の臣下に至るまで，みんなが彼におめでとうを言ったのであり，そのうえ，順番にヘレネに恋したのだった。いつの日かまさしく女性のせいで，トロイアの名が「軽薄な行状の女性」と同義語になるかも知れないことを少しも想像だにしないで。*

---

* イタリア語 "troia" は「売春婦」を意味する。イタリアの語源学者たち（B・ミリオリーニ，G・デヴォート，P・ゾッリ）によると，これは Troia の porcu(m)（豚）が troia(m) に縮まったものらしい。カッセルの辞典（8世紀）によると，中世ラテン語で当初「太った焼き豚」の意味があり，つまり「太った」でトロイアのことを指していたらしい。

Ⅳ　テルシテス

　　私たちは上陸するや否やトロイア戦争が終結したことを知る。
　　プロテシラオスとラオダメイアとの悲話も聞けるであろうし，
　　またテルシテスがいつものように，オデュセウス，アキレウス，
　　アガメムノンに対して罵倒するのを聞くことにもなろう。

　レオンテスの船が他の2隻の船の間に通路を見いだした。すると，怒りっぽい船長フィロテロスは声をかぎりに命令や取消命令を叫び，いつものようにみんなに当たり散らした。ステノビュオスに対しては，言うことを聞こうとしなかったために，水夫たちに対しては，ステノビュオスの言うことだけを聞いたために，近くの船に対しては，十分な距離を取らなかったために，浜辺の人びとに対しては，飛んでくるロープをつかまえなかったために，そのほか，逆風や，左舷へ引っぱる潮の流れや，神々や，冥界や，トロイア人たちや，カゴメたちや，目に入るものすべてに対して八つ当たりしたのだった。

　係留が終わるや否や，好奇心に満ちた一群が船の周りに集まった。大半は男たちであって，ひどく奇抜な服装をしており，理解できない言葉で話していた。双角の兜をかぶったアイトロス人たち，*1 背中にまで長髪を垂らしたエリスたち，*2 ケファレネス，*3 マグネテス，*4 クレテス，*5 黒々と昆虫が群がった乳の鉢を差し出す山羊飼いたち，ふたりずつ繋がれたエチオピアの奴隷たち，水売りの少女たち，客を探している娼婦たち，身体障害者たち，赤毛で青い目をしたトラキアの捕虜たち，乞食たち，風に向かい恐ろしい予言を叫ぶ予言者たち，そのほか，汚くて，ぼろをまとった，栄養不良の男，女，子供たちだった。

　まあ，当時はみんなが区別なく汚かったのだ。その地方の水は貴重品だったし，渇きを解消するのには十分ではなかった。もっとも澄んだ水源はシモエイ

　＊1　カリュドン湾沿いの中部ギリシャのアイトリア地方の住民。
　＊2　ペロポネソス半島西岸の地方エリスの住民。
　＊3　イタカ近辺のケファレニア島の住民。
　＊4　テッサリアのマグネティア半島の住民。
　＊5　アイトリア地方の種族。

ス川とスカマンドロス川が合流する後背地にあった。そこはいつもトロイア人たちの突撃に曝（さら）されていたから，アカイア人たちは怖々しか近づけなかった。

ところで，このアカイア人たちの間には，「プロテシラオスの呪い」として知られた，妙な信念が広がっていた。これによると，最初に上陸したものが最初に死ぬとされていた。これだから，下船の瞬間に何が起きたかは容易に想像できよう。勇敢な戦士たちが，最初に降りないために後退（あとずさ）りしたし，水夫たちはフィロテロスの怒鳴り声にもかかわらず，重要な仕事に従事している振りをしたし，勇気で知られた英雄たちは互いに押し合って，せめてひとりでもこの呪いのことを知らぬ者がいないものかと期待したのだった。ここでみんなが狙いを定めた新参者は，若いレオンテスだった。実際，この少年はプロテシラオスのことを何も聞いていなかったので，ほとんど降りかけたのだが，そのとき，ゲモニュデスから腕をつかまれたのだった。

「おいレオンテス，立ち止まりなさい。さもないとプロテシラオスの呪いが振りかかり，早死にさせられるぞ。」

「いったいどんな呪いなのです，師匠？」

「9年前に，テッサリア人たち*1の王が，生前はイオラオス，亡骸が消えた後ではプロテシラオスと呼ばれたのだが，トロイアにやってきたんだ。王は遠方のイオルコスから，40隻の2列の櫂が付いた黒塗りの船で武装兵を引率してきた。王と一緒に，兄弟のポダルケスというアマゾネス殺しや，俊足のアキレウスもやってきた。」

「ひょっとして，僕のアキレウスのことですか？」とレオンテスは愛する英雄の名を聞くたびに興奮して，尋ねるのだった。

「そう，ペレイデス*2だ。策略家のオデュッセウスが彼を見破ってしまったんだ。アキレウスが女装してリコメデス王の娘たちの間に隠れて，トロイア行きの船に乗り込んでいたところをね。」*3

*1　北ギリシャ地方テッサリアの住民。
*2　ペレイアデス，ペレイオンともいう。「ペレウスの息子」，つまりアキレウスのこと。
*3　アキレウスがトロイアに行けばきっと殺されるので，そうさせないために母親は彼をリュコメデス王の宮殿に隠れさせたのだった。一説によると，主人公は女装して王女と一緒にピュルハとか，アイッサとか，ケルキュセラとかの偽名をつかって暮らしたという。また一説では，ある日オデュッセウス，ネストル，アイアスが

「それから,どうなりました?」

「トロイア人たちは——とゲモニュデスは続けた——テネドス[*1]の丘に配置されたフリュギア人たち[*2]から警告を受けて全員海岸沿いに群がった。そして,プロテシラオスの最初の船が岸に近づくや否や,すぐさま鋭い石ころや小石を投げつけたのだ。」

古代人の戦闘が主に石のそれだったということは,それほど不思議ではあるまい。当時の鉄[*3]は珍しい金属だったし,たぶん金よりも高価だったであろう。パトロクロスの戦死を記念した葬儀に際しての競技会では,賞品の一つが鉄の塊に過ぎなかったことを考えるだけでよい。しかもこの機会にアキレウスは競争相手にこう言ったのだ,「今度の競技を試みんとする者は立ち上がってくれ。これを手に入れた者は,たとえこの豊沃の田畑が辺鄙(へんぴ)な場所にあろうとも,5年の間はこれで用を弁ずることができるはずだ。……鉄に不自由して町へ出かけることは要(い)らず,この鉄塊で十分間に合うからだ。」[*4] こういう次第だから,厳密な意味での武器は当時金持ちしか持っていなかったし,他の人びとは何とかほかのやり方で工面していた。いわゆる不適切な武器——つまり,

 アキレスを見つけ出すために宮殿にやって来た。王女たちの目前に宝石や高価な衣服を展示して,銘々に選ばせた。だが,オデュッセウスはその衣服の下に武器を隠していた。アキレウスはそれを目にするや,胸を出し,鬨(とき)の声をあげて,楯と槍を振りかざしたという。

*1 テネドス島はトロイアから数マイルの距離しかなかった。戦前はトロイア人たちが西方からの侵入者に対抗する前哨として使っていたが,その後,アカイア人たちの海軍基地になった。

*2 ミュシアとリュディアの西に隣接する,小アジアの国フリュギアの住民。

*3 当時金属は,金,銀,銅,鉛,錫の五つしか知られていなかった。合金としては青銅(90%の銅と10%の錫)も普及していた。鉄の採鉱は普及していなかったから,僅かに流通していた鉄はきっと隕石によるものだったろう。そのうえギリシャ人は天空はすべて鉄でできていると想像していたのである。鉄がσίδηροςと呼ばれていたのも偶然ではないのであり,このことで,sidenurgia〔製鉄(術)〕の語源もsiderale〔星の〕のそれも説明がつくであろう。もっとも(有能な)語源学者たちはこういう推論に賛成していないのだけれども。〔実際,"星座"を意味するラテン語 sidus-eris は,ギリシャ語の σίδηρος とは合理的な結びつきがまったくないようだ。Cf. A. Meillet, *Dictionnaire étymologique de la langue latine*, Paris, 1967, pp.623-624, および P. Chantraine, *op. cit.*, pp. 1002-1003.〕

*4 『イリアス』831-835(松平千秋訳,岩波文庫(下),1992年,372頁)。

石，棒切れ，堆肥用フォーク等——を用いていたのだ。西暦紀元前12世紀の戦闘は，二つの相対する群れどうしの大規模な石合戦にほかならなかった。まず間隔をあけての石投げで始まり，最後は棒切れやげんこつの殴打による肉弾戦で終わった。兜，槍，剣，絵が描かれた盾（これらについてはホメロスが『イリアス』や『オデュッセイア』の中で幾度も物語っている）は，英雄たちだけの特権だったのであり，それだから，決闘の後で勝利者はす早く馬車を降りて，たぶんまだ敵が最後の息をしている間に，その武器を剥ぎ取ったのである。端から端まですっかり金属の槍を持っているほどの金持ちは，敵からのどんな攻撃にも十分に身を護っていたのである。

「いくら試みても徒労に終わってから——とゲモニュデスは続けるのだった——テッサリア人たちはとうとう石つぶてを浴びながらも，イリオス〔トロイア〕の地に上陸することができたんだ。アキレウスは敵の血を浴びたいと望んでいたから，まさに地面に跳び降りようとしたのだが，ちょうどそのとき，母親のテティスが，目には見えなかったのだが，ぐいと息子の片腕をひっつかんだのだ。神託で，最初に上陸した者が最初に死ぬことを知っていたから，息子の命を救おうとしたのだ。こんな話もある。それによるとテティスは片手でははやる息子を引き留め，もう片手ではプロテシラオスを押しやって，避けられぬ運命に従わせた。哀れこの男は大地に足を踏み入れる間もなく，プリアモスの王子ヘクトルの槍に突き刺されたという。」

哀れプロテシラオスよ！　彼はアカストス王の美しい娘オダメイアと結婚式を挙げた翌日には，乗船して前線へと向かったのだった。長年にわたって，プロテシラオスは彼女のことを夢み，憧れ，欲求していたのだが，長年の間，王は彼の望みを拒否してきたのだ。そして，とうとう彼の憧れが満たされたときには，トロイアに向けて出発しなければならなかったのだ。ほんの一夜，彼女を抱いただけだったのだ！

あまりの不幸に心を動かされて，ホメロスは彼に3行の悲痛な詩句を捧げている。

「フュラケ＊には両の頬に悲しみの爪跡も痛々しい妻と，建て終わらぬ邸と

＊　テッサリアの町。

が残されていた。アカイア勢のうち真っ先に岸に向かって船から躍り出たところを，ダルダノイ勢のひとりに討たれたのであった。」*

「跳び出た」からだ，と私としては補足しておきたい。なにしろ，テティスによってちょいと突っつかれなかったとしたら，決して彼は甲板を後にしなかったろうから！

ラオダメイアが夫プロテシラオスの死を知ったとき，ほかの妻が誰でもなるように，深い絶望に陥った。おまけに彼女はたった一夜だけの愛しか経験しないという侮辱をも蒙っていたのだ。こんなことはとても正当化されるものではなかった。当初は父親から結婚に反対され，それから大急ぎで結婚式が行われ，それからすぐさま新郎はトロイアに出発し，そして最後に，敵地に足を触れる寸前に非業の最期をとげたのだった。あれこれ考えあぐねた末に，気の毒な彼女は運命，とりわけ女神ペルセフォネからひどく冷遇されたのだとの結論に達した。それゆえ，彼女はまさしくこの女神に愛の第二夜をお願いすることに決めたのだった。

「おお，最期の家の女神さま――と呼びかけるのだった――愛した人との別れがどんなに苦痛をもたらすかは十分にご存知のはずです。あなたさまは愛するご主人と泣き暮れるお母さまとの間に，今日でも時間を分かっていらっしゃいます。ですから，どうか私と不幸せな夫にも愛の機会を恵んでくださいませ。夫はたった一夜，私を抱いただけなのです。今日もう一夜だけ，私はお願いしたいのです。」

ペルセフォネは了解して，聞き入れてやることにし，ラオダメイアの切望した愛の第二夜を許可してやった。厳密に言えば，ごく内密に過ごすべき，余分の３時間も。

ある嵐の夜，亡くなった英雄が妻の前に，しかも直接寝室の中に現われた。出発したときの武器をまだ身につけており，胸からは出血していた。

「まあ，あなた！」とラオダメイアは叫び，情熱的に夫をかき抱いた。

「さあ，早く――とせきたて，着衣を脱ぐ間だけ妻を離れさせてから――すぐ愛しい新婚の床(タラモス)に入らせておくれ！ お前が欲しくてもう耐えられないんだ！ 神さまからは３時間しか認められなかったんだ，どんなに愛情深い言葉でも僕

---

* 『イリアス』700-703（松平千秋訳，岩波文庫（上），1992年，75頁）。

らの愛撫の時間を奪っては困るんだ。」

「いやプロテシラオス，待って！——と彼女は叫んだ——たったの一夜だけなのよ……。」

「……実は3時間だよ，おまえ」と，彼はこんな状態の夫にしてはかなりこまかく説明するのだった。

「たった3時間じゃとても私の愛欲を満たしたりできないわ！——とラオダメイアは叫ぶのだった——ありふれた抱擁で時間を浪費するよりもほかのやり方で使いたいわ。さあ，私の目の前にじっと立っていて。ごく細部まであなたにそっくりの立像をなぞるためにね。こうすれば，私は悲しい生涯の最期まであなたを抱いておれるから。」

言うが早いか実行に移した。ラオダメイア（彼女は素晴らしい女流彫刻家だった）は奴隷たちに蠟100キログラムを持ってこさせて，ある女性を抱いているひとりの男の姿にプロテシラオスの肖像を作成した。仕事を終えるや，彼女はベッドの上にその立像を置き，両腕の間に入り込んだ。父親は娘がもうどこにも見かけられなかったので，召使いたちにスパイさせた。そして，娘が昼夜或る男の両腕の間に抱かれて横たわっていると聞いたとき，彼女の住まいの扉を破るように命じた。この同情を呼び起こすぺてんを見破ってから，父親は故人の像を煮えたぎっている油の中に投げ込ませた。だが，蠟が融け始めるまさにその瞬間に，哀れなラオダメイアも大鍋の中に身を投じたのだった。

話によると，「最初に跳んだ」人物たるプロテシラオスは，ケルソネソス[*1]地方のエライオス[*2]市近辺に葬られたという。彼の墓の上に植えられた楡の木の枝は，百年間もずっと緑色をしていたが，トロイア方向に向いていた枝だけは緑色にならなかったという。

レオンテスとゲモニュデスは迷信家ではなかったが，しかし，プロテシラオスのこの伝説が真であれ嘘であれ，彼らは最後に下船するのが賢明だと考えた。そうこうするうち，下船の問題はフィロテロスにより見事に解決されたのだった。つまり，この船長はリビアの最年長の漕ぎ手を漕手席から解き放し，ペー

[*1] トラキア南方のガリポリ半島。
[*2] パウサニアス，I，34，2〔トラキアのケルソネソスの都市〕。

スメーカーとして先導させたのである。もしゲモニュデスが執り成しをしなかったとしたら，その漕ぎ手はきっとフィロテロスによってすぐ殺されていたであろう。

「なあ，フィロテロス，その男を生かしてやれよ！——と師匠は言うのだった——ほら分かるだろう，男の髪の毛ももうすっかり白髪じゃないか？」

「だからこそ，こいつをやってしまうことにしたんだ」，と老犬儒学徒は満足げに答えた。

「このリビア人はもう30年以上も経っているし，軛（ζυγόν）に縛りつけておくには及ばんよ。若者みたいによく飲み食いするが，船の調整手（コックス）のリズムはもう保てはしない。それに，奴が死んでも儂のせいではない。こんな判決を下したのは，プロテシラオスの掟なんだ！」

「けっこうです——とレオンテスは応じた——でもそれを決めるのはモイラ（運命の女神）たちに任せるべきですよ！」

フィロテロスにとっては良い日だったに違いない。たとえ不承不承にせよ，最後の瞬間にはリビア人を殺すことを諦めたのだから。それから幸いにも，レオンテスとゲモニュデスがひとりの男の生命を救って，アカイア人の陣営に向かおうとしたとき，ぼろを着たひとりのロクリスの男*に遮られたのだった。

「おいクレタ人たちよ，このイリオンに何をしにやって来たのかい？」とその軍人は訊いた。「戦闘は終わったし，みんな祖国へ帰り仕度をしているんだぞ。もう風向きを占い師に尋ねているところさ」。

「戦闘は終わったんだって！——師匠はびっくりして叫んだ——いったいどんな結末になったんだい？」

「よくはわかんないんだが——とそのロクリス男は認めるのだった——昨日，指揮棒を操ることではアカイア人で引けをとらない，オイレウスの息子で敗れたことのないわが指揮官アイアスがこう言ったんだ，《リュストデモスよ，良い報らせがある。明日は帰郷できるぞ。仲間たちに伝えてくれ，船に荷物を積み，角材の上から船を水中に滑らせる準備をしておくようにと》。ご老体，白状するが，この報らせに俺はすっかり嬉しくなった。だって，子供たちや妻を抱くのが待ちきれなかったからなあ。妻がそうこうするうちに，俺の代わりに

---

*　前出（21頁脚注＊1）参照。

Ⅳ　テルシテス　51

もっと若い男を選ばなかったとしたらの話だが。」

「嘘っぱちのリュストデモスめが！」と第二のアカイア人が叫んだ。この男はそのロクリス男とは違って，赤皮の洗練された胸甲(トラクス)*1 を着用していた。「貴様はほんとうにひどい奴だ！ イドメネウスは指揮棒を立派に操るが，オイレウスの息子の，お前の小人アイアスは駄目だ。儂らは団結していて，奴が儂のキャップと競ったりすることは誰もさせないが，これは奴には幸いだ。さもないと，奴はもう今頃冥府(ハデス)で不快な蛇と一緒に朽ち果てていることだろうよ。」

「うじ虫め，貴様は儂の統領の腕を疑う気か？」と第一の兵士がやり返し，ベルトから少なくとも50センチメートルの長さの棍棒(こんぼう)を取り出した。

「哀れなロクリスの哀れなシラミめ！——と相手は大胆不敵にも応じて言った——儂の統領が貴様のところのより有能だと信じたがらないにせよ，せめて認めるんだなあ，ゴルテュン*2 要塞生まれの，ガデノルの息子たる拙者アリアッソスは，拳闘技*3 じゃ貴様に負けないことをなあ。このスポーツでは，儂はもう2回も真っ青なリュカストス(クレトーサ)*4 でチャンピオンになったんだぞ。」

「そこのアカイア人，止めなさい！」と叫んで，レオンテスは武装した両人の間に分けて入り，争いが決闘になるのを阻止した。「でも，言ってくれないか，ほんとうに戦闘は終わったのかい？」

「高貴な素性の若者よ」とアリアッソスはすぐに応じて言った。彼は他人にたかるのが巧みだったので，ただ飲みの好機を察知したのだった。「今日は俺の喉が砂漠の砂みたいに乾いている。ダルダニアの住民の太陽なら，きっと俺の舌をゆるめはしまいが。でも，お主がファイストス産のブドウ酒を1杯恵んでくれれば，きっとディオニュソスの血液が俺をまたもおしゃべりにしてしまうだろうぜ。ここから2，3歩先に，リュキア人テロニスが居酒屋を開いてい

---

*1 さまざまな数（200から500）の金属片で飾られた，麻ないし皮製の外套。通常，裕福な戦士たちが身に着けていた。

*2 クレタ南方の都市。

*3 "Caestus"〔ギリシャ語 κεστός「腰帯」〕。今日のボクシングに相当するスポーツ種目。Caestus は本来はボクシング用グローブだった。競技者は握りこぶしを革ひもで巻きつけ，その隅は鉛の飾りで固めていた。拳闘の考案者はテセウスだったらしい。当時のボクシングのチャンピオンはポルックス，アミュコス（小アジアのビテュニアの神話上の民ベブリュクス人の王），そしてもちろんヘラクレスだった。

*4 クレタ島の地名。したがって，語呂合わせがなされているのであろう。

るよ。」

　レオンテスとゲモニュデスはアリアッソスが示した場所へ向かった。リュストデモスもグループに加わった。彼は侮辱されたことも忘れたのか，それとも，それだからこそ誰かから酒をおごられて当然と思ったか，そのいずれかだったのだ。

　リュストデモスは兵士というよりは乞食みたいだった。チュニカは3カ所ばかりつぎはぎされていたし，足の回りにはぼろが巻きつけられていた。権力者に対してはへこへこし，同時にまた，アリアッソスのようなほら吹きに対しては傲慢だった。逆に，アリアッソスは貧乏人に対しては偉ぶっていた。青銅の薄板ですっかり覆われた，赤みがかった胸甲（トラクス）を見せびらかしながら陣営中をぶらついていた。ゲモニュデスはリュストデモスを哀れな奴だと思ったが，アリアッソスを死人の身ぐるみはぎと判断した。このトラクスもたぶん戦闘で倒れた者から剥ぎ取ったのだろう，と。しかも薄板の上には，トロイア仕立ての装飾が垣間見えていたのだ。

　リュキア人テロニスはどんな戦闘でもうまくやる典型的な日和見主義者だった。アカイア人の陣営の周辺に木造の小屋を建てて，実際にはみんなに何でも売っていたのだ。彼には，トロイア人であれアカイア人であれ，たんにお客でしかなかった。彼はゼウスがこんなにも長くて血みどろの戦いをもたらしたことに感謝していた。誰に対しても同じように，酒杯に注いでいた。誰が最終的に勝利を占めようと，そんなことは彼にはどうでもよかったのである。

　「ブドウ酒は金持ちの飲み物だったから，ゲモニュデスはどうしても正確な情報が得たくて，まず値段を知ろうとした。それから，アリアッソスとリュストデモスにはそれぞれ蜂蜜入りのワイン・グラス1杯を，自分とレオンテスには大麦コーヒー1杯を注文した。

　「ねえきみ，説明してくれないか——とゲモニュデスは頼んだ　——アカイア人たちはこれほど犠牲を払った後で，どうしてこのきつい闘いをとうとう放棄するようになったのかい，またメネラオスやアガメムノンのようなひどく傲慢なふたりの君主が美顔のヘレナを諦めて，なぜ伊達男パリスに任せたりしたのかい？」

　「実はことの次第はこんな具合だったんだ……」，とリュストデモスが口を開いた。しかし，アリアッソスはすぐさまことばを遮った。

「ロクリス男よ,黙って飲みなさい。お前が今ここでテロニスの居酒屋に座っているのも儂のおかげだぞ。それに,お前さんは集会には出席していなかったのだし,できることとしてはせいぜい,奴隷女たちが冬の夜なべに女部屋 (γυναικωνῖτις)*1 の中でやっているみたいに,道傍で聞き込んだことの繰り返しに過ぎぬのに,そのお前に何を語れる,っていうのかい。」

「さあ,そこの呪われたクレタ男よ,おぬしが喋りなさい。おぬしは一瞬たりとも口をつぐむことはできぬぞ」,とリュストデモスが恨んでいった。「お喋りのエコに対してやったみたいに,おぬしの声もヘラが奪ってくれたらなあ!」

ライバルを排除した後で,アリアッソスが語り始めた。他の客人もテーブルに近づいたのだが,そのなかにはテロニスもいた。彼はおそらく,戦闘が間もなく終わるかもしれぬことを心配していた唯一の男だったろう。

「俺たちはみなゲレニア*2 のネストルの船へやって来た。そこにはスケディオス,エピストロフォロスや,好戦的なフォカイア人,さらに,忠実なボイオティア人と一緒のアルケシラオスとプロテノン,アイトリア人と一緒のトアス,レオンテウスやメネステウス……もいたよ。」

「まさか船のリストを数え上げるつもりじゃあるまいな?」*3 とリュストデモスが抗議した。「船長の名前を挙げるだけでも,もう9年もかかるぞ! いいか,ホストに対してあまりに礼儀を失してはいないかい!」

アリアッソスはこれを聞き流し,もしくは少なくとも聞き流す振りをして,動じることなく続けた。

「さきにも言いかけたように,みんなは何か言うことがあって集まったんだ。誰もかれも意見を述べたかったし,誰も他人の意見を聞きたがらなかった。とうとう九人の伝令が大声を上げて群れの中に分け入り,じゃまする人間を手荒

---

*1 主として羊毛を紡いでいた,女部屋(ハーレム)。

*2 "ゲレニオス" はピュロスの王ネストルに用いられる形容語(エピテトン)。ヘラクレスがネストルをピュロスから追放したとき,ネストルはメッセネにあるゲレニア市に避難所を見いだしたため,このエピテトンで呼ばれることになった。

*3 ホメロスはトロイアに向けて出帆した船をすべて『イリアス』第二歌で列挙している。1172隻に47名の統率者がいた。(漕ぎ手を除き)各船に50人の乗組員と計算すると,アカイア人は6万の兵をトロイアに派遣したことになる。しかも1隻の船が隊員の運搬に1回以上航行し得たことを考慮に入れなくても,これだけの数になるのだ。

らに扱って，何とか静まらせてから，少しばかり注意させることができ，やっとアガメムノンはネストルの船尾に立つことができた。この最高指導者が笏を高く振ると，みんなはとたんに沈黙した。この笏はヘファイストスがゼウスのために巧みに鍛造したものであり，ゼウスはこれをヘルメスに，ヘルメスはこれをペロプスに，ペロプスはこれをアトレウスに，アトレウスはこれをアガメムノンに……与えたものだった。」

「おお，カリオペよ，このお喋り野郎から私を解放したまえ！」とリュストデモスは天に目を向け耳をおおって，祈るのだった。「私がこうしたぺてん師をどんなに嫌いかご存知のくせに，どうしていつもこういう連中に鉢合わせばかりなさるのです！」

「ひどいぞ，ロクロス男よ！――とアリアッソスが叫んだ――そいつは言い過ぎだ！」こう言うや，彼は青銅の剣を抜いて，刺し殺すつもりで飛びかかった。

レオンテスとゲモニュデスは割って入り全力で阻止しようとした。てんやわんやの大騒ぎで，とうとう注がれた酒杯の並ぶテーブルもベンチ（θρᾶνοι）＊も引っくり返ってしまった。アリアッソスはわれを忘れ，激高した悪魔と化した。敵を打ち殺したいとわめきちらし，なんとしても正気に返らせることは無理だった。傍にいた売春婦がヒステリーの発作に陥り，けたたましい悲鳴を上げた。それから幸いにも，とうとうテロニスの従者たちがなんとかしてこの争いを終わらせることができた。四人がかりでアリアッソスを落ち着かせながら，居酒屋の片隅に押さえつけ，ほかのふたりはリュストデモスを追い出し，二度とここに戻ってきたら承知しないぞ，と引導を渡したのだった。

再び静かになると，ゲモニュデスはアリアッソスに話を続けるように頼んだ。ほら吹きの彼は当初答えようとはしなかった。今やみんなの視線がそそがれていることを意識して，ゆっくりと立ち上がり，周囲には憎悪だらけの視線を投げかけてから，宿敵を追いかけるか，それともそのあいだに数を増していた公衆に対して自らの弁舌の証しに一席ぶつかと迷いながら，入口のアーチの下に行った。だが並み居る者たちが安心したことに，彼は後者を選択したのだった。

＊　30センチメートル以下の小さな木製スツール。

「人民の王アガメムノンは言ったんだ，『おお，アカイアの者たちよ，トロイアの城壁を打倒しようという空しい試みで多年が経過した。われらのうちの大勢の者がこのために死んでしまったり，腕や脚が利かなくなってしまった。われらの船のマストはもう腐り始めているし，船のロープは日に日にほどけているし，われらの妻たちは遠い故国で，九年前に父子を切り離したあの同じ船の帆を一番に見たいものと幾度も岸辺に駆けつけている。街路の広いイリオンを征服しようというわれらの希望も，今やすっかり消え失せた。まだ残っているのは一つの選択だけだ。美しい目をしたヘレネのために全員死ぬか，それとも，われらが幼年時代を過ごした家に戻るために黒船に乗り込むか，の。』」

聴き手たちは長いつぶやきをもって答えた。

アリアッソスはさらに続けた，「いいかい，みなの衆。アガメムノンが演説を終える間もなく，群れの一団はさながらひとりみたいに，船へと殺到したんだ。その有様はわれらの歌人たちが伝えている，テラに発したあの伝説上の津波のときにそっくりだった。* みんなは叫んだ。『帰郷しよう，帰郷しようぜ！』そして，互いに抱き合って泣いたのだ。俺も一緒に叫んで一緒に泣いた。それに，俺の意見では，九年かかってもトロイアを征服できなかった以上，十年目にそれに成功するはずもないしなあ！」

この最後の言葉を，一つの叫び声が圧倒した。誰かが入るや，アリアッソスとは明らかに見解を異にしていたため，彼をなじり始めた。

「おい，腰抜けめ，お前は戦争のことが分かるものか！」とその声が叫んだ。「この九年間，敵に尻しか見せなかったくせに！」

アリアッソスは群れの間に分け入り，この新参者に申し開きを求めようとしたのだが，何と前に立っていたのは，イタカ王オデュッセウスだった。彼は今や自分オデュッセウスがアカイア軍の新指揮官だということを示そうとするかのように，右手にはアガメムノンの笏を握っていた。そして，その笏でも十分な敬意をかき立てなかった場合のために，巨人エウリュバテスも混じったイタカ人の一群を集結させていた。

「でも，アガメムノンはこう言ったんだ……」とアリアッソスは不敵にも応じるのだった。

---

*　西暦紀元前16世紀頃に火山の大噴火により，テラ（サントリーニ）島から大津波が発生し，エーゲ海の海岸一帯を呑み込んでしまった。

「……アガメムノンはアカイア人たちを試してみたかっただけなのだ，ところが，お前のような腰抜けどもが，いいか，それに騙されたんだ。お前以外に疑いのある者がここにいるのなら，さあ，前に出てこい。そいつをこの手で喜んで打ち殺して見せよう。」

「オデュッセウスよ，儂は君の言葉を信じないし，君が何を言おうと，今も今後も永劫に信じはしないぞ！」

またしても邪魔者が発言を求めて割り込んだ。かなりおかしな様子をした兵士で，頭は梨の形をしていた。せむしで，片方の脚が他方の脚より短く，髪の毛は頭上の天辺に僅かに生えているだけだった。名前はテルシテスと言い，姿を現わしたときには，みんなは大笑いした。もちろん，この店の客人たちにはもう馴染みの顔だった。

「誰だい？」オデュッセウス。

「あんたの言葉を信じない者さ」とテルシテスは答え，ちょっとお辞儀をしたのだが，言うまでもなくそれでもみんなの笑いを催した。「あんたの盗癖のある仲間アガメムノンが嘘をつけないという理由からではなく，あんたのように，生きる手段として嘘をついたり，母胎にいたときから嘘つきだった者を儂は信じられんからなのさ。どんなにちっぽけな真実でも，たった一つでもあんたには言う力がないんだ！」

「汚らわしい奴め！　われらの最高指揮官をよくも犬呼ばわりしやがったな」，とオデュッセウスはこの怪物を黙らせるために怒鳴った。だが他方では，いったいアガメムノンが近頃どんな罪を犯したのか知りたくもあったのである。

テルシテスはすぐさま言い返した。「儂は彼を泥棒と呼んだが，泥棒たちにお詫びしなくてはなるまい。このアトレウスの息子〔アガメムノン〕は普通の泥棒どころではない。正真正銘の泥棒さ。彼の小屋は青銅の屋根で覆ってあり，こなし切れぬほどの女を天幕の下にかこっている。それでもなおご所望なんだ，このご主人様は！　それに，美しくて若い娘しか受けつけないんだ。誰がそんな娘たちを，彼のために世話しろというのだい？　ゼウスに誓って，われらアカイア人と決まっているんだ。誰が彼のために黄金を入手するというのか？　もちろん，われらアカイア人さ。儂らはただアガメムノンのために黄金を強奪しようとして，無実の者たちを襲ったり，虐殺したりしなくちゃならないのさ。哀れ，奴はひとりだけでそんなことをするのは，あまりにきつ過ぎるだろうよ。

今俺たちがトロイアを攻めなくっちゃならないのも，お頭がほかに黄金や少女たちを手に入れるために過ぎんのだ。奴にはこんなものを何がなんでも必要なんだ！」

「黙れ，虫め！ 黙れ，ここで死にたくなければなあ！」とオデュッセウスは叫んだ。

だが，オデュッセウスの脅しも権威も，テルシテスに対しては何らの効果もなかった。この怪物は大部屋の真ん中にたどり着くや，聞き耳を立てている人びとのほうをゆっくりと一瞥してから，できるだけみんなの注目を引こうとした。それから，低い声で言い始めた。

「兄弟たちよ，誓って言うが，彼を信じないでおくれ！ あんたたちが生きている……とオデュッセウスが言おうとも，彼を信じないでおくれ。あんたたちが２本の腕，２本の脚を持っている……とオデュッセウスが言おうとも，彼を信じないでおくれ（たとえ彼の言うとおりだと思えても）。太陽が天上で輝いている……とオデュッセウスが言おうとも，彼を信じないでおくれ，たぶん，そのときちょうど雨が降り出すようなことになるかも知れない。たまたま外出していて，太陽が本当に輝いていても，彼を信じないでおくれ。彼は何か下心がなければどんなことでも言わなかっただろうと，あんたらは確信してよいのだからね。」

「この腰抜けめ，毒蛇め，牛糞め，酔っ払い爺の痰め——とオデュッセウスは叫んだ——貴様の猫背を叩きのめし，耳をしごき，泣きわめくのを船へ引き戻してしまうまで，テレマコスも俺を親父と呼ぶまいぞ！」

それから，テルシテスのチュニカをぐいとつかみ，地面に投げつけた。そして笏で投擲し続けたのだが，その間イタカの人びとは両人の回りに半円をつくって，誰かがけんかの仲裁をできないようにしていた。だが，この哀れな男は梨形の頭をどんなに殴りつけられようとも，悪口雑言や呪いを一瞬たりとも止めずに吐き続けた。

「おお，アカイア人の人びとよ！ こいつはオデュッセウスだぞ。見たか，その強さを。せむし男を巧みに折檻するわい。この男は親友ナウプリオスの息子パラメデスを裏切り，その死刑判決を下した張本人だ！」

こうしてパラメデスの名前を思い出させられて，オデュッセウスの怒りは頂点に達した。テルシテスにとり幸いなことには，この朝このイタカ王にはまっ

たく別の心配事があった。そのため，このせむしをさんざん殴りつけてから，できるだけ早く砂浜に急いで，アカイア人たちの逃亡をくい止めようと絶望的な試みをするのだった。アガメムノンの呼びかけは連合軍の陣営の中に正真正銘の平和運動をかきたてていたし，ギリシャ人たちは突如，自分たちがいかに疲れ切っているかに気づいたし，まるで一心同体のように帰郷する決心をしていたからだ。その話術でもって彼らを居残るよう説得できるのは，たぶんオデュッセウスだけだっただろう。

　英雄が立ち去った後で，テロニスはテルシテスを最初に助け出した。自分で蒸留したブランデーでテルシテスの傷口を入念に消毒し，頭を長いリンネルの帯で縛ったので，彼は以前よりもっと滑稽に見えた。禿の頭骨の天辺のまばらな髪の毛が包帯から生え出していて，アルヴァ＊にそっくりだった。ビュロスの女たちがポセイドンを祝う祭日にいつも作っていたものである。

　このせむし男は消毒が傷にしみると少々嘆きはしたが，不倶戴天の敵に対してとうとう怒りを爆発させたことを喜んでいたのだった。それに反して，レオンテスはこの場面にたいそうびっくりし，もっと詳しく知りたいものと熱望した。そして，テルシテスが再び答えられる状態になったと気づくや，疑いを一つずつ彼にぶつけた。

　「おい，アグリオスの息子テルシテスよ。われらの英雄たちの偉業については子供のときから聞かされてきたが，今日こうして，儂は幸いにも今お前さんを見ているように，近くから英雄たちのひとりにお目にかかれた。しかも，余人ならぬオデュッセウスも見た。質(たち)の悪いパリスと闘うために，この地にやってきたうちでももっとも智謀家の，このイタカ王をね。ところが，お前さんは儂をオデュッセウスに用心するよう注意し，しかもお前さんの生命を危険にさらしてまで，彼がどんな尊敬にも値しないことを儂に悟らせようとしている。それでお尋ねするが，お前さんと儂の主人たちと，いったいどちらを信用すべきなのかい？」

　「若い衆よ，あんたにお願いしたい——とテルシテスは悲しげに答えた——頭がある限り頭を使い，主人たちも，吟唱詩人たちも，その他，うろつき回ってただでイチジク一皿せしめるために英雄の偉業を歌っている連中を信じては

　＊　今日でもギリシャで手にする砂糖菓子。アーモンド，すり胡麻(ごま)，蜂蜜から成る。

いかん！ ほんとうに真実を知りたいのなら，あんたの心の中にではなく，頭の中にそれを探しなさい。あんたが英雄たちと呼んでいる者たちは，有名を馳せた悪漢たちに過ぎないのであって，異国に侵入して国土を荒らし，女性を犯すのを目的としているのだ。連中は隣人愛とか，弱者への尊重とかが何かを皆目知らないんだよ。ヘレネの名誉なぞ，彼らにはまったくどうでもよいことなのさ。目的はプリアモスの財宝だけで，彼からこれを奪い取るためにはどんなことでもやらかす。アガメムノンは残忍な殺人者だ。自分の欲求を何なりと満足させるのを妨げようものなら，自分自身の兄弟でも殺めかねない男だ。アキレウスもやはり残忍な殺人者だ。この男にとっては名声は一民族全体の生命よりも大事なのさ。」

「でも，彼は英雄だ」とレオンテスは抗弁した。

「じゃ，英雄とはいったいどういう意味かい？」とテルシテスが訊き返した。

「勇気があるという意味だよ」と若者は大胆にも答えた。

「勇気があるって？──とせむし男は嘲りながら答えた──負傷しないことを知っている戦士が，もっとも傷つきやすい点で異なる別の戦士に立ち向かっても，ひょっとして勇気があることになるのかい？」

「アキレウスだって，傷つきやすい箇所は一つある……」とゲモニュデスが介入した。

「そうさ，でもそれを知っているのは彼だけだし，ほんの偶然でも訪れなければ，誰も彼に致命傷を負わせることはできまい。だから，ひどく尊敬されているオデュッセウスに劣らぬくらい，アキレウスも残忍な殺人者だということに，きっぱり俺たちは同意できよう。唯一の違いは，アキレウスは少なくとも正々堂々と殺すのに対して，オデュッセウスは剣ではなく策略をもって，暗殺することを好んでいる点さ。この策略で彼はパラメデスも殺したんだ。」

「なぜ殺したの？」

「パラメデスはオデュッセウスが戦争に行かずにすむように，狂人の振りをしたとき，仮面を剥いで笑いものにしたからさ。」

「オデュッセウスが狂人の振りをしたの？」とレオンテスが驚いて尋ねた。

「そのとおりだよ。パラメデス，アガメムノン，メネラオスは，ヘレネの結婚式の際に行われた約束のことを彼に思い起こさせるために，イタカへと向かった。しかも，アカイアの王子たちの間のこの同盟を提案した張本人が彼だった

のだ。三人は，ちょうど海岸で砂を耕そうとしている彼を見つけた。頭には卵形をした農夫の帽子を被り，牡牛とロバに鋤を引かせ，右手で塩を砂の上にばら撒いていた。*1 『あれまあ——とメネラオスは叫んだ——あいつは気が狂ったに違いないぞ！』でも，抜け目のないパラメデスはというと，ペネロペがオデュッセウスにもうけた幼いひとり息子テレマコスを乳母の腕からもぎ取って，ちょうど鋤の目の前に置いたんだ。そうすると，この詐欺師は立ち止まるしか仕方がなかったんだ。」

「それで？」

「ぺてんがひとたびばれてしまうや，ラエルテスのこの息子はトロイアへ出発せざるを得なくなったのだが，仇き打ちを忘れはしなかった。機会があれば，このパラメデスに仕返しするぞ！ と。しかも，どんなやり方で行ったか！ オデュッセウスより非道い人物は居るまいて。一見したところ，気立てのいいように見えるが，自分のことしかやらないし，しかもこれは彼が他の人びととは違って，待つことを大切にしているからなのだ。すぐさま反応することはしないが，それから或る日，もう待てなくなると，誰も手に負えなくなり，たちまちやっつけてしまうんだ！『オデュッセウス』*2 とみんなから呼ばれていても，彼はいつでも百回熟考した後でしか決断しないし，衝動的に行動することは決してないんだ。たとえば，今日彼が俺を叩いたのも，俺に対して急に怒りを発散したからではなくて，俺を通してアカイア人全体に対して一つの警告を発したからなんだ。まあ，こんな具合さ，『いいか，帰国のことを口に出すでない，さもないと，このでき損ないみたいな目に遭うぞ！』ところが，アキレウスはこの正反対さ。彼は怒ったときだけ，恐れる必要があるが，それから後は，すべてが落ち着くんだ。」

「では，どうしてパラメデスをも罰したの？」とレオンテスがさらに訊いた。

「彼は黄金入りの袋を天幕の下の土に隠した，そしてひとりのフリュギア兵に命じて，プリアモスがパラメデスにすがっている偽の手紙を書かせた——『私が貴下にお贈りしました黄金を使用されて，アカイア人たちを裏切るときが到来しました』と。それから，そのフリュギアの使者をアカイアの陣営から

---

 *1 ナポリ人ならこう言っただろう，「戦争に行かないよう，馬鹿の振りをしていた」
   (Faceva ó scemo pe' nun ghi a' guerra) と。
 *2 ギリシャ語で ὠδύσαο は「怒った」を意味する。

Ⅳ　テルシテス　61

ほんの数メートルの所で殺害させた。パラメデスと接触しようと陣地に忍び込むところを見破られたかのように見せかけて。こうして，トロイア王の偽の手紙が殺された男の体に見つかるようにしたのだ。」

「うん，それは罠だったんだ——とゲモニュデスが抗弁した——でも，パラメデスにだって，自衛のために，これまでアカイアのことのためにどれほど尽力したかをみんなに思い出させる機会はあったはずだ。パラメデスはその勇気や，優美な書体でエーゲ海全域に知られていたんだから。それに，彼ほど軍人たちから愛された者はいなかったんだ。博奕で夜警の退屈を軽減させていたからなあ。」

「もちろん，パラメデスは自己弁護したんだが，それでもオデュッセウスはパラメデスの天幕の中を捜索させた。そして彼の眠っていたちょうど真下に黄金の詰まった袋が見つかると，ただちに彼を石打ちの刑に処したんだ。石が彼の背中に投げつけられる間，哀れこの男は天に向かって叫んだとのことだ，『真理よ，汝が私に先んじて滅びるとは嘆かわしい！』*と。」

「でも，こんな細部を全部どうしてきみは正確に知っているのかい？」とゲモニュデスはやや怪訝(けげん)そうに尋ねた。

「手紙を書いたあのフリュギア人の伝令が，息を引き取る前に，ひとりのボイオティア人に打ち明けることができ，そしてこのボイオティア人が俺にそのことを語ったんだ。あいにく俺がそのことを耳にしたときには，ナウプリオスのこの息子はもう石打ちの刑に処せられてしまっていたんだが。だが，裁判官たちも俺のいうことを信用しなかっただろうよ。なにせオデュッセウスはそうこうするうちに，このボイオティア人も葬ってしまったのだからね。」

「おお，テルシテス，僕はあんたの言葉を信じるよ——とレオンテスは深く感動してつぶやいた——きみは数々の秘密を知っているし，大勢の人びとに話してもいるんだから，もしや高貴なネオプロスがどのような死に方をしたのか，僕に言ってくれないかい？」

「いったいどちらのネオプロスのことかい？」とテルシテスが訊いた。「まじめな人で，ガウドス王のネオプロスのことかい？」

「そのとおり。」

---

* フィロストラトス『英雄伝』(*Heroika*), 10 (Graves版，162頁，注23)．

「このへんじゃ，もう姿を消したことしか知られていないよ。でも，お前さんはいったい何者かね？　ひょっとして彼の息子か？」
「そう，儂の名前はレオンテスだ。」
「それじゃ，よく聞きたまえ——とせむし男は答えて，彼の目をじっと凝視した——何も約束はできぬが，君の父親の最期について真相をすべて知っているひとりの男と俺は顔馴染なんだ。」
「いったいそれは誰だい？」とレオンテスは叫び，起き上がり，テルシテスの両手をきつく握った。
「まあ，落ち着きなさい。フリュギアの商人だが，もう陣営の中にはいない。昨日，はるかエフェソスへ出発してしまったよ。大麦と小麦を仕入れにね。セレネが２回まばゆい姿を現わす前に，* イリオンには戻るまいて。彼を見かけたらすぐさま，お前さんを彼の前に連れて行ってあげよう。そのとき，彼が見聞きしたことを洗いざらい静かに語ってくれるだろうよ。」

＊　「セレネが２回まばゆい姿を現わす前に」とは，「２カ月経つまでは」という意味。

V メネラオス対パリス

アカイア勢とトロイア勢とが戦い,メネラオスとパリスが決闘する。パリスは逃亡し,ヘレネと寝室で出会う。

ゲモニュデスは気がかりだった。若いレオンテスがその朝,トロイア平原での戦闘に加わる決意を固めていたからだ。夜明けの薄明かりにはもう起き上がって,制服を身につけていた。重いリンネル製の青銅を張った甲冑(かっちゅう),二つの銅製肩章,二つの(銀製留め金のついた)胸当て——母からの贈り物——,テッサリア製のすね当て,κόρυς(つまり,ミュケナイ製の大兜で,革の頬覆いがくっついており,頭を守る働きをしていたが,はなはだ重いため,頭を休ませるために2分おきに外さざるを得なかった)で。しかもこれだけではなかった。槍,盾,ξίφος*(つまり象牙の剣先がついた細身の短剣)を身につけていた。あまりにも重装備をしていたため,見知らぬ人が見たなら,本物の戦士と見間違われたであろう。

レオンテスがこのような大げさな扮装を凝らしている間に,ゲモニュデスは衝突したとき彼を衛ってくれるように,ガウドスの若者の一群を組織した。

師匠は言った,「ずっと彼の周りで防壁になりなさい。お前たちのうち3人は何が起きようとも,常に彼の前に立ちなさい。ほかの4人は彼の両脇と背中をカヴァーしなさい。彼は生きたシンボルなのだから,無事に帰宅させなくてはならんのだ。もしも殺されでもしたら,彼のお母さんに二度と顔を見せられまい」。

クレタ島の小隊が行進するアカイア勢に加わった。誰も一言も発しなかった。物音は牛に引かせた戦車のキーキー音と,甲冑のガチャガチャと鳴る音だけだった。2マイルほど離れた所に,厚い砂埃が見え始め,風に運ばれて,前進するトロイア勢からの叫び声が聞こえだした。

敵方とは反対に,プリアモスの軍勢はずっと大騒ぎをしていた。盾の上に剣

---

* 両刃の鋭利な剣。

を打ちつけたり，かん高い奇声を発したり，まるで天をも突かんばかりに空中に長槍を振りかざしたりするのだった。その有様たるや，カモメがアンチョビの群れでも見つけたかのようだった。

「なぜあんなに叫んでいるのだろう？」とレオンテスが尋ねた。

「私たちを怖がらせるためだ」とゲモニュデスはぶっきらぼうに答えた。

「どうしよう？」

「怖じ気づいてはいかん。」

言うは易し。トロイア勢は威嚇するように跳びはね，わけの分からぬ文句をがなり立てた。黒ずんで，がっしりした力強い若者たちだった。要するに，白兵戦となれば，分が悪かった。これに引き換え，アガメムノンの部下は畜殺台に引っ張られて行く子牛の群れみたいだったのである。

距離が縮まるや否や，隊列を組んだトロイア勢のリュキア人射手たちが，アカイア勢に弓矢を雨霰（あられ）と降らせてから，矢継ぎ早に，石の霰（あられ）で攻撃したものだから，ギリシャ勢は呆然自失の有様になってしまった。

「盾をもっと高く持ち上げなさい！」とゲモニュデスが王子に命じた。それから，この若者がなおも胸を守ろうとしているのに気づいて，今度は直接耳元で叫んだ，「ばか者，持ち上げるんだ！ 持ち上げるよう，言ったじゃないか！ 胸を守って何になる！ 頭を守らなくっちゃならんのだ！」

「だけど，何も見えませんよ」とレオンテスは抗議した。

「いったい何が見たいんだ？」とゲモニュデスがどなり返した。「何も見るものなぞありはしない！ たった一つ，額のど真ん中に石を食らうだけだ」。

ところが，実際には見るべきものが多数いたのだった。トロイア勢の先頭には，ヘレネの誘拐者パリス本人が立っていた。見るからに恐ろしそうな態度をとり，胸を膨らませて，新しい甲冑を見せびらかそうとするのだった。甲冑の上には，ヒョウ皮でできた黒マントをくるぶしまで垂らして，武器には，弓，フリュギアの ῥάσγανον（短刀），先端が青銅の２本のトネリコ材の槍を構えていた。

「いまいましいアカイア人め，一かたまりになってかかって来い！」とパリスが叫んだ。「ゼウス神にかけて，ひとりずつではなく，一纏（まと）めになって，一気にかかって来い！」

こう叫びながら，彼は２本の槍を天上に振り回した。

V　メネラオス対パリス

ちょうどこのときに牛車でやって来たばかりのメネラオスは、このほら吹きの叫び声を耳にした。アトレウスの息子〔メネラオス〕はこの競争相手を見ただけで、すぐさま殺気をみなぎらせた。血液が頭に上り、首の動脈がふくらんだ。不倶戴天の敵、自分を欺き妻を奪った男、客を親切にもてなすという聖なる掟を破った人非人を眼前にしたのだ。怒りに駆られると同時に、顔を輝かせたメネラオスを見た人は、蒙った恥辱への怒りのほうが大きいのか、それとも憎らしい敵をとうとう見つけたという満足感のほうが大きいのか、言うのは難しかったに違いない。牛車から跳び降りるや、強大な剣を鞘から取り出し、悪鬼のように突進した。

「人妻の誘拐者、汚らわしいうじ虫、極悪な感情泥棒、臭い昆虫め、貴様は真の戦士どうしの決闘で死ぬに値しない。女ども相手にうまくやったみたいに、果たして男ども相手にもやれるものか、お手並み拝見しようじゃないか！」

こうして憎悪をみなぎらせてパリスに突進したものだから、パリスはトロイア勢の背後に身を隠そうとした。

「臆病者め、どこへ行ったんだ？」とメネラオスは敵の人込みの中でもうパリスが見分けられなくて、大声を張り上げた。「ならず者め！　ずらかりやがったな。白目の下に身をさらすのが怖いのかい？　貴様は寝室（タラモス）の中でしか闘えないのか？」

その間にも、戦場のいたるところで両方の歩兵隊どうしの激しい衝突が起きていた。ゲモニュデスはレオンテスを守るために、ひとりのトロイア兵士を一撃で気絶させざるを得なかった。それでも、そのトロイア兵は何とかして生きた防壁を突破しおおせようとした。師匠は高齢にもかかわらず、この敵を強力に打ちつけて、地上に叩きのめしたのだった。ガウドスの王子（レオンテス）は地面がこのトロイア人の血に染まるのを見ると、気分が悪くなり、吐き始めた。ゲモニュデスはすぐこの機会を利用して、レオンテスをより安全な場所に移すよう部下たちに命令したのだった。

戦闘が荒れ狂ったにもかかわらず、パリスの恥知らずな行為がヘクトルから見逃されはしなかったし、ヒョウ皮できちんと上品な出で立ちの姿を目前にするや、彼はあらゆる自制心をなくしてしまい、侮辱の洪水を浴びせにかかるのだった。

「いまいましいパリスよ、下種の伊達男よ、救いようのない女たらしよ、何という不運な星のもとに生まれついたことか！　あんたは母の胎内で死んだほうがましだったんだ、生きて世人の恥さらしになるよりはな！　髪の長いアカイア勢が今どれほどわれわれを嘲笑っているか、とくと見るがいい！　男らしく、勇敢なメネラオスとどうして競わないのだ。そうすれば、あんたが息を引き取る前に、あんたが誰の妻を奪ったのかがはっきりするだろうに！」

　ヘクトルの言葉はパリスには壊滅的な作用を及ぼした。この世で一番人気の恋人たる自分が、すっかり辱められたと感じたのだ。生涯でこれほどひどい侮辱を受けたことはかつてなかったし、しかもよりにもよって、自分の弟から浴びせられたのだ！　身体の中に深いショックを覚えたのであり、一瞬ふとあの若い時分に、かつてダルダニアの競技で勝利するためにイダ山から燃えさかる熱意を抱いて降りてきたことを思い浮かべたのだった。それで、ヘクトルに近づき、仏頂面でこう言った。

「弟よ、お前はいつも変わらないままだな。無情な若者だ。お前の心は、船の厚板を作るため、立ち木を巧みに切り倒す木樵の斧みたいにこわばっているんだ。お前は私の美や愛情がまるでみな私だけのせいでもあるかのように言うけれど、これらは神々の贈物なのだぞ。別に私がこれらをお願いしたわけではないのに、神々が私に勝手に与えられたのだよ。ちょうどお前には力と勇気を与えられたようにな。で、今私にどうしろというんだい？　メネラオスと競えと？　今日死ねと？　それが本望かい？　それならいいかい、それは私の本望でもあるんだぞ。さあ、トロイア勢にもアカイア勢にも、戦闘を中止して、野原に円陣を組んで座るように言いつけなさい。そうしたら、私はその真ん中で、アトレウスの息子でアレスに愛されたメネラオスと互いに武装したままで、最期の息を引き取るまで戦うよ。生き残った者がヘレネを獲得し、突き刺されて地面に倒れたほうはみんなから手厚く葬られるべきだ。残りのみんなは長続きする講和条約を結んだ後で、先祖伝来の家々に帰還し、妻子を胸にかき抱けるであろうよ。」

　もちろん、承知の上だ。ひとりの戦士がたとえ神話上の人物であろうと、四方八方から矢、石、棍棒が飛びかう戦闘の最中に、これほど詳しい話をできたなぞということはありそうもない。でも、これはホメロスが『イリアス』の中で私たちに語っていることなのだ。私としては多かれ少なかれ、それを書き写

したまでなのである。

　ヘクトルとアガメムノンはすぐさま，戦闘を中止させようと努力しにかかった。30分ほど命令と取消命令，まだ宥（なだ）めるべき最後の小競り合い，前哨（ぜんしょう）への連絡があった後で，アカイア勢もトロイア勢もとうとう武器を降ろし，場所を空けて，円陣をつくり，ヘレネの両方の夫が妻をめぐって槍と剣で戦いを交えられるようにした。

「何が始まろうというのだ？」とレオンテスが尋ねた。

「スパルタ王とトロイアのパリスが同じ武器で徹底的に戦うのだよ」とゲモニュデスが説明した，「勝者が妻と財産を手に入れることになる」。

「で，私たちは？」

「頭（かしら）が言うところによると，決闘がどうなろうとも，私たちはガウドスに戻ることになる。」

「残念だなあ！」とレオンテスはナイーヴにも叫んだ，「ちょうど今，僕が闘いたかったところなのに！」

　ゲモニュデスは弟子の言いわけに沈黙した。彼の最初の敵との衝突の名誉ある結末を彼に思い出させたくなかったのではなくて，彼の自尊心を傷つけまいと放置したのである。

「ねえ，ゲモニュデス，それならせめて言っておくれ——とレオンテスが続けた——どちらが勝つと思っているの？　アトレウスの息子か，それとも裏切者のパリスか？」

「体力からしたら——とゲモニュデスが答えた——まったく疑いようがない。メネラオスのほうがはるかに強い。アガメムノンほど背が高くはないが，敵より少なくとも手の幅くらいは高い。でも，問題はむしろ別のところにあるんだ。彼が勝ったにしても，トロイア勢ははたして話し合いに応じるかなあ？　彼らが神々に誓うのを私は幾度も聞いたが，その後で幾度もその誓いを破ったのを見てきたんだよ。」

　トロイア勢が名誉の問題で信用できないということは諺になっていたし，当然のことながら，メネラオスもそのことを思案していたのだった。だから彼は決闘に入る前に，若いパリスよりも誰か権威のある者が協定の遵守を保証するように要求したのである。

「おい，トロイアの皆の衆——とスパルタ王〔メネラオス〕は牛車の上から言明するのだった——こんな無意味な皆殺しはもう止める頃合いがきたように思うのだが。だから，太陽と大地のために白色の雄子羊1頭と，黒色の雌子羊1頭を用意したまえ。当方はゼウスのために3番目の雄子牛を用意しよう。それから，協定を保証するためにそちらの強力な王を呼び寄せてくれ。私の苦い経験から，傲慢で不忠実な彼の子孫を信用できないからだ。若者の心は気分次第で揺れ動くものだが，老人たちの心は岩よりもしっかりしている。前後を眺めることができるし，神々の面前で結ばれた約束を犯すことはしないものだからだ。」

　プリアモスに報らされるや，しばらくすると彼が長老会議のメンバー* と一緒にスカイア門の塔の一つの上に姿を現わした。老王は嫁のヘレネも戦闘に立ち会うよう要求し，召喚させた。彼女が到着すると，あちこちでつぶやきが漏れた。意見は相反するものだった。ある物は彼女の堂々たる歩きぶりに感激した（「女神のようだ！」と叫ぶ者もいた）し，他の人びとは彼女こそトロイアに振りかからせたあらゆる災いの唯一の犯人だと見なすのだった。

　「ほら，こっちに来なさい，私の近くに座りなさい——とプリアモスは言いながら，自分の長椅子に少し隙間をつくった——さあ，見物するのだ，そちの前の夫と今の夫とが，槍対槍，剣対剣，盾対盾で休戦なしの決闘を行うのを。両人ともがそちにはひどく心配だろうが。」

　「私は哀れな雌犬だわ！——とヘレネは叫んで，急に泣きだした——あなたの愛くるしい王子に従い，安心できる花嫁の寝室（θάλαμος）も愛しい娘たちも愛する女友だちも見捨ててしまったあの日に，いっそのこと私は死んでしまうべきだったんだわ！ ああ，不幸な私，この私には涙にくれるしかないのだわ！」

　ヘレネの言葉は廷臣たちの間にさまざまな反響を及ぼした。ヘレネを愛していた人たちはほとんど涙を流さんばかりに同情したが，彼女に我慢できなかった人たちは何という猫被(ねこかぶ)りな言動をすることよ，と非難するのだった。

　「そちの背後でささやく焼餅焼きにはかまうな，愛しいヘレナよ——とプリアモスは優しく話しかけながら，彼女の首に腕を回し，そっと髪毛をなでるの

---

*　正確に知りたい人びとのために，ここでプリモアスが塔の上に随伴させてきた長老の名簿を記すと，パントース，ヒケタオン，アンテノル，テュモイテス，ランポス，クリュティオス，ウカレゴンである。

だった——今起きていることに対して、余としてはそちに少しも罪はない。神々だけがわれらを苦しめているんだ。アカイア勢をわれらにけしかけ、そちを口実にして戦争しようとしたのは神々なのだからね。」

『イリアス』第3巻から、歴史家たちには十分注目されてこなかったが、はなはだ興味深い情報が得られるのである。つまり、プリアモスはヘレネに首ったけだったのだ！ いつも何百人もの内妻を囲うことに慣れていたこの老色男にとって、息子パリスが絶世の美女を連れて戻ってくるのを見た初日から、この息子に死ぬほど嫉妬を覚えたに違いないのだ。だから私としては、この戦争の責任者たちの列に（しかも最後というわけではないのだ）プリアモスをも加えたいと思う。なぜなら、この王にもう少し分別があったとしたら、メネラオスがオデュッセウスと一緒にトロイアにやって来て、妃を穏便に連れ戻そうとしたときに、すぐさま引き渡したであろうからだ。

メネラオスとパリスはそうこうする間、一大決闘の準備をしていた。

アトレウスの子（メネラオス）は動きやすくするために、4.5キロの重さの青銅の鎧（θώραξ）の代わりに、銅の薄板で強化された胴着を着用したのだが、そのほかさらに、アレスに敬意を表した場景や人物像が彫られた、かなり厚みのある丸い盾で装備した。

パリスはスターとしての自分のイメージを守らねばならなかったので、印象深く入場するこの機会を逃すわけにはいかなかったし、腰にまで達している黒い馬の尾で飾られた堂々たる兜をかぶって入ってきた。そのほか、兄弟のリュカオンから借りた二重の鎧（θώραξ）で鼠蹊部(そけいぶ)から首まで覆っていた。これは少なくとも指一本の厚みのある青銅の甲冑であって、伝説によれば、プリアモスの父親——神話ではラオメドン——に由来しており、実際上どんな剣の一撃にも耐えられるものだった。重過ぎても我慢するしかなかった。その代わり、パリスはメネラオスのどんな切りつけをも恐れる必要がなかった。さらに万事が首尾よく運ぶように、銀糸で飾った2個の青銅製腕甲も借用していたのだった。

「ゼウスが正直者を勝たせ、放浪者を敗れさせてくださらんことを」とレオンテスが叫んだ。

「同感だ——とテルシテスが呼応して言った——でもすぐにお尋ねしたい、このふたりのならず者のうち、どちらが正直者で、どちらが放蕩者なのかね？

あんたらならきっとあっさり言うだろうな，『ゼウスがパリスを死なせられんことを！』と。そうしなければ，聖なる父の頭を混乱させかねない，とね。」
　「おお，意地悪なテルシテス——とレオンテスが怒って訊き返した——ふたりの決闘者が悪事では平等だとでも言いたいのかい？」
　「そうさ！　パリスがあの尻軽女を誘惑した晩，メネラオスはどこにいたと思う？」
　「クレタにいたんだ……狩りで……友人イドメネウスと一緒に……。」
　「いたのはクレタだが，イドメネウスと一緒ではなくて，別のクノッシアとかいう尻軽女とベッドに入っていたんだ。お金だけで身を委せたんだ。」
　「テルシテス，すっかりお前が嫌いになったよ！——とレオンテスは憤慨して叫んだ——もうお前の罵詈雑言を聞くつもりはない。何についてもいつも悪口しか言えないのかい！」
　「じゃ，あんたはお父さんがどうなったか説明してもらいたくはないのかい？」
　「それは別さ。お願いだ——と少年は泣かんばかりに懇願した——父のことは悪く言わないでおくれ。せめて父だけは容赦しておくれ。」
　「ねえ，若いの，これは私が良く言ったり悪く言ったりしているのではないんだ。エフェソスから戻ったばかりの，友人の商人の話なんだ。」

　ヘクトルとオデュッセウスはゆっくり歩いて地面を測り，剣先で両代表者が闘うべき戦場に印をつけた。それから，それぞれ然るべく目印のついた木製のさいころ——一つは両刃の斧，もう一つはイリオンの二重の塔が描かれていた——を取り上げ，兜の中に入れて，ふたりのうちのどちらが最初に槍を投げるか籤引きさせることにした。すると，塔を引き当てたため，パリスが最初に突いて出ることになった。
　プリアモスの王子（パリス）はトネリコの木の長い棹のど真ん中を摑み，水平に掲げてから，手で平衡を保ちながら，メネラオスに一瞥も向けることなく，突如振り回して，メネラオスに不意打ちを食らわせようとした。だがこの槍は的に当たりはしたが，盾を突き刺すことはできなかった。先端が壊れてしまい，この武器はだめになってしまったのだった。
　今度は，アカイア人が応じる番となった。スパルタ王は棒を振り上げる前にみんなに聞こえるように大声で神々に祈った。

Ｖ　メネラオス対パリス　71

「おお，ゼウス，オリュンポスの主よ，おお，テミス，正義の番人よ，私に最初に悪事を働いた者を御身らの手で罰したまえ。客人へのもてなしに背き，隣人の信用を裏切る者がどういう罰を食らうか，将来とも人びとに知られるように！」

メネラオスが投げつけた槍はトロイア人の美しい盾をいとも簡単に突き破ったのだが，その持ち主を傷つけはしなかった。それというのも，今日の立派な闘牛士でさえできないくらいうまく脇にぴょんと跳ねて，数センチメートルほど逸れたからだ。投げ槍が成功しなかったのを見るや，ギリシャ人は今度は剣を引き抜き，憎むべき敵に飛びかかった。この敵を虐殺したかったのだが，武器がラオメドンの有名な甲冑に触れただけでこなごなに砕けてしまったのだ。

「おお，父なるゼウスよ——とアカイア人は嘆き続けた（こういう生死を賭けた決闘の最中で，長々と広舌をふるう暇はなかったのに）——今日私にとって汝より不吉な神は居りません。やっと不倶戴天の敵の仇打ちができる日がきたと思っていたのに，以前よりも辱められて私がこうして運命を呪わねばならぬとは。しかも最悪なことに，妻を騙して誘拐した者を殺すための武器さえ私にはもうないのです。」

オリュンポスに対してこのように怒りをぶちまけた後で，メネラオスはパリスの兜から垂れ下がった馬の尾を摑み，体中にあった憤激の限りを爆発させながら，彼をアカイア人の陣地へ引きずり始めた。彼をこのように引きずったり，首をねじ曲げほとんど絞め殺そうとしたりしていると，突如あご革がちぎれて，メネラオスは地面に転がり落ち，両足を天に突き上げる結果になってしまった。それで，ふたりの英雄ともそのまま地面に横たわった。メネラオスのほうはまだ兜をしっかり両手に握っていたが，パリスのほうは絞め殺されそうになった後で，息を回復しようとしていた。メネラオスのほうは先に立ち上がり，槍を1本摑み，不倶戴天の敵の胸に狙いを定めたのだが，ちょうどそのときに，濃い霧が戦場に垂れこめ，パリスの姿を見えなくしてしまった。

この霧は（言うまでもなく）アフロディテの仕業だった。彼女は可愛いパリスの生命を救うために，ちょうど頃合いに戦場に霧を降ろさせたのだった。ホメロスによると，パリスは次の瞬間にはもうヘレネの寝室に，恋人としての衣服を纏って姿を現わしている。それに対して別の人々によれば，プリアモスのこの息子は絶望的な状況を目の前にして，こっそり逃げ出すだけだったという。

さて，私たちロマンチックな人間としては，前者の版を選びたいところである。
　ヘレネに対して，パリスが寝室で待っています，と誰かが知らせたのだが，この誰か第三者とは，糸紡ぎ老婆に変装したアフロディテにほかならなかった。とはいえ，ヘレネは塔の上から決闘を見物していたばかりだったし，はっきり言うと，この第2の夫（または，テセウスをも数に入れれば，第3の夫）の振舞いもあまり誇りに感じてはいなかったのである。
　「おお，ゼウスの娘さん——とこの糸紡ぎ老婆は優しく話しかけるのだった——そなたのパリスさまが黄金のベッドでお待ちですよ。立派に着飾り，香水をただよわせているのを見たなら，今しがた最強の英雄のひとりと激しい決闘を交えたとは誰も思わないでしょうね。むしろ，これからダンスに出かけるか，ダンスから戻ったばかりの男の人に見えますよ。」
　ヘレネはその老婆をまじまじと眺めていて，その首が絹のようにすべすべしていることに気づき，目の前にいるのが誰かが分かった。
　「ああ，意地悪の女神よ，またもうちを誘惑なさるおつもりですか！——と哀れなヘレネは抗議した——あなたのせいで，トロイア人たちが多くの死人に涙しているだけでは不足なのですか？　もうアトレウスの息子が決闘に勝利を収めてしまい，どんなにうちが憎らしかろうと，うちをスパルタに連れ戻すでしょう。もううちはパリスとかかわりたくはありません。そんなにパリスがお好きなのなら，ご自分が彼と寝てくださいな！」
　「何と大胆不敵な物の言い方だこと！——と糸紡ぎ老婆は叫び，突如しゃきっとなった——今から守らずにいて欲しいのかい？　そなたへの愛を激しい憎悪に変えて欲しいのかい？　それが望みなのかい。そうではあるまいな？　それじゃ口をつぐみ，後ろについて来なさい！」
　パリスはじっと待っていた。そして，アフロディテの魔力のおかげで，先ほど交えた決闘のことをもはや思い出せないかのようだった。
　「婚姻の床で何をしているの？——とヘレネは罵りながら，ほとんど軽蔑心を隠そうとはしなかった——あなたの場所は，先祖の土地と私の名誉を守るための戦場ではなかったの？　あなたは私に夫も子供も見捨てさせて，自分から私の名誉を汚したのですからね。」
　「何を言っているのかい？　ヘレネよ——とパリスはまるで深い眠りから目覚めたかのようにびっくりして，訊き返すのだった——きみは戦闘だとか，名誉

だとか，祖国とかの話をしているが，さっぱり分からんよ。さあ，こちらに来て，横たわりなさい。お互いに愛しあおう。」

「敵の手で殺されて死んだほうが良かったんだわ！——とやけになってヘレネはすすり泣いた——いつも誰にも負けないと自慢していたくせに！ 雄々しいメネラオスが戦場であなたを探し回っているのを知らないの？ 彼を殺しに行きなさいよ，あなたがそんなに強いと思っているのなら。」

「黙れ，女め。戦争のことがきみに分かるか！ きみは自然から任された後，ぼくの傍に横たわることだけやっていればよいのだ。メネラオスが最初の戦闘で勝ったのは，アテナが加勢したからに過ぎんのだ。でも，ぼくにだって守ってくださる女神がいるんだぞ。次回には勝つだろうぜ。でも，今はこんな無駄話はよそう。そんなことを訊かずに，ぼくを愛しておくれ。それがきみの義務なんだから！」

「おお，パリス，わたしをそんなふうに攻撃されるのは不公平だわ！——とヘレネは応じた——ねえ，分かってちょうだいな。わたしの心はずたずたに引き裂かれているのよ。わたしはあなたを愛しているけど，同時に，トロイアの人びとがわたしたちの愛を軽蔑しているのも感じるわ。それに最悪なことには，わたしもその軽蔑に共感さえしているんだもの。」

「愛しいヘレネよ——とパリスは急にすっかり優しくなりながら，言い返した——打ち明けていうが，ぼく自身でもすっかり変な気分になっているんだ。この瞬間にきみを激しく求める気分は，かつて最初に一緒に結ばれたクラナエ＊でのあの一夜でもなかったことなんだ。」

「じゃ，本当にわたしを愛しているの？」とヘレネは女神のなすがままにすっかり弱気になって，尋ねた。

「そうさ。ヘレネ，愛しているよ！——とパリスは叫んだ——きみが欲しくて欲しくて燃え上がっているんだ。きみの息をぼくの頬に感じられなければ，死んでしまいそうだ！」

こうして，ふたりはしかと両腕で抱き合った。またしてもアフロディテの勝利となったのだった！

＊　ラコニア湾に浮かぶ小島。

Ⅵ 神々のえこひいき

ゼウスは当初，アフロディテ，アテナ，ヘラがトロイア戦争に介入したために立腹する。それから，妻ヘラの懇願を聞き入れることになる。ついでに私たちは，なぜアキレウスが戦闘から身を引くことになったのか，その理由をも知ることになろう。

　その日ゼウスは神の恩寵から逸れていた（こんな言い方をしてもかまわなければの話だが）〔＝分別を欠いていた〕。早朝よりすでに，「七島王国」*1からヘレスポントス〔ダーダネルス海峡〕の奥まった入江に至るまで，恐ろしい嵐が吹き荒れており，稲妻，雷鳴，豪雨でみんながいたるところで恐れおののいていた。毎時150キロメートルの突風がギリシャ全土を縦横に荒れ狂い，ほとんどすべての樹木をなぎ倒していた。すでに夜明け前からヘルメスはオリュンポス一帯を休みなくかけめぐり，神々を黄金のベッドから強引に連れ出そうとしていた。ゼウスが神々全員にすぐ会って話したがったのである。
　「何が起きたんだ？」とディオニュソスはまだ寝惚け眼で尋ねた（彼はいつも夜遅く就寝することにしているタイプに属していたのだった）。
　「少しも見当がつきません――と使者の神は答えた――分かっているのは，プロメテウスが骨つきの牝牛半分をなすりつけようとしたとき*2のように，ゼウスの顔がひどい顰めっ面だということだけです。でも気にしないでください。どうやら，ゼウスが腹を立てているのは男に対してではなく，ただ女に対してだけらしいので。」

---

*1　ギリシャのたいそう多くの場所がオデュッセウスの故郷だという名誉を僭称してきた。しかしここでいう「七島王国」とは，ギリシャ西海岸の島嶼群を指す。つまり，オデュッセウスが『オデュッセイア』（第九歌21-24行）で挙げているイタカ，ザキュントス，サメ，ドゥリキオンや，テレマコスが回想している（『オデュッセイア』，第一歌419行）タフォス，およびほかの二つの小島――たぶん，アトコスとアルクディオンであろう――のことである。

*2　生贄を捧げる際には，生贄の動物を二つに等分するのが慣例だった。半分は神々のために焼かれ，もう半分は民衆が食べるために分けられた。ところが，プロメテウスは民衆用の肉を全部隠し，骨を全部ゼウスに差し出そうと考えたのである。

「どうしてそんなことが分かるのかい？」
「私が立ち去ろうとしている最中に，ゼウスのひげの間から漏れる言葉を聞いたんです，『あの女に，きっと目にもの見せてやるぞ！』というのを。」
「『あの女』って誰のことだい？」とまたしてもディオニュソスは尋ねた。
「よくは分からなかったんだけど，『あの女』とは，女神か死ぬべき女性に違いありませんよ！——とヘルメスはあくまで論理的に答えた——もう行かせてください。まだアテナ，アレス，デメテルを呼びに行かなくっちゃ。ゼウスの怒りがしまいに全部わたしにぶちまけられてはかなわないですからね！」

ゼウスは暴君だったのでなくて，できるだけ快適に暮らしたがっていた利己的なグルメに過ぎなかった。神々の父としての力はあったが，正直に言って，それは特別に広大だったわけではない。というのも他の神々と同じように，彼も全世界を支配する唯一の絶対権威たる運命には服従していたからである。ゼウスの好きなホビーは女性だった。未婚，既婚，人間であろうが，女神であろうが誰でもかまわなかった，ただ一つ，美しくて肉づきがよければ，との条件つきで。そして，目的を叶えるためには，どんなに汚ない手段でもためらいはしなかった。ゼウスに「全能者」（τέλειος），つまり「妊娠させる者」という異名があったのも偶然ではない。彼が降ったところでは，9カ月後に必ず子供が生まれたからだ。ゼウスの強姦行為をすべて列挙したければ，本書のような厚い本が丸一冊あっても十分ではないであろう。唯一の正当な性行為は新婚旅行中にヘラと交わったものであって，サモス島で行われ，300年間（中断なしだったと言われている）も続いたのだった。

神話を読むとすぐに気づくのは，ギリシャ人たちが神々を自分自身の似姿のまま創造したということである。どの神々もみな嫉妬深く，お喋りで，不当で，利己的で，執念深かった。女神たちは（ひょっとしたら）もっとひどいことを想像していたのかも知れない。すなわち，人徳の象徴というよりもナポリのヴァヤッセ＊（ある市区の地階の女たち）に似ていた。ゼウスは通常は忍耐強く耐えていたが，ある日女神のひとりが破目を外したときには，烈火のごとく激怒したのだった。

＊ "vaiassa" という表現は "vascio" に由来しており，「バッソ（ナポリの地階住居）に住む女」を意味する。

最初に会合にやって来たのはアフロディテだった。この愛の女神は目がさめたばかりだったし，両足にまで届く長い，麻の外衣（ペプロス）をはおっていたが，前方を開いていて，へそのほかに，腹部も見えるようにしていた。
　「隠しなさい！」とゼウスが命じたので，アフロディテはその日は何か良くないことがあることをすぐに悟った。
　やがて他の神々もやって来た。まだ身だしなみも整わないまま，あるいは寝呆けていて，いったい何ごとが起きたのかも分からずに，四方八方から駆けつけたのだった。だが，ゼウスが或る女神としでかしたという噂はオリュンポス中で囁かれていた。みんなは，とくにニンフたちは円形劇場の段階の上で，頭を垂れて座った。ヘファイストスが入場するといつもはそのおかしな歩き方で哄笑の波が起きるのに，その朝は気づかれないままだった。それぞれの神は集会の谷間に（さながらオリュンポス山の両頂きを鞍にして座るかのように）場所を占め，神々の父がその憤怒の理由を説明するのを黙って待った。
　「偉大なる母の子孫たちよ——とゼウスは切り出した——ここに総会を開いたのは，ここオリュンポスの上では余をのぞき，誰もいかなる命令にも関与しないことを今一度きっぱりと明らかに思い出してもらうためなのだ。人間が或る悪事の責任があるのか否かを決められるのは余をのぞいては誰もいないのだし，だからその人間にいかなる罰が科されるべきかを決めることも余のほかに誰もできないのだ。御身らの誰かが侮辱されたなら，余に報告することぐらいはしてよいが，そういう場合でも，余だけがいつも罰の決定を下すことになる。誰でも余に相談することなく勝手なイニシアチヴを取る者は，余の人格を害したことになるし，今後は厳罰をもって罰せられようぞ。」
　ゼウスのこの言葉の後でざわめきが起きた。神々は互いに見つめ合い，いったいどの神が自ら処罰するようなことをしたのか，誰が雲を集める者（Νεφεληγερέτα，ゼウスのこと）の領域に口を出したりしたのか，と自問したのだった。
　「昨日トロイア平原で——とゼウスは続けた——アフロディテは不当にもギリシャ勢とトロイア勢との確執に介入した。余がこの無意味な戦争を終わらせたいと思ったのに，アフロディテは決闘を中断させ，勇敢なメネラオスを殺そうとあらゆる手を打った。彼の槍を折ったり，彼の剣をちりぢりに砕き，そしてとうとう，かわいそうに彼が無理難題にもかかわらず勝利するかに見えた

とき，昔ながらの霧のトリックを用いて彼の敵を逃がれさせてしまったのだ。」

「ヘラとアテナが戦場に現われて，アトレウスの子（メネラオス）の両側に立ちはだかるのをこの目で見なかったら——とアフロディテは立ち上がって抗弁した——そんなことは決してしなかったでしょうよ。パリスの槍を初めに引き止めようとしなかったかどうかアテナに訊いてくださいな！」

「そのトロイア男（パリス）が自分で槍を投げたのであれば，私は介入したりしなかったでしょうよ——とアテナがすぐさまはねつけて言った——ところが，あなたがその槍の進路を定めたものだから，私は介入して当然と思っただけですよ。そうしなくては，均衡が保たれませんもの！」

「ゼウスもおっしゃったばかりでしょうが，この戦争は無意味だって——とアフロディテがはっきりさせるのだった——ところが，あなたももうひとりの女神も今何も聞かなかったかのような振りをして，ゼウスにどうしても続けてもらいたがっているのね。あなたたちが昨日介入しなかったなら，この戦争はもう終わっていたでしょうよ。メネラオスは負けていたろうし，ヘレネはトロイアで楽しく満足していたでしょうに！」

「よく言い分を聞いたわ，女神の中の恥知らずの権化よ——ヘラは激昂してどなりちらした——あんたが傾聴すべきことを言ったようには，とてもわたしには思えないけどね！」

「耳だけでは聞くには十分じゃないんだ——とアフロディテが叫んだ——さもなくば，牝牛でも聞いたことを誇りにできるでしょうよ！」

牝牛に比べられたため，ヘラはすっかり怒り狂い，自制心をなくしてしまった。このオリュンポスの女王は復讐の女神のようにライヴァルに向かって突進したのだった。彼女を食い止めるためにはヘラクレスの全力が必要だった。

「何をしているのか，分かっているのかい？——とヘラが叫んだ——どんな娼婦（πορνη）※よりも極悪女めが！　陣営の周りをうろつき，一切れのパンのために兵士に身を委す淫婦めが！　言う言葉もないわ！　ああ，哀れなわたし！　娼婦たちだってわたしを憎むだろうて。あんたを彼女らに比べたりして！　彼女らはかわいそうに飢えから身売りしているのに，あんたときたらただで身売

※　ポルナイをヘタイラ（高級遊女）たちと混同してはいけない。ポルナイは最下級の街娼だったのである。

りしてさ，ほかの奥さんから旦那を取り上げるという楽しみのために身売りしているんだもの！」

「おお，気高きヘラさま。あなたを怒らせてすみません！――とアフロディテが後悔を装って懇願するのだった――でも，一つのことを明かさないではおれません。ある神がご自分の新婚の床(クラモス)の外に愛を求めるときは，妻がもはやいかなる情念をも夫に供することができないことの徴候にほかならないのです。わたしの言葉をお信じにならないのなら，ゼウスさまに直接お尋ねになってください。」

言い争っている女神たちの間に，まばゆい光がさっと走った。

「女ども，黙りなさい！」ゼウスがとどろいた。自らの家の四壁の外に愛を求めるような愛の例がまったく気にくわなかったのだ。「それに，ヘファイストスよ，そちの妻がこんなにはめを外しても，恥ずかしくはないのかい？」

ヘファイストスはたいそう驚いた。不意打ちをくらったのだが，素早くこのときとばかりに，礼儀正しく苦情を言うのだった。

「おお，クロノスの御子*よ，私は幾度もいろんなことを試みました，でもあなたを初め，私に手を差しのべようとはしなかったのです。たぶん覚えておられるでしょうが，ある夜，彼女がアレスと一緒に床に入っているとき，青銅の網で閉じ込めたこともあるのです！ しかも，わが主よ，あのときあなたさまは彼女にどんな罰を科されましたか？ ぜんぜんお咎めなし。そして，私がこの網の中に縛られた裸のふたりの愛人を神々に見せたとき，神々はどうやって私の名誉を守ったでしょうか？ みんな笑っただけです。しかも，私はふたりが自分の新婚の床にいるところを襲ったのですよ！ だから，これまでの出来事に徴してこう言えるだけです――『おお，神々よこれがアフロディテです』と。彼女はあなた方がそうあって欲しいと望んでおられるとおりなんですよ！」

ヘファイストスの最後の言葉は，言わばオリュンポス山の笑いでかき消されてしまった。実際，青銅の網のエピソードはこの辺りで起きたなかでももっとも滑稽な出来事とみんなから見なされていたのである。オリュンポス山の毒舌家たちはこんなふうに語っていたのだ。

ある日，モモスがヘファイストスに言った，「聞いたところでは，あんたの

＊ 忘れた人のために言っておくと，ゼウスはクロノスの息子だった。

VI 神々のえこひいき 79

奥さんがアレスと浮気をしたらしいよ」。

「それはあり得ないな——とヘファイストスが言い返した——アフロディテは戦争が嫌いだし，それにアレスは戦争の神だろうが。」

「彼女は戦争は嫌いでも，戦士は好きなのさ。」

「おお，モモス。そいつは悪口に過ぎんよ。しかも，きみがどれほど嘘を触れ回っているかは誰でも知っているんだぞ。」

「私を信用しないのなら，君はどこかへ旅する振りをして，君の新婚の床の見張りをしていたまえ。」

「あんたを信用したいとしても——とヘファイストスが譲歩して言った——私が居ないとき彼らが一緒に同衾(どうきん)していることを，そんなに詳しくどうやって知ったのかい？」

「ヘリオスが教えてくれたのさ。彼は毎朝天から日輪の車でやって来て，上からなんでも眺められるんだよ。」

周知のように，不信は木喰虫みたいなものであり，ひとたび人の心に忍び込むと，もう追い出せない。ヘファイストスは不死の神であったけれども，この点では人間と大差なかった。モモスの言葉を聞いてからは，もう安心して眠れなくなった。アフロディテは絶世の美女だったし，しかもこの力自慢の男アレスは不幸なことに，「勃起した神」の異名を持っていたのだ。ある日，ヘファイストスは疑惑の生活に飽きて，機織の女工たち＊の助けを借りて，華奢ながら，壊れない青銅の網をつくり，これをベッドのシーツの下に忍ばせておいた。

「愛しいアフロディテよ——と彼は妻に言うのだった——レムノス島に旅して，ゼウスのために自動車を仕上げてくるよ。明日の夕方までは戻らないからね。」

もちろん，ヘファイストスは真夜中に戻ったし，そして，アフロディテが戦争の神と同衾しているのを見つけたのだった。両名とも裸のまま横たわっており，恐怖の青銅の網に捕らえられたのだ。アフロディテはヒステリーの発作に襲われ，アレスはすぐさま解放してくれなければ何でもぶち壊すぞ，と脅した。哀れヘファイストスは両名を解放する前に，寝室で神々の総会を開き，いかに

＊　ヘファイストスの助手とは，この神が自ら作り上げた黄金の機織の女工のことであって，彼女らは彼の工房で仕事を手伝っていたのである。

妻が不忠実であるかを，神々がみな自分の目で見られるようにした。

この招待を喜んで受け入れたのは男の神々だけだった。女神たちは，アレスの裸の姿を眺めるのを拒んだのだ。

この会合はもちろん，ひどく騒々しかった。たとえば，アポロンはこの機会を逃さずに，若いヘルメスを少しばかりからかってこう言った。

「きみなら，アフロディテと同衾するために，この網の中に喜んで捕われることを引き受けるだろうな。」

「きっと引き受けるね！——とヘルメスは顔を赤らめながら答えた——この善良なヘファイストスが反対しなければ，怒っているアレスの代わりになってもかまわないよ。」

「私だって，こんな罠の中には喜んではいるよ——とポセイドンが告白した——アレスがなぜここからそれほど解放されたがっているのか，私にはさっぱり分からないよ。」

「黙れ！」とヘファイストスは叫んだ。今は冗談を言う気分になれなかったからだ。「私はアレスを解放しないぞ。アフロディテと結婚できるように彼が当時ゼウスに払った有り金を全部，私にくれるまではな。ここに居られるゼウスがこの契約が守られるよう配慮してくださらんことを」。

「お金ならくれてやる！——とヘルメスが激昂して叫んだ——くれてやるとも！」

「いや，私がくれてやる——とポセイドンがうなったが，でも用心深くこう付け加えた——もちろん，ゼウスが合意してくれればの話だが。」

逆に，ゼウスとしては介入したくなかった。彼からすれば，ヘファイストスはアフロディテのような美人妻に値するには，あまりにも醜く過ぎたのだ。だから，哀れな彼女がときどき自由を得ても当然だったのだ。しかも，ゼウス本人にしてからが，すんでのところで，この呪われた網にかからずに終わっていたのだった。

要するに，この濡れ場はふたりの愛人にとって決着なしに終わったし，ヘファイストスとしては良かれ悪しかれ，妥協せざるを得なかったのである。アフロディテはその日の友好的な判断に感謝して，後にヘルメスとポセイドンにも身を任せた。前者からは双成り（ヘルマフロディトス）という名の半分男性，半分女性の子が生まれ，また後者からはヘロフィロスとロドスが生まれた。

でも，神々の集会に戻るとしよう。2番目に抗議したのは太陽神アポロンだった。

「おお，クロノスの息子なる『雲を集める者』よ──とアポロンは叫んだ──どうも合点がいかぬ！ 今朝敏捷なヘルメスがやって来て眠っている私を揺りおこして，『さあ，起きなさい，アポロン。ゼウスが話したがっておられる』と言ったものだから，どうやったらお役に立てるのかを見ようと，ここにすぐ駆けつけたのです。ところが，この集会に来てみると，必要なのは私じゃなくて，ヘラ，アテナ，アフロディテなのだと分かった。しかも，私にはまったく関係のない理由から呼ばれたのですよ。そこでお尋ねするけれど，どうしてそんなに朝早く私を呼び寄せられたのです？ どうして私の朝の仕事を思いとどまらせてしまったのです？ あなたのせいで，日輪の出発が1時間遅れてしまったことは，お分かりでしょう？」

「いや，余はアポロンの邪魔立てなぞしてはおらん──とゼウスはこれまで以上に立腹して応じた──アポロンこそいつも干渉することにより，余ばかりか，トロイア戦争の正常な経過をも妨げている。きみはアカイア勢に対してなしたことをもう忘れてしまったんだろうな？ 毎日この悪疫で，彼らの軍隊を激減させてしまったではないか？」

ここで，ホメロスがかつて『イリアス』第一巻を書いたときのように，霊感を呼び起こしてくれるムーサが私の傍にはいないにしても，私としてはペレウスの子アキレウスとその「アカイア勢に数知れぬ苦難をもたらし」* た怒りについて沈黙するわけにはいかない。そのために，神々の総会についての報告を今二度にわたり中断せざるを得ないとしてもしかたがない。

トロイア攻囲の最初の9年間で，アカイア勢は付近全域のほぼすべての村々を焼き払い略奪していた。これらの村のうち二つ，つまりテーベとリュルネソスではクリュセスとブリセウスのそれぞれの娘で，クリュセイスとブリセイスという，ふたりのとびっきり美しい乙女が捕らえられていた。戦利品の分配に際して，特別に美しかった前者はアガメムノンに割り当てられ，他方，アキレウスは後者（美しさでも2番目だった）を手に入れた。哀れブリセウスは絶望

---

  * 松平千秋訳『イリアス』（上）（岩波文庫，1992年），11頁。

のあまり自殺した。一方，クリュセイスの父親ははなはだ頑固なアポロン神殿の神官だったので，アガメムノンの天幕に贈物を積んで訪れて，娘を取り戻そうと懸命に画策した。ところがあいにく，その朝アガメムノンはひどく機嫌が悪かったのである。

「さっさと立ち去れ，老いぼれめ——とアトレウスの子（アガメムノン）は脅迫した——二度と船の近くに姿を見せるのではないぞ！ 次にお前が近くをうろつくのを見かけたら，その神官のはち巻き*は何の役にも立ちはしない。お前のクリュセイスはもう絶対に手放さない。この娘が老いて，機織(はたおり)でもベッドでも役に立たなくもなれば，たぶん追い出すだろうがな。」

クリュセスは怖じ気づきながらも，憤慨して立ち去った。そして，最初の安全な片隅を見つけるやすぐさま跪いて，アポロンにこうお願いするのだった。

「おお，銀の弓を持てる神よ，クリュサ，キッラ，テネドスの各都市の守護神よ，私は雄牛や雌山羊の太った腿肉をいつも生贄に捧げてきたのですから，どうかアカイア勢に私の涙の償いをさせてくださいませ！」

アポロンはそのことを二度も言わせたりはしなかった。その名高い銀の弓をつかみ，九日九夜ずっとアカイアの陣地に矢を射ったのだった。まず，ラバ，次に犬，さらに女たち，そして最後に男たちを射抜いた。隠喩から離れるなら，実際には矢だったのではなくて，疫病が兵隊や家畜を痛めつけたのだった。

10日目に，アキレウスはヘラの忠告に基づき，将帥(しょうすい)たちの集会を招集し，アガメムノンにひとりの予言者を呼び寄せるよう要求した。

「おお，アトレウスの子よ——とアキレウスは言うのだった——戦争とペストがアカイア勢を殺している！ 誰か動物たちの内臓を読み取れて，なぜ神々がわれわれにこうも憤っておられるのか，その理由を告げることのできる者に尋ねてみなくてはならない。」

そこで，遠征隊の正式な予言者カルカスが呼ばれた。9年前に，生贄としてイフィゲニエを要求したことのある人物である。アガメムノンはすぐさま彼を敵意をもってにらみつけた。

「おお，不吉な予言者カルカスよ，またも僕にいやがらせをするつもりじゃあるまいな!?」

---

* アポロン神殿の神官たちは，額に白い布を巻いていた。

「あなたがいつしくじっても，それは私の罪じゃありませんよ！」と予言者は答え，人差し指を相手に突き出した。「あなたは銀の弓を持つ神を侮辱した。この神の召使いを中傷して追い払った。この神の贈物を拒絶し，またこの神の懇願を聞き入れなかった。娘を父に，また父を娘に戻してやろうとはしなかった。それだから，長髪のクリュセイスが父親の両腕に抱かれ，クリュサの都で肥えた生贄が捧げられるまで，アポロンがアカイアの軍勢に暴威を振るうのを知るがよいのだ！」

「おお，呪われた裏切者＊めが！──とアガメムノンは怒り狂って抗議した──儂に気に入るような言葉のひとつでも，お前の口から出たためしがあるか！儂が神に何か侮辱を与えたとつまらぬことをほざき，しかも柔らかな胸をした女奴隷を返すようにと儂に要求までしやがる。躊躇なく認めてもよいが，クリュセイスは儂には，アルゴスで儂を待っている正妻のクリュタイムネストラより以上に気に入っているんだ。そのしなやかな身体ばかりではない。家内の仕事の素早い処理の仕方でも気に入っているんだ。それでもアカイア勢が儂に同じ値打ちの賞品で補償するのであれば，この少女を断念してもいいぞ。そうでなきゃ，儂はほかに誰もいないほど生命を危険にさらしたテーベで，何らの戦利品も得なかった唯一のアルゴス人ということになってしまうだろうが。」

「おお，恥知らずなほら吹きめ，いったいどの生命を賭けたというのだい!?──とアキレウスが反論した──テーベでは確かにあんたは生命を危険にさらしたりはしなかった。あんたが部下の攻撃するのを遠くから見物していたのを，私はあの日じかに見たんだぞ！ アカイア勢があんたに戦利品の一部を分配するようにと，どうしてあんたは要求できるのかい？ いったい全体なぜなんだ？ 彼らが戦ったのをあんたが見物したから，というのかい？ あんたに言わせれば，われわれのうちの誰が正当な分け前を断念すべきだと言うのだい？ だから，この娘を今父親に返してやりなさい，そうすれば，われわれが広い街路のトロイアを手に入れる日には，あんたは十分に報われることになろうよ。私の名誉にかけて言うが，その日にはあんたはここで奪い合いしている女奴隷よりも三，四倍も価値のあるものを得られるだろうよ。」

＊　テストルの息子カルカスはトロイア生まれだったから，アガメムノンにとっては裏切者だったのである。

「おお，ペレウスの息子よ——とアガメムノンは立腹して答えた——空約束なんかで儂を説得できると思うな。お前が本気でこの美しいクリュセイスを，儂が彼女の父親に返すことを望んでいるのなら，お前の負担で埋め合わすまでだ。これからお前の天幕に行って，美しい頬のブリセイスを儂のために連れてくるぞ。」

アキレウスがどう答えたのかは容易に想像できる。でも，私たちの物語のレヴェルをあまり低下させないために，委細を述べることは断念したい。いずれにせよ，もっとも友好的な罵倒が，《糞の袋》，《売春婦の息子》，《犬面》だったことを考えるだけで十分だ。

英雄アキレウスは憤って陣地に引き返し，もう戦おうとはしなかった。アテナがオリュンポスから降ってきて，彼の考えを変えさせようとしたが，無駄だった。

彼が退却したという報せは，さまざまな反応を惹起した。トロイア勢には喜びを，アカイア勢にはパニックをもたらした。テルシテスだけはペレウスの息子のこの決心を甘受した。それでも深夜，彼がアテナにこう尋ねるのを聞いた人もいる。

「おお，知恵の女神さま——と彼は言ったらしい——輝く青い目のお方よ，おっしゃってくださいませ。アカイア勢で極悪者は，暗殺者アキレウスなのか，泥棒オデュッセウスなのか，ぺてん師アガメムノンなのか？ どうして答えてくださらないのです？ さては，3人ともみな同じレヴェルだという意味なのですね！」

ゼウスがアフロディテとアポロンだけに憤ったのは正しくなかった。というのも，実はすべての神が多かれ少なかれ一方または他方の軍勢を熱狂的に支持していたからである。トロイア勢の味方をしていたのはとりわけ，アフロディテとアポロンだったが，逆にヘラとアテナはアカイア勢を支持していた。さらに，少々宙ぶらりんの立場に立つ神々もいたのであって，たとえば，ポセイドンはイドメネウスと大アイアスおよび小アイアスを保護していたのだが，アキレウスが息子のひとりを殺したときに別の陣営へすぐさま鞍替えしてしまったし，ヘファイストスは或る日には（アフロディテとうまくいっていたときには）トロイアを支持したが，翌日には（アフロディテとけんかしたときには）ギリ

シャ勢を支持したのだった。テティスも堅忍不抜を貫いたわけではなく，アキレウスがアカイア勢の間で戦った間は彼らを助けたのだが，息子が怒って陣営に引っ込んでしまうと，ただちにトロイア勢に加勢したのだった。

　総会がとうとう終了し，すべての神が立ち去った。ただし，ヘラとアフロディテだけは別で，じっと座席に留まったままだった。
　「どうして立ち去らないのかい？——とゼウスが尋ねた——もうあんたらに言うことは何もないのだぞ。」
　「夫にして兄弟なる君よ——とヘラが口を開いた——でも，わたしはあなたに伝えたいことがあります。あなたは横暴ですよ。だって，アテナと私があれだけたくさんの生贄を捧げたのに，あれらの骨折りを全部むだにしようとでもいうのですか？　まさかあの卑劣なパリスが今後ともアルゴスのヘレネを弄んだり，客を厚遇せよという神聖なる掟を踏みにじったりするのを望んでおられるのではないでしょう？」
　「ああ，客の厚遇なんぞはもう聞く耳を持たぬわ！——とゼウスは吹き出した——むしろ，もっとも美しい人のためのリンゴが貰えなかったことを思い出して，今なお焼餅を焼いているくせに。」
　「死すべき者どもにいったいどんな見本を見せるおつもりですか？——とアテナは挑発を無視してゼウスを責め立てた——将来とも，他人の奥さんを大胆にもっと誘惑することを誰も止めないようにするためですか？」
　「おお，意地悪のヘラよ，おお，執念深いアテナよ——とゼウスはもう二柱の女神のお説教に我慢しきれずに言うのだった——そなたらが灰燼に帰した姿を見たがっているほどの，どんなひどいことをトロイアがそなたらに為したというのだ？　プリアモスとその息子たちの生身をむさぼるために，大壁を超えてこの都に忍び込むことができたとしたら，そなたらは一刻もためらいはしまい。でもいいかい，余にはトロイア勢がとても大切なものなのだ。彼らは一度として生贄を捧げるのを欠かしたことがないし，献酒の儀式や，焼き肉の煙を出し惜しみしたことも一度としてない。余が今かりに，そなたらにとって愛しい都のひとつでも破壊させでもしたら，そなたらは何と言うことやら？」
　「アルゴス，スパルタ，ミュケナイは私の最愛の都です——とヘラは毅然として答えた——これらを破壊なさりたいのなら，トロイアも破壊しなさいな！」

1対2，とりわけ，ひとりの男にふたりの苛立った女だったし，前者もとどのつまり，それほど争いたくはなかった。こうして，とうとうヘラとアテナが優勢になり，ゼウスはトロイアを破壊することに合意すると明言したのだった。

　だが問題は戦闘が再燃し，しかも前より以上に激しくなるようにするには，どうすべきかという点だった。とうとうアテナにひとつのアイデアが浮かんだ。彼女はトロイアの戦士ラオドコンの姿を取り，リュキア人たちの首領パンダロスを探しに行ったのである。
　「おお，偉大なるパンダロス——と変装した女神アテナはへつらい声で呼びかけた——あなたは生ける射手たちの中でもっとも大胆だとの名声がおありなのに，アポロンに2頭の生まれたばかりの小山羊を生贄に捧げた後で，どうしてその的を外さない槍の一本を放って，名誉欲に燃えたメネラオスの心臓を射抜かないのです？　もしも命中したら，プリアモスの息子パリスから永久に感謝されるでしょうに！」
　パンダロスはこの賛辞にひどく満足したため，あまり長く考えなかった。矢筒から真新しい矢を1本選び出し，弓を引き，牡牛の弦を頬に当て，アトレウスの息子——パリスを探し求めて戦場中をうろついていた——に狙いを定め，射った。だが，アテナのほうが矢よりも速かったのだ。女神はメネラオスを矢から逸らしたために，彼は心臓を射抜かれずに腰に軽い傷を受けただけだった。
　「勝利を賜るゼウスの姫君は誰よりも速く，そなたの前に立ちはだかって，鋭い矢を防いでくださった。女神は，安らかに眠る幼な子から蝿をはらう母のように，辛くもそなたの身から矢を逸らし（た）。」*

---

　*　松平千秋訳『イリアス』第四歌128-131行〔岩波文庫（上），1992年〕

Ⅶ 神 託

ギリシャ勢とトロイア勢との第二次の戦闘。ネオプロスの死についての最初の探索。レオンテスとゲモニュデスがテュンブレのアポロン神殿の神託に出掛け、道中、トロイロスの劇的な出来事を知ることになる。

ゼウスの説教は馬耳東風に終わった。それどころか、この時期ほど多くの神が戦場をはね回ったことはなかったと言ってかまわない。職責上公平を保たねばならなかったはずの、軍神アレスのような専門家でさえ、事件に介入するに至った。すなわち、トロイアの身なりをして、プリアモスの側の手近な傭兵として戦ったのである。そういう報せや、アキレウスが頑固に参加を渋ったことは、アカイアの軍勢をこの上なく落胆させた。アキレウスなしで戦わねばならず、しかも敵の中にアレスがいると分かるということは、決してどうでもよいことではなかったのだ。

パンダロスがメネラオスを負傷させた結果、さらに、両陣営どうしの関係は難しくなった。ギリシャ勢はトロイア勢を約束違反と非難したし、またトロイア勢は、外国の土地に侵入して略奪しておきながら、この略奪が正当になされたと主張することはできない、と反論したのだった。

アキレウスが消え失せてから、ディオメデスがアカイア勢の首領となった。テュデウスの息子で、アルゴス王だった（肉をむさぼる馬を持っていた、別のディオメデスと混同しないこと）。ギリシャ勢がトロイア勢の攻撃に抵抗できたのは、ディオメデスのおかげだった。実際上、彼はどこにでも現われた。どこかでトロイアの軍勢が優勢になろうとしているのに気づくやすぐさま、彼は均衡を回復するために介入するのだった。

「戦場を疾駆する彼の姿は水嵩を増し流れも早く堤を毀つ冬河のよう。」*
悪口によれば、こういう彼の情熱の原因は、彼が最初にヘレネを見たときか

---

* 松平千秋訳『イリアス』第五歌87-88行〔岩波文庫（上），1992年，142頁〕

ら惚れ込んでしまい,彼女の誘惑をまるでわが身への侮辱と感じたことによるという。

　アテナを脇に,ディオメデスはパンダロスにもアイネイアスにも同時に攻撃を加えた。前者を残酷なやり方で殺害して,その口の中に槍を奥深く突き刺したため,反対側に槍先が出たほどだった。後者を彼は地上で集めた岩の破片で傷つけた。さらにアイネイアスに剣の一撃で止めを刺そうとしたとき,アフロディテが魔法の布＊で覆って見えなくしてしまった。騒動の最中に女神は負傷した。そして,(アテナにとっては大満足だったのだが)血が滔々(とうとう)と流れる間に,ディオメデスはこのときとばかりに,女神を激しく呪った。

　「おお,ゼウスの娘よ,こんなところにやって来て害を加えるつもりかい。あんたは女どもの心を誘惑するだけでは不足なのかい！」

　アフロディテには,トロイア勢の味方をする理由が一つ以上あった。なにしろ,パリスの優しい保護者だったばかりか,アイネイアスの母親でもあったからだ。一説によると,ここに描述してきた出来事の約30年前に,ゼウスにより(彼女が彼の言い寄りを拒んだことへの復讐から)彼女は或る人間に惚れ込むように罰されており,しかもそれに選び出されたのが,まさしくひとりのトロイア人――牛追いをなりわいとしているとはいえ,ダルダニア人たちの王で,アンキセスなる者――だったのである。両者が識り合ったのは――あえてこう言っておく――,トロイア山中の辺鄙(へんぴ)な山小屋の中だった。アフロディテは赤いマントをはおっていたが,アンキセスは何も身につけていなかった。というのも,女神が小屋に入ってきたとき,彼は裸で,無意識のまま,ヤギ皮の下で眠っていたからだ。短い出会いの後で,美しい女神は入って来たときと同様にこっそりと消え失せたのだが,姿を消す前に彼にこう言ったのだった。

　「じゃまたね,愛する人よ。素晴らしかった。でも,ひとつお願い。誰にも何も話すんじゃないよ。」

　アンキセスは名誉にかけてこの秘密を守ることを誓った。ところが翌日,居酒屋でひとりの酔っ払いが土地の乙女の長所を口をきわめて誉めたたえるのを聞いたのだ。

　　＊　この魔法の布とは,三美神が織ったペプロンのことで,不思議な力をもっていた。

「ヒッパサは世界一の美女だ──とその男は言い張るのだった──しかもベッドじゃアフロディテよりも熟練しているんだ！」
「ばかなことを言うんじゃない──とアンキセスはその男の話をさえぎった──僕は両方の女とも寝たが，そんな比較はとてもできはしないぞ！」
こんなことを言わなければよかったものを。というのも，ゼウスがこういう大言壮語を聞いて，怒り（と嫉妬）からもう我慢できなくなり，アンキセスに対して罰の稲妻を浴びせたからだ。殺されはしなかった。それというのも，愛する者の保護者たるアフロディテが，いつものように，その矢を逸らすことができたからだ。でも女神が介入したにもかかわらず，哀れアンキセスはひどいショックを受けたため，コンパスみたいに二つに曲げられてしまい，残りの生涯をずっと身を深く屈めて歩かねばならなかった。両者の合体からアイネイアスが生まれた。

だが，戦争の話に戻るとしよう。その日は神々も人間たちも精を出していたし，ゼウスでさえ大勢の死すべき息子たちのひとり，リュキア人サルペドンが危険に瀕しているのを見たとき，一瞬介入せざるを得なかったのである。
アイネイアスがディオメデスによって殺されかけていたちょうどそのとき，彼を助けようとアポロンとアレスも駆けつけた。アポロンはアフロディテから大急ぎでやってくるように言われて，まずその英雄を肩に担ぎ，危険区域から運び出した。彼の場所には煙でできた姿が残されただけだった。他方，アレスは一族全体と一緒に馳せつけた。すなわち，"不和"といわれる姉妹エリス，息子の"恐怖"デイモス，"敗走"フォボス，"戦闘"エニュオと一緒に。後者は血みどろのマントをまとっていた。「青銅の衣」を着用したアレスは，当代の一種の筋肉マン，残忍な力自慢の男だった。アレスにとって，血は麻薬みたいなものだった。血を見るだけで魅了されるのだった。ときには，戦闘を続けられるようにと，敵に手助けすることさえあったのである。敵の生命を回復させ，立ち直らせ，闘争本能をかき立ててやり，それからまたしても倒してしまうのだった。
反対側では，アテナとヘラが両方とも一生懸命，アカイアの軍勢を衛るために張り合った。とりわけ，ヘラはワーグナーの女主人公にも似た入場をするのだった。すなわち，2頭の黒馬に引かれた銀の馬車に乗って疾駆してきたのだ。

狂乱者のようにわめき，馬を金の鞭で駆り立て，強力な先端にダイアモンドをちりばめた槍を揺り動かした。アテナのほうはより現実的だったから，ハデスから有名な不可視の兜を借りて持ち込み，敵から見られることなく死と破壊をばらまいたのだった。

その間，ディオメデスはというと，アフロディテおよびアポロンと一戦を交わしたことに満足しないで，今度はアレスとも戦い始めた。しかもこの軍神が大いに驚いたことに，しばらく決闘を交えた後で，彼は軍神の鼠蹊部のあたりを負傷させることさえできたのだ。ホメロスによるとアレスは大きな，あまりに大きな苦痛の叫びを発したために，9千ないし1万人の兵士がみな一度に叫んでもこれほどの叫び声は上げられなかったであろう，とのことだ。*1

ギリシャの神々で私に特に気に入っていることは，はなはだ"地上的"である点だ。ほかの宗教の神々のように全能かつ全知ではないだけではない。彼らはさながら賃借人の会合みたいに，悩んだり，楽しんだり，叫んだり，興奮したりしている。ある意味では，古典神話の神々は私の幼年時代の——まだナポリに暮らしていたときにいつもお願いしていた——聖人たちと大差はない。サン・ジェンナーロが奇跡の日に乗り気でないと，そのために信者たちから呪われたし，また，聖アントニウスは聖ジェンナーロに対して，間違った日に奇跡を起こしたからというだけでこの聖人が鞭打たれたりしたものなのだが，*2 彼らはホメロスの神々に決してひけをとってはいなかった。怒りっぽかったが，愛らしく，強力で，しかも人間臭かったのだ。地獄・煉獄・天国も持つ正統的なキリスト教でさえ，大半はギリシャ神話の神人同形同性説というナイーヴな遺産を受け継いだものなのだ。ナポリではもっとも重要な聖人は今日でさえ，管轄領域に従って分けられているし，人が何か恩寵をお願いするときには，その領域で他の聖人たちより優れている聖人にお願いするのだ。たとえば，目に関

---

*1 ホメロス『イリアス』第五歌859-861行。
*2 ここに言われている逸話は，1799年の革命騒動のときにナポリで起きたことである。ベネデット・クローチェによれば，都の守護聖人聖ジェンナーロはフランスの将軍マクドナルドの眼前で自らの血液が溶ける奇跡を行ったため，ナポリ人たちはルーア・カターナで，聖アントニオが聖ジェンナーロを鞭打っている絵を並べたという。

してはサンタ・ルチーア，動物に関しては聖アントニウス，旅行に関しては聖クリストーフォロ，危険にさらされた婚約に関しては聖パスクワーレ，内科や病気一般に関しては聖チーロに，といったように。

　戦闘二日目はレオンテスにとって，初日よりも誇らしかった。誰をも殺しはしなかったが，その代わり負傷もしなかった。とりわけ，ほかの怪我人たちを見て，吐き出しそうになったりすることがなかった。夕方，火を囲んで，彼は少なくとも１メートル80センチメートル*の巨人のトロイア人の攻撃にどうやって耐えることができたかを，少なくとも10回は語るのだった。
　「剣で奴を突き刺して，奴の盾の下に差し込もうとしていた矢先に，誰からか放たれた矢が儂の目の前で奴を打ち倒してしまった。もうちょっとで儂が殺せるところだったのに！　ああ，残念なことをした。ほんの一瞬早ければ，最初のトロイア人を葬り去っていたのになあ！」
　「あれはご立派なことだったね！」とゲモニュデスが裏づけした。彼はちなみに，その謎の矢の張本人だったのである。
　「アガメムノンが公示したんだ──とレオンテスは付言した──敵との協定により，二日二晩，交戦は行わない。死者たちを丁重に葬ることができるようにするためだ。だから，われらはこのときを利用して，テュンブレのアポロン神殿に神託を聞きに行けるであろう。」
　この神託を聞きに行く決定がなされたのは，隣の天幕にいたアルティネオスなる者との話の後のことだった。この男はちなみに，言わんとしていたより以上に多くのことを知っているとの印象を与えていたのである。
　「最後にあんたの父に会ったとき──とアルティネオスは始めるのだった──マタラ王エウアイニオスと一緒に偵察に出かけるところだったよ。ふたり

---

　　*　当時，人間の平均身長はたいそう低かった。１メートル70センチメートルもあれば，巨人とみなされていた。数年前，アレクサンドロス大王（前４世紀）の父マケドニアのフィリッポスの骸骨が見つかったとき，特別に小柄な大衆役者レナード・ラシェル〔１メートル50センチメートルくらい〕よりも背が高くなかったということが分かったのだった。〔ルーマニア語版では，キリスト教民主党に属し，イタリア上院議長で終身上院議員だったアミントーレ・ファンファーニが例に挙げられている。〕

は付き添いなしに出発し，ロイタイオス岬の天辺にのぼり，イリオンへ新たな攻撃を仕掛けられそうな可能性をそこから探ろうとしたんだ。普通なら私はこんなことに注意を払わなかっただろうが，もうその名は覚えていないけれど，カリアの或る商人が，エウアイニオスとあんたのおじアンティフュニオスとの兄弟のような友情について語ってくれたことがあってね。」

「それで，いったい何を言いたいのかい？」とゲモニュデスはいささか気がかりになって尋ねた。

「今しがた言ったこと以外には何も知らないんだ。エウアイニオスがアンティフュニオスの友人だということ以外には。」

「おお，アルティネオス！ まさか隠すつもりじゃなかろうな——とゲモニュデスが迫った——あの真面目なネオプロスがトロイア人の手で死んだのではなくて，彼が友人と信じていた男によって殺されたとでも言い張るつもりじゃあるまいな？」

「考えられることだよ，おお，高貴なゲモニュデス。でも，信じておくれ，私は正確なことは何も知らないんだ——とアルティネオスは答えながら，言い逃れするのだった——夜警しているときのありさまなら分かるだろうよ。どうやって時間を過ごすべきか分からないものだから，いろいろと四方山話をするのだが，しまいには，本当でないことをしゃべったり聞いたりすることになる……でも，あんたは賢い人だから，その晩見張りのときに語られたことを全部信じたりはすまい。」

語られたことすべてや，ひょっとしてそれ以上のことをも知りたければ，アカイア勢の公式の毒舌家テルシテスに訊くほかはなかった。レオンテスとゲモニュデスがテロニスの居酒屋に出向くと，そこに，いつもどおり，テルシテスを見つけたのだが，今回は二，三人のアルカディア人とけんかしているところだった。

「おい，テルシテス——とゲモニュデスが話しかけた——君は嘘には無縁で，いつも心にあることを口にしているが，どうか言っておくれ，ひょっとしてエウアイニオスを識ってはいないかい？」

「友よ，どのエウアイニオスのことかね？ ここトロイアにはエウアイニオスがふたりいるんだ——とテルシテスはいつも一番の事情通として答えた——ひとりはピュティア生まれの馬泥棒で，もうひとりはマタラ生まれだが，王にな

るために兄弟のエウアイストスを殺したんだ。」

「どうもわれわれが探しているのは後のほうらしいな——とゲモニュデスが言った——で, テルシテスよ, エウアイニオスはどうやって兄弟を殺したのかね？」

「毒を盛って。川の水を飲ませたんだよ。」

「川の水だって！——とレオンテスはひどくびっくりして叫んだ——どうやって川全体に毒を盛れたんだい？」

「いや, 川の中に毒はなかったんだ——とテルシテスはこの若者の驚くのをしたたか楽しんでから, 説明するのだった——そうではなくて, 友人アンティフュニオスがエウアイストス差し出した鉢の中に毒は盛られていたんだよ。」

「すると, エウアイニオスではなくて, アンティフュニオスが毒殺者だったのだな？」とレオンテスが訊き直した。

「そのとおりだ。でも, その利益を得たのはエウアイニオスだったんだ。」

その日以来, アンティフュニオス＝エウアイニオスのペアに対する疑惑で, とうとうレオンテスは眠れなくなってしまった。彼はクレタの社会でより精密な調査をどうしてもやらざるを得なかった。でも, どうやって？ どこから手をつけるべきか？ 誰に訊くべきか？ とうとう, ある者がゲモニュデスに, 神託に訴えることを提案した。

「生まれたばかりの子羊を買い上げて, それをアポロンに捧げるのだね。ひょっとして, 神がカルカスの口を通して, あんたにヒントを示してくれるかも知れないよ！」

神託なくしては, ホメロスの世界はそもそも想像できないであろう。誕生, 旅行, 戦争, 移住, 結婚, 新植民地選び, 新都市創設——これらはみな, あらかじめ神託に訴えずに行われたことは決してなかったのだ。ボイオティアのような地方では, 透視者（当時は μάντις "予言者" と呼ばれていた）は農民に次いでもっとも多かったのである。

ギリシャ語 τὸ μαίνεσθαι "狂気" は, 「われわれの外に」ある一切のものを指している。それというのも, これから起きるに違いないからだ。その正反対の「記憶」は「われわれの内に」あり, しかもすでに起きた一切のことを含んでいる。だから, 記憶は過去を知ることであるが, 狂気は未来を知ることなの

だ。しかも，未来とは，運命によりすでに決められており，ゼウスとてもこれを変更することのできないものを意味している。神託だけはそれを知らせることができるのである。

　神託解釈者はたいてい男であり，例外的な場合にのみ，デルフォイのピュティアとか，ドドナの女神官プレイアデスのように女のこともあった。神官はいつも一般人の上に中立的に立っている。彼は祖国も，家族も，感情もなく，運命には影響を及ばせないので，決定をいくらか先じて知らせるだけで満足している。トロイア人でありながら，カルカスはアカイア勢に仕えていたが，それでも裏切者とは見なされたかった。彼に要求されたのは，予言を的中させることだけだった。このことに関連して語られていたのは，誰かほかの透視者が彼よりも優れていると分かった日には，彼は死ぬだろうということだった。また実際そのとおりになったのであって，彼が競争相手のボプソスなるものとの予言の挑戦に負けた日に，死んだのである。両人は雌ブタが何匹仔ブタを生むか，そして，イチジクの木が何個の果実をもたらすだろうかを予言するよう要求された。コロフォンのボプソスはあらかじめ正確に言い当てたが，カルカスは仔ブタを1匹多く，イチジクの数を1個少なく計算した。結果，カルカスは恥ずかしくて，自殺したのだった。

　神託に選ばれたのは，テュンブレという，内陸のとある丘の上に位置する，トロイアの少し南方の村だった。このアポロン神殿に到着するためには，スカマンドロス川を少なくとも10マイル遡る必要があった。

「私は一度そこに行ったことがあります——とテルシテスは言った——それで，カルカスのことも熟知しているのです。お望みなら，ご一緒しましょう。」

　距離があるので，3人はリュキアのテロニスから，ロバの荷車を借りることにした。

「ロバのほうが馬よりましです！——とテルシテスは言った——ロバはゆっくりしているけれど，あまり疲れないし，結局はいつも一番に目的地に到着するのです。ただし初めからロバは鞭で叩いて，誰と仕事をしなければならないのかを分からせねばなりません。」

　実際，ミュケナイの馬はたいして役に立たなかった。ポニーよりほとんど大きくはなかったし，荷車にも（たとえ軽い2輪戦車であっても）最低2頭を必要としたのである。

Ⅶ　神託

レオンテスとその友だちは早朝に出発した。夕方前，または遅くとも翌朝には戻るためである。生まれたばかりの小羊，イチジク・オリーヴ・蜂蜜の十分な蓄え，そして，各人にパン1切れを携行した。
「トロイアの城壁から2スタディオンぐらい通過しなくてはならないのかね？」とレオンテスはすっかり心配になって尋ねた。
「いいえ——とテルシテスは答えた——カリコロネの南方の道を通りますから，少々遠回りですが，はるかに安全ですよ。」
「しかもテュンブレの丘の上には野蛮なミュソイ〔ミュシア人〕が野営しているのではないかね？」*とレオンテスはさらに尋ねた。ここだけの話だが，彼は英雄ではなかったのだ。
「ええ。でも，私たちは神託へ向かう途中なのですから，誰にも邪魔されるはずはないでしょう。」
「それじゃ，ミュソイに対しては《今アポロン神殿に向かうところです》と言うだけで，そっとしておいてくれるとでも，思うのか？——とゲモニュデスはいささか当惑気味に尋ねた——この連中がこれまで何か掟を守ってきたようにはまったく思えないがね！」
「たしかに，彼らは約束を守りません。もちろん，彼らに出くわさないほうがましです——とテルシテスは答えた——でも，アポロンを敵に回したら，ひどい目に遭うことは，ミュソイも知っているんです。」
「そうあって欲しいな——とゲモニュデスは同意しながらも，あまり納得してはいなかった——われわれはいずれにせよ，安全のために人通りの激しい道路を避けて，人跡まれな道を探そうよ。」
　テルシテスの言ったことは本当だった。神殿へ向かう人はあらかじめ護衛がついたようなものだった。なにしろ，アポロンはあらゆる神々のうちでもっとも復讐欲が強いとされていたからだ。この神は生後4日にしてすでに，ヘファイストスから弓矢を要求して，母親を苦しめていた蛇ピュトンを殺したのだということを考えるだけでよい。
「ゲモニュデス，銀の弓をもつ神がなぜアカイア勢に歯向かったのか，ご存

　＊　ミュソイは小アジアの山岳民で，トロイア勢と同盟を結んでいた。領主は卜占官エンノモスだった。

知でしょう？」とテルシテスが続けて言った。
　「たぶん，アガメムノンがアポロン神のお気に入りの神官クリュセスを侮辱したからだろう。」
　「いや，そうじゃありません。それはずっと以前のことです。」
　「それじゃ，いったいどうして？」
　「殺し屋アキレウスのせいですよ！」
　「ああ，テルシテス──とレオンテスは呪った──今またそちはアカイア勢で最善の，あのペレウスの息子に毒舌を浴びせるつもりではあるまいな？」
　「なんで一番なのです？──とテルシテスはあてこすりの質問をした──人殺し，強盗，それとも強姦の？　お若いの，あんたの質問に正確に答えて欲しいと思うのなら，もっとはっきりと表現してくださいよ。」
　レオンテスは押し黙った。テルシテスと真剣に話すことができなかったのだ。でも，いつもなんでも知ろうとしていたので，口を閉ざすことはできなかった。
　「よろしい，テルシテス──とゲモニュデスは割って入り，両人がけんかを始めるのを阻止しようとした──よければ，ペレウスの息子があの神をどのように侮辱したのか，語っておくれ。旅は長いし，あんたの話でこれを縮めることもできようから。だけど，いいかい，あまり脚色しないようにしておくれ。」
　「戦争開始の数年に──とテルシテスは話しだした──ペレウスの息子が或る日，トロイアのとびっきりの美男子と武器を交えたんです。トロイロスという若者で，プリアモス王の末子でした。彼を幸いにも見かけた人が言うところでは，美しさではアドニスに勝っていたとのことです。さて，トロイロスが戦闘の掟に従い彼アキレウスに攻撃をしかけていると，アキレウスは反撃する代わりに，淫らに，彼の回りをさかりのついたセキレイみたいに動いて，こう言ったのです──《甘い若者よ，さあ，俺を愛撫しておくれ。さもなくば，トロイア城壁の下で今日にも君を殺すぞ。君の美顔に剣が刺さりでもしたら，どれほどつらいことになるか，考えてみたまえ。》それでも，その若者はこの恋するミュルミドン族〔アキレウス〕の誘惑に屈しなかったし，しかもヘクトルがこの殺気に逆らえるように若者を手助けしたのです。」
　ちょうどそのとき，テルシテスは荷車を止めた。
　「それで，どうなったの？」とレオンテスは話の中断にやや苛立って尋ねた。
　「さて，若い衆，今はちょっと飲みましょう──とテルシテスは答えて，荷

車から降りた——記憶が確かなら、このポプラの木の背後に新鮮な冷たい水源があるはずなんだが。一口飲んで、帰路の蓄えにもできるでしょう。」
「うん、すぐそうしよう」とレオンテスはせき立てた。
一口飲んで、皮袋を満たしてから、テルシテスはさらに話し続けた。
「トロイロスはブリセイス*という名前の少女を愛しており、満月の夜は毎晩テュンブレの森——つまり、アポロンの神殿の近く——で逢い引きしてたのです。ところが、容赦のない運命が、この若い恋人の道中にペレウスの息子を引き入れたのです。それで、哀れ、今度はトロイロスには逃げ道がなかったのです。たったひとりで、ヘクトルの助力もなく、彼はアキレウスという一撃の戦士から切り抜けることができなかったのです。」
「で、それから？」とレオンテスはしつこく尋ねた。テルシテスがまた話を中断しようとしてることに気づいたからだ。
「落ち着いて、若い衆。私はのどが渇いた。」
「今さっき飲んだばかりじゃないか！」
「ええ。でも、話をしたもので。」
「よろしい、飲みなさい。でも、早くしておくれ。」
テルシテスはゆっくりと小さな皮袋を持ち上げ、そしてレオンテスが我慢できなくなっているのに、水を頭から流したため、一部はのどに、残りは身体の上から流れ落ちた。それから、唇を腕でぬぐってから、言うのだった。
「内陸の水はまったく違った味がするんです。トロイア人たちが私たちの到達する前に毒を盛るのでは、と私はときどき疑ってみるのです。」
「おお、テルシテス。きみはゼウスの稲妻にでも打たれるがよい——とレオンテスはまたも罵った——いったいいつになったら話を続けるつもりなのだ!?」
「若い衆、どうしてそうあわてなさる？ この先、われわれの道のりがまだどれくらいあるか、考えてもごらんなさい。あんたの英雄は数々の犯罪を犯したけれど、こんなテンポで話し続ければ、もう話の種切れになるときがやってくるでしょう。」
「さあ、まっ先にトロイロスの話を片づけなさい——とレオンテスはつっけんどんに答えた——その後で、あんたの口を黙らせてもよいわ！」

---

* 後にアキレウスの奴隷にされた、同じ少女。

テルシテスはこの若王子の言葉を嘲って笑い，それから話を続けるのだった。
　「アキレウスはありとあらゆる方法でトロイロスを誘惑しようとしたんです。愛の言葉を囁いたり，白鳩のつがいを贈ったり，と。それでも若者が彼の求愛に屈しないと分かり，タカのように若者に突進した。トロイロスはやっとのことで跳びのくことができた。3回神殿の回りを走り，三度ペレウスの息子の息をうなじに感じた。つかまる寸前に，神殿の中に入りこむことができたんです……ちなみに，誰かの話によると……トロイロスはアポロンの私生児かもしれないと言うし……しかもヘカベに生ませたらしい……あなたらはこんなことをご存知かな？」
　「なあ，テルシテス。ほんとうにきみが嫌いになったぞ！——とレオンテスは怒りで真っ赤になって責め立てた——きみは話をきちんとできないのだな！あることで興味を持たせたかと思うと，話の腰を折り，まったく別の事柄を持ち出すとは！さあ，言いなさい，結局アキレウスは神殿の中でどうしたんだい？ トロイロスに追いついたのかい？」
　「たしかに追いついたんです。さもないと，死すべき者の中でもっとも早いと言われたりはしなかったでしょう！ちょうどアポロン像の真下でとっつかまえ，ここが聖所だということも考えずに，あまりに激しくトロイロスを締めつけたので，この動物みたいな抱擁のせいで胸郭が砕けてしまった。翌朝，カルカスがこの若者の死骸を見つけた。そしてその日から，この神はトロイア方に回ってしまったのです。」
　「私が聞いた話によると——とゲモニュデスが割って入った——デルフォイの神託では，トロイアは三つの事件が起きるまでは決して陥落させられないという。トロイロスの死，馬レソスがスカマンドロス川で水を飲まされること，そして，パラス（アテナ）の神像＊の略奪だ。この予言については聞いたことがあるかい？」
　「そう，そのとおり。そういう予言があるのです！しかも二つの事件はすでに起きた。まだ残っているのは，パラスの像の略奪だけですよ。」

＊　パラス・アテナを現わした木の像。トロイア市の建設中に空から落下し，ひとりでに神殿の中に安置された，と言い伝えられている。この像の内部に仕掛けがあり，そのおかげでこの女神は槍を動かせた。

Ⅶ　神託　99

3人の男が丘の麓に到着した。そこでは，神託所がさながらぶどう畑の階段の間の1本の百合の花みたいに，ぽつんと姿を現わした。神殿の階段の天辺には，ひとりの老人がびくともしないで座してるのが見えた。彼は周囲の白大理石よりも白く，チュニカは白かったし，ひげも白く，肩の上に垂れた髪の毛も白かった。

　「やあこんにちは，高貴なるカルカス殿——とテルシテスが話しかけた——ここに過去のことを知りたがっている二人の友だちを連れて来ました。」

　「過去はもう変えられないのに，どうしようというのかい？——と老人が訊いた——未来に向かうほうがましじゃよ。これとて変えられはしないが，そうできそうな幻想くらいは持たせてくれよう。」

　「じゃ，未来も変えられないんですか？」とゲモニュデスが尋ねた。

　「たしかに，変えられはしないのだ，おお，クレタの人よ。われわれはこれから起きるかのような印象をもっていても，必然の頭の中ではすでに起きてしまっているのだからね。」

　レオンテスは神官の発したばかりの言葉が皆目理解できなかったのだが，一歩前進して，彼に訪問の理由を説明した。

　「聖なるカルカス様，ここに，銀の弓を持つ神のための生贄として，生まれたばかりの子羊を持参しました。私の名はレオンテスと申しまして，ガウドスの出身です。ここでおうかがいしたいのは，私の父，真摯なるネオプロスがどういう最期を遂げたのかということです。多くの人は父は亡くなったというのですが，遺骸は見つかっておりません。仮に亡くなっているとしても，お尋ねしたいのです——誰に殺されたのでしょうか？　真剣勝負で敵に殺されたのか，それとも，友人によって背後から卑怯な殺され方をしたのですか？」

　「あなたはネオプロスの持ち物で，なくしてもかまわないものを持参していますか？」

　レオンテスはゲモニュデスに絶望的な視線を向けた。それから，ふと，首飾りにしているディオニュソスのメダイヨン2個のことを思い出した。この2個の銀のメダルは，まだ子供だったときに父から贈られたものだった。両方の面とも，常軌を逸した神を表わしていた。一面は大笑いしており，もう一面は激しく泣いていた。

　「こんなものでも役に立ちます？」とレオンテスは尋ねながら，神官にメダ

イヨンを差し出した。
「お父さんが手に触ったのは確かですね？」
「そのとおりです。」
「一つで十分です。私にくれてもかまわないものをご自分で選んでください。ただし，もうお返しは致しかねますから，よく考えてください。」
　少年はひどくとまどった。返事は自分の選択に左右されるという感じがしたからだ。
「どちらかのメダイヨンを差し出すことが，何か意味があるのですか？」と不安げにレオンテスは訊いた。
「いや。二つの理由からだ——と神官は答えた——第一に，君の選択で過去は変わりはしないし，第二に，きみが選択をするのではなくて，きみの手を指し向けるのは運命なのだからだ。」
　レオンテスは相変わらず事情が呑み込めなかったが，笑顔の面をしたメダイヨンを神官に差し出すべきだという感じがした。
「ついて来なさい」とカルカスは言い，みんなは神殿の中に入っていった。
　建物のちょうど真ん中に大理石のプレートがあり，井戸のようなものを覆っていた。プレートを外してから，カルカスは彼本人より僅かばかり広い地下道を降り始めた。壁に固定したザイルが下降の際に支えとなった。神官はす早く降りたが，ほかの者たちはそうはいかなかった。というのも，10段ほど降りると真っ暗闇になったからだ。カルカスはたいまつをもっていなかったし，入口の弱い光はもうすっかりなくなっていた。とうとう広いがものすごく湿気を含んだ洞窟にたどり着いた。だだ広いことはエコーのゆっくりした反響から直感した。カルカスはみんなに立ち止まるよう命じ，それからレオンテスが手渡していたメダイヨンを中空に投げた。水のはねる音で，彼らは地下の湖の岸辺にいることが分かった。一歩でも進んだら，落ち込んだであろう。神官が何やら不可解な言葉をつぶやくと，すぐ後から，湖面に軽いひらめきが，さながら，地中から表面へ何かがゆっくり持ち上がるように，現われた。メドゥーサ？いや，それは顔ではなかった。ネオプロス？　みんなはそうではないかと推測したのだが，面影はとても薄弱で，はっきりとは見分けられなかった。それから，いつもの真っ暗闇の中で，カルカスとの声が洞窟の天井とおぼしき所に反響した。うつろな，遠くからの声だった。まるでこの老人が突然遠ざかってし

まったみたいだった。
「水を飲み，心臓を撃たれたんだ！」

VIII　毒殺者エウアイニオス

　　　アルゴナウタイの伝説とレムノス島の女たちの話。
　　　エウアイニオスへの嫌疑が深まる。アカイア勢の一
　　　行がアキレウスに戦闘に復帰するように説得に赴く。

　前線からの悪い報告。アカイア勢は攻囲していたのに，攻囲されたというのだ。船を頼りにしていたのだが，自らを防御するのに，もう2キロメートル以下の海浜しかなかった。トロイア勢に繰り返し攻撃されて，陣営に引き込まざるを得なくなり，もうちょっとで海の中へ追い込まれそうになっていた。トロイア勢がこれに成功しなかったのは，ネストルが夜ごと前線全体に沿って塁壁を建造させたおかげだった。

　ホメロスの戦争の素晴らしさは，それがスポーツの試合としても見なされていたことだ。一つの陣営から挑戦がなされるや，すぐさま相手側は戦場全体を競技場に変えるのだった。塁壁を成し終えるのに少し時間が必要だったので，オデュッセウスはいつもの決闘を提案するのが最善と考えた。ヘクトルは快諾し，自らがトロイア・チームの防衛者になると宣言した。逆に，アカイアの陣営では，もっとも傑出した戦士たちの名札[*1]をヘルメットの中に入れて，籤引きが行われた。ディオメデスにははなはだ残念ながら（しかも，オデュッセウスにはひどくほっとしたことには）運命はテラモンの息子大アイアスにひいきした（身長が低かった"小"アイアス――オイレウスの息子――とは区別される）。

　「残忍なアレスの前での戦さ踊り」[*2]（『イリアス』で言われている表現）には要するに，神々への生贄，準備，戦場の測定，決着ルールの読み上げ，正真正銘の試合，まる1日（塁壁を築くのに費やした24時間）が必要だったのであ

　[*1] 完全を期するために，ここに9名の名簿を列記しておくと，アガメムノン，ディオメデス，イドメネウス，メリオネス，エウリュピュロス，トアス，オデュッセウス，大アイアスと小アイアスである。
　[*2] 『イリアス』第七歌241行。

り，どちらの英雄も他方の英雄を打ち負かすことができなかった。暗くなったので，みんなは天幕に戻って行き，未決着の決闘のことを話題にするのだった。

　その間，レオンテスは神託でいわれた言葉「水を飲み，心臓を撃たれたんだ」をずっと考えていた。
　「すると，私の父は敵の矢で殺されたのじゃない——と若者は結論した——毒を盛られた水鉢でやられたんだ！」
　「そうかもしれないな」，とゲモニュデスは用心深く答えた。
　「師匠，どうして私をそんなにまごつかせるのです？——とレオンテスはかみつくように話した——あなたは神託よりも言い逃れの返事ばかりしている。何かを言っても，はっきりとは言わない！　でも，このことは少しも疑いようがない——父は毒殺されたんだ，しかもその暗殺者の名前は私たちみんなが知っている。エウアイニオスだ！」
　「それじゃ，はっきりさせておくが，これまで分かっているのは，ただネオクロスが毒を盛られた水を飲んだために亡くなったということだけだよ——とゲモニュデスは訂正した——誰もエウアイニオスが毒殺者だったとは言っていない。このことはもっと調べなくてはならないのだ。」
　「調べる，調べるって——とレオンテスが涙ながらに叫んだ——いったい何をそんなに調べると言うのです？　マタラ王が暗殺者だということは誰でも知っている。その彼が兄弟を殺さないなんてことがあろうか？　血を分けた者をだって！　テルシテスも言ったことだ！」
　「たしかに。でも，彼だけがここトロイアでの唯一人の毒殺者ではないし，それだから，もっと調べてみる必要があるのだ。」
　「それじゃ，彼のところへ行きましょう！」
　「それで，何を言おうというのだ？——とゲモニュデスが皮肉った——『ぶしつけな質問をしてすみません，おお，エウアイニオス。でも，もしやあなたがネオプロスを毒殺したのでは？』とでも？」
　レオンテスは返事をしなかった。その表情は暗くなり，このクレタ人に激しい復讐をすることを思い描いた。率直に言うと，思い通りになるとしたら，すぐさまエウアイニオスの有罪の証拠をもうこれ以上探さないで，その日にでもさっさと殺していたであろう。いずれにせよ，この男は自分の兄弟を殺してい

たのだった。

「いや，いや，いいかね——とゲモニュデスは被後見人の熱意をさまして言うのだった——われわれは誤謬を犯すわけにはいかぬ。証拠が必要なんじゃよ。そして，証拠を得るには，エウアイニオスの後ろを影のようについて行き，ほかのクレタ人たちと話をし，彼を嫌っている誰かを探し出し，彼の破廉恥行為を喋ってもらうことが必要だ。こうやって初めて，われわれは長老たちの前に彼を引っぱり出せるのだ。」

「でも，クレタ人たちとどうやって接触するというのです？」

「居酒屋に出かけ，歌い手たちの歌を聴き，奴隷，水夫，さいころ師，ヘタイラたちに尋ねてみよう。たとえば，私が聞いたところによると，今晩，彼らの多くはアルゴナウタイの集会に参加するらしいね。」

アルゴナウタイ[*1]の出兵はたぶん，トロイア戦争の一ないし二世代前に行われたのであろう。これには英雄たちの多くの父親が参加した。若干の名前だけを挙げると，ペレウス，ナウプリオス，オイレウス，テラモン，テュデウス，ラエルテス。彼らはそれぞれ，アキレウス，パラメデス，小アイアス，大アイアス，ディオメデス，オデュッセウスの父親だった。トロイアでは，アカイア勢のうち，この伝説的な出兵の生き残りにはもう四人が，すなわち，アスカラフォス，イアルメノス，エウリュロス，ペネレオスがいた。彼らは皆もうたいそう高齢だったが，それだけに高く尊敬されていた。毎月1回，満月のときに，四人の長老は或る場所に集まって，イアソンの武勲を語るのだった。

アルゴ船は50名の英雄を乗せて，イオルコスからコルキス[*2]へ金の羊皮を取り返すという，唯一の目的をもって出帆した。この牡羊の毛皮は，アレスに捧げられた神聖な林の中の1本の木に掛けられていた。おそらくこれは動物の毛皮だったのではなくて，むしろカフカスの鉱山の中に隠されていたか，ファシス川[*3]の鉱床に散在していた，幾千もの金塊に過ぎなかったのかも知れない。

[*1] 個人名は巻末の小事典の「アルゴナウタイ」の項を参照。
[*2] 現在のグルジアにほぼ匹敵する。
[*3] "金"と"毛皮"のこの結びつきは，コルキスの原住民たちがファシス（現リオン）川の氾濫時に，金を集めようとして，動物の毛皮を鉱床に敷いていたという事実に起因しているのかもしれない。アルゴナウタイが探していたのは，たぶんこの

伝説によると，イオルコス王クレテウスの死後，王座は唯一の嫡出の息子アイソンに譲り渡されるはずだったが，異父母兄弟ペリアスが，王家ではよくあるように，相続人を独房に閉じ込めてしまい，権力を掌握したのだという。幾年も経過して，この被監禁者が死ぬと，ペリアスは神託から，片方のサンダルしか履いていないすべての者に要注意，と忠告を受けた。ところで，ギリシャ神話でいつも信頼できる確実なことが何かあるとしたら，それは神託が決して過つことがないということである。事実，10年ほどすると，片方のサンダルしか履いていないひとりの若者が姿を表わしたのだ。亡きアイソンの息子イアソンが，自分の王国の返還を要求しにやって来たのだった。ペリアスはたまたま砂浜で彼に出くわし，片方のサンダルしか履いていないのを見て，まるめこもうと試みにかかった。

　「やあ，甥っ子のイアソンじゃないか。君も知ってのように，私は君が大好きだ。かつてお父さんの王座を奪ったのは，お父さんが健康面から耐えられなかったからなのだよ。でも，今君が戻ってきた以上，もちろんすぐにお返しするよ。ただし，一つだけお願いがあるんだ。われわれはここイオルコスでフリクソスという幻影に苛まれている。神官たちに訊くと，この者が何年も前にコルキスの林の中の1本の木に掛け忘れてきた雄羊の毛皮を取り戻したがっているとのことだ。だから行って取り返してきてくれないか，そうすればきみに王国をお返しするよ。」

　この抜け目のない老人は，彼が言っているようなこの"毛皮"が実は金羊皮という貴重品で，それだけに大変入手し難いものだということをもちろん熟知していたのである。それというのも，昼夜，決して眠ることのない1匹の龍に見張られていたからだ。だが，イアソンはそう易々と恐れるような男ではなかった。見つかる限りの英雄をすべて集めてから，彼は黒海へと出発したのだった。*

　テセウスの神話とまったく同じように，アルゴナウタイの神話でも，出来事の現場には英雄を助ける女性，つまり，メデア——金羊皮が監視されていた国の王アイエテスの娘——がいた。メデアは恐ろしい魔女であり，ヘラから保護されており，しかも不死だった。この魔女がイアソンに惚れ込んでしまい，結

　　"毛皮"だったのであろう。
　＊　ある報告によると，金羊皮は黒海ではなくて，イタリアにあったという。しかも，
　　アドリア海のポー川の合流点にあったらしい。

婚の約束を正式にした後で、伝説で不眠とされているこの怪物をも圧倒するほど強力な睡眠薬で、この龍を眠らせてしまうのだ。ところが、アリアドネとちょうど同じように、この魔女も最後にはこの英雄に騙されることになる（違いといえば、メデアはそれが当然だったという点だ）。論より証拠、金羊皮をイアソンが盗んでから、船で追跡してきた父アイエテスの進行を送らせるために、メデアに弟のアプシュルトスを殺して海中に投棄することを提案したイアソンに対して、彼女はこう答えたのだった。

「そうね。それもこま切れに切り刻みましょう、父が幾度も立ち止まらざるを得なくなるようにね。」

もちろん、この場合もこう反論できるかもしれない――「ここでは彼女に責任はなくて、彼女を恋に陥らせたエロスのせいだったのだ！」と。さもありなんだが、いくら惚れ込んだにせよ、何事にも限度があるというものだ！

金羊皮が手に戻ったのだが、それでもペリアスは王国を返還しようとはしなかった。そこでメデアは魔法でもって彼を片づけることにするのである。すなわち、どんな生き物も若返らせることができると明言して、その証明に雄山羊を沸騰した油の鍋の中に浸けてから、すぐ後で、生れたばかりの子山羊を取り出したのだ。この上演に納得して、ペリアスがどんなに反対の叫び声を上げた――当然ながら、もがいて逃れようとした――のに、娘たちは父親を鍋の中に投げ入れてから、父が前よりも若々しく生き生きとした姿で再び表われるものと、信用して待ったのだった。

けれども、イアソンは王座を回復してから、メデアのことを忘れてしまい、グラウケ（またはクレウサ）という名のコリントスの美女と結婚したのである。魔女は怒り狂って、結婚の贈物として、自分の身を焼き焦がす美しい花嫁衣裳を彼女に贈った。[*1] イアソンのほうはメデアとの間に儲けた幼児たちの死体を受け取ったのだった。[*2]

[*1] パウサニアスによると、当時（2世紀）でもコリントスの広場(アゴラ)に、グラウケという泉があったという。哀れな花嫁は、メデアが贈った"自動発火する"衣装の火を消そうとその中に飛び込んだ（が徒労に帰した）のだった。（パウサニアス『ギリシャ記』、Ⅱ, 3, 6）

[*2] メデアとイアソンとの間に何人の子供がいたのかはっきりし難い。一説では14

アルゴナウタイの会合はアスカラフォスの小屋の傍で行われた。古参兵たちは原っぱの中央の木製の四つ王座に席を占めて，みんなから見られるようにした。彼らの周囲を囲んだのは，大方若者たちで，全員ここ3年の間にトロイアにやってきたばかりだった。初めの2列は地面にしゃがんでいたが，残りの者たちは後方に円を作るように立ったままだった。この後者のうちにはレオンテスとゲモニュデスもいたのであり，両人とも湿気から身を守るために雄羊の毛皮をまとっていた。アルゴナウタイの右手の第一列にはクレタ人たちの一群——メリオネス，イドメネウス，とりわけエウアイニオス——が群がっていた。

あるボイオティア人がアルゴナウテスのイアルメノスに尋ねた，「あなたたちのうちのひとりが水上を歩いたというのは本当ですか？」

「はい。エウフェモスという名前でした——とこのアルゴナウテスは答えた——この力を授けたのは，彼の父ポセイドンです。エウフェモスはレムノス島でもっともたくさんの子供を儲けたひとりです。」

「おお，イアルメノス様。あなたは語りの術でも槍の使用でも堪能でいらっしゃるのだから，レムノスの女たちの話もしてください。ですが，恥ずかしくて何か細部を隠すようなことをしないように注意してください。話に通じている誰かから，すぐに嘘がばれるでしょうからね。」

「兄弟のアスカファロスが語ったほうがいいでしょう——とイアルメロスは答えた——彼はヘルメスの息子エキオンと一緒に最初にヒュプシプレとの協定に署名したんです。彼には語る楽しみと骨折りの権利があるのです。」

するとアスカラフォスが立ち上がり，2回咳払いしてから，ゆっくりとした調子で長いポーズを置き，言葉を引き延ばしながら話し出した。空ろな声，白髪，しわくちゃの顔，それに火鉢の反照が，墓場の雰囲気をつくりだしていた。ちょっと想像力を働かせれば，ハデスから逃れてきたばかりの霊魂と見間違えられたかもしれない。

人（男児7人，女児7人），別の説では2人（メルメロスとフェレス）だけだったという。異伝では，メデアによって殺された王クレオンの復讐をしようとしたコリントス人たちによって，ふたりは殺されたという。また別の伝では，イアソンに打撃を与えるために，メデア本人が息子たちを殺したのだという（テッサロスなる名の息子は例外であって，彼は母親から逃れることができ，後にテッサリアを創建したらしい）。

「もうずいぶん長く海に出ていて，水や食料の蓄えは尽きていたんです。ゼフェロスはその日，私たちの船を前進させようとはしなかったので，私たちは順番に座席を入れ替わること*1を強いられたのです。ヘラクレスが私たちのうちでもっとも弱い者たちに櫂を一杯に押し動かさせたため，後ろに座っている者の膝に頭が触れるほどでした。ナウプリオス――ナウプリオスの息子の大ナウプリオス――は轟く声で拍子を取り，アルテミスから鷲の目を授かった処女アタランタは舳からはるか彼方の地平線を探していました。突如彼女が"陸地！"と叫ぶのを聞いて，われわれの右手には，遠い島の青い輪郭が浮かび出たのです。それはレムノス島でして，ゼウスが怒ってオリュンポス山から投げつけられたときにヘファイストスが両脚を骨折した例の島でした。」

「レムノスはきれいでした？」と誰かが尋ねた。

アスカラフォスはすぐに答えないで，目をつぶり，まぶたの後ろで島をもう一度浮かべようとした。

「クノッソスの草地よりも青々としており，ヘスペリスたちの園よりも林檎*2の木がたくさんありました。なにしろちょうど1年前にはそこではなはだ嘆かわしいことが起きていたのものですから。男たちは何百人ものトラキアの少女たち――全員ブロンドで青い目をしていました――を誘拐して，正妻たちを耐え難いほど臭いと責めて，彼女らの代わりにこの少女たちを置こうとしたのです。」

「それは本当だったのですか？」

「実を言うと，臭いことは臭かったのです……しかもひどく！」とアスカラフォスはためらうことなく答えた。それから仲間のひとりのほうに向いて，「私は言いすぎたかね，ペネレオス？」

もう一人の古参兵ペネレオスは重々しくうなずいた。その不快の表情から，居合わせた者たちは，レムノス島の女たちの悪臭が本当に耐え難いものに違い

---

*1 つまり，櫂で船を漕ぐこと。
*2 ときどき私は自問することがあるのだが，世の中に数ある果実のうちで，伝説はどうしていつも林檎を引き合いに出すのだろうか！ アダムとイヴ，白雪姫の魔女，パリスの審判，ヘルペリスたちの園――これらの神話は全部林檎のことを話題にしている。桃，梨，サクランボの木が出てこないのはいったいどう説明すべきなのだろう？

ないと推察したのだった。

「ホソバタセイ*1のせいだと言われているんです——とアスカラフォスが続けた——この吐き気を催すような悪臭のする植物で，レムノスの女たちは化粧する慣しだったのです。どうもアフロディテの復讐だったらしいです。話によると，私たちが到着するよりずっと以前に，レムノスの或る女たちが性愛反対を宣言し，アフロディテはこれに怒って，彼女ら全員に，本来の"媚薬的"ではない臭いを授けたと言われています。」

「それから，どうなりました？」

「レムノスの男たちは妻たちを風の当たらぬ囲い地に閉じ込め，ミュリネ市*2に入るのを禁止したのですが，ある晩，追放された妻たちがアマゾン族のような憤りにとらわれて，トラキアの妻たちや，島の男たち全員（父親・息子・夫を含めて）を殺害してしまったのです。」

「ひとりも助からなかったのですか？」

「女王の父トアス以外にはひとりも。何でも，ヒュプシピュレが憐れんで，彼を助けてやり，ある日虐殺の前日に，櫂のない舟で逃れさせてやったということです。」

「で，あなたらはどのように迎えられたのですか？」

「たいそう用心しながら島に接近しました。約10スタディオンの距離しかなくなると，突如砂浜には武装した者たちで埋め尽くされました。何百人もさながら蟻みたいに，木立から現われ出てきました。実はレムノスの女たちだったのですが，私たちの上陸を妨げようとして，夫たちの武器で武装していたのです。だが前述したように船倉は空でしたし，水の皮袋は干上がっていましたから，補給を諦めるわけにはいかなかったのです。私たちのうちからふたりだけ——私と話し上手で狡智なヘルメスの息子エキオン——が上陸しました。足を着地する際には身体の上によく見えるように平和の印を高く掲げました。」*3

「すると，あなたたちは引き裂かれる危険を覚悟していたんだ」，とひとりの少年が仰天して叫んだ。

---

*1 ホソバタセイの葉っぱからは，むかつくような臭いを発する青みがかった顔料が得られる。
*2 レムノス島の首都（ミリナ）。
*3 当時，頭上高く掲げた棒は，今日の白旗に等しい働きをしていた。

「まず女王は言いました——あんたらの必要としている食料と水はすべてくれてやるが、ただしほかの男はひとりも下船しないことという条件つきだ、と。それから、もうひとりの女性が語り出しました。老いた乳母かそういう類いの者のように見えました。『女王様——と彼女は言ったのです——目下、子供を儲けることのできる男がもういないのに、私たちの民衆は将来どうなることやら、お考えください。やがて私たちは老いてしわくちゃになり、種族がひとたび途絶えてしまえば、レムノスはカリアの海賊の獲物となるでしょう。どうか、賢明になって、私たち一人ひとりに例外なく、これら外国人と愛の交わりをするよう命令してください。彼らの精子から以前よりももっと強くて勇敢な、新しい種族が生まれるでしょうから』。提案は受け入れられました。一番若くて一番美しい女性は私たちと寝ましたが、一方、老婆たちは小麦、スペルト小麦、蜂蜜、オリーヴ、大麦、ワイン、それに泉の水で一杯の皮袋を砂浜に積み上げました。

聴衆の間から興奮した声が交錯して沸き上がった。四方八方から質問攻めになった——「彼女らは美しかったの？」「ホソバタセイの臭いは我慢できたの？」「何人ぐらいいたの？」

「約千人ぐらいでした——とアスカラフォスが答えた——私たちは48人だけでした。何しろ処女アタランタを計算に入れることはできませんでしたし、ヘラクレスは下船するのを拒んでいたからです。子供をつくれない老婆を除き、私たち各人は14人の女性が割り当てられたんです。ことを成就するのに、実際上、7日7晩も過ごさねばならなかったんです。」

「ホソバタセイの臭いは？」ともうひとりが訊いた。

「すぐに慣れてしまったんです——とアスカラフォスが答えた——誰ももうそれは気にならなくなったんです。女王はイアソンに夢中になり、島から出そうとはしなかったのです。実を言うと、私たちもこのひどく客あしらいの良い島に留まっていたかったのですが、ある晩、待ち切れなくなったヘラクレスが上陸してきて、ミュリネの市門を長く叩き続け、みんなを甲板へ追い戻すために、ある英雄を女性の腕から引き離したり、楽し気な酒宴から別の英雄を引き抜いたりしたのです。ヒュプシピュレとイアソンからは双子のエウネウスとネブロフォノスが生まれました。前者は今日、島の王になっています。」

「おお，アカイア勢よ！」と暗闇から声が反響した。
　全員が振り返った。タルテュビオスなる者がヘルメスの権標を携えて原っぱの中央に進み出て，発言を求めた。
　「おお，アカイア勢よ，民衆の指揮者，大アガメムノンは貴殿らの助力が必要です。みんな一緒にアキレウスの小屋を探しに行くべきです！」
　真夜中にアキレウスの小屋へ行く？　いったい何のために？
　「ペレウスの息子は――とタルテュビオスが続けた――久しい前から戦闘を捨て去っているが，今こそ彼に義務と約束を想起させるべき時期なのです。われらが英雄は私怨を忘れて，プリアモスの傲慢な息子たちに対決すべきなのです。伝令の使者には，サラミスの王大アイアス，エレオンの王で尊敬すべきフォイニクス，イタケの王でラエルテスの息子の，策略に富むオデュッセウスが当たるがよろしい。貴殿たち，おお，クレタ，テーバイ，ピュロス，コリントス，その他テッサリア，エリス，アルカディア，アイトリアの幾百もの美しい都出身の高貴な友だちよ，貴殿らはこの使者に従いなさい。この足の速いわれらの英雄は，彼の復帰がいかにアカイア勢に喜ばしいかを先刻承知なのですから。」
　全員が立ち上がり，アキレウスの小屋へと殺到した。砂浜では，すでにテルシテスがみんなを待っていた。

　アカイア勢が到着したとき，アキレウスは叙事詩を歌っているところだった。折りたたみ式寝台の上で半ば寝そべりながら，銀のキタラを両手に抱えていた。彼の反対側では，忠臣パトロクロスが黙って聞き入っていた。
　オデュッセウスとテラモンの息子大アイアス，とりわけお気に入りだった老フォイニクスを見るや，アキレウスは跳び起き，急いで迎えに出てきた。
　「おお，善人フォイニクスよ，おお，高貴なるお連れの方々よ，こんな小屋にまでみなさんを差し向けてくださった神々に感謝申し上げる！　さあ，どうぞ火鉢の傍に寄って，貴殿らのお話で私を楽しませてくだされ」。それから，パトロクロスに向かい続けるのだった，「さあ，君，メノイティオスの息子よ，クラテルで水よりブドウ酒を多めに混ぜ合わせて，フェストスから入手したあのワインを友人たちに差し上げておくれ」。
　この出会いは当初は旧友どうしの再会パーティのようだった。抱擁し合い，肩を叩き合い，乾杯，等々が続いた。パトロクロスはワインを混ぜ合わせ，ア

キレウスは肉の焼き串を火に載せた。

テルシテスをも含めて，他の人びとはみな，然るべき距離を保っていたが，耳をとがらせて，談笑の一言も聞き洩らさないようにした。彼らの身分に応じて，幾人か（たとえば，イドメウスとかエウアイニオス。両人とも王であった——前者はクノッソスの，後者はマタラの——）は使者たちと一緒に火の傍に腰掛けることができたであろうが，誰も厄介な交渉に介入しようとはしなかった。最終勝利にとってアキレウスの出動が極めて重要だったから，うかつな言葉を吐いてこの勝利を危険に陥れるようなことは誰もしたくなかったのだ。しかもこの英雄がひどく敏感で，すぐにかっと怒りだすことを，みんなは先刻承知していたのである。だから，交渉に特に有能な3人——オデュッセウス，大アイアス，フォイニクス——が使者に選ばれたのも十分理由があったのである。智謀の人，勇敢な兵士，（ペレウスの子が自分の父親以上に愛した）人物が。

最初に口火をきったのはオデュッセウスだった。

「おお，アキレウス，もてなしくださってありがとう。でもわれわれの目的は，あなたのワインのために，スカマンドロス川の川口にまで遡ってきたのではないのです。実は戦いがわれわれにとり不運な展開となってしまい，誰も今晩モルフェウスの腕に身を任す*1ことができず，ヘリオスが火の円盤とともに海中に沈む*2のをもう一度見れる確信もないのです。ダルタニア人たちが私たちを脅かしており，もう黒船のすぐ前に押しかけています。燃える木を振り回して，船板に着火させようとしているのです。ヘクトルが戦場中をあちこち駆けめぐり，自ら人間の中で最強を豪語しています。その傲慢さはもうあまりにも高くて，今となってはあなたでも彼を正気に戻すことはできないでしょう！」

「おお，ラエルテスの息子よ——とアキレウスは彼の言葉を遮った——そんなことを言っても無駄だ。どうして戦争の成り行きを話したりするんだい。あんたの頭，民衆の指導者，強力のアガメムノンにそんなことは話しなさい。軍勢を指揮しているのは彼なのだからね。」

「でも，私をあなたのところに遣わしたのはアガメムノン本人なのですよ，

---

*1 「モルフェウスの腕に身を任す」とは，眠りに就くという意味。
*2 "日没"の叙事詩的表現。

おお，ペレウスの息子よ——とオデュッセウスは笑いながら答えた——アトレウスの息子は，あなたが当然の恨みを忘れて，もう一度彼の側で戦ってくれれば，まだ火を焚いたことのない7個の三脚台，黄金10タレント，20個の銅の盥(たらい)，かつて夥しい賞を獲得した12頭の駿馬を贈呈するつもりだということを，あなたに報せたがっているのです。さらに，7人の女性——みんな絶世の美女で，家事も巧みな者ばかりです——も差し出すでしょう。しかも最後に，あなたの心をおそらくもっとも喜ばす贈物も……。」

ここでオデュッセウスは狡猾な策略家として，長いポーズを置いた。

「……美しい足首のブリセイス，あなたがあんなに長く争ったあの女奴隷も，無傷のままであなたのもとに戻ることでしょう。なにしろアガメムノンは，——美女とその主人にあってはありがちなように——彼女と床をともにしたことはなく，ほかの場所でも彼女をものにしたこともない，と誓っているのですから。」

アキレウスは一言も発せずに，じっと虚空を眺めて身動きしなかった。傍観者たちは途方に暮れた。はたして贈物を受け取ってくれるのか？ ブリセイスを取り戻すのか？ もう一度戦いに戻るだろうか？

オデュッセウスはアキレウスが乗ってこないのを見て，すぐさま第二の贈物リストを語り出した。

「これだけではないのです。私たちが広い街路のトロイアを破壊するやすぐにその日に，船壁が乾燥するまでに＊金銀をあなたの船に積み込むことができるでしょう。またイリオンの女たちのうちから，アルゴスのヘレナに次いで美しい20人を選べるでしょうし，最後にアガメムノン本人も彼の3人の娘のうちのひとりをあなたの妻に与えるでしょうし，持参金として，メッセニアの7都市，つまり，ヒレ，フェライ，アイペイア，アンティア，エネペ，オイカリア，ペダソス——いずれも畜群や豊かなブドウ畑に満ちています——もあなたに贈ることでしょう。」

アキレウスはもはや答えないわけにはいかぬことに気づいた。とどのつまり，ここにいるみんなが後でいつか，アガメムノンの寛大さや彼自身の骨折り損を証明することができるであろう。

＊ 喫水が定められた限度を超えない限りは，の意。

「おお，ラエルテスの息子よ，ゼウスの後裔よ，狡猾で機転の利くオデュッセウスよ！　心で感じているのとは違う舌で話すすべての者をハデスの門のように私は唾棄しているので，明白にここに言っておこう。最前線で戦う者のための賞品が，丘の上から戦闘を眺めている者と同じだというのに，アカイア勢のために戦うようにどうして誘われるというのか？　私はここトロアスで12の都市を略奪し，しかも12回アトレウスの息子に戦利品を全部引き渡したのだぞ。ところが彼はずっと宿営地に留まっていたうえ，僅かを分配して，多くを独り占めにしたんだ。しかもトロイア勢を威嚇した私の剣までもだ。私が戦場にいた間，ヘクトルでもイリオンの城壁からそんなに遠く突き進みはしなかったぞ。」

彼の最後の言葉には，そのとおりだ，というみんなのざわめきが続いた。

「ペレウスの息子の言うことは正しい——と古参兵たちは言った——以前，ヘクトルを船のこんな間近に見たためしはない！」

「されば，有能な使者の君よ——とアキレウスが続けた——アガメムノンのもとに戻り，彼に自分で戦場に降りるように促しなさい。今度は自分で武器を手に取り，プリアモスの荒れ狂う息子に立ち向かい，どちらかが死ぬまで戦うべきなのだ。正当な戦闘であれば，戦いながら斃れる者は勝者と同じだけの名誉を博するのだからね。アガメムノンはいったいどういう指揮者なのか？　戦利品の配分のときだけ指揮者の役を果たす者なのか！　彼にあんたが伝えられることを分かっているのかい？　アトレウスの息子はハデスに行くべし！　これだけだよ。たとえ彼が今日私に申し出たよりも10ないし11倍多く申し出たとしても，私としては依然としてこう言うだけだ——『彼はハデスに行くべし！』と。」

フォイニクスはこういう手厳しい言葉を聞いて，英雄の両手を取り，言うのだった，「おお，アキレウス，心は寛いが行いは雑だね。あなたが当時まだ子供の時分に＊トロイアへと出発したとき，あなたの父上が私におっしゃったんです，『フォイニクス，彼を見守っておくれ』って。それに，ゼウスだけはご存知のように，私は今でもずっとペレウスにひどく恩義があるのです。私はあなたを幼児のときから知っていたし，あなたが食べたがらないときには，私は我慢強く一度に少しずつあなたの口に食べ物を運んだものです。ところで，今

＊　アキレウスがトロイアへ出征したときは，やっと15歳だったらしい。

あなたに懇願します——どうかその野蛮な心を抑えて，この使者たちに少しも耳を貸さずにただ追い返すことはしないでください。このことだけでも，いつかアカイア勢はあなたを神にも等しい者として敬うことになるでしょうから。」
　アキレウスは声の調子を変えたが，心は動かさなかった。
　「おお，愛しいパパ，*　善良なフォイニクスよ，私がアガメムノンに加勢するよう要求しないでください。アルゴス勢のみんなの前で私を侮辱するのはあまりにひどい！　でも，あんたが本当に私を愛してくれているのなら，今贈物を一つしてくれるべきだ。今晩はここに留まって，私の傍で眠っておくれ。かつて私に英雄たちの武勲を語ってくれたときのようにね。明日，一緒にどちらがましか考えようよ。アカイア勢の敗北を目撃するか，それともこの不吉な土地を去り，3日の海路しか離れていないフティアに戻るか，どちらかが良いのかを。」
　そのとき，テルシテスが聴衆の群れから離れた。それまでに，幾度も介入しかけていたのだが，用心からか，使者たちに用事を果たす機会を与えるためからか，差し控えていたのである。だが，ペレウスの先の最後の言葉が彼をひどく怒らせたのだった。ギリシャ人が同胞の運命にそれほど無関心でおれるとは，考えられないことだったのだ！
　「おお，ペレウスの強力の息子よ！——とその身体障害者は立ち上がって，彼の足下に身を投げた——あなたの奴隷テルシテスがあなたにもう一度武器を取るよう，最後の説得の試みをするのをお許しください。アガメムノンがすでに約束したすべての贈物に加えて，私めもささやかな献金をしたいのです。銅銭1オボポロスを。ときどき自問したことがあるからです——たった1オボロスでもある特定の側に秤が傾くようにさせうるのではないか，と。もちろん，これをテロニスの居酒屋で使えば，ワインに変えられるのは分かっています。でも，私はこれをあなたにあげたいのです。はたしてアカイア勢の勝利を保証してくれるかどうかを見とどけるために。しかも，それだけではないのです。アガメムノンがブリセイスをあなたに返すのを拒んだとしたら，わが身を愛人として差し出す覚悟です。」
　テルシテスのこの老獪なコメントにどっと笑いが続いて起きた。それでも，

---

　*　アキレウスが自分の後見人を愛情を込めて呼ぼうとしたもの。

身体障害者は立ち上がったまま，人差し指をペレウスの息子に突き出し，彼をすさまじく侮辱し始めたのである。

　「おお，神殿で子供を殺した者＊よ，無防備な処女の強姦者よ，どうして大胆にも正当な決闘の話をすることができるのかい？　正義なぞこれっぽちも知らないあんたが！　あんたの腕は強いが，視野は狭い。あんたのエゴイズムの限界を超えることは決してないのだからな。あんたは賞品，戦利品の配分，都の荒涼，若い女たちへの要求，のこと以外には何も話そうとしない。まるで戦争が貪欲な商人どうしの事柄であって，祖国の防衛や蒙った不正行為の賠償のためではないかのようだ。おお，人間面した化け物め……。」

　身体障害者はこれ以上は続けられなかった。アキレウスが野獣みたいに，彼を殺そうとして，突進したからだ。テルシテスにとって幸いなことには，居合わせたほとんどすべての者たちが割って入った。それで，その身体障害者はアキレウスにつかまる前に逃げおおせたのだった。こういう騒動の最中，エウアイニオスを寒さから守っていたマントがほどけて，レオンテスは王の首の周りに，自分の父のものだった猪の牙のついた首飾りを発見するに至ったのである。

　＊　トロイロス殺害のことを明らかに暗示している。

IX 猪の牙
<small>いのしし きば</small>

　　エウアイニオスがネストルから尋問される。カリュドンの猪狩り。
　　会合の最中，急にトロイアから攻撃が起こり，ネストルはパトロク
　　ロスにアキレウスの武具を手にして参戦するようお願いする。

　レオンテスはその晩にも復讐したかった。かつて父のものだった首飾りをエウアイニオスが持っていたということは，彼にとりこのクレタ人エウアイニオスを死刑に処するのにこれ以上の証拠はなかったのだ。今となっては，このクレタ人をつかまえて，やむを得なければ暴力を振るってでも犯罪を自白させるしかなかった。ところが，いつも用意周到なゲモニュデスは弟子に万事をよく熟考し，誤った処置に訴えないよう要求したのである。
　「おお，レオンテス，大事なのは復讐ではなくて，真実を発見することだよ。私としては，ネオプロスのいわゆる毒殺に関しても大いに疑っているんだ。たとえば，あんたのおじアンティフュニオスが依頼人ではないかと自問したりしているんだ。それに，明らかに嫌疑がかかりかねない品物を恐れ気もなくエウアイニオスはどうして身につけているのだ？　また，あんたの父親の死体がもはや見つからなかったのはどうしてなのだい？」
　「おお，ゲモニュデス，僕もそういうことはみんな知りたいところだ――と若者は答えた――でも，真実にたどりつくには，知っている者に，やむを得なければ暴力をもってでも言わせるしか方法はない。あなたは逆に，ていねいに訊くだけで暗殺者から詳しい自白が得られると確信しているけれど。」
　「さよう。尋問する人が定評のある権威であればね。そういう権威者の前では，嘘はつけないものだよ。」
　「どんな人です？」
　「たとえば，ネストルとか，アガメムノンとか，フォイニクスとか，3人全員だ。大勢から敬われている王とか，王の身内とかの面前でなされる正式の自白なら，あんたのおじアンティフュニオスを道徳的に裁くでしょうし，性急な復讐で何にもならないようなものよりも，そのほうがあんたに大きな政治的利益をもたらすでしょうよ。」

「あなたはここで政治的利益の話をしているが——とレオンテスはかんかんに怒って答えた——僕は父親の話をしているんだ。あなたは権力闘争を話題にしているが，僕は父の腕に抱かれてゆくたびに象牙の2個のペンダントに，まるで落っこちないための唯一の取っ手でもあるかのように，しがみつく子供のことを話題にしているんだ。あなたは暗殺者が白髪の王に影響させられると信じ続けているが，僕はただ鋭利な剣だけが，喉もとに突き立てられるなら，話させることができるのだ，とお答えするよ！」

　ネストルの住居はアカイア勢の陣地全体でももっとも大きくて豪勢な，滅多に見られぬ石造りの一つだった。ゲレニア出身者〔ネストル〕はミュケナイの住居をモデルにしてこれを建てさせたのだった。中央に炉のある長方形の大広間(メガロン)の周りに六つの小部屋があった。覆いとしては葦(あし)，藁，粘土でできた垂れ下がった屋根があり，中央には煙出しとして四角の空気孔が設けてあった。
　老王はレオンテスとゲモニュデスの話を注意深く聴取した。事件を説明している間，王は一切コメントせず，ゲモニュデスが神託の答えを伝えたときでさえ，何も言わなかった。ふたりが話し終えたとき，王は使者をクレタ人の陣営に遣わして，エウアイニオスを呼び寄せ，猪の牙のついた首飾りも持参するようにと命じた。その間，若いトラキア女が，互いについばんでいる金の鳩のつがいを描いた大きな銅杯をテーブルの上に置いた。その少女はプラムノス[*1]のワインを注ぎ込み，金色の蜂蜜，片手一杯の白い小麦粉，引きつぶした山羊の乳から造ったチーズを混ぜ合わせた。[*2] ネストルは自ら客人たちにその飲み物を注ぎ，試飲してくださるように，と促した。
　「すると，あなたはあの真面目なネオプロスの唯一の男系子孫なのですか？」とゲレニオス（ネストル）は，レオンテスが極上ワインを飲み干したときに尋ねた。
　「はい。もうひとり，1歳だけ年長の姉ラニュジアがおります。」

---

　　*1　レスボス島，イカロス島，スミュルナ，等の諸説がある。
　　*2　このホメロスのカクテルは私の創作ではなく『イリアス』第十一歌638-641行から忠実に敷き写したものである。実際に蜂蜜があったのかどうかは疑わしい。ある翻訳者たちはこれを除いているが，ほかの翻訳者にとってはギリシャ語 κύκηοις（乱雑状態）のうちにそれは含意されているのである。

「私はあなたが生まれるずっと何年も前に，あなたの父上に会ったことがある。当時ネオプロスはあなたの年頃か，もう少し若かった。あなたはあまりにも彼にそっくりなので，あなたが玄関の下に立った瞬間，彼の霊魂がハデスから舞い戻ったのかと思ったんですよ。」

「おお，高貴なネストル——とレオンテスは王の情愛に溢れた言葉に勇気づけられて叫んだ——父がガウドスを出発したとき，私はまだ幼児でしたから，もちろん父のことをよく思い出せません。ですから，今あなたが父についてお話しいただければありがたいです。父はどんな顔つきでしたか？　どんな性格でしたか？　みんなが言っているように，本当に賢明だったのですか？　みんなが今なお父を《真面目な人》と記憶しているのなら，その理由があるはずだ思うのですが。」

「ご子息よ，あなたはそれを信じるべきですよ——とネストルは保証し，彼の頭をなでた——私の耳に届いた限り，父上はほかの人の信頼を裏切ったことはないし，父上のことを嘆いた人はおりません。父上を知ったのは，カリュドンの猪狩りのときでした。みんなの中でもっとも若かったが，だからといって勇気に欠けていたわけではないですよ。」

「私の父からではなくて，他人からこの狩りの話は知らされてきました。あいにく毎回語り手が事件を違ったように描述したり，別の英雄たちのことを報告してくれたりしました。おお，高貴なお方，あなた様は幸いにもご自身で体験されたのですから，どうか細部をみなお話しくださいませんか，とりわけ，その際のネオプロスの役割がどういうものだったのかを。」

「これほど高貴で勇敢な英雄たち——そのうちには神々の子息さえいました——の傍で狩りをするという栄誉がゼウスから授けられてからには，私はこのクレタ人の到着を待つ間，こういう武勲を思い出すことに努めましょう。望むらくは，私がどうにも思い出さぬようなことにならなければよいのだけど。」

いつものように，ネストルが話をやり始めると，熱心な聴き手たちが周囲に集まった。側室からは家族の一群，つまり内妻たち，老いた召使いや戦士たちがどっと押しかけた。みんな黙って語り手の足許に座った。どの饗宴にあってもいつももっとも好まれたのは，カリュドンの猪の話だった。だが，今度は自分で参加した目撃者の口からの話だから，ありきたりのものではなかったのである。

「万事の始まりは、アルテミスの生贄が欠如したせいだったのです。カリュドンの王で私の親友であるオイネウスが、毎年の生贄にこの女神を含めるのを忘れてしまった。それで、レト〔とゼウス〕の敏感な娘〔アルテミス〕は、いつものように、復讐しようと決心して、馬のように大きく、雄牛のように重い、途方もない猪をアイトリア人たちの地方に送り込んだのです。カリュドンの農民たちはいつも王のもとに行って嘆き続けた。なにしろ、息子が生命を奪われ、喉をかき切られたのが見つかったとか、羊の群れが猛獣に腹を裂かれたりしたからです。怪物はどこを通っても殺された動物たちの血の跡を残し、樹木は引き抜かれ、野原は荒らされ、動物たちは喉をかき切られたからです。そこで、オイネウスの息子メレアグロスが狩りを呼びかけることにし、アカイアの方々の宮廷に使者を遣わして、とりわけ槍の操作に巧みな英雄たちを、カリュドンに助けにこさせたのです。スパルタからはディオスクロイ*、メッセネからはイダスとリュンケウス、さらにテセウス、イアソン、アドメトス、テラモン、ペイリトオス、ペレウス、その他大勢——ここではすべてを挙げないことにします——がやって来たのです。」

「で、私の父は?」

「父上はアンフィアラオスと一緒にアルゴスから到着したのです。快活で、意欲的な若者でしたが、だからといって、決して軽薄ではなかったのです。むしろ、よく考えてみるに、彼は当時からすでに或る種の思慮深さを備えており、このことが後に彼に賢明で真剣な人という評判をもたらしたのでしょう。彼は短いチュニカを着てやって来て、剣も弓も槍も持っていなかったが、ただ鉄串1本だけを持って狩りに参加したのです。」

「鉄串を?」

「そう。若い衆よ、鉄串です。当時はまだそんなに多く真の武器は出回っていなかったし、男たちは青銅の甲冑というよりも勇気で武装していたのです。」

「それからどうなりました?」

「あれやこれやが。でも、すべて良いことばかりではなかった。なにしろアルテミスが私たちに敵意を抱いていたし、当初はいろいろの困難を克服しなく

---

* ゼウスとレダの間に生まれた双子。カストルとポルクスのこと。

IX 猪の牙

てはならなかったのです。第一の障害は処女アタランタでした。彼女は男子と同じ権利を持っていて狩りに加わるという要求を突きつけたのです。アタランタははっきり言って，不快な女性でした。女性と呼んでかまわないとしても。彼女が醜女だったというのではなく，むしろ反対でした。多くの男が彼女に惚れ込み，そのため生命を犠牲にしたのです。でも彼女の振舞いは血に飢えた英雄のように男っぽかったため，アフロディテというよりもはるかにアレスに近かったのです。話によれば，彼女の父ヤソスはいつも男の子を望んでいたため，彼女が生まれるやすぐさまパルテニオン高地に遺棄したのですが，雌熊によって授乳されたとのことです。

「でも，アタランタはあなたにどんな障害になったのです？」

「何人か――わけてもカイネウス，アンカイオス，ケフェウス――によると，女性が狩りに同行するのはふさわしくなかったんです。」

「だって，カイネウスだって女性ではなかったんですか？」とゲモニュデスが異議を唱えた。彼はほかの者たちよりもいつも，何かをよく知っていたのである。

「いかにも。実際，子供のときにはカイニスとも呼ばれていたんです――とネストルは確証した――でも成人してから，ポセイドンと恋仲になったおかげで，無敵の戦士に変身し，そういう者としてカリュドンの猪狩りにも参加したのです。ラピタイ族*によれば，死後，遺骸は突如女の顔つきを取り戻したということです。

「では，どうして彼本人はアタランタに関して，それほど妥協しないでおれたのです？」とゲモニュデスが食い下がった。

「沈黙すべき理由のある者がもっともやかましく叫ぶことはよくあるのです。とにかくこの場合，カイネウスよりも頑固にアンカイオスとケフェウスが，女性は自分ひとりだけで狩りを行い，たとえ助けが必要になっても決してグループに加わるべきではない，と要求したのです。すると，すぐに恐ろしい事件が起きた。というのも，ヒュライオスとロイコスという2頭の怪物ケンタウロイがあたりをぶらついていて，森の角にアタランタがひとりでいるのを見つけ，暴行しようとしたのです。それで彼女は彼らを殺さざるを得なくなったのです。

---

* テッサリアのペリオン山とオリュンポス山の近辺に住む好戦的な種族。

まず，斧で去勢し，それから……。」

「猪はいったいどうなったのです？」とレオンテスが遮った。彼は血腥い細部を嫌っていたからだ。

「猪は見るも怖かった——とネストルが説明した——口からは黄色いよだれが垂れており，目はいつも血に染まっていたんです。長い追い出し猟の後で，ついに柳の森から追い出すことに成功したんですが，すると猪はあまりにも猛然と私たちに突進してきたため，アクトルの息子アンカイオスはすぐさま生命を落とさざるを得ませんでした。猛獣はたった一度の頭突きで彼を空中に放り投げ，すぐさま彼を去勢し，それから牙で彼をずたずたにしてしまったのです。わたし自身はあなたの父上に助けられて辛うじて木の上によじ登り，助かることができました。でも最後には，私たちは同時に猪を半円形に取り囲んで攻撃することにしたのです。でもあまりに興奮していたために，ある者ははからずも仲間を撃つ結果になってしまいました。ペレウスが槍を投げて，エウリュティオンを殺し，またペイリトオスがリュンケウスを負傷させた同じ瞬間に，リュンケウスもペイリトオスを負傷させたのです。」

「で，私の父は？」

「父上は無事に避難していた木の上から，最初に鉄串を投げつけて，猪の肩を傷つけました。それからすぐに，イフィクレスとアタランタが反対側から猪を傷つけ，続いて，アンフィアラオスが狙い定めた2本の矢を猪に命中させることができました。そして，メレアグロスが止どめの槍を刺したのです。このときになって，すぐさま戦利品をめぐり争いが始まりました。誰が毛皮を，誰が蹄を，誰が牙を手にすべきか？ と。メレアグロスは秘かにアタランタに恋していたものですから，彼女がすべての戦利品を手にすべきだ，と提案しました。『アタランタは最初に猪に遭遇したんだ』と彼はみんなに言ったのです。『そしてわれわれがそこに駆けつけなかったとしたら，彼女はきっとひとりで猪を殺していただろうよ。』」

「ほんとうだったのですか？」とレオンテスが尋ねた。

「もちろん，ほんとうではなかった。第一に，真っ先に猪に遭遇したのは父上だったし，第二に，毛皮を手にするのは伝統的に，動物を殺した人であって，負傷させただけの人ではないからです。事態がひどく厄介になったのは，メレアグロスのおじたちも介入したからです。なかでも，最年長のプレクシッポス

はアタランタの両手から，剥いだばかりの毛皮をひったくり，自分が一番年長だからといってそれを独り占めにしたのです。それで，メレアグロスはあまり考えることもなく，剣で彼を突き刺したのです。要するに，その日にはすべてのことが起きたし，その怪物殺しに絡んだ一切のことをすべて今，私が数え挙げることはできません。* たしかに，アルテミスの呪いはよく利き目があったことになるのです！」

「でもどうして，能力でも勇敢さでも秀でたそんなに大勢の要求者の間で，私の父がこともあろうに牙を手にすることになったのです？」とレオンテスが訊いた。

「それというのも，ひとりの競争相手に戦利品を委ねるよりも，ほとんど見知らぬ若者にそれを授けるほうをみんなが望んだからです。ただひとりそれに反対したのは……。」

レオンテスはその唯一の反対者の名前を知ることはできなかった。よりにもよってちょうどこの瞬間に，エウアイニオスが数メートル離れてついてきた島民たちと一緒に姿を現わしたからだ。このクレタ人は感情を害されたという表情で，大広間(メガロン)の中央へ進み出た。その胸には，猪の牙のついた首飾りがカチャカチャと音を立てていた。

「おお，コシュニデスの息子エウアイニオスよ，おお，勇敢な荷車御者よ——とネストルが呼びかけた——あんたはきっと，ガウドス王で私の親友のひとり，あの真面目なネオプロスをご存知だ。ところが残念ながら，彼は跡形もなく消えてしまった。戦場で死体も見つからなかったし，トロイア人で彼の武器を見た者もいない。トロイアの城壁に沿って偵察していて，ダルダニア人たちの矢に打たれたという人もいるが，反対に，彼の武具に目を向けていた泥棒によって殺害されたと誓う人もいる。ところで，ほらここにいる彼のひとり息子レオンテスは，彼のものだった首飾りをあんたが身につけているのを見たと主張している。ちなみに私も証言してかまわないが，今まさにあんたの胸を飾っている猪の牙はわれわれがカリュドンの猪を打倒した日に，全員一致で真面目なネオプロスに手渡されたのと同じものだ。」

---

* 狩りの後で，メレアグロスは妻クレオパトラにそそのかされて，ほかのおじたちも殺害した。そのため，母親アルタイアの怒りを煽ったのだった。

「おお，尊敬するネストルよ——とエウアイニオスはほとんど遮るように答えた——私はオデュッセウスのように，遠まわしの暗示には巧みでないが，はっきりと容疑をかけられるほうがましなのだ。というのも，私がネオプロスの武器が欲しくて彼を殺したというのが容疑ならば，私としてはただ剣をもって答えることができるだけなのだからだ。」

「おお，エウアイニオス，簡単な質問に何という激しい答えをする人だ——とネストルは落ち着き払って応じた——あんたはトロイア勢への憤怒をぶちまけてよい。ただし，今はただ一つのことだけを答えておくれ。いったいどうやってネオプロスの首飾りをあんたは手に入れたのかい？」

「おお，ネストル，君も知ってのように，とても答える気にはならない。だって，君の言葉の裏には侮辱が潜んでいるのは歴然としているからだ。——とエウアイニオスはかっとなって答えた——でも，君の白髪頭に敬意を表わさないわけにもいかないから，我慢強く従順に，親父に答えるときのように答えるとしよう。私はこの首飾りを２個の青銅の臑当と，彫刻入りの一つの盾とを交換に，トロイアからほど遠くない二つの川の合流地点にある，洗い場"二つの泉"で入手したんだ。これを世話したのは，絶世の美女だった。長いブロンドの髪をしており，たぶん青い目をしていた。たぶんというわけは，彼女の目の色はときどき変わるからだ。あるときは緑色に見えたり，あるときは空色に見えたり。この女性の肌色は真っ白でビロードみたいに柔らかだったから，アルゴス出身だったといっておこう。でも今，ネオプトレモスの息子が愛着からこの首飾りを取り戻したがっている以上，私が死体から奪ったのではなくて正当に買い上げたにせよ，彼は当然私から正価で買うべきなのだ。つまり，色変わりする目をしたあの異国女に私が与えたもの——彫り物入りの盾と青銅の臑当て——を私に戻すべきなのだ。」

当時はもちろん，過失による盗品の取得が犯罪行為と見なされたわけではない。だから，ネストルが誹謗をもってなしたより大きな罪を，誰もエウアイニオスに負わすことはできなかったであろう。いずれにせよ，ゲモニュデスや，ある程度まではレオンテスすらも，このクレタ人の弁明を承認したのであり，そして，その謎の女性に出くわしたというその場所をより詳しく説明してくれることだけを乞うたのだった。明らかに，トロイア市の南方に，実際に《二つ

の泉》と呼ばれる場所があったのだし，しかもこれらの泉の一つは，氷のように冷たい水が，もう一つは湯が湧き出ていたらしい。＊ しかもそこはどうやら，武装した護衛の下で，トロイアの女たちが徒党を組んで夫の衣服を洗いに毎日通う場所であるらしい。

エウアイニオスはレオンテスとゲモニュデスに，《二つの泉》へは細心の注意をして出向くように，そして，リュキアの商人に変装して近づくのが最善だと忠告した。彼らが色変わりする目をした女性のことをずっと話していたとき，通路から響いてくる物音で彼らの話は遮られた。ひとりの若い使者が大広間(メガロン)に駆け込んできた。

「おお，馬の調教師ネストルよ——と使者は息をはずませながら叫んだ——アカイア勢はあなたの助けを至急必要としています。ヘクトルが陣営の左端の壁を壊し，棒で武装した大勢のトロイア人が塹壕をもう乗り越えたのです。ディオメデスは踵(かかと)を怪我していますし，民衆の指導者アガメムノンは片腕を刺され，オデュッセウスは残忍なソコスから加えられた傷で出血しています。エウアイモンの愛息子(まな)，輝かしいあのエウリュピュロスでさえ，テッサリア人たちに支えられながら地面に横たわっています。おお，ネストル，あなたの友人マカオン——アスクレピオスの息子——が私をあなたの所に遣わしたのですよ。彼はあなたに伝えたがっています——長髪のパリスによって肩をひどく負傷させられたこと，三つの刃先をもつタイプの矢をもう誰も引き抜けなくなっていることを。マカオンは馬車で彼を運び，同時に，三つの刃先をもつ矢に通じている外科医を呼び寄せることをあなたに乞うています。なにしろ，彼の兄弟ポダレイリオス——やはりアスクレピオスの息子——はダルダニア勢との戦闘中だからです。さあ，急いでください。ネレウスの息子よ。急いでください。時間はとても貴重なものなのですから。」

そんなに貴重なものなのなら，そんなにくだくだと話すな，とネストルは言いたかったであろう。しかし，これ以上の遅延を避けるため，彼はこの状況に

＊ 一つの泉の水は冷たく，もう一つの泉の水は温かいという，《二つの泉》の場所は，ホメロスが『イリアス』第二十二歌（147-153行〔松平千秋訳（下），313頁〕）でこう記している。「その一つの泉の水は温く，あたかも燃える火から煙の立つ如く湯気が立ち昇り，もう一つの泉からは，夏には霰か冷たい雪か，または水の凍った氷の如く冷たい水が沸いて出る。」

適った医者を呼び寄せるよう，ただ命令を下しただけだった。マカオンは彼の親友だったばかりか，彼本人からして熟練した医者のひとりだったのだ。なにしろ，彼は兄弟ポダレイリオス同様，医術を父アスクレピオスから学んでいたからだ（アスクレピオスのほうは，ケンタウロスのケイロンから医術を学んでいたのだった）。マカオンは外科を専門とし，ポダレイリオスは内科を専門としていた。
　戦場に入ったとき，ネストルは情勢が深刻なことにすぐ気づいた。敵は四方八方から進軍していたし，アカイア勢の最前線を一瞬ごとに突破しているように見えた。場所によっては，トロイアの戦車が壁や堀をものともせず，陣営に侵入することに成功していたし，今や半裸の声を張り上げる歩兵たちが，先の尖った竹棹で武装してどっと突破口からなだれ込み，天幕の方向に奔流のように注いでいた。テラモンのアイアスと，オデュッセウスは何十人もの解き放たれたトロイア人に抗して全力で戦っていた。ホメロスに言わせると，枝分かれした角(つの)のある2頭の鹿ががつがつした豺(やまいぬ)どもに攻撃されているかのようだった。*けれどもふたりがどんなに勇敢であっても，敵はますます勢力を増していった。
　こうするうちにトロイア勢の列の中で，パリスはディオメデスを打倒したために有頂天になり，この犠牲者をありとあらゆるやり方で挑発しようとした。
「この自惚れ野郎――と彼はわめいた――とうとう貴様に傷を負わせたわい！　儂が狙い定めた矢は無駄ではなかった。ああ，もし儂が貴様の下腹を射ったなら，今ごろ貴様はその傲慢なありさまもろともハデスへの道を歩んでいることだろうぜ！」
「おお，プリアモスの息子よ――とディオメデスがやり返した――おまえは弓手，それだけじゃないか。そのもじゃもじゃ頭を何とか整えて，少女たちの後ろをつけ回すことしかできやしまい。でも，そのたるんだ身体に僅かでも勇気があるのなら，だて男よ，弓――と言っても卑怯者のための武器に過ぎぬ――を投げ捨てて，剣を手に儂と男どうしの決闘をしてみろ！　お前は儂に命中したとほざいているが，儂の踵を少しかすっただけだ！　儂にとっては，焼餅焼きの女とか，軽率な女奴隷から負傷させられたようなものだよ。」

───────────────

　＊　『イリアス』第十一歌474行。

IX　猪の牙

その間，ネストルは時間をむだにはしなかった。戦車の御者エウリュメドンに助けられながら，負傷した友人マカオンを抱き上げ，大急ぎで住居へ運んだ。そこで，マカオンは痛みはあったが，待ち構えていた若い外科医に，どうやって矢を取り去るべきか，必要な指示をすることはできた。アスクレピオスの息子はうめきひとつ上げはしなかった。片手でネストルの腕を握りしめ，もう片手で鎮痛効果のある魔法の草を口に押し当てた。

　約10分後に，アキレウスの兄弟のような友人パトロクロスも到着した。ネストルは彼を見るやすぐさま大広間(メガロン)に入ってほかの客人たちと一緒になるように誘った。

　「さあ，メノイティオスの息子よ，座って，プラムネイオスのワインを飲み干しておくれ。」

　「ありがとう，ゼウスの子孫よ——とパトロクロスは答えた——でも私はあまり長居はできない。私を遣わした者は，あんたも承知しているとおり，すぐにかっと怒りやすい。ときには，私のように何の罪のない者に対してさえ怒りを振りまくことがあるんだ。私がここにやって来たのは，さっきあんたの車で運んできた負傷した英雄の名前を報告するためだけなんだ。でも，ありがたいことに，もうこの目で誰だか見て取れる。私たちの最上の外科医マカオンだということをね。はっきりいうと，遠くからでも彼だと分かっていたんだが，アキレウスが是非とも正確に知りたいとひどく心配していたんだ。さっそく引き返して彼に通知するよ。」

　「アキレウスが今になってやっとアカイア勢の命運を心配しているのはいったいどうしてなのか？——とネストルは挑発的につぶやいた——どんなに勇敢な英雄たちでももうひどい目にあっているし，われわれみんながここトロイアの海岸で最期の日を迎えるだろうことに，彼はいったい気づいていないのか？敵どもは黒船に間近に迫っているし，われわれはいまにもこの戦争の悲惨な結末を恐れざるを得なくなっている。悲しいかな，私の力はもう昔のように強くない。ああ，かつて雌牛の問題だけでもエリス人たちにぶつかっていった当時の私のように，まだ若かったならなあ！＊　今となっては，おお，メノイティ

＊　ネストルがここで仄めかしているのは，100頭の牛の群れをめぐってメッセネとエリスの住民どうしが争った戦いのこと。

オスの息子よ、きみがミュルミドン人たちの先頭に立って、われわれを助けにやって来てくれるという希望しかない。俊足のアキレウスが依然として戦場に足を踏み入れるのを拒んだなら、せめてきみが彼の武具を手にしておくれ。そうすれば、敵はペレウスの息子が再び戦いに戻ったものと信じるかも知れぬから。」

X 《二つの泉》にて

アカイア勢を助けるために,ヘラはゼウスを誘惑し,眠らせてしまう。レオンテスは《二つの泉》に赴き,ひとりの洗濯女のおかげで,目の色が変わる女性と接触することになる。

「君はリュキアの商人に変装したまえ」とエウアイニオスは忠告していた。さながら,リュキア人の外見をするには,顔を黒くし,汚いキトンを着用するだけで十分だとでもいうかのように。ゲモニュデスのほうは,黒い顔一面のひげのせいで,不用心なトロイア人を欺くこともできたであろうが,レオンテスはそうはいかなかった。レオンテスはアナトリア人だったから,正真正銘,配役ミスもいいところだった。髪の毛は赤く,目は緑色だったし,顔はそばかすだらけだったのだ。外見を別にしても,言葉の問題があった。この若者はリュキアの言葉を一語も知らなかったのだ。

結局,居酒屋の主人テロニスが解決策を見つけてくれた。然るべき報酬と引き換えに,彼は通訳,ガイド,メーキャップ係を引き受けたのだ。実際,彼は変装用の衣服を入手したし,自家製の軟膏(たぶん搾油機の輪にさしていた油)で,レオンテスの顔にあるそばかすを一つずつ覆ったのである。

そうこうするうち,戦闘の命運は二つの事件——一つは神によるもの,もう一つは戦術によるもの——のおかげで,均衡を保った。ヘラとパトロクロスがトランプのカードを切り直して,前者はアカイア勢を元気づけるためにポセイドンを派遣することを,後者は友人アキレウスの武具を着用することを引き受けたのである。

ゼウスは周知のように,神々が戦争に介入することを好まなかった,それははなはだ簡単な理由からだった。ゼウスは戦争が自然な経過をたどること,したがって,たとえば神々の介入により均衡が崩れるようなことのないことを望んだのである。ゼウスにとっては,ギリシャとトロイアの戦いは,楽しみいっぱいのはらはらさせるスポーツみたいなものだった。晩に就寝するとき,ゼウスは自問するのだった——『明日はトロイア勢がアカイア勢を撃退できるかな?』

とか,『アガメムノンは結局トロイアを劫掠することに成功するだろうかな？』とか。数々の神託が自由に知り得たにもかかわらず，ゼウスは原則として，戦争の最終結果をあらかじめ知ろうとはしなかったのである。毎朝早く，イデ山の眺望の良い場所に登って，そこから，どの神なり半神なりも一方または反対側に肩入れしないように見張っていたのである。

「何とかして誰かがゼウスを眠らせねばならない——とヘラは正当にも考えたのだった——さもないと，私はアカイア勢の手助けに降りて行けなくなる。」

実際，ギリシャ勢の情況はひどく悲惨になっていた。もう24時間のうちに，トロイア勢によって海中に追いやられてしまう怖れがあった。そこで，オリュンポスのこの女主人は被保護者たちを救うためには，どうしてもゼウスを眺望のよい場所から遠ざけなくてはならないことに気づいたのである。

「アフロディテから彼女のベルトを借りるほかに打開策はない！」——白い腕の女神は叫んで，ライヴァルを訪問に出かけた。

ところで，アフロディテのこの最良の武器を譲るように説得するのは，最低半時間かけても容易なことではなかったのだが，ヘラはそれでもやってみることにしたのだ。

「おお，泡から生まれたアフロディテよ，あなたは私がアカイア勢に加勢しており，あなたがトロイアを保護しているから，私のことを憎悪しているのは良く承知している。でも，私たちのけんかより大事なことがあるのよ。それは感性の女神のあなたも先刻承知のはずだし，私を拒むことはできないわ。だって私の父クロノスと私の母レアはもう久しい以前から夫婦の交わりの喜びを知らずに居るのよ。ふたりはゼウスから或る日追放されて大洋の彼方の遠い国に住んでいて，とても悲惨なありさまなのよ。だから，せめて一晩でもあなたの魔法のベルトを貸してくれたら，私の母親の身に着けさせ，このように装着することにより，母はクロノスに旧い愛の炎をもう一度かき立てることができる，と希望を抱けるでしょうよ。」

ところで，アフロディテについてはいろいろ悪口が語られているが，こういう問題には耳を貸さないわけではなかった。彼女の唯一の生活目標は男女を性的に幸せにすることにあったのだ。世界のどこかにうまくセックスしたカップルがいたことを聞くと，彼女はすぐに有頂天になり，たとえ誰も聞きたがらなくても，このことを吹聴して歩いたのだった。だから，ヘラの要求にも十分に

X 《二つの泉》にて　131

理解を示したのである。

　ヘラはそのベルトを入手するやすぐさま，それを自分のために使った。すなわち，イデ山のゼウスのところに急ぎ，そして眺望のよい場所のあちこちで腰を振って歩き始めたため，とうとう神々の父は彼女を手に入れようと追い回すに至った。ゼウスは周知のように，何らかの挑発に対しては，否とは言えなかったのだ。彼は妻を腕でぐいと摑み，すぐさまみんなの目の前で彼女を地上に倒そうと武骨な試みをやらかした。女神はもちろん，びっくりしたという振りをしたのだった。

　「まあ，いったいどうしたの？　ご主人様？　まさか，ほかの神々の面前で寝ようというのじゃないでしょう？　あなたの欲求がそんなに激しくて夜の助けを待てないのなら，ヘファイストスがうちらにくれた秘密の扉のついた，あの寝室に戻り，そこでずっと長く愛し合いましょうよ。ふたりとも精根尽きて眠くなるまで。」

　「今日は余に何が起きたのか分からんわい――とゼウスはこの上なく興奮して認めるのだった――でも白状するが，愛する者よ，これほど甚だしい性欲は，かつてイクシオンの妻と関係を持ったときにも感じたことはなかった。*1 でも，心配はない。誰にも見られないように手配するからな。」

　ゼウスの合図で，空から金色の雲が降り，両方の神を覆った。一方，彼らの身体の下では柔らかな草の絨毯が芽生え始め，サフラン，涼しいクローバー，ヒヤシンスが開花したのだった。

　だが，女神は眠りの神モルフェウスとすでに取り決めをしておいたのである。*2

　「今日はゼウス神と寝床を共にするわ――と彼女はモルフェウスに言ってあったのだ――それで，彼が抱擁の後で眠るようにあんたが配慮してくれれば，お礼に，あんたがいつも欲しがっているパシテアをお嫁にしてあげるわよ。」

　万事は円滑に運んだ。ゼウスは間もなくいびきをかき始め，それでヘラはす早くこの機会を利用して，ポセイドンを戦場に送り込んだ。

　　＊1　ゼウスが犯した夥しい浮気の一つ。
　　＊2　モルフェウスはいつもヘラのためにゼウスを眠らせたわけではない。むしろ，いつもはその反対の行動をしていた。かつてモルフェウスは全人類を三日三晩眠らせたことがあるが，それはゼウスが安心して，アンフィトリュオンの妻と一緒に居れるようにするためだったことを想起するだけでよい。

この神の介入は戦いの成り行きを一転させてしまった。アカイア勢は強力な反攻に移った。テラモンのアイアスはヘクトルに岩のかけらを投げつけ，胸を負傷させた。ディオメデス，オデュッセウス，小アイアスは何十人もの敵を打倒したし，ペレウスの息子の武具を着用したパトロクロスはテウクロイ人*1 の群れを最終的に逃亡させた。武器のほかには，アキレウスによって選り抜かれたフティア出身の軍勢の，恐るべきミュルミドン族も特別な役割を演じた。ホメロスは『イリアス』の中で，彼らを不注意な旅人がうっかり足を踏み入れて怒らせたときの，蜂の群れに比べている。*2

　「ゼウスが目を覚ましたとき，自分の目を信じなかった。なにしろトロイア勢を攻撃態勢にさせ，松明を手に，もう敵の船に点火させるところにまでいっていたのに，今やアカイアに脅かされて退却しつつあるのを目撃しなければならなかったからだ。そればかりではなかった。最後に倒れた者の中には，彼の最愛の息子のひとり，リュキア人サルペドンもいたのだ。神々の父は何か不都合なことが起きたに違いないと直感し，しかも妻が一枚噛んでいることを見抜いた。

　「ああ，不運な堕落女よ──とゼウスは雷のような声で叫んだ──ただ余を騙せるようにと誘惑したんだな！　たっぷりと最悪の罰をくらわせてやろう！　もう少しも憐れみをかけてはやらぬし，余がお前を空に吊るしたときのように，*3 人間であれ神であれ，誰に対してもお前を助けに行くことを認めたりはしないぞ！」

　これは，何年も前に起きた或る偶発事件のことだった。オリュンポスの女主人がゼウスの相も変わらぬ不貞に悩み，ある日，彼に対して謀叛を企てた。つまり，他の神々とペアを組んでこの不貞者を100本の革帯と，ヘファイストスが考案した100個の魔法の結び目で夫婦の床に縛りつけたのだ。これらの結び目は，そのうちの一つをほどこうとすると，ほかのすべてが自動的に再び結び合わさる，というようにしつらえてあった。哀れゼウスは迫害者たちを長らく

---

　*1　トロイアの伝説上の初代の王テウクロスの血筋を引く者たち。
　*2　ホメロス『イリアス』第十六歌259-265行。
　*3　実を言うと，ポセイドンとアポロンも罰されたのだった。ゼウスは彼らを煉瓦積み工としてラオメドンの許に遣わしたところ，ラオメドンは彼らにトロイアの市壁を造らせたからである。

X　《二つの泉》にて

呪い罵倒したのだが，誰にも聞き入れられなかった。というのも，どの神もオリュンポスの王座の跡継ぎに誰がなるべきかをめぐってみんな懸命に論議していたからだ。とうとう女神テテュスが助けに駆けつけてきた。彼女は後継争いが宇宙的な混沌状態に陥るのを怖れて，百手巨人のひとりブリアレオスにその百個の手ですべての結び目を一度にバラしてしまうように乞うたのである。

　ゼウスは解放されるや，ヘラを引っ攫まえて，彼女の両腕でもって空に吊るし上げ，彼女の足首にははなはだ重い金の鉄敷を縛りつけた。不幸な彼女はわめき，泣き叫び，哀れみを乞うたが，誰も――もっとも力のある神々（アポロン，ポセイドン，ハデス，等）でさえ――助けに駆けつけようとはしなかった。こうして哀れにも，彼女は何日も中天にランプのようにぶら下げられた。これに対して抗議したのはただひとり，彼女の不具の息子ヘファイストスだけだった（彼は生まれるや，母親から投げ棄てられたのだった）。ゼウスは彼が〔あなたのせいだと〕人差し指を突き立てて自分のほうにやってくるのを見たとき，一瞥もくれてやろうとはしないで，彼の片足を攫み，またしてもオリュンポスから投げ棄てた。その結果，ヘファイストスはレムノス島に着地し，今度は両脚とも砕けてしまったのである。

　ほとんど満月だったので，レオンテス，ゲモニュデス，テロニスはこれを生かして，真夜中に《二つの泉》へと向かった。距離は僅か約五，六キロメートルだったが，道はトロイアの市壁の近くを通っていたから，危険がなくはなかった。3人はスカマンドロス川に沿って，シモエイス川との合流地点にまでやって来て，それから，左折しながらも，ずっと市壁の反対側の川岸を進んだ。
　枝垂れ柳，水蓮，蚊帳吊り草，御柳，燈心草が男たちを塔の上のトロイアの歩哨たちの視線から護ってくれた。実際には，《二つの泉》はエウアイニオスが言っていたとおりの両側の合流地点には見つからなくて，少なくとも2キロメートル東方にあったし，最後の道のりはかなり骨が折れた。というのも，この上なく大食のミジンコで汚染された泥沼へと通じていたからだ。やや消耗しながらも，一行は日の出の一時間前に目的地に到着した。そこは静かで人気はなかった。
　ホメロスは語っている――

「ここには泉のすぐ傍らに，石造りの立派な広い洗い場が幾つもあって，……トロイア人の女房や器量のよい娘たちが，ここで艶やかな着物を洗っていた。」*1

まさしくここ，洗い場の傍で，われらの英雄たちはトロイア女たちを待っていたのだった。テロニスは小さな壁の上に居酒屋から運んできた山羊のチーズを幾片か置いた。そして，最初の洗濯女たちが現われるやすぐさま，彼はそのチーズを宣伝し始めた。

「さあ，テロニスのごちそうだぞ！——と彼は叫んだ。——女子衆。このごちそうを味わってごらん。神々の食物にとうとうありつけるよ！」

このちゃっかり男はもちろん，一石二鳥を得ようと目論んでいたのだ。だから，一方では友人たちの衣服をより信じ込まれやすくしようとしながら，他方ではよい商売をたくらんでいたのである。

洗濯女たちは今日でもチョチャリア*2の女たちがやっているのと同じように，籠に入れた洗濯物を頭に載せて，三三五五やってきた。いつの時代，どの地域でも同じような習俗があるのは注目に値する。どの集団の後ろにも，少し離れて，ふたりの槍で武装した兵士がついてきていた。そのうち二，三人の女性は他の女よりも美しかったが，エウアイニオスが述べていたような，目の色の変わる女性はいなかった。3人はもう2時間待った。それから，やや勇気をふりしぼって，あちこち尋ね始めた。

「ねえ，奥さん——とテロニスは，チーズの値段を尋ねた太っちょの洗濯女に訊いた——もしやこんなトロイア女を知らないかね，目の色が空のように青くなったり，牧場の草のように緑色になったりする女を？」

「はっきり言って，彼女がトロイア人かどうか確かではないけど——と洗濯女が答えた——よく知っているわ。ウラノスの天井の下でこれほどの美女にお目にかかるのは稀だと言ってよいわ。きっと，ポリュクセネの友人ヘクタのことだと思うけど。」

---

*1　ホメロス（松平千秋訳）『イリアス』第二十二歌153-155行〔（下）岩波文庫，1992年，313-314頁〕。

*2　中央イタリアのラツィオ地方（フロジノーネ県）の南部にある。伝統や旧い考え方を保っていることで有名。

「そうさ，ヘクタのニュースが知りたいのさ——とテロニスはごまかした——今日この泉にやって来ないのはどうしてなんだい？」
「いつもやって来るわけじゃないのよ——と洗濯女はつっけんどんに答えた——彼女は私のような未亡人ではないが，私は老いた父親と４人の子供を養わなくっちゃならないのさ。夫は去年，壁から落ちて死んだし，今では自分のほかに他人の洗濯物まで洗わねばならないのさ。彼女ときたら，自分のものさえ洗ったりはしない。女奴隷たちを《二つの泉》にまで送り，ときには彼女らについてくるだけだよ。そうするほかに時間のつぶし方を知らないんだから。でも，あんたがどうしても言伝てしたいのなら，彼女に山羊のチーズをおくれ。そうしたら，きっと仲介してあげるよ。」
「私の友人が会いたがっているんだ——とテロニスは説明し，洗濯女の耳元で小声で囁いた——彼女に惚れ込んでいるのさ！」
洗濯女はあきらめてため息をついた。
「いつも決まりきった話だね！　男たちにとって大事なことは，美しいということだけなんだから！　家内の美徳に関心をもつものはひとりもいやしない！　ところが，主婦は夜ばかりか昼も試されなくちゃなるまいて。」
「奥さん——とテロニスは彼女の説教めいた話には耳を貸さずに続けた——今はあんたが要求した山羊のチーズを半分あげよう。もし明日，私をヘクタに会わせてくれれば，そっくり進呈するよ。」

翌日，謎の女は姿を見せなかったが，その代わり，洗濯女は戻ってきた。
「ヘクタはこう伝えて欲しいと言っているよ——と切り出しながら，テロニスが山羊のチーズを手渡すのを拒否する前に，さっと横取りしてしまった——プリアモスの命令で《二つの泉》にはやってこれない，と。あんたの友人が彼女に会いたいのなら，ひとりで《三つの塚》の分かれ道まで私のあとについてこなくちゃならないよ。」
「ひとりでは駄目だ！」——とゲモニュデスが純粋のリュニア方言で叫んだ。
「そんなこと言うのなら，儂が行く！」とレオンテスは今やあらゆる用心を忘れてしまい，ギリシャ語か，むしろガウドス方言で話した。それから，洗濯女のほうを向いて続けた，「奥さん，承知した。先に行っておくれ，ついて行くから」。

道中，レオンテスはどれほど危険が迫っているかをいろいろと思い描いた。アカイアの陣営で長老たちが繰り返し，エンプサたち[*1]に注意するように言われてきたのである。
　「若い衆よ，《三つの塚》の分かれ道には決して近づくなよ！──と長老たちは言っていたのだ──そこにはエンプサたちがいるんだ」。ところが，今や彼はまさしくその《三つの塚》へと歩んでいたのだった！
　たしかに，それは伝説に過ぎなかったのだが，毎日毎日聞かされたせいで，真に受けるに至っていたのだ。ヘカテの娘どもであるエンプサたちは，女の姿をした醜い悪魔だった。いつも分岐点や四つ角に潜伏しており，男たちを誘惑するために，そこで突如胸をはだけるのだった。驢馬（ろば）の尻と青銅の蹄鉄（ていてつ）をもち，尾部と蹄を隠すためにいつも地面に届くほどの長いスカートを着用していたらしい。それから哀れな男に食らいつくことができると，頸動脈に噛みつき，死ぬまでその男の血をすっかり吸い上げたのである。
　ギリシャ人にあっては，恐怖はいつも女の顔をしており，怪物はすべて女の衣服を着ていた。ハルピュイアたち，グライアイ，モイラたち，エリニュスたち，テルキネス，エンプサたち，ゴルゴンたち，さらにはラミア，キマイラ，エキドナ，等々を考えるだけでよい。いずれもコウモリの翼，犬の声，蛇形の髪の毛，充血した目，身の毛のよだつ特徴をもつ女たちだったのだ。
　レオンテスはさらに，乳母の脅しのことを恐怖とともに想起していた。彼女は，「おとなしくしないと，ラミアを呼び寄せてお前を食べさせるわよ！」と言っていたのである。
　ラミアはゼウスのためにたくさんの子供を生んだのだが，ヘラは嫉妬心から，ひとりずつ皆殺しにしたのだった。[*2] そこでラミアは復讐しようと，毎晩うろつき回り，他人の子供たちからもっともたちの悪いのを選んで，殺害したのである。ラミアのイメージをこの上なく怖くするために，ゼウスは彼女に眼球を眼窩（がんか）から取り出したり元に戻したりできる能力を授けたと言われている。この

　[*1]　ギリシャ神話に出てくる驢馬の足と真鍮の蹄をもつ食人怪物たち。女神ヘカテに従う妖怪の一つ（後述）。
　[*2]　だが，ヘラはラミアの子供を全部殺すことはできなかった。一晩若いスキュラを殺すのを忘れたのだ。

ことは，とりわけ，3人のグライアイの場合と比べると，それ自体素晴らしい特権ではある。つまり，グライアイは一個の目と一個の歯しか持っていなかったので，何かを見たり，何かを食べたりしたければそのたびに目とか歯とかを互いに明け渡さなければならなかったからである。

ゲモニュデスにとっては，こんな伝説はまったくどうでもよかった。彼が恐れたのは，血の通った人間，とりわけ槍で武装したトロイア人たちだけだった。それに対し，レオンテスはこの女の申し出を拒絶してでも，父親の最期について是非とも知りたがったのである。

「あんたがリュキア人でないことは承知しているわよ——と，洗濯女はふたりだけになるとすぐさま言うのだった。リュキア人だろうが，トロイア人だろうが，アカイア人だろうが，私にはまったくたいしたことではない。とにかく，もう一つのチーズをくれさえすれば，あんたに逢い引きのひとときを手配してあげるわよ。」

レオンテスがついにヘクタを見たとき，息が止まってしまった。なにしろ生涯を通じて，これほどの美女を見たためしがなかったからだ。外側の美しさだけに打れたのではない。むしろ，ヘクタからはまったく謎めいた魅力が出ていたし，彼女の顔から視線を逸らすことができなかったのである。最初の瞬間には，ヘレネ本人が目の前にいるのかと推測した。彼が徹夜で見張っていた夜な夜なに聞いてきた，このスパルタ女についての描写が，今日の目の前に立っている女性の外見とぴたり符合していたのである。

「あれ……——とレオンテスは口ごもった——君はもしか……。」

「ヘレネとでも？——と彼女は微笑しながら言葉を遮った——いいえ，私はヘレネじゃありません，ヘクタです。ヘレネと少し似ているだけです。トロイアでは多くの人が私をこの名で呼んでいますが，それは私にへつらうためだけです。だって，彼女は私なんかよりもはるかに綺麗ですから。」

「じゃ，僕はきみをどう呼んだらいいのかい？ ヘクタ，それともヘレネ？」

「おお，アカイアの美男子さん，お好きなように呼んでちょうだい。私をヘレネと呼びたい気がするのでしたら，そうしてね。そうしたら，私はあんたのためにヘレネの振りをするわ。以前はテセウス，それからメネラオス，そして最後にパリスのものになったあの女性をね。でも今度は，あんたは私の恋人の役を演じて，私の髪の毛をなでたり，愛の言葉を囁いたりしなくてはいけませ

んわよ!」
　レオンテスは背中に二重の震えが走るのを感じた。ひとつは喜びのあまり。というのも，これほど魅力のある女性に感銘を与えたからだ。もうひとつは恐怖のあまり。というのも，すぐに自分がアカイア人だと知らされたからだ。
「どうして私に会いたがったの？」とヘクタはさらに訊いた。
「何か尋ねたいと思ったもので……。」
「それじゃ，私を愛していたからではないのね……」と彼女はがっかりして応え，ふくれっつらをした。
「うん……そうじゃないんだ……──とレオンテスはすっかり狼狽して口ごもった──……ただきみに訊きたかったのは，きみがマタラ王エウアイニオスから2個の猪の牙のついた高価な首飾りを買ったのかどうかということだけさ。この記念品は今からもう9年前にトロイア勢と戦うためにガウドスから出発した僕の父，尊敬すべきネオプロスが以前に所有していた物なんだ。5年以上も前から，父の姿はかき消えてしまったんだ。テウクロス人たちの矢に当たったのか，裏切り者の手で殺害されたのか，今ごろ鎖を掛けられているのか，死んでいるのか，この後者の場合があたっているとしたら，死体は枯れた大地の下にあるのか，どこか川床に横たわっているのか，誰も私に告げることができないんだ。おお，ヘクタ，女神たちの美にも等しいきみよ，あんたの目の前にいる者を憐れんで，きみにこの首飾りを授けた人の名前を言っておくれ。僕はレオンテスと言い，年は17歳ほどだ。父の遺骸探しを助けておくれ。母親に返事を持ち帰り，父上には立派な墓を建てられるようにね。」
　なんとおかしなことよ，と彼は内心思った。道中は，よく練った言葉を準備して，できるだけ多くの情報を入手し，だからといってそれでも自分が誰か正体がばれないようにしようと心に決めていた。ところが，この女性の前に立つや，自分は思っていることをすっかり喋ってしまったのだ──自分の害になるかも知れないことまでも。要するに，自分は嘘がつけなかったのだ。
　ヘクタは彼の暴露話に面食らったようだった。
「それじゃ，あなたはレオンテスなの？」とその少女はまるでもう彼の話を聞いてしまったかのように，尋ねた。
「そう，レオンテスと言うんだ。父親の遺骸を捜しているところさ。ところで，きみは綺麗であるばかりか，心根が優しいのだから，どうか言っておくれ，

X 《二つの泉》にて　139

カリュドンの猪の牙のついたその首飾りをいったい誰から手に入れたんだい？」

「私はプリアモスの末娘ポリュクセネからこの首飾りをもらったの。彼女だけがあなたのお父さんの死の秘密を知っているわ。明日，あなたがひとりでここにやって来たら，彼女とじかに話せるように手配するわ。それまで分かっていると思うけど，絶対沈黙を守らなくっちゃならないことよ。アカイア勢であれ，トロイア勢であれ，私たちが出会ったことが知られないようにすべきよ。」

逆に，レオンテスのほうは，テロニスの居酒屋に戻ったとき，聞いてくれる者には誰にでも，すべてをこと細かに至るまで語った。そして，それからヘクタ（彼に言わせるとヘレネ以外の何者でもなかった）のことを描述したとき，恥ずかしさで真っ赤になった。アフロディテでさえ，このヘクタとの比較には耐えなかった。つまり，彼の表現によれば，この女神は男が女神をどんなに美人だと想像しようとも，ヘクタに優れていることはあり得なかったのである。

「言い換えれば——とゲモニュデスが言葉をさしはさんだ——きみはもうカリュムニアを忘れてしまったのかい？」

「カリュムニアって？——とレオンテスが機械的に言い返した——ああ，そう，あのカリュムニアだ！」レオンテスがガウドス出身のフィアンセの名前を発したその仕方からも，もう彼女が彼の心の中にいかなる場所も占めてはいないことがすぐに分かるのだった。ヘクタが彼女への思い出をぬぐい去ってしまったのだ。

「ヘレネにそんなに似ているその女性はどういう名前なんですか？」とテルシテスが訊いた。

「ヘクタ。ヘクタと言うんだけど，僕はヘレネと呼びたいな。」

「その名前には驚かないね——とテルシテスは明らかにした——その反対だ。私がいつもアカイア人たちに語っていることを確証するだけですよ。私たちは実在しもしない女のことで戦っているのです。ヘレネは女性じゃなく，ヘレネは幻なのです。では，ἐκτός* とはどういう意味か？ 外の，外側の，外見，雲，煙を意味しているのです。ヘレネは幻影なんですよ！」

「すると，パリスは夜中に雲を愛していることに気づいていないのか？」と

---

* "細胞質外層"（ectoplasma）もこれに由来する。ギリシャ語 ἀκτός は「外の」を意味する。

テロニスは嘲って尋ねた。

「彼は気づいていないのです。その理由をあなたたちに今，説明しましょう——とテルシテスが続けた——この話は，パリスとヘレネがスパルタから逃亡した数日後にふたりに出会ったエジプトの舵手で，トンなる者が私に語ってくれたのです。恋人たちの船は，ヘラが捲き起こした嵐のせいで，ナイル川の三角州近くのカノピカの浅瀬に乗り上げてしまったんです。パリスが最初に下船し，そして船体の損害を調べた後で，船を再び海中に押しやるために ζυγίτοι〔漕ぎ手たち〕*1 を鎖からどうしても解放せざるを得なかったのです。ところで，まさしくこの海辺の部分には，ヘラクレスに捧げられた神殿が建っており，古い伝承によれば，この神殿でこの神に跪けば，どの奴隷でも自動的に自由になったのです。この機会を利用して鎖を解かれた ζυγίτοι はどっと神殿に駆け込んだのです。そして，ひとたび自由の身になると，彼らは神官たちに，元の主人たちの悪業を訴えたのです。」

「それから，どうなったのかい？」とレオンテスが尋ねた。どうやら彼だけはテルシテスの作り話を信じたらしい。*2

「彼らはみな，とうとうメンフィス王プロテウスの前に招かれた。そこで，奴隷たちは不実なパリスがメネラオスに対してどれほどの害を及ぼしたかをこと細かに語ったのです。」

「それで，プロテウスはどうしたんだい？」

「ひどく激怒して，裏切者を即座に鎖に繋がせたのです」，とテルシテスは答えた。それから，語気を強めて，彼の意見によれば，メンフィス王がパリスに対して話しかけたことを繰り返した。「『おお，極悪者め，貴様は饗応してくれた人の妻を誘拐し，しかもそれだけでは足りなかった。貴様は彼女を追従や約

---

*1 ζυγίτοι とは，昼夜，漕ぎ手の座席は生涯，軛（ζυγόν）で繋がれたままだった，三段櫂船の奴隷の漕ぎ手たちのこと。Ⅰ章，注2（9ページ）参照。

*2 ヘレネが幻影だったのではないかという可能性には，ヘロドトスが『歴史』第2巻（113-120）の中で，またエウリピデスが悲劇『ヘレネ』の中で触れている。「ヘラ様は……あのプリアモスの子にはわたしを与えなかったのです。その代りに，大空の気を結んで私の生きた肖像(にすがた)を造り，それを与えました。」「私が誰にも肌身を汚させないために，イリオスへは行かなかった……」（内山敬二郎訳「ギリシャ悲劇全集」第4巻『ヘレネー』鼎出版会，1978年，195，196頁）。

Ⅹ 《二つの泉》にて　141

束で魔法にかけ，彼女に子供たち，夫，家をも捨てるように口説いたし，しかもそれだけでは足りなかった。貴様はアポロン神殿に守られている金銀をも一緒に運び去るよう，彼女を口説きさえした。余は今，貴様にふさわしい罰で，つまり死刑をもって罰するべきであろう。でも，余はもう異国の者を殺さないと神々の前で誓ってしまっている。だから，余は貴様を王国から放逐し，しかも貴様の恋人も財宝も取り上げるだけに留めよう。これらをみな然るべき時に，立派なメネラオス殿に返還できるようにな』。」

「おお，テルシテス，何を口走っているんだ！——と。テロニスが嘲って言った——ヘレネはパリスと手を取り合って，幸せにトロイアに着いたんだぞ。俺は彼女がシドン*の女たちが豪奢な刺繍を施した空色の外衣（πέπλος）をまとって船から降りるのをこの目で見たし，彼女がプリアモスを先頭に，すべてのトロイア人から感嘆の合唱とともに迎えられる様子も見たんだぞ！」

「おお，テロニス，君が彼女を見たのは疑いないよ——と認めた——でも私の話はまだ終わっていない。ヘラはヘレネなしでは破壊されはしないだろうと気づいたとき，雲を掴み，そこから問題の恋人と寸分違わぬ女性の幻影を作り上げたのだ。それと同時に，ヘラはパリスに，その恋人と一緒に逃亡することに成功したかのような幻想をかきたてたのだ。」

「では，どうしてプロテウスはヘレネをメネラオスに戻さなかったのかい？」とゲモニュデスが当然ながら言い返した。

「メネラオスのほうでも，忌まわしい罪を犯したからさ。彼はパリスを追ってエジプトに到着したとき，そこで神々に感謝するため，幼いエジプトのふたりの子供を生贄に捧げたのだ。こういうひどい残虐行為に立腹して，プロテウスはメネラオスに，もうヘレネもアポロンの財宝も返そうとはしなかったのだよ。」

「で，ヘレネは全然パリスに再会しようとはしなかったの？」

「いや，彼女はパリスもメネラオスも忘れたかったんだ。彼女は今日，異国のアフロディテと称していて，みんなから女神として崇拝されている。」

「それじゃ，トロイアのヘレネはいったい何者なのか？——とレオンテスはなおも尋ねた——プリアモスの宮殿で，パリスと一緒に暮らしているあの女性

---

* フェニキアの都市。

は誰なんだい？」

「亡霊，仮象に過ぎんよ。だから，彼女の第二の名前がヘクタなのは当然なのさ。」

レオンテスは言葉を失った。彼には，ヘクタは人間らしかったし，むしろあまりにも人間らし過ぎたのだ。

「君の意見では——とゲモニュデスが言い返した——われわれはアカイア勢もトロイア勢も，9年以来，雲を摑まえようと戦っているだけなのかい？」

「そのとおりさ！——とテルシテスは勝ち誇って答えた——しかも，そんなことはたいして驚くほどのこともないんだよ。われわれは或る女性に惚れ込むと，その恋人はもう生身の実在の人間じゃないんだ！ 彼女はいつも仮象，亡霊，観念に過ぎないのだ！ それだから，俺は女たちが嫌いだし，女たちを誉め称える詩人連中も嫌いなんだ。」

「たぶん，君は正しいよ——とテロニスが介入した——でも，君が言っていることはみな，恋人たちにだけ当てはまると思うよ。ちなみに，おお，テルシテス，君はまさか女性たちがいつももっとも楽しい娯楽を供してくれることを否定しはしまい。」

「いや，それは正しくないよ！——とこの身体障害者は反論した——偉大なるテイレシアスによると，愛の悦びを十等分すれば，九つの部分は女性に属し，男性にはたった一つの部分しか属さない，というんだ。」*

「それじゃ，女が雲に過ぎぬとしたら，男にはもっと少ししか残らないな」とゲモニュデスは皮肉に結んだ。

レオンテスがヘクタに再会したとき，彼は彼女の腕に触りたかった。そして彼女がほかの人間と同じく生身のままだと気づくと，ほっと安堵のため息をついた。

---

* ある日ゼウスとヘラは，セックスでは男と女のどちらがより大きな悦びを感じるかで言い争った。ゼウスは女がより大きな悦びを感じると主張し，ヘラはその反対を主張した。最終的な判断を下すためにテイレシアスが呼び出された。すると，この善人は快楽の90%は女に，男には僅か10%しか属さないと確言した。そこで，ヘラは復讐するため，彼を盲目にした。その後，ゼウスは償いとして，彼に予言の才能を授けた。

X 《二つの泉》にて

「ヘレネ，おお，愛しのきみよ——と彼は言った——きみにはとても想像できまい，もしやきみが幻にしか過ぎないのではあるまいか，とどれほど僕が恐れたかを！」

「私が幻想に過ぎないのだとしたら，ねえあなた，わたしは昨晩あなたの夢の中に現われることができたでしょう。そうしたら，あなたがこのようにこっそりと私に会うまでもないでしょうが。」

「ポリュクセネはどこなの？」

「さあ，今から彼女の所へ参りましょう。でも，まず目隠ししなくてはなりません。ここから数メートル先の小さな森に，トロイアへ通じている地下道があるのです。私があなたの手を取って道案内しましょう。でもしっかり約束しなくてはなりませんよ——どんなことがあろうとも，目隠しを取り外さない，と。ほんの一瞬でもそんなことをしたら，私は永久に消え失せますよ。オルフェウスのことを忘れないでね。」

こうして，うっそうとした植物の間を通る長い彷徨が始まった。レオンテスは両脚にイバラが幾度も絡まったり，顔に葉っぱがかすったりするのを感じた。とうとう皮膚に湿気を感じて地下道にさしかかったことが分かった。ときどき水滴が背中に垂れた。ヘクタはずっと彼の片手を握ったままで，甘い言葉を囁きかけた。「あなたはトロイア市に足を踏み入れた最初のアカイア人よ。でも，私が保護してあげるわ」。

敵軍のど真ん中に上陸したのだと考えるだけで恐怖に震えたに違いない。だが，彼女の手がひどく柔らかだったので，いつまでも喜んでこの旅を続けたかっただろう。目隠しは非常にきつく，結び目は彼の首筋を苦しめたが，それをほどこうとは全然しなかった。すぐに彼女が消え失せまいかと考えるだけで，気分が悪くなるのだった。それはオルフェウスにすでに起きていたことだし，無用な危険を犯したくはなかったのである。彼は同伴者の手をもっと強く握り締め，それを自分の唇に押し当てた。

「ヘレネ！　愛しのきみよ——と彼は言うのだった——きみの傍にいるためには僕の目隠しが必要なのなら，生涯ずっと僕に目隠しをしておいておくれ。」

XI　ポリュクセネ

　　レオンテスがトロイアにやって来て，ポリュクセネと識り合う。
　　トロイア人たちがパトロクロスの死のせいで歓喜する。オデュッ
　　セウスとディオメデスがパラスの神像を盗む。ポリュクセネがペ
　　レウスの息子アキレウスに忌まわしくも恋することになる。

　ヘクタが目隠しを取り去ってくれたとき，レオンテスは材木倉庫になっている小さな洞窟の奥に居た。彼女は彼の手を取り，入口へと案内した。
　「ほらやっと着いたわ」と彼女はため息をつきながら，積み上げられた板の間に隙間を作った。「ここはトロイアよ。でも好意から言っておくわ。見つからないでいたいのなら，私の傍から一歩も逸れないこと，そして誰とも話をしてはいけないわよ」。
　長らく暗闇に居た後で，レオンテスは当初周囲をはっきり見分けるのにいくらか難儀したが，それから，陽光のおかげて再び慣れてきて，《広い街路のトロイア》に感嘆することができた。ここだけの話だが，この街路は彼に告げられていたほど広くはなかったし，あるいは少なくとも，おじアンティフュニオスに連れられてきたファイストスで見た街路より広くはなかった。もちろん，詩人たちが英雄の武勲を歌うときには，いつも決まって誇張する傾向がある。
　洞窟を出るや否や，完全武装のふたりの歩哨が彼をもの好きに眺めていたが，何も話しかけてはこなかった。明らかにヘクタとすでに合意していたらしい。
　「あそこに家が見えるでしょう？」とヘクタは言いながら，狭い扉を指さした。「私の住居よ」。
　「どれ？──とレオンテスが訊いた──石段の壊れているあれかい？」
　「そうよ。みんながトロイアではそう呼んでいるわ，《石段の壊れた家》って。」
　「でも，君は宮殿でパリスの傍に住んでいるのではないの？」
　「宮殿に住んでいるのはヘレネよ，ヘクタじゃないわ──と目の色の変わる女性は笑って答えた──哀れなヘクタは小さい家に，年老いて病弱な夫と住んでいるの。」
　レオンテスは返事をしなかった。彼女がヘレネと言われようが，ヘクタと言

われようが，彼にはどうでもよかった。彼にとっては，ただ彼女を愛しているということだけが重要だったのだ。
「で，ポリュクセネはどこに住んでいるの？」
「彼女は宮殿に住んでいるのだけれど，アテナ神殿で彼女に会えるわ。」
「それなら，行こうよ！」とレオンテスは急きたてた。
「その前に私の家に行きたくはないの？——とヘクタは尋ねた——きっと彼と識り合いになりたいのでしょうが。」
「だれと？」
「私の夫よ。傷痍(しょうい)軍人なの。戦争で片腕を失くしたのよ。」
「いや，会いたくないよ！ きみが夫持ちでないと信じたいなあ」と若者はきっぱり答えて，歩を速めた。
「あなたはすべてのアカイア人たちと同じね。初めに何かを考えだし，それから，それを本当だと信じるんだもの！」

　レオンテスはトロイアの街路での営みを好奇心をもって眺めた。もっとも驚いたのは，敵たちがギリシャ人と実際上同じように見えたことだった。主婦も汗をかいている母親も，彼の村の女性たちと同じことをしていたのだ。泉から水を汲んだり，子供を叱りつけたり，小麦粉の袋を運んだり，家事をきりもりしたりしていた。トロイアの馬鹿までもがガウドスの馬鹿にそっくりだった。トロイアの兵士は戦場を離れて見れば，武具をのぞき，アカイア勢とそっくりに見えた。彼らは多かれ少なかれ年頃だったし，世の中のすべての若者と同様にやかましくて快活だった。彼らの大半はもう頬に産毛すらなかった。レオンテスは考えた，《人びとが家の中で，子供，妻，両親と一緒に食事をしているときのように，互いに顔を見合うことができるとしたら，おそらく決して互いに戦争をやり始めたりはしないだろうに！》と。
　ふたりは要塞の壁伝いにしばらく歩いて行き，約10分ほどでスカイア門に辿りついた。兵士，奴隷，女，商人のかん高い雑踏のせいで，アカイアのこの若者は誰にも気づかれずに通り過ぎることができた。門から外を見やると，2キロメートルと離れていないところに，強大なアカイア軍勢の動向が認められた。戦車は全速力で北方に進行していた。ここから推測するに，シモエイス川の岸辺でギリシャ勢とトロイア勢との間で戦闘が行われたらしかった。より詳しく

知るためには，門の前に出るか，塔の一つに登らねばならなかったであろう。そうこうするうちに，武装兵や戦車の列もトロイア市を後にして，両方の川の合流地点へと前進し始めた。指揮官の興奮した叫び声から，レオンテスは激烈な戦闘が展開されるだろうと推察し，罪悪感を抑えることができなかった。仲間たちがこの瞬間生命を賭けて戦っているのに，自分のほうはここで既婚女性の機嫌をとっていたのだ！《いや，そうじゃない，ここに居るのは父の死について情報を得るためなのだ》と彼は自分に言いきかせた。だがこれはもちろん，ほんとうではなかった。実際には，こんなふうにトロイア市の内部にまで入り込んだのは，ヘレネであれ，ヘクタであれ，あるいはいったい全体なんと呼ばれていようとも，彼女に再会したいという欲求で死にそうになっていたからに過ぎないのだ。

「ポリュクセネが私たちを待っているわ！」彼女はせかして，彼のチュニカを引っぱった。

神殿の真ん中には，アテナの木彫りの立像パラディオンが展示されていた。これを見て，レオンテスはかつてゲモニュデスがテュンブレで語ったことを思い出した——「トロイアはこのパラディオン神殿がある限り，破壊されはしないだろう。だから，われわれのうちの誰かがそれを奪おうと決心しなくちゃなるまい」。もちろん，この瞬間にレオンテスにはそうする機会が訪れたのだ。この小像ををかっさらって，できるだけ早くアカイアの軍勢のほうに走るだけでよかったろう。奇襲効果や，門が開け広げられていることを考えれば，彼にはそうすることもできたであろう。そうしたら，あとに詩人たちが彼の武功を陣営の火を囲んで歌ったであろうし，みんなが，たったひとりでパラディオンを奪ったクレタの若者，このガウドス出身のレオンテスの伝説を聞こうと押しかけたことだろう！ ところが，この立像を見張っているふたりの武装兵が，すぐさま彼のこの栄光の夢を押しとどめたのだった。

伝説によれば，この神像はトロイアを建設中に天から落下して，ひとりで神殿の中央に座を占めたという。世間のいうところでは，その像の内部には一つの仕掛けが施されており，そのせいで，女神はときどき槍を突き出すことがあるとのことだ。レオンテスは長らくじっとしていたが，そのような動きは少しも認められなかった。このパラディオンがそれから数日後に，実際に盗まれたとはほとんど考えられない。しかも気分転換のために，ふたりの大泥棒——オ

デュッセウスとディオメデス――，またはもっと正確に言えば，このふたりのうちのひとりによってひょっとして盗まれたのだ，とはとても考えられない。

　武勲が行われたのは，特に血腥い交戦日の後の，トロイア人たちが死ぬほど疲労困憊して眠り込んでいると想像された夜のことだった。このふたりは大胆不敵にも，真夜中の少し前に，警備がやや手薄だった壁の東側へ向かったのである。ここはもっともよじ登り難い箇所だったからだ。ふたりで持ち込んだのは，オデュッセウスの目測でイタケの大工たちがうまく造り上げた長ったらしい梯子(はしご)だった。* しかしこういう計算にもかかわらず，この梯子は短すぎることが分かったので，ふたりのうちのひとりが，もうひとりの肩に登らざるを得なかった。だが，ふたりのうちのどちらが壁をよじ登り，どちらがその間，梯子の上で待っていたのか？ 誰がパラディオンを盗んだのか？ 翌日になると，ふたりともが武勲の張本人だったと主張したのだった。オデュッセウスは自分単独ですべてをやったと言い張り，そして，ディオメデスは盗み出しを終えたあとで，その立像をオデュッセウスの手からもぎ取ったんだと非難した。反対にディオメデスの話では，パラディオンをかついでいたとき，オデュッセウスから背中を襲われ，それでも助かったのは，月光のせいで自分を短刀で刺し殺そうとしている男の手の影を地面に見て取れたからにほかならないという。確かなことは，ふたりの紳士が帰還したとき，この順序で見られたということである。つまり，オデュッセウスが先に逃げ出し，ディオメデスが後を追いかけて，彼の尻を蹴飛ばしたのである。こういう駆り立て方はその後《ディオメデスの足蹴り》として歴史に残った。

　とうとう，プリアモスの娘の中でもっとも若いポリュクセネが姿を現わした。レオンテスは軽く頭を下げて会釈した。第一印象は好ましいものだった。ポリュクセネは顔つきが上品で，少しばかり妹のラニュジィアを想起させる，華奢な少女だった。

---

　* 話によると，オデュッセウスはトロイアの壁の中に入り込み現場検証を行うために乞食に変装し，ディオメデスに血が出るほど自分を鞭打たせたという。このようにひどく叩きのめさせた後で，彼はトロイア人たちに都に入れてくれるよう頼んだらしい。

「こちらはレオンテス——とヘクタは言った——お話ししておいたあの若者よ。」
「ネオプロスのご子息？」とポリュクセネはたぶん，時間稼ぎのために尋ねた。
「そう，そのとおりよ。」
ポリュクセネはしばらく，明らかに不信の目でレオンテスを見つめた。とどのつまり，目の前に入る少年は敵だったのだ。少女はそれから，ヘクタのほうに助けを求めるような視線を投げかけた。
「ポリュクセネ，勇気を出して！——とヘクタは彼女を励ました——昨晩ふたりで話し合ったあの交換を，自分で提案なさいな。あなたはレオンテスのことを知らないけど，信じてちょうだい。彼はとても敏感だし，あなたの悩みをほかの誰よりもきっとよく理解してくれるわよ。」
「私がネオプロスを識ったのは4年前です……——とポリュクセネは語り始めて，目を伏せた——彼についてはいくらでも語れると思うけど，まずあなたが私を助けてくれなくっちゃ。」
「なんなりとしますよ」とレオンテスは答えたが，いつもどおり，彼の約束には誇張があった。
「私がして欲しいのは……」とポリュクセネは口ごもり，突如黙り込んでしまった。
「要するに——とヘクタが遮った——ポリュクセネはあなたにアキレウス宛の言伝てを託したがっているんです。」
「アキレウス宛の言伝て！——とレオンテスはびっくりして反復し，それから，はっきり理解しなかったのを恐れて，付け加えた——どのアキレウスのことですか？ もしやペレウスの息子では？」
「そう，まさしくペレウスの息子よ——とヘクタが確証した —おお，レオンテス，あなたが信じようが信じまいが，これは本当なのよ。アキレウスがアポロン神殿でトロイロスを虐殺したとき，ポリュクセネは神像の背後でぶるぶる震えながら隠れていたのよ。かわいそうに，彼女はこの英雄の獣のような暴行を目撃せざるを得なかったの。しかも彼女は彼への奔放な情欲まで覚えて，ひどくショックを受けたのよ。普通だったら，兄を殺した男を憎悪するはずなのに，どういうわけか，彼女には正反対のことが起きたの。エロスが彼女の心

を射抜いてしまったんだわ。」
「おお，ぞっとする！」とレオンテスは叫ばずにはおれなかった。「で，僕の父はどう関係しているの？」
「あなたの父上は私の交換すべき対象よ——とポリュクセネは冷たく言った——あなたは私の言伝てをアキレウスに渡してください，そうすれば，私はネオプロスのことをすべてあなたに言います。私の恋がおぞましかろうがなかろうが，それは神々が決めてくだされればよいわ。」
「で，あなたはアキレウスのような英雄があなたみたいな気の狂った人とかかり合うとでも思っているの？」とレオンテスは今や，自分の軽蔑を隠さないようにしようと決めて，少女をとがめた。
「おお，アカイアの方よ——とポリュクセネは落ち着きはらって答えた——あなたの村の女たちのために，あなたの説教はしまっておいて，さあ，私の言うことをしかとお聞きなさい。あなたの父上がどんな最期を遂げたのかを本当に知りたいのでしたら，アキレウスにこう言伝てしてくださいな，『ポリュクセネが日時とも同意しました』と。」
「それじゃ，ペレウスの息子はきみのことを先刻承知しているということを僕に信じさせたいのかい？ 彼はすでに逢い引きを提案したとでもいうのか？」とレオンテスは応えた。
「もちろん彼は私のことを識っているわ——とポリュクセネは侮るような微笑を浮かべながら答えた——しかも私を識っているばかりか，私を欲しがっているわ！ 私たちはすでに３回アポロン神殿で会っているのよ。」
「アポロン神殿でだと！——あの若いトロイロスを殺したのと同じ場所じゃないか？」
ポリュクセネは何も答えなかったが，レオンテスにしても，もうこれ以上聞きはしなかったであろう。というのも，けたたましい騒ぎが突如湧き起こり，どの言葉も聞こえなくしたからだ。何百人ものトロイア人が今や市の街路に殺到し，不敗のヘクトルへの賛歌を合唱したのだ。外では，何か重大事が起きたに違いない，とレオンテスは考えた。通行人たちに尋ねたいところだったが，ヘクタを困らせないために，彼はそうするのを控えた。
その間，スカイア門から最初の兵士たちが戻ってきはじめた。その多くは負傷しているにせよ，みな陽気で自信にみなぎっているかに見えた。明らかに彼

らは重要な勝利を得ていたのであり，家に居残っている者たちにこのことを語りたくてじりじりしていたのだ。多くの女たちは勝者たちの入場を見ようと，壁の上によじ登っていた。

　ヘクタは弁論術で知られたパイオン人たちのリーダー，アステロパイオスが入ってくるのを見た。彼の頭は泥まみれ，剣は血まみれだったが，その表情は重要な戦闘を勝利したかのように，満足そうだった。」

　「おお，ペラゴンの息子〔アステロパイオス〕よ，みんなが戦争は終わったみたいに大騒ぎしているけど，いったいどうしたの？」

　「民衆は馬鹿げているばかりか，正しくもないんだよ——とアステロパイオスは答えた——ヘクトルがパトロクロスを殺したから，と彼への賛歌を歌っているが，最初にパトロクロスを射ったエウフォルボスをも尊敬するのを忘れているんだ。」

　こうしてパトロクロスが死んだのを知って，レオンテスは思わず《おお！》と驚きの声を発した。すぐさま，彼はどうなることかと考えた。アキレウスにとっては言うに言えぬ苦しみ，アカイアの軍勢にとっての意気沮喪，もっとも勇敢でもっとも有能な兵士の喪失……。若者はもっと委細を知りたかったが，わが身がばれるのを恐れて，亡くなった英雄の名前を繰り返しただけだった。

　「パトロクロスを？」

　「そう。メノイティオスの息子パトロクロスをだ——とアステロパイオスが確言した——それに，彼は英雄として死んだと言ってもかまわない。彼が自ら3回攻撃をしかけるのをこの目で見たし，そのたびに，彼は9人のダルダニア人を地面に倒した。彼はわれらの前線を突破しようとさえ試みたのだが，そのときひとりの見知らぬ英雄に出くわしたんだ。これまで壁の下では誰も戦うのを見かけたことのない，武具だらけの兵士をね。この他国者がパトロクロスの攻撃をはねのけ，彼の槍や剣をその手からもぎ取ったんだ。それで，誰かが叫びだした——『これはアポロンだ，これはアポロンだ。銀の弓をもつあの神だ！』と。で，僕も白状するが，とうとうほかの者たちと一緒に叫んだのさ——『たしかにこれはアポロンだ，銀の弓をもつ神がトロイア勢を助けにやってきたんだ！』って。しかも本当に彼が神だったということは，その黄金の盾や，非の打ちどころのない顔つきからも見て取れたんだ。」

　もっと詳しいことを知りたがっている人びとが，だんだんと彼の周囲にます

ますたくさん集まってきた。

「アミソダロスの息子アテュムニオスがどうなったかを知りませんか？」とひとりの素朴な女性が涙を流さんばかりに彼に尋ねた。

「それに，彼の兄弟マリスは？」

「ひょっとして，私の夫エリュマスを見かけませんでしたか？」

「いや，どの人も見ていない。見かけたのはヘクトルだけだ。彼は腹違いの兄弟ケブリオネスが引く戦車に乗ってやって来た——とアステロパイオスはとうとうこんな大勢の観衆に囲まれて嬉しそうに答えた——パトロクロスは地面から，両方の先端が尖ったつるつるの大石を一個持ち上げて，それを不幸な御者に全力でぶつけたんだ。すると，その石の塊が彼の脳天の真ん中に命中し，その頭を真っ二つに割ってしまった。まるで野菜売りが言い争っているふたりの主婦をなだめるために，熟したカボチャを分割するみたいにね。ケブリオネスは戦車からずり落ち，死の闇が彼の目を包み込む間，ヘクトルはぱっと跳び降り，彼とアカイア男との間に立った。そこで死体の所有をめぐって血腥い戦いが始まった。パトロクロスはもう武器がなかったので剣を抜こうとしたが，一方ヘクトルは泣き悲しむ母親のもとに運ぶため，死体が欲しかったんだ。」

彼の話振りからすると，どうもパトロクロスの味方をしたがっているようだった。実際，ヘクトルに対しては，何年か前に溯る拳闘でアステロパイオスが不首尾な結果になったために，旧い怨念を抱いていたのである。

「で，ほかの人たちはどうしていたの？」とポリュクセネが悲嘆にくれて尋ねた。とどのつまり，ヘクトルもケブリオネスも彼女の兄弟だったからだ。「どうして不幸な御者の死体を取り戻すのを，誰も私の兄に手助けしなかったの？」

「僕たちはそれぞれひとり以上の敵と戦わねばならなかったからだ。僕は巧みな馬調教師のミュミドン人ペイサンドロスを前にしていたほか，さらにメネスティオスまで僕を脅かしていたんだ。」

「それで，それからどうなりました？」居合わせた人びとが一斉に尋ねた。

「場景をちょっと想像したまえ」とアステロパイオスは語り手としての自分の才能をとうとう証明できるのに嬉しくなって，すぐに彼らに応じた。「ヘクトルとパトロクロスを，泉に同時にやって来て，飲みたがっているライオンと猪と想像したまえ。2頭ともそうするためには，まず相手を殺さねばならぬこ

とを知っている。両方がじっと睨み合う。長らく互いをうかがい，ゆっくりと接近する。両方とも傲慢で不遜だ……。」

「それはけっこうです」と聴衆のひとりが叫んだ。彼は語り手の弁舌を評価しつつも，だんだんと我慢しきれなくなったのだ。「で，それからその決闘はどうなったんですか？」

「パトロクロスは跪いてケブリオネスの剣を取り出そうとした——とアステロパイオスはびくともしないで続けた——ところが，この武器を摑もうとしたその瞬間，エウフォルボスの投げた矢が彼の背のど真ん中に命中したんだ。メノイティオスの息子は崩れるように倒れ，それでヘクトルがこの機会を捉えて，彼の鼠蹊部を槍で突き刺したのさ。」

「それから，それからどうなったの？」とポリュクセネは顔を真っ赤にして尋ねた。

この少女はアステロパイオスの唇に執着しているようだった。血腥い話への彼女の関心はまさしく病的だった。《やっと分かったぞ——とレオンテスは考えた——なぜ彼女がアキレウスに惚れ込んだのかが。彼女の様子を見ていると，彼女をカリテスのひとりと見間違うかもしれんわい！》

「ヘクトルは槍をさらにもっと深く身体に刺したので，パトロクロスは釘打ちされたみたいになったんだ——とアステロパイオスは続けた——それから，敵の胸に足を乗せて言ったんだ，『おお，パトロクロス。哀れな夢想家よ，貴様はわれらの都市を攻略し，われらの女たちを奴隷にしようと思ってやって来た。だが，あさましい奴め，貴様は槍投げの名手ヘクトルに出くわそうとは計算していなかった。貴様には友人，あの自惚れたアキレウスがいても，もう何にもならんぞ！』するとパトロクロスはすぐに言い返した，『おお，プリアモスの息子よ，ほらを吹けると思うのなら，そうしていろ。だが，これだけは知っておけ。俺の武器を奪ったのはアポロンだし，俺の背中に命中させたのはエウフォルボスなんだぞ。貴様はやっと三番手にやって来たんだ，それも俺がもう身体に青銅の鏃(やじり)を刺されてしまったときにな。さもなくば，貴様のような奴が20人かかってきても俺を倒せはしなかったろうぜ。でも，知っておくがいい。貴様の最期も近いことをな。クロトはもう糸巻き棒に糸が残っていないし，ラケシスは糸の長さを測ってしまい，アトロポスは鋭い鋏を摑んで待ち構えているんだぞ！ 貴様が自惚れていると称したあのアキレウスが貴様を殺すであろ

うし，俺には，容赦しない運命の姿をして彼が貴様の背後にもう迫っているのが見えているんだ』。」

この最後の予言に，ポリュクセネは泣きだし，走り去ってしまった。レオンテスはその後を追おうとしたが，ヘクタに腕を摑まれた。「私は彼女のことをよく知っているの。彼女は俊足のアキレウスに会うまでは，あなたに何も話しませんよ。」

その間，アステロパイオスは語り続けた。そして，話が進むほど瑣事(さじ)にこだわるようになった。もちろん，槍が刺さったパトロクロスはここで彼の口から述べられたほど長い話をすることができなかったのは明白だった。しかし，アステロパイオスは今やはずみがついていた以上，この機会を利用してヘクトルに対する彼のあらゆる激情を話してしまって心を軽くしようとしたのである。

「パトロクロスが死ぬや，すぐさまヘクトルとエウフォルボスは争い出した。どちらもかつてはペレウスの子のものだった武具への所有権を主張したのだ。ヘクトルはそれの持ち主を殺したのだと主張し，エウフォルボスは自分が先に彼を負傷させたのだと言い返した。ところがそこへ人びとの統率者，金髪のメネラオスが加わったのだ。『おお，エウフォルボス——とこのアトレウスの息子が叫んだ——かつて余は君の弟ヒュペレノル*を殺したが，今度は君を殺す番だ。パントオスの息子たちはみな余の手でハデス行き，という運命になっているのだ』。するとエウフォルボスが応じた，『おお，メネラオス。今日こそ，貴様が儂を煩わしたあらゆることの支払いをする人だな。貴様は儂の兄弟の妻をやもめにした。まだ彼女が新婚の家に連れられて行く前にな。そして，儂の両親に涙を流させやがった。もう儂には貴様の頭を素敵な柳で編んだ籠に入れて両親に手渡すことしか望みはないわ！』こう言うや，槍をメネラオスに投げたのだが，傷つけることはできなかった。武器はアカイア人の盾に当たって藁の茎みたいにひん曲がった。逆に，メネラオスはエウフォルボスの喉を突き刺し，ぽたぽたと流れ出る血で，純白のテュニカや金銀の留め金で締められた巻き毛を汚したのだ。」

「では，ヘクトルはどうして彼を助けに入らなかったのですか？」

「パトロクロスの衣服を剥ぎ取ることに没頭していたからだ」，とアステロパ

---

*　パントオスの息子・エウフォルボスの弟。

イオスは意地悪そうに答えた。
「では，彼がアキレウスの武具を身につけているのを実際に見たんですか？」
「アキレウスの武具には，両横に黄金の締め金があるというのは本当ですか？」
「ペレウスの子はそれからどんな反応を示したのですか？」
「パトロクロスの死体は結局どうなったのですか？ ヘクトルはこれを戦車に結びつけることができたんですか？」
「まだ戦闘中だと言うのは本当ですか？」
　質問が多過ぎて，アステロパイオスはみんなに満足のゆく答えはできなかった。だが，人びとが周囲に多く押し寄せるほど，それだけ満足を感じていた。最後には，よく聞かせるために，小さな壁の上によじ登った。
「市民諸君，よく聞いておくれ！　嵐の日には海の波が川の合流点の近くで川の波とぶつかるものだが，それと同じく，今やトロイア人と長髪のアカイア人が互いに突進し合ったんだ。銘々がパトロクロスの死体をめぐってわがものにしようとしたし，また，敵の手に陥らないようにするためには生命を賭ける覚悟だった。多くの人びとがそのために亡くなった。そして，それらの群れに勝利が微笑んだかに見えたまさにそのとき，戦場の上に厚い霧が覆った。すると，敵はこの機会を捉えて，欲しがっていた死体をわれらからもぎ取ったんだ。この目で死ぬのを見たなかには，アピソン，エリュラオス，ラオゴノス，アテュムニオス，ポデス，アンフィロコス，フォルキュス兄弟，それにヒッポトオスがいた。また，何十人ものアカイア勢が自らの血の上で足を滑らすのも見たが，そのなかには，バテュクレス，スケディオス，リュコフロン，ペリフェテス，キュレネのオトス，それにコイラノス……がいたんだ。」

　ヘクタとレオンテスはアステロパイオスを聞き飽きたのだが，彼は依然として小さな壁の上で死人や負傷者の名前を数え上げていた。これ以上トロイアに居残るのはもう無意味だったし，いやむしろ危険になった。ヘクタも言ったように，もうすぐ日没とともに，彼女が協定していた地下通路の歩哨が交代されるかもしれない。
　帰路はレオンテスにとって，往路よりも快適だった。ヘクタはふたりが野外へと差しかかろうとしたとき，彼に目隠しをしたとはいえ，それは地下通路がどこへ通じているか分からないようにするのにどうしても必要な間だけのこと

XI　ポリュクセネ　155

だった。彼のほうは子供のようにおとなしく目隠しされるがままにし，少しも抵抗したりはしなかった。そのほうびに，美しいヘクタ（または，好きな人にはヘレネ）は道中，腕を彼の腰の周りに置き，まるで本当の恋人ででもあるかのように，顔を彼の肩にもたせかけた。彼女があまりにも優しかったので，若者は思慮を失い，彼女に接吻しようとした。

　「やめて，レオンテス——とヘクタは彼をたしなめた——私には夫がいるし，私が忠実な女性だということを忘れないで！」

　「そんなことはない，ヘレネ。きみは嘘をついている。君には夫なぞいないか，それともきっとたくさんいるんだ。それなら，ガウドスのレオンテスもその他大勢の中に入れてよ！　ねえ，信じて。僕は誰よりも恋焦がれているんだ，死ぬほどまでに！　ああ，《死ぬほど》とは，なんてことを。僕の死後も……だ。オルフェウスみたいに！」

　ヘレネ，つまりヘクタは笑った。彼の髪の毛を撫でながら，言うのだった，「夫たちの中にあなたを数えたくはないことよ，おお，レオンテス。むしろ，息子たちの中に数えたいわ。でもあなたは，さあ行きなさい。そしてアキレウスを説き伏せてから，《二つの泉》にやって来て，私に話しなさい。そのうちに，私はポリュクセネがネオプロスについて知っていることをすべて彼女に語らせるように試みるわ。」

XII　アキレウスの叫び

テティスが息子のために新しい武器をヘファイストスに要求する。アキレウスがパトロクロスの死を悲しむ。章末では，トロイアの城壁の下で神々どうしの大戦闘が起きる。

　テティスはヘファイストスの青銅の宮殿に入り，小人ケダリオンによって迎えられ，工房として設けられた広間に案内された。足の不自由な両手利きの神が顔に汗をかきながら，煙の雲とめらめら燃える炎のさ中で，貴金属の棒をハンマーで打ちつけているところだった。壁に投げかけられた影の姿から判断すると，彼はヘラクレスよりも背が高く，アポロンよりも美しいように想像できたろうが，実際には，背が低く，醜くて，足が不自由だった。彼の周囲では，火花が迸り，鞴(ふいご)で風が送られ，鋳型に流し込んだ金銀があふれ出ていた。

　工房の一角には，20個の三脚テーブルが，神々の父〔ゼウス〕に引き渡される前の最後の仕上げを待っていた。黄金の輪を取り付ければ，それらはひとりでに饗宴広間に移動できたし，そして，晩餐会が終わると，やはりひとりでに戻ることができたのである。もう一つの技術上の奇跡は黄金製の侍女たち，つまり，12個の機織の女だった。「侍女たちの胸中には心が宿り，言葉も話し」*，要するに，考えたり話したりできるロボットだったのである。

　「これらの長所は，儂が止めたいときにはいつでもそうできるということだ」，とヘファイストスはいつものように忍び笑いをしながら言うのだった。「残念ながら，儂の妻アフロディテではできないことだ。できるとしたら，彼女を夜中に働かせて，翌朝彼女が話し出すや否や，阻止するのだがなあ。」

　小人は松明を手に門の敷居に現われた。「旦那様――と彼は言った――きっとお喜びになる客人をお連れしました」。そして，テティスを通させるために，脇へ寄った。

---

　*　ホメロス（松平千秋訳）『イリアス』第十八歌419行（岩波文庫（下），1992年，214頁）。

彼女を一目見るや，ヘファイストスは狂喜した。象牙の棒を摑み，足ががたつくにもかかわらず，喜んで彼女のほうに駆け寄った。
「おおテティス，私の視力よ。ここでお会いするとは，何たる幸せ！　ご存知のように，私はあなたとエウリュノメには深く感謝しているのです。私の母，あの雌犬めが私をオリュンポスから投げ落としたとき，あなたたちが深い海の中で私を受けとめてくださったことに。」
「おお，愛しいヘファイストス——とテティスは嘆息してから，優しく彼を抱き締めた——私を助けるための方策を何としても見つけてちょうだいな……。」
「おおテティス，私に命じてさえくださればいいのです。お仕えできればいつも幸せなのですから」，とその神はうやうやしく答えた。
「あなたも想像がつくと思うけど——とテティスは赤面しながら話し始めた——ペレウスが私を暴力で襲ったあの日に，私がどれほど嫌悪の念を抱いたことか。でもこれはゼウス様が決められたことで，私はこの侮辱に抵抗することができなかったの。」
「あなた，知ってますよ。あなたがどれほど苦しまれたかを。それで，あの日以来，ペレウスを心の底から嫌っているんです。とはいえ，白状しますが，彼に少々嫉妬を覚えることもときたまあるのです」，とヘファイストスは認めた。この神は手の施しようのない女たらしだったのである。
「この交わりから美男子が生まれ，これをアキレウスと名づけたのです——とテティスはずっと以前にさかのぼって語り続けた——この子が歩けるようになるや否や，私はこの子をペリオン山の上に連れて行き，あらゆる技芸を仕込むためにケイロンに託したの。すると，このケンタウロス（半人半馬の怪物）はライオンの髄と熊のラードで養い，しばらくするとこの子はひどく強くなって，7歳になると，初めて猪を殺したの。でも，カルカスが予言したのよ，彼は戦争で殺されるだろう，って。それで，トロイア勢との戦争に行かせないようにするため，女装させ，名前も変えて，リュコメデス王の娘たちの間に隠したの。」
「その話は知っています——とヘファイストスが遮った——でも，私の知る限り，アキレウス本人がトロイアへ出発したがったのでしたね。」
「実を言うと，運命が彼に尋ねたのです——名を知られぬ長い生涯か，短いが栄光に満ちた生涯か，どちらを選びたいか……を。」

「そして，彼は栄光のほうを選んだんだ」，とヘファイストスは結んだ。

「そのとおりよ。そして今はトロイアに居り，自分で死ぬほど深く悲しんでいるわ。だってプリアモスの息子ヘクトルが，彼の最愛の友を殺してしまったんですもの。しかも，神々の父から贈られた武具まで盗まれてしまったんです。」

「おお，愛しいテティス，もうそんな心配は無用ですよ——と技能で名高い神が慰めた——ご子息のために今，私が新しい甲冑を鍛えて造りますから。神々がペレウスに結婚の日に贈ったのよりもしっかりした，しかももっと美しいのをね。彼の頭から死の危険を取り除く力があればよいけれど，残念ながら私にはそれはありません。でもせめて彼は，彼にふさわしい武具で戦ってもらいたいものです。」

足の不自由な神は，仕事にかかる前に，レムノスのスポンジを摑み，顔と毛だらけの胸から汗をぬぐった。侍女たちが彼に銀の箱を運んでくると，そこから彼はハンマーと黄金製のやっとこを取り出した。彼が打ちつける音が青銅の天井から鐘のように反響し，ハンマーが金床の上に激しく当たるたびに，彼の顔はますます喜びで輝くのだった。そうこうする間，侍女たちは工房の中をあちこち走り回り，鞴（ふいご）には風を吹くように，炉には燃えるように，銅と錫にはるつぼの中で溶けるように，金銀には鋳型の中に流れるように，それぞれ命令するのだった。

火の神は第1番目に，盾の製造に没頭した。彼は5層からそれを造った。そのうちの2層は青銅，2層は銅，1層は金だった。中央の形像は宇宙への賛美を表わしていた。そこでは，太陽，月，海，天，大地，星座を称えることができた。大熊座は「オケアノスの流れに浸かることがない」*，つまり決して沈まない星（北極星？）の周りに置かれていた。それからヘファイストスはさらに二つの都——一つは平和，一つは戦争の——を描いた。前者では，若干の市民が結婚式の饗宴に参加しており，その他の市民は裁判で証言をしているのが見られた。後者では，トロイアのような攻囲がみられ，アレスとパラス・アテナ（すべて黄金製）が攻囲軍の前列に立っていた。直後に続く層では，彼は田園生活への賛辞を表わそうとしており，野原の耕作，収穫期，ブドウ作りを描

---

* ホメロス（松平千秋訳）『イリアス』（岩波文庫（下），1992年，218頁）。

XII アキレウスの叫び

いていた。それから，牧畜の描写が続いていた。すなわち，2頭のライオンに襲われる牛の群れや，農家の前で踊る少年少女の群れを鍛造したのだった。巨大な銀製の枠の中に収められていたのは，《オケアノスの力強い流れ》を象徴化したものだった。

　私がまだ中学1年生の時分に，アキレウスの盾の描写を読んでとても興奮したので，画用紙に大きな絵を画き上げて，それから私の女教師に手渡した。すると彼女はこれを校長に見せ，そして講堂に展示されることになった。もちろん私はこれがたいそう自慢だった。はたして今でも掛けられていることやら！

　レオンテスはその日，アキレウスと接触ができないということにすぐに気づいた。そればかりか，この英雄に話しかけられるようになるまで，どれほど長く待たねばならないか，見当もつかなかった。
　このペレウスの息子は地上でパトロクロスの死体の足下に腹ばいになり，顔を砂だらけにして，絶望にひたった。彼の身体は灰で覆われ，チュニカは煤で汚れていた。彼から数メートル離れた所の片隅では，彼の友人であるアンティロコス，エウドロス，ペイサンドロスが泣いていた。大広間(メガロン)の後ろでは，奴隷女が泣き叫び，胸を叩いたり，血が出るまでに顔をかきむしったりした。
　「おお，女どもよ──とアキレウスはむせび泣いた──きみたちの髪を無分別にかきむしる代わりに，儂の哀れな友の死体を洗っておくれ。責め苦しめられた彼の肉体に油を塗り込んでおくれ。血の塊を洗い落としておくれ。トロイアの青銅で開けられた裂け目の傷に9年を過ぎた動物の脂肪を流し込んでおくれ。こうするだけで，きっと傷口に蝿が入るのを阻止できるだろう。こうするだけで，うじ虫が湧くのを阻止できよう。」
　「パトロクロスの身体は生きていたときに劣らず完璧だわ──と女たちのうちのひとりがすぐに彼を慰めた──昨夜，目に見えぬ女神がやって来て，彼の鼻孔からネクタルとアンブロシアを注入したらしいわ。」
　アキレウスはその女奴隷が言ったことが本当かどうか確かめるために顔をちょっと持ち上げてみて，それからすぐにわが身を再び呪いにかかった。
　「おお，ペレウスの息子アキレウスよ，お前の最愛の友の生命を見張ることもできないでいながら，おめおめと生き長らえて恥ずかしくないのか？　パト

ロクロスが一柱の神とふたりの人間を同時に相手にして戦っていたとき，お前はいったいどこにいたのだ？ お前は日の当たる砂浜で時間をつぶし，海を眺めていた。私の間違いでなければ，お前は彼の父親メノイティオスに誓ったはずだ——いつも彼を守り，戦利品の彼の分け前（女，金，銀）と一緒に，彼を元気溌剌としたままオプントに連れ帰ります，とな！ おお，嘘つきのアキレウスよ，おお，誓い破りのアキレウスよ！」

英雄の声はだんだんと低くなり，とうとう恐ろしい叫びが彼から漏れた。その叫び声はあまりに強かったので，オリュンポス山上のゼウスにも海の底にいるテティスにも聞き取れるほどだった。

「パトロ……クロス！」

大勢が天幕から出てきて，叫び声がする場所へとびっくり仰天しながら駆けつけた。

「パトロ……クロス！」

「これは人間の声じゃない！」とみんなは思った。

兵士たちはアキレウスの舎営を取り囲んだが，誰も中に入る勇気がなかった。とうとう扉がどすんとものすごい音を立てて地面に倒れた。そしてアキレウスが素裸で，血走った目をしながら飛び出してきた。しばらくじっと緑樹の陰の下に佇んだが，それから絶望したように周囲を見回し，狂人のように砂浜へと駆け出した。そのありさまは御者の手を逃れた馬同然みたいだった。

「パトロ……クロス！」と英雄はまたも叫び声を上げ，彼が海岸づたいに走ると，海水のしぶきが高く舞い上がった。

「アキレウスは気が狂ってしまったぞ！——とアカイア人たちはびっくりしながら叫んだ——誰でも彼の前に現われる者は殺されてしまうぞ。」

「でも，彼は裸だし，無防備ですよ——とひとりの女性が異を唱えた——彼が岩礁にぶつかる前に何とか食い止めるようにしてくださいな。」

「無防備でも，誰かを殺せるだろう」ともっとも臆病な者たちは言い返し，安全なように距離を保った。「彼なら素手でも人を殺せるだろうよ」。

しばらくしてから，もっとも名望のある軍司令官たちも駆けつけてきた。筆頭にはテラモンの子アイアスが，欠くことのできない忠臣テウクロスを引き連れていた。次には，順番にオデュッセウス，ディオメデス，メネラオス，ネストルが，そして最後には4頭の白馬に引かれた戦車の1台に乗って，ギリシャ

軍の最高司令官，偉大なるアガメムノンが現われた。ペレウスの息子が正気をなくしたという報告が伝えられたが，彼は今自分でそれを調べようと思っていた。数分のうちに，いわゆる狂人は100人の武装兵に囲まれた。彼らはみな彼を阻止しようと決意していた。だが突如，アキレウスは大地に根が生えたように立ち尽くし，その顔はいつもの表情に戻って，かたくなだが，落ち着いていた。さながら悪夢からふと目覚めたかのように，呆然と周囲を見やった。それから，低く落ち着いた声でこう話だしたのだった。

「おお，戦友たちよ，数々の戦勝をともにした友だちよ，少し前に，私とアガメムノンとはバラの頬をした魅力ある少女をめぐって争いになった。いいか，その日は実に幸せな日だったのだが，われわれにとってではなく，ヘクトルとプリアモスの子孫全体にとって幸せな日だったのだ。ああ，私がブリセイスをリュルネッソス*で奴隷にしたあのとき，彼女がアルテミスの矢に当たって死んでいたらなあ！ でも今日，私は憤怒を終わらせ，兄弟たちよ，約束する──腰の周りに緩いベルトをしたトロイアの女たちも，私のこの決心に長く涙するだろうことをな！」

「おお，アレスの召使いよ──とアガメムノンが応じた──どうしても説明しておかねばならぬのだが，あのときのわれわれの争いの責任は，私にもペレウスの息子にもなくて，ゼウス，運命，エリニュスのせいだったのだ。彼らがみな，すべてを迷わす女神アテを私にけしかけたのだ。アテが私の頭を鈍らせたんだ。この不吉な女神は人間の頭上を彷徨し，人間にそれとは気づかないで間違いを犯させるのだ。神々の父が彼女の長い髪を摑んで，オリュンポスから下へ放り投げたとは，実にご立派なことをしてくれたものだ！」

「僕としても──とアキレウスが同調して言った──よく憤怒の犠牲になったものだ。みんなも承知のように，憤怒は蜂蜜より甘くなりうることがあるからなあ！」

要するに，神々とても誰かが愚行を犯したと気づくときは呵責の念を軽くするのに役立っていたのだ。アテ，アポロン，ゼウス，憤怒──彼らはみな人間が過ちを告白しなくてすむようにするためだけに，尻ぬぐいをさせられたのである。

＊ トロイア近くの町。

「おお，ペレウスの息子よ，もう過去のことは葬ろうよ——とアガメムノンは提案して，彼に両手を差し出した——われらのうちで何か利益を受けた者はすでにそれを得ているし，苦い涙を流した者はもうそれを流してしまっている。われらはふたりともアカイア人なのだ。このことだけが重要なんだ！」

彼が続けて，「……太陽があればそれでよい，海があればそれでよい，愛する胸と胸を押し当て合って，唄を歌おうよ」[*1] と言ったとしたら，実際に『俺たちゃナポリにいるんだぜ』(Simme 'e Napule Paisa) を歌ったことになろう。ところで，約3000年前にホメロスがこの歌の作者[*2]の和平メッセージを予言できたのではなかろうかということは，省察してみる価値がある。つらつら考えるに，戦後はどこも似たり寄ったりである。敵は友人となるし，いわゆる消え失せ得ない怨念も消え失せるし，まさしくカンツォーネも謳っているとおりなのだ——「もらった人はもらったし，出した人は出した」のである。

アガメムノンとの争いが今や友好的に[*3]終わってから，アキレウスは母親が新しい武具を持ち帰るのを待つだけでよかった。いうまでもなく，英雄はヘファイストスが自分のために鍛造してくれた武具を見るや否や有頂天になり，その日にもトロイア勢に対してこれを試してみたいという抑え難い野望に囚われてしまった。

第1番目に，彼はアウトメドンに対して，戦車を用意するように要求したのだが，この御者はもうすでに万端準備を整えてしまっており，3頭の馬——バリオス，クサントス，ペガソス——は1時間以上も前からいらいらしながら蹄で力強く地面を踏みつけていた。

「おお，バリオスにクサントス——とアキレウスは初めの2頭に向かって言った（そのため，第3番目の馬はきっとご機嫌斜めだったことだろう）——おまえたちには今日たった一つの義務しかない。無事に私を家に連れ帰ること。私の友人パトロクロスに対しては果たさなかったことだが。実際には，やっとのことで，しかも長く戦った後で，アカイア人たちは彼の死体を回収できたのだ

[*1] "... e basta ca ce sta 'o sole, e basta ca ce sta 'o mare, 'na nenna a core a core e 'na canzone pe' cantà"（ナポリ方言）。
[*2] ペッピーノ・フィオレッリ。『俺たちゃナポリにいるんだぜ』の作詞家。
[*3] 原文では "tarallucci e vino." フィレンツェでは，堅い輪状のクッキ (tarallucci) をワインに浸して食べる習慣がある。

XII アキレウスの叫び

よ。」

　それに対して，3頭の軍馬のうちでたった1頭喋れるクサントスが，少しばかり立腹して答えた。

「ご安心ください，おお，ペレウスの息子よ。今回はあなたの天幕に無事お連れします。一つのこと，つまり死がもうあなたの間近に迫っていることを知らなくてはいけません。このことには，私ども哀れな馬たちに責任を負わせてはいけません。これは雲を集めるゼウスよりも力強い一柱の神のせいなのです。」

「おお，クサントス——とアキレウスはこの陳腐な返事にいささかがっかりして抗議した——お前までもが儂の夭折を予言するのかい？　父から離れた所で，間もない死を運命が儂に課していることは，みんなが知っているんだ。儂としても，二つの異なる生き方をよくよく考えた後で，こういう死は自分で覚悟しているんだよ。英雄として生まれた者は運命の3女神（モイラ）が定めた時間を喜んで生きなくてはならぬ。儂にはほかの喜びは想像できないんだ。敵どもを殺し……また殺し……いつも殺す……喜び以外に。」

「あなたに警告しましたよ——とクサントスが（あるいはたぶん，この口を通してテティスが）答えた——あなたが武具を再び受け取ると，早死にすることになりますよ。」

　まさにこの瞬間に，レオンテスが敢然と進み出たのだった。彼はアキレウスに，ポリュクセネの要求した伝言を手渡したかった。これほどの美少女の恋がはたして，二つの異なる生き方についての彼の考えを変えさせることができるかは分からない。しかし，レオンテスがちょうど口を開こうとしたとき，彼より先に老フォイニクス＊と涙をたたえたブリセイスが来たのだった。

「私に食べ物を与えないでおくれ，おお，フォイニクス」とアキレウスはこの老人が食べ物でいっぱいの盆を持って近づくのを見て，断った。「私の身体には復讐のためのスペースしかないんだ。それに，きみ，バラの頰をしたブリセイスよ，泣くのはお止し。運命が成就するがままに放っておきなさい。」

　この女奴隷はパトロクロスの死への悲しみで，すでに顔も胸もかなりかきむしっていたから，これ以上彼に説き勧めても無用なことが分かった。アキレウスは強情ものだったし，いったんこうと決めたことはどんなことがあっても，

　＊　アミュントルの息子。アキレウスの老友にして忠告者。

いっさい止めようとはしなかったのである。

　この英雄はヘファイストスの武具で武装してから，善良なケイロンがペリオン山の上で贈ったトネリコ材の槍＊を振り回した。そして，重装備にもかかわらず，ひょいと身軽に馬車の上に乗った。レオンテスには，彼がわめいているミュルミドン人の群れを従えながらトロイアの城壁へと疾駆していくのが見えた。

　アキレウスが再び戦場に姿を現わしたことは，神々の干渉に関してのゼウスの態度をも一変させた。今や均衡はいずれにせよ崩れてしまった。なにしろ，神々が被保護者たちに肩入れするということがもはやそれほど重要ではなくなったからだ。アルテミス，アポロン，アレス，アフロディテ，ラトナ，そしてスカマンドロスはトロイア勢の助けに向かった。パラス・アテナ，ヘラ，ヘルメス，ポセイドン，ヘファイストスはアカイア勢の側についた。不和の女神エリスだけは立場を示さなかった。彼女の関心があったのは，死者の数だけだった。人びとが多く死ぬほど，彼女は満足だったのである。

　アキレウスは戦闘が始まるや，すぐにでもヘクトルと力比べをしたかった。それで，彼は求めてあらゆる方角をくまなく探した——両方の川の合流点，トロイアの城壁の下を。だが，彼の印象深い姿はどこにも発見できなかった。目立った唯一の重要人物はアイネイアスだったが，ポセイドン神はアカイア勢を支えていたにもかかわらず，いつもの霧の謀略で彼をアキレウスの視界から消えさせた。そのため，ペレウスの息子は抑え難い怒りに襲われて，誰かれかまわず出くわした者をみな殺しにし始めた。そのなかでは，前章で触れておいたパイオン人のリーダー，アステロパイオスも生命を落とさねばならなかった。この男は不幸なことに，常識人なら誰でもやるようにこの英雄を見かけたら全速力で逃亡する代わりに，自らの熱弁に捉われるあまりに，どうあろうとも彼に系譜を説明してやりたかったのである。

　「私は広い土地をもつパイオンの出です——と彼は夢中になって語るのだった——そして，長槍で武装した勇敢な戦士の群れを率いております。私の家系は，その水晶のように透明な水を山からパイオン人たちの土地に注いでいる，

　＊　ケイロンがアキレウスに贈ったトネリコの槍は，他の武器とともに失われはしなかった。それというのも，パトロクロスはヘクトルとの決闘のとき，これを一緒に持参しなかったからである。これは特別な槍であって，ペレウスの子しか操ることができなかったのである。

あのアソポス川に何たることか，遡るのです。それというのも，私の父は長い棒を振り回したことで有名な，卓越せるあのペラゴンですし，しかも私の父の父はあの川の神アソポスなのですから。おお，心の広いペレウスの息子よ，以上があなたの前にいる者の系譜なのですぞ！」
　ところが，ペレウスの息子はまったく心が広いどころではなかったから，彼が系譜の描写を最後までやり終える前に，彼を虐殺してしまったのである。

　しかしどの戦闘でも同じように，死屍累々で終わったわけではない。別の機会では，この俊足の男は12人の捕虜を一撃だけで攫えた。彼が全員をたったひとりで一束に縛り上げるのにどのようなやり方をしたのか，それは私も知らない。とにかく，彼はそれをやり抜けたのだ。それから，手足を縛って，それらの者を彼の補佐役のひとりに手渡したのだった。
　「これらの者をここに置いておけ——と彼は言ったようだ——これらを後でパトロクロスの墓の上でゆっくりと殺したいのでな。」
　彼の殺人者としての本性は多くの機会に表われた。まだ15歳に過ぎないリュカオン——彼もプリアモスの息子だった——の殺害をここでは想起するだけにしておく。この若者を武装解除し，その胸に槍を刺すことは，アキレウスにとって易しいことだった。哀れ若者は片手で膝に触れ，もう片手で心臓を突き刺そうとしている武器を遠ざけようとしたのだった。
　「おお，高貴なアキレウス，私を殺さないでください，どうかご寛容に！——と彼は泣きながら懇願した——私がどんなに若いか，お考えください。母ラオトエが私を死なすためにだけ生んだなんて。不当ではありませんか？　あなたはすでに私の兄ポリュドロスをすでに殺したのですし，あなたの槍で無情にも兄を突き刺したのです。ゼウスが私たちふたりともにあなたの進路をさえぎらせたのは，私たちの家族にゼウスが大きな怨みを抱いているからに違いありません。でもよろしいですか，ヘクトルは母親が違うだけなのですから，私の異母兄弟に過ぎないのです。ですから，私を捕虜にしてください。そうすれば，私の父があなたに膨大な身の代金を支払ってくれるのがお分かりになるでしょう。」
　でも，どうしようもなかった。アキレウスは彼を刺し殺し，それから足首を攫んでから，スカマンドロス川の水の中に投げ込んだのだった。こんなことを

しなければよかったのに。この川の神はかくもむごい犯罪に激昂し，膨脹し始め，10メートルを超える高波を立てて，岸を超え，恐ろしい力でペレウスの子のほうに押し寄せてきたのだ。もちろん，ヘラにはこれが許せなかった。こんな二流の川，小っぽけな神にどうして彼女の計画を妨害することが許されたりするものか？ だから，ヘラは息子のヘファイストスに助けを求めたのだった。

「さあ，足の不自由な息子よ——と彼女は言った——私はいつも考えてきたのさ，このスカマンドロスがこれを最後に節度を守らせねばならぬとね。さあ，彼に業火を送って，いつまでも燃やさせておやり，最後の一滴が干上がるまでな！ 私はノトスとゼフュロスのところに行って，炎を強く吹きつけるように頼むよ。」

ヘファイストスはすぐに聞き入れた。そして，川の両岸が燃え出した。洪水は引き，あたりの野原は突如干上がり，すぐさま，乾いた川からは石ころの川床しか見られなくなった。

こういうすべてのことは，怒っているアキレウスの目の前，そして震えているレオンテスの目の前で起きたのだった。この少年は，ペレウスの子がアウトメドンの傍で戦車に乗ってからずっと，この英雄の後ろを追っていたのだ。彼はこの英雄が殺したり，捕虜にしたり，独力で何十人もの敵を打ち破り，いつも勝つのを見てきた。アキレウスが戦うのを見物するのは，確かに印象深い芝居だったろう。ホメロスの語るところによれば，世の中の戦士で1分以上この英雄に抵抗できる者はいなかったという。だが，若いレオンテスにとって，この日の驚くべき出来事はまだ終わっていなかった。それというのも，それから間もなく，彼は信じられないようなものすごい光景を目撃することになったからである。

彼がちょうど陣営に戻りかけていたとき，少なくとも2メートルの背丈の大男のかなりの大群が，まるでさかりのついた雄山羊みたいに互いに取っ組み合いのけんかをしているのを見たのだ。彼らの武具があまりに眩かったので，彼は片手を目の前にかざして，焼かれないようにしなければならなかった。彼はアルテミスがヘルメスに銀の矢を射ったり，またヘルメスが優美に跳ねて，女射手の投げ矢をするりとかわしたり，それから最後に，引き抜いた剣で彼女の背に飛びかかったりするのを見た。彼はアレスが血のしたたる衣服のまま，槍を持ち上げてパラス・アテナに突進し，彼女の盾を突き通そうとするのを見た。

「おお，アオバエめ——と軍神が吠えた——貴様はディオメデスをけしかけて俺に傷を負わせたのを覚えているかい？　俺は貴様のしたことを決して忘れたことはないぞ！　貴様はテュデウスの息子の槍を導いて，先端が俺の見事な肉体に刺さるようにしたな。今こそ貴様は自分の身体で感じるがよい，青銅の槍の先が貴様の腹を突き刺すとどれほど痛いかを！」
　アテナといえば，そんなことに全然動じたりはしなかった。むしろ，彼女にとって戦うことは生活の必須条件だった。アレスの槍を盾で防ぐと同時に，地面から先端のはなはだ鋭利な石を拾い上げて，あらん限りの力をこめて筋肉自慢家のうなじに投げつけた。この投石はあまりにも激しかったから，軍神は苦痛のあまり気を失って倒れ込んでしまった。
　「おお，脳なしの肉だんごよ——とアテナは彼を呪い，彼の顔を見て笑った——私があらゆる点でお前に優れていることをいつになったら分かるのかい，力と知性でも，武器の使用と策略でも？」
　アテナはもう一度彼に打ち込もうとしたのだが，そのときアフロディテが彼の足首を摑み，彼女の視線から巧みに彼を遠ざけてしまった。けれども，この女神の干渉はヘラの警戒している視線を逃れはしなかった。ヘラはすぐさまアフロディテに侮辱の言葉を浴びせかけた。
　「こら，浮気な雌犬め，愛人ばかり守りやがって！　でも，あんた，輝く目をしたアテナよ，この汚い娼婦を逃がさないでおくれ。彼女の香水だらけの肉体をあんたの剣で突き刺しておやり！」
　そうこうする間，アポロンはポセイドンに決闘を申し込んでいた。だが，ポセイドンはすぐに決闘には入らずに，相手に対して，はたしてこの衝突に対処する力があるかどうかよく考えるよう要求したのだった。
　「おお，フォイボス・アポロンよ，きみは私より若いが，こういう決闘では私のほうが経験を積んでいることを忘れるなよ。でも，どうしてもきみが望むなら，果たし合いしてもよい。だが，思い出しなさい。われらがトロイアの城壁を建てた後で，かつてあのけちなラオメドンがわれらをどのように遇したかを。われらがあれの子孫を守るべきだ，ときみは本当に考えているのかい？」
　「きみの言うとおりだ，おお，強力なエノシクトン*よ——とアポロンが同

　＊　ポセイドンの形容語で，「大地を揺るがす者」の意。

意した——死すべき者どもは神々の助けに値しない。連中は勝手に撃ち合いしておればいい！」
　「何しているの？　腰抜けの兄よ——とアルテミスはアポロンが剣を鞘に戻すのを見て，激しくとがめた——逃げる気？　怖くなったの？　両脚が震えているの？　それなら，今後はポセイドンより強い，などと大口を叩くのをもう聞きたくないわ！」
　要するに，争いごとになると，女神たちは男性よりもはるかにけんか好きだったのであり，とりわけ，このことはパリスの審判で大失敗した二柱の女神——アテナとヘラ——には当てはまったのである。
　もちろん，ポセイドンを除けば，男性とか女性とかを問わず，すべての神々は争いにすぐに介入する覚悟ができていた。大いなる鍛冶屋ヘファイストスはスカマンドロスと決闘して，自然災害をいろいろともたらした。火には高波，噴火には洪水，火花には泥んこ，というように。乱暴なアルテミスは母親レトにうまくそそのかされて，何らかの形でアカイア勢に肩入れすると公言した者をことごとく射ろうとした。ヘルメスはアポロンを背後から短刀で刺し殺そうとしたが，輝く神はやっとのことでそれに気づき，強力な銀の剣をもって，戦場の至るところで彼を追跡した。もちろん，彼らは不死だったから，殺し合うことはできなかったのだが，互いにかなり傷つけ合うことはできたのだった。聞こえるのは，ただ苦痛の叫び，剣と盾のかち合う音，以前に蒙った何らかの侮辱に対しての，血腥い罵倒やとがめ立てだけだった。
　だが，ゼウスはと言えば，イデ山の天辺から，けんか好きな神々を眺めて，心から笑っていた。彼らが金や銀の武具をへこませようが，彼らの美しいカールした金髪が乱れようが，ゼウスは面白がっていただけだったのだ！

　神々がこうして荒れ狂っていた間に，アキレウスはこの機会を捉えて，盲目にも狂って運悪く彼の射程に入ったすべての者をさらに虐殺し続けた。トロイア勢は仰天して城壁の背後に逃げようとしたが，彼は彼らとスカイア門とのちょうど間のところで，無慈悲にも立ちはだかり，そして，それでも都の中へ走り去ろうと企てた者は，彼の支配下に陥ることを覚悟しなければならなかったであろう。
　アポロンはトロイア勢の危機的状況に気づいたとき，逃げて行くヘルメスを

放置して，彼のお気に入りの者たちを助けにかけつけるのが良いと考えた。アポロンはトロイアの戦士，アゲノルなる者の姿をとり，すぐさま英雄を挑発しだした。

「おい，ペレウスの息子よ，お前は夢でも見ているのか——と彼は言うのだった——本当にイリオンをたったひとりで陥落させられるとでも思っているのか？ それじゃ言っておくが，われわれは中に大勢いるし，各人が自分の家，妻，子供を守るように強いられれば，最強の兵士よりももっと強くなるのだぞ。だから，お前がこの戦争から得られる唯一の結果は，お前自身の死ということになろうよ！」

ペレウスの息子は，すでに周知のように，ぐずぐずすることはなかったから，アゲノルに跳びかかった。するとアゲノル（むしろ，アゲノルの姿をしたアポロン）は，怖くなった振りをして逃亡しようとした。アキレウスが彼の後ろから追いかけ，そのため，トロイア勢はすべて都の中へ無事に身を置くことができた。

潅木の茂みに到達すると，アポロンはだしぬけに振り返り，アキレウスを嘲ってにやにやしながら見つめた。それから，いつもの姿を取り戻してから，彼をからかい始めた。

「おい，哀れな死すべき者よ，不死なこの私を追いつめて，殺せるとでも思っているのかい？ 私の本性はモイラたちに服従されないことを知らないのかい？ トロイア勢はお前が軽率にも私を追いかけている間に，城壁の背後に無事避難しているが，お前は不幸にも森の中にさ迷っているのだぞ。」

アキレウスはやっといたずらに気づいた。そして，これまでは怒り狂っていたにせよ，今や手に負えぬ雄牛みたいになった。アポロンをありとあらゆるやり方で呪ってから，怒りで泡を吹きながら，スカイア門のほうへ突進した。するとそこでは驚いたことに，まだ壁の外に一人の男が居残っており，彼の怒りを発散できそうなことに気づいたのだ。この男はじっと身動きもしないで，盾を支えにしており，相手を待ち構えているように見えた。不倶戴天の敵，ヘクトルだった。

XIII　ヘクトルの死

　　ゼウスが見ているところで，アキレウスとヘクトルの決闘が繰り広
　　げられる。ヘクトルの死。パトロクロスの葬儀。プリアモスがヘク
　　トルの死体を取り戻すために，アキレウスの天幕を訪問する。

　周知のとおり，ゼウスでもモイラたちには力を持っていなかった。彼女らの母アナンケ（"必然"）は，中天の，白い湖の岸辺のとある洞窟のなかに，彼女らを置いていた。クロト（"紡ぎ手"）は日夜，人間たちの生命の糸を紡ぎ，ラケシス（"配給者"）はその長さを測り，アトロポス（"変えるべからざる女"）は誰にも容赦しない鋏でそれを断っていた。ゼウスは人間の未来について何か知ろうとしても，魂の計量（ψυχοστασία）に訴えるほかはなかった。つまり，彼は互いに戦いあっているふたりの兵士の魂を黄金の天秤皿の上に置き，彼らの運命を計量するのだった。両方の天秤皿の一枚が突然下へ傾くと，このことは，今計量された魂がもうハデスへたどりつこうとしていることを意味しており，たとえ神々の父といえども，これを引き止めることはできなかった。アナンケが決めたことだからである。

　だから，ヘクトルは同国人たちとは違って，スカイア門の前でアキレウスを待ち構えていたのだ。もちろん，彼の考えでは，自分とアカイアの名手との決闘だけがこの血腥い戦争に終止符を打つことができるはずだった。その日にはどちらかのひとりが死なねばならないのだ！　彼に両親が高い壁の上から都へ戻るようにと懇願しても無駄だった。「何の意味があるのかい——と彼に向かって叫ぶのだった——狂人で，しかも傷つけることのできない奴と張り合うなんて……若い女房のこと，息子アステュアナクスのことも考えろ，まだ2歳にもなっていなんだぞ。それに，お前をこんなに愛している哀れな老人たちのことも考えろ」。それでもヘクトルは両親の言うことを聞かなかった。彼はアキレウスと戦うことを自らの義務と見なしていたからである。だが，彼が血走った目をして現われるのを見たとき，身震いし，「背後にある門を離れて逃げにかかれば，ペレウスの子は俊足を恃んで襲いかかった」。[1]

両雄は都の周囲を2回り走った。幾度もアキレウスには憎むべき敵を摑えそうに見えたのだが，そのたびに，敵はすんでのところで身をかわして逃げた。ホメロスによれば，壁の上からヘクトルとアキレウスを眺めていて目に映った有様はこうだった。

「それはあたかも夢の中で逃げる相手を追うことができぬよう，逃げる者も逃げようとしてそれができぬし，追うほうも追うことができぬ」。*2

　ゼウスはトロイア男が決闘を回避しようとしているのを見て，黄金の天秤皿を取り両雄の魂をその上に載せてから，計量できるように高く持ち上げた。すると，ヘクトルの運命を載せた皿が下に傾いた。そこで，神々の父はパラス・アテナのほうを見て，頭で軽くうなずいた。女神アテナはゼウスから決闘への介入許可だけを待っていたのだった。だから，彼女はディフォボスの姿を取って英雄のところへ駆けつけた。
　「さあ，立ち止まりなさい，兄さん——と彼女は呼びかけた——怖がらずに，アキレウスに立ち向かいなさい。ほらこのとおり，僕が傍にいて，手助けしますから。」
　「ありがとう，ディフォボス——とヘクトルはにっこりほほえんで答えた——お前はいつもおれの愛する弟だったが，今日は格別に愛しいよ。だって，トロイア勢でお前だけが城壁を後ろにしてやってくる勇気があったのだからな」。
　それからアキレウスのほうを振り向いて，挑発した，「おい，ペレウスの息子よ，もう儂は逃げはしないぞ。さあ，戦って死ぬ覚悟をしろい！」
　「貴様こそ覚悟しろ！——とアキレウスが嘲った——儂は生まれてから戦う準備ができていたんだ。貴様の生命が少し延びるよう何か打開策でも見つけろ。決闘が始まる前に，もうお終いとならないようにしたければなあ。」
　「ペレウスの息子よ，もう勝ったなどと思うな。儂を地面に倒すのには，ずいぶん苦労せねばなるまいぞ。でも言っておくが，仮にゼウスが儂に勝利を許

　　（前頁）＊1　ホメロス（松平千秋訳）『イリアス』第二十二歌136-137行（岩波文庫
　　　　（下），1992年，313頁）。
　　＊2　同上，第二十二歌199-201行（316頁）。

したとしても，貴様の死体を引き裂いたりはしないで，アカイア勢に自然のまま手渡そう。貴様に相応の栄誉が施されるようにな。だから，約束してくれ，貴様も儂と同じように振舞う，とな。」

「呪われた犬め，儂に協定を求める気なのかい——とペレウスの息子は怒りでわれを失って答えた——もう逃げられないと悟るんだな！ 人とライオン，狼と羊の間に協定なぞあり得ないし，アキレウスとヘクトルとの間にも協定なぞあり得ない。だから，もう時間を失わずに，戦おうじゃないか。アレスがもう今か今かと待ち構えていて，血の分け前を欲しがっているんだぞ！」

こう言うや，アキレウスはケイロンからもらったトネリコ材の槍をトロイア男に投げつけた。ところが，ひょいと身をかわすことができたので，間一髪逸れた。だが，アテナはやはりディフォボスの姿のまま，地面からそれを引き抜いてペレウスの息子に還してやった。

今度はヘクトルが投げる番になった。彼の槍はヘファイトスが鍛造した盾の真中に命中した。しかし，全力で投げつけたにもかかわらず，その盾にかき傷すらつけることができなかった。そこで，ヘクトルは弟と思って〔アテナに〕2本目の槍を大声で要求したが，無駄だった。振り返って見て，自分が独りぼっちなことに気づいた。もちろん先ほど，傍にいたのはディフォボスではなくて，彼を騙そうとした女神だったのである。だから，彼は剣を抜くほかはなかった。しかし，アキレウスはもっと早く，トネリコ材の槍をもう一度彼に投げつけた。すると今度は彼の首に命中した。もちろん，彼の喉を突き通しはしなかったのだが。

「おい，ヘクトル，哀れな馬鹿者め——とアキレウスは叫んだ——貴様はパトロクロスを殺しておいて，どうして命拾いすると思ったりできるのだい？ こんな悪業の報いに，貴様の死体を犬や禿鷹にひきちぎらせてやる！」

「それはあんまりだ，ペレウスの息子よ——とヘクトルは懇願しながら，彼の膝に触れた——わしの死体を犬に喰わせないで，両親に返しておくれ。金でも青銅でも欲しいだけ，あんたに差し出すだろうから。」

「貴様の死体を返すのだと？ まかりならぬ——とアキレウスは憤激して言い返した——さあ，よく聞け，人でなしめ，貴様には吐き気を催すから，貴様の生肉を食うことも，貴様の血を吸うことも儂はしないでおく。だが，たとえ貴様の親父が貴様の目方の10倍の金を提供しようとも，儂が犬に貴様を引き裂か

XIII ヘクトルの死　173

せるのを止められはしまい。」

ヘクトルが死ぬと，アキレウスは彼の武具を剥ぎ取った。それから，足首に二つ穴を開けてから，雄牛の皮の強力なひもをその中に通した。そして，死体を戦車に結びつけてから，「自分の敵を引きずっているのがもっとも容易に人びとに見られるような野原を疾駆しまわった」。[*1]城壁からは，トロイア女たちの耳をつんざくような叫び声が聞こえた。彼女らはプリアモスの最愛の息子への，この邪悪な行為を見ていて気絶したに違いない。

パトロクロスの葬儀は12日間続いた。アキレウスはアカイア人たちに命じて，故人に敬意を表して100フィートの高さの薪の山を作らせ，それから，この巨大な薪の山に登ってから，前日に捕らえておいた12人のトロイアの若者の首を自らの手で斬り落とした。この生贄では，亡くなった友にまだ対処していないのを恐れて，彼は羊，山羊，雄牛，豚，犬，馬をも同時に群れを成して，薪の山の上で焼かせた。ホメロスによると，黒々たる死体の周囲に血が滝となって流れ，[*2]あまりにもその量が多かったため，鉢ですくうことができるほどだったという。

ミュルミドン人たちはテッサリアの風習に従い，頭を剃り，毛髪をパトロクロスの死体にかぶせ，すっぽり覆い尽くしてしまった。アキレウスはこの敬虔な義務を最後に果たし，そして，英雄が長い金髪を切り取る間，仲間たちはさめざめとかつあまりにも長く泣いたため，ホメロスによると，砂浜全域が涙で濡れたという。[*3]

葬儀ではよくあることだが，号泣はここでも歓声に終わった。一つにはパトロクロスへの敬意を表しての葬送競技のせいで，また一つにはヘクトルの死による祝典のせいで。テロニスの居酒屋が飲み客や売春婦たちでこれほど満員になったことはかつてなかった。乾杯，騒々しい合唱が鳴り響き，絶え間なくけんかやつかみ合いが行われていた。ある者はアキレウスの武勲を称え，またほかの者は彼の無慈悲な残虐行為を非難した。そして，論争がなされているとき

[*1] クレタのディクテュス『トロイア戦争日誌』巻三，15（岡三郎訳，国文社，2001年，84頁）。
[*2] ホメロス『イリアス』第二十三歌169行以下。
[*3] ホメロス『イリアス』第二十三歌14-15行。

には，いつもテルシテスが親になっていた。

「死体に対してそんな冒瀆を働けるのは精神病者だけだ——とこの身体障害者は叫ぶのだった——今しがた彼がやったことを聞きたいか？ われらが英雄が今朝早く為したことを聞きたいか？」

すると，みんなはペレウスの息子が為したことを知りたくて，押し黙ってしまった。

「彼はヘクトルの死体を荷車に縛りつけ，薪の山の周りを3回引きずり回したんだ。」

「この死体に？——とアリアッソスが訴えた——それは彼の権利ではないかね？ きっと正規の決闘で殺したんだろうね？」

「そのとおり。でも私だったら，死体に対してそんな冒瀆を働き続けたりはしなかったろうな——と聴衆のうちのひとりが応じた——私はテルシテスの意見に賛同する。そんな節度のないことをすれば，遅かれ早かれ，神々を怒らせてしまう。」

「敬意かい？ もう敬意は失われたというのか？——とテルシテスは叱り続けた——確かにヘクトルは敵だった，でも，だからといって彼が敬意に値しないわけではなかったんだ。事実を調べるとしようか。このトロイア人はいつも前列で堂々と男同士で戦ったし，卑怯者の武器たる弓を使ったりは決してしなかった。それに対して，われらのアキレウスについては，彼だけが知っている小さな個所を除き，負傷し得ないと言われているし，また，ヘラ，テティス，パラス・アテナ，そのほか大勢の神々が彼を守っているとも言われている。ところで，これほど神々のご加護があれば，儂だって名士になれるだろうよ！」

最近になって，レオンテスはアキレウスに関する意見を変えていた。ペレウスの息子の力は今なお賛美していたが，彼の態度が正しいとは思わなくなっていたのだ。しかも，この若者はテルシテスとだんだん親しくなっていた。この身体障害者が第一に他人を挑発しようとしているのではないことが分かったし，またときどきはなはだ不快な調子を打ち鳴らすとはいえ，或る種の道徳的な考えを貫徹しようとしていることも分かったのである。最後に，レオンテスはアキレウスに近づくのが毎日より困難になってゆくことに気づいていた。第一には，パトロクロスの死，次にヘクトルとの決闘，そして最後に，葬儀……のせいで。ポリュクセネの伝言をはたしていつ手渡せるか，分かったものではない。

XIII ヘクトルの死

「アカイア人としては、俺はアキレウスに勝たせたかった——とテルシテスが告白した——でも、人間としてはヘクトルの肩を持たずにはおれなかったんだ。このトロイアの英雄にはごく近くに妻子がいたし、城壁の陰に無事身を置くこともできたであろう。でも、彼はペレウスの息子を、したがって、自らの確実な死を待ったのだ。」

「アキレウスにだって、息子がいる……」とアリアッソスが異議を唱えた。

「……そうだ。でもアキレウスの息子はアステュアナクスのような軟弱な子供ではない——とテルシテスが言い返した——ネオプトレモスは親父よりもっと残忍な人殺しだ！」

要するに、この身体障害者はより力強い者のほうを受け入れたがらなかったのだ。彼にとっては、弱者を守り、隣人を愛することのほうが、価値尺度では、権力や戦闘での勝利よりも重要だったのである。

「テルシテスはそんなに簡単には説明したがらなかったんだね——とゲモニュデスは居酒屋を出ながら結論づけた——どの種も他の種を犠牲にして生きていることを。つまり、ライオンはヒョウを襲うし、ヒョウはキツネをずたずたに引き裂くし、キツネはネズミをむさぼり食う。だが、神々がライオンを造らせたことはライオンの責任ではないし、ネズミとして生まれたことはネズミの責任ではない。同じく、アキレウスがアキレウスとして行動しても彼の責任ではないし、テルシテスがテルシテスとして行動しても彼の責任ではない。」

「じゃ、どちらがより立派なのです？——とレオンテスが尋ねた——ライオンの体をもって戦いに向かう者か、それとも、ネズミに過ぎなくてもいつも真実を言う者か？」

「いったい何を言わんとしているのかい？——とゲモニュデスが訊き返した——テルシテスがネズミの顔をしているとでも？」

「うんまあ、かわいそうに彼はそんな顔をしているけれど、心はライオンに違いないですよ。」

師匠と弟子はこうして夜中まで議論した。善悪、偶然と必然、慈悲と勇気、そしてときには赦すことのほうが復讐よりも勇敢なこともあること、について話し合った。暗闇の中をふたりはゆっくりと前進した。道はでこぼこしており、しかもレオンテスの松明は尽きかけており、間もなく消えてしまうのは確かだっ

た。

「急ぎなさい，若者よ——とゲモニュデスは促した——間もなく何も見えなくなるぞ。」

突然，真っ暗闇の方向から，車輪のきしむ音がした。レオンテスとゲモニュデスが振り返ると，ちらつく松明をかざしながら，2頭の痛めつけられた騾馬に引かれてやっと前進してくる見慣れぬ荷車が見えた。そのガタガタ車の上にはふたりのぼろをまとった老人が乗っており，ひとりは手綱を手に取り，騾馬を歩かせるために，繰り返し怒号を発していた。もうひとりはまるで大理石の像のように大きな籐の籠の上にじっと座っており，生きている様子は少しも見られなかった。でも，ぼろをまとい，虚空を眺めているとはいえ，彼には何となく威厳が備わっていた。白いひげをたくわえ，波打つ髪が肩の上から垂れていた。

「おお，お若い兵士さん——と御者がレオンテスに語りかけた——われわれは勇敢なペレウスの息子の天幕へ立派な贈物を届けに行くところです。あいにく途中で夜になってしまい，われわれの視力はかつてのようにもう鋭くありません。どうか道案内をしてもらえませんか？」

「私たちもアカイアの陣営に向かうところです——とレオンテスは相変わらず親切に答えた——御老人，ついていらっしゃい。そうすれば道に迷うことはありません。もう半道を行けば到着しますよ。」

老人たちがアキレウスのところへ行こうとしているのを聞いてから，レオンテスは彼らに隠れて，アキレウスの住居にもぐり込むのが最善ではないかと考えたのである。あわよくば，この気難しい英雄と二言くらい交わせられるかも知れない。

一行がミュルミドン人たちの陣営に到着すると，彼らは見張りの者たちから引き止められた。レオンテスは荷車の正式な御者と見なされたと思い，最初に口を開いた。

「おお，フティアの衆——と少年は始めて，触れ小役の喋り方をまねようとした——ここに2名の老人が拝謁を承りとうございます。厄介な仕事，つまり，アカイア勢のうちでもっとも勇敢なお方に高価この上ない贈物を手渡するべく参上しました。さて，こちらはどなたでござる？　もしやオデュッセウス殿

では？ それともテラモンのご子息アイアス様？ それともメネラオス様？ それとも，テュデウスのご子息ディオメデス様では？」
　彼が考えられる受け取り人たちの列挙をまだ終えないうちに，一群の後ろからアキレウスが姿を現わした。
　「ご老体，そなたは誰だい？──と英雄は話をはしょって，直接白いひげの老人のほうを向いた──こんな夜中に，私に何の用があるのかい？」
　「私はトロイア王プリアモスです。」
　この説明にみんなははっと息を呑んだ。アキレウス本人もピクッとした。
　「私がここに参りましたのは，息子の死体を戻して頂くためです」と老王は続けながら，車を降りた。「おお，ペレウスのご子息よ，それを返して頂くためとあらば，あれの生命を奪ったその御手にでも私は接吻致しましょう。」
　それから彼はアキレウスの足元に跪き，両手に接吻しようとしたが果たさなかった。アキレウスはさっと素早くプリアモスの頭を押しのけて，天幕の中に入るよう要求した。プリアモスに続いて，荷車を御してきた老人，それに，レオンテスとゲモニュデスも入り込んだ。
　火の傍には，ペレウスの息子のふたりの飲み友だち──アルキモスとアウトメドン──がすでに座っていた。アキレウスは手をゆったりと伸ばして客人たちをクッションの上に座らせ，クレタのワインを飲むよう勧めたが，老王は怖じ気づいて，断った。
　「おお，ペレウスの御子息よ，お願いです。私を座らせたり，唇に飲み物を差し出したりなさらないでください。私どもがここで天幕の中でゆっくりお話している間も，ヘクトルは外のむき出しの大地の上に横たわり，誰も彼のことをかまってくれてはいません。どうか，今晩にもあれの亡骸(なきがら)を受け取り，トロイアへ連れ戻させてくだされ！」
　「御老体，僕を怒らせるでない──とペレウスの息子はつっけんどんに答えた──パトロクロスも丸一日泥に浸かっていたんだぞ。しかも，これはお主の息子ヘクトルが彼の腹に槍を突き刺したせいで起きたのだぞ。」
　「おお，ゼウスの子孫よ，御父上ペレウスのことをお考えください──とプリアモスは懇願し続けた──御父上は私と同年で，私と同じくハデスの暗い敷居に近づいています。でも，彼はあなたの生きた姿に再会する望みがまだあるのです。ところが私ときたら，エオスが遠いコルキスから私たちに朝焼けを告

知するとき，もう目覚める理由もなくしているのです！　ですから，愛しい息子をお返しください。御行為に対しては，私が見つかる限りのすべての黄金で償うことをお誓いします。」

　プリアモスがペレウスのことを話したからか，アキレウスがこの瞬間人間らしい感情を感じたからか，いずれにせよ，彼は驚くべきことに，交換に同意したのだった。殺されたヘクトルの体重に相当する黄金で償われることになった。さらに，トロイア勢が亡き英雄を然るべく葬れるように，11日間の休戦が約束された。だが，この点に関しては異なる伝承があり，プリアモスはその同じ晩に身代金を支払ったという説もあれば，翌日にやっとトロイア城壁の下で支払われたという説もある。

　そこで，アカイア勢はヘクトルの遺骸を巨大な天秤皿に載せた。別の天秤皿には，トロイア中の女たちが列を成して，所有していた宝石を置いた。最後にポリュクセネがやって来た。彼女の美しさは際立っていたから，彼女が現われるやアカイアの男たちは押し黙ってしまった。少女はトロイア勢が約束の量に達することができなかったことに気づくと，わざとゆっくり服を脱ぎ，裸のままで天秤皿に身を横たえた。異伝によれば，ポリュクセネはスカイア門から出たことは決してなくて，城壁の上から2，3の黄金の腕輪を投げ落としただけだったという。そのとき，アキレウスは一目で彼女を好きになったらしい。

　ヘクトルの葬儀は，パトロクロスのそれと同じくらい印象的（劇的）だった。11日間続いた。9日間は泣くため，1日は葬礼のため，もう1日は晩餐会のために。トロイア人たちの泣き叫ぶ声はあまりに大きく絶望的だったので，この騒音だけで何千羽もの鳥が死んだほどだった。

　だが，例の晩に戻るとしよう。プリアモスが去ってから，レオンテスはアキレウスがこの瞬間ほど落ち着き冷静になることは決してあるまい，と悟った。それで勇気を振り絞って話しかけた。

　「恐れ入れますが，ペレウスの御子息様。若輩者なのにお話するのをお許しください。私の名前はレオンテスと申しまして，ガウドスの王でかの生真面目なネオプロスの息子です。いろいろ災難を経て，プリアモスの1番年下の娘ポリュクセネと識り合いになりました。彼女がもう一度お目にかかりたいとお伝えするよう，私を遣わしました。そのほかに付け加えることはございません。」

「おお，ネオプロスの息子よ，伝言をありがとう——とペレウスの息子は答えた——でも，今は色恋のために生きているときではない。アカイア勢は勇敢なパトロクロスを泣き悲しんでいるし，トロイア勢はいたく愛されたヘクトルを泣き悲しんでいる。ポリュクセネも亡き兄を泣き悲しむがよいのだ！ ひょっとしていつか一緒にレテの水を飲むかもしれないし，* そのときには再会することもあろうよ。」

---

*　レテ（忘却）は冥界の川（ウェルギルウス『アエネイス』第六巻705行）だった。この水を飲むと，亡者たちは地上の生活を忘れることができた。プラトンによると，霊魂がこの水を飲んだのは，過去を忘れるためだけでなく，それから地上で新しい生活を始めるためだった（輪廻説）。異説によると，レテは泉だった（パウサニアス，IX，39，8）か，あるいは，一種の歓楽郷ですらあった（アリストファネス『蛙』，186行）という。

XIV　アマゾンたち

アキレウスとアマゾン女王ペンテシレイア，アキレウスとメノンとの間での死闘。アカイア陣営でのヘクタとの再会。不幸なテルシテスとの決別。

アマゾンたち*1 は多くの民衆伝説の中に出てくる。女戦士は神話の中では，ギリシャ人であれ，インディオであれ，中国人であれ，ケルト人であれ，重要な一つの役割を果している。われわれはワグナーのヴァルキューレとか，北米先住民の敵から剥ぎ取った毛髪つきの頭皮ミンネハハとかのなかでもアマゾンに出くわす。だが，伝説上の存在を話題にするにせよ，生身の人間を話題にするにせよ，理解するためには，まず，必要上そうなったアマゾンたちと，血筋から戦争好きなアマゾンたちとを区別しなければならない。前者は世人が考えるよりも多かった。かつて村落が攻略されたとき，侵略者たちは将来の報復を恐れて，老人であれ子供であれ，その村のすべての男子を殺害するのが慣し(ならわ)だった。だから，未亡人たちはさらなる侵略から防衛するためには，亡き夫たちの武器で武装するほかに選択の余地はなかった。それに対して，真の戦士の本能をもつ女性たちの場合は，むしろ母権制時代の残滓のように見えるし，これについては多くの伝説が流布しているが，実際にはその証拠は少しもないのであり，こういう伝説はいつも憧れてきたが決して実現されたためしのない，古いフェミニストの夢の投影なのである。

古典的なアマゾンでは，ヒッポリュテとペンテシレイアの姉妹が女王になっていった。*2 彼女らの王国は黒海海岸から，今日のカッパドキアにまで及んでいた。年に一度，近隣の民を訪問した。その目的はそこの男たちから妊娠させ

---

*1 「アマゾン」なる名称はギリシャ語で"欠如"の意を示す ἀ と μάζων から合成されている以上，"乳房のない"を意味しているはずなのだが，このことはまた，アマゾンたちが弓をうまく張れるように右の乳房をなくしていたという伝説でも確かめられる。そうかも知れぬが，私にはあまり正しいとは思われない。むしろ（おそらく大胆かもしれぬが）"アマゾン"を前綴 ἀ とギリシャ語 ἄμαζα（四輪車，戦車）に起因する（"戦車なし"）となす語源のほうが私には納得がゆく。実際，アマゾンたちは初めて馬を乗り回し，決して戦車を使ったりはしなかったのである。

*2 もっとも有名なアマゾンの女王はアンティオペ，アンティアネイラ，ヒッポリュ

られるためだったが，それから，新生児が男だった場合には殺してしまうか，またはせいぜい種元に突き返すのだった。でも例外もあって，たとえば，女王リュシッペは息子タナイスを熱愛した。最後にこんな伝説もある。すなわち，アマゾンたちは家事をすべて男の奴隷——しかもとりわけ足の不自由な者——に任せていたという。こういう足の不自由な男にまつわる話は，あまりはっきりしない女王アンティアネイラに溯るらしく，彼女が主張する説によると，足の不自由な男は"愛の遊技"により巧みだという。

アマゾンたちは平時には黒服をまとっており，逆に戦時には蛇皮の重装備をしていた。彼女らの盾も蛇皮でできており，セイヨウキヅタの葉っぱの形をしていた。毎年，挙手でふたりの女王——ひとりは平時用，もうひとりは戦時用——を選出していた。前者は一種の内務大臣であって，司法や公けの秩序に属する万般の問題を統括しており，逆に後者は共同体が外国から脅かされたときにだけ職務を行った。

だが，アマゾンたちはいったいトロイアで何を探し求めようとしたのか？察するに，まったくの偶然からやって来たらしい。神話から読み取れるところでは，女王ペンテシレイアが狩猟の試合で誤って姉のヒッポリュテを殺してしまい，その後，エリニュスたち（またはもっと困ったことに，ヒッポリュテに忠実なアマゾンたち）から迫害を受けないようにするために，プリアモス王の宮廷に逃亡し，そこで清めてもらおうとしたらしい。*1 そのときはちょうどヘクトルのための葬儀の最中だった。宮廷全体が泣き悲しんでおり，とりわけトロイア人たちは軍事的な助力を必要としていた。パリスはペンテシレイアに望みの"清め"を施したばかりか，夥しい金銀の贈物をしたのだが，その代償として，黒海から，ひどく恐れられていたアマゾンたちの騎馬隊を彼女が呼び寄せてくれるように要求したのだった。*2

    テ，ランパド，リュシッペ，マルペシア，メラニッペ，ミニテュイア，ミュリナ，オンファレ，ペンテシレイアだった。

*1 ホメロスの世界では，誰かが格別不埒な罪——たとえば，家族の一員を殺すというような——を犯すと，エリニュスたちから良心の呵責を解かれる前に，"清め"られる必要があったのだが，このことを実行できたのは，統治している王だけだったのである。

*2 ミュリナ女王の時代には，アマゾンたちは優に3千人の"歩兵"と3万人の騎兵騎兵を擁していたらしい。

アカイア勢はアマゾンたちが押しかけてくるのを見ると，四方八方に散らばってしまった。蛇皮にくるまり，片胸だけをさらした，長髪の奇妙な生物は彼らを恐れさせた。人間が馬の背に坐しているのはこれまで見たことがなかったからだ。だから，アマゾンたちは彼らには獰猛なケンタウロスに見えたのだ。逃亡しなかったのはたったひとり，いつものようにアキレウスだけだった。彼はじっとしたまま，ペンテシレイアが突進してくるのを待った。

　この決闘の結末については異説がある。一説ではアマゾンたちが，また別の説ではアキレウスが最終勝利を得たという。*1 また，ペンテシレイアは負かすことのできない処女にされていたり，逆に，奇妙な呪いの生贄になっていて，繰り返し強姦されざるを得なくされていたりする。このアマゾンはあまりにも美しくて魅力的だったために，どの男も彼女を目にすると，急に野生の性欲に捉えられざるを得なかったらしい。これはたいそう煩わしいことだったから，哀れ彼女は夏でさえ，青銅の武具をまとい，男たちの視線から身を守らねばならなかった。

　アキレウスとの決闘はこの上なく血腥いものだった。とうとうペンテシレイアはとても勝てまいと悟るや，林の中に逃げ込んだのだが，英雄がすばやく追いつき，ケンタウロスのケイロンがかつてくれたトネリコ材の有名な槍で，彼女を突き刺した。

　アキレウスは相手が死んで地上に転がっているのを見て，武具をすっかり剥ぎ取った。そしてそのとき初めて，女と戦ったことに気づいた。だが同時にまた，彼も彼女にのしかかっていた古い呪いの生贄になったのだった。彼女への欲求があまりにも強くなって，とうとう彼女に暴行するに至ったのだ。それから，彼女を丁寧に埋葬しようと決めて肩に担いだ。だが，アカイア勢はこの奇妙な異国の軍隊にぐらつかされていたため，アマゾンの女王が死んだとわかるや，ペレウスの息子にこれを犬の餌食にするように要求した。彼らは異口同音に「女性に定められた限度を超えていた」*2 と判断したからである。

---

　*1　19世紀初頭，ハインリヒ・フォン・クライストは戯曲『ペンテジレーア』を書いた。ここでは，アマゾンのこの女王がアキレウスを打ち負かし，性的興奮のさなかに彼をずたずたに引き裂いてしまうことになる。

　*2　アキレウスとペンテシレイアとの挿話は『イリアス』の中に収められていないが，これはおそらく，西暦紀元前6世紀にペイシストラトスの検閲を受けたせいで

長い戦争の年月の間に，アカイア陣地の周辺には一種の食料品市場が発生していた。この商業圏はだんだん拡大していき，今やそこでは実際上何でも買えた。エチオピアの女奴隷から中古の武器，フリギア女の刺繍品から傷を治す薬草に至るまでも。戦争記念のスタンドまであった。穴のあいた兜，リュキア製の剣，トロイアの盾が並べられていた。
　レオンテスとゲモニュデスは朝早く，市場へ出かけて，冬用の蓄えを買い入れるつもりでいた。色とりどりのスタンドの間や，商人たちの呼び売り声の間を移動しながら，ふたりはペレウスの息子の最新の武勲について語り合った。
　「アキレウスというのは変わった奴だな——とゲモニュデスが言った——ある日には何十人もの敵を蠅みたいに無慈悲に殺しておきながら，翌日には少年みたいに出会った最初の女に惚れ込むんだから！」
　「ええ——とレオンテスが肯定した——でも彼の感情は実は長続きしません。初めにブリセイスに夢中になり，誰かから取り上げられると死ぬほどに嘆いたはずなのに，それから，何事もなかったかのようにポリュクセネに恋し，そして今度は彼自ら決闘で倒した女王ペンテシレイアに惚れ込むというのですから！ところで師匠，おっしゃってくれませんか——男が女の死体を見てはたして惚れ込むことがありうるのでしょうか？」
　「そうなったのは——とゲモニュデスは答えた——ペレウスの息子にかかわる事件はみな，いつも死と結びついているからなのさ。彼の愛はいつも何か悲劇的なものを避けられないんだ。運命がその愛する者たちを自分の生贄にしたがっているからだよ！」
　クレタの若者がこれに応えて何か言おうとしたとき，ひとりの女乞食が話しかけた。
　「おお，レオンテス，ネオプロスの息子さんよ，お恵みを。1オロボス＊ちょうだいな。ひどくお腹が空いているの。」
　ハンセン氏病患者だった。頭から足まで全身恐るべき病気のまぎれもない証したる，黒衣で覆われていた。レオンテスはとっさに歩を速めた。なにしろ幼時から，ハンセン氏病患者の黒衣にいつも恐怖を覚えてきたからだ。ガウドス

　　あろう。
　＊　古代ギリシャの小額貨幣で，1ドラクマの6分の1に相当する。

には共同体の世話で生きているひとりの老人がいたし，島民たちは毎日十分な食事を或る木の空洞(うろ)の中に置いていたのだ——決して村には入らない，との条件付きで．

「逃げないで，おお，レオンテス——と女乞食は言いながら，後をつけてきた——逃げないで，ヘクタに再会したいのなら．」

ヘクタの名前を耳にして，若者は突然立ち止まった．そしてそのとき初めて，ハンセン氏病患者と思われていた女が，最愛の恋人にほかならないことに気づいた．

「きみかい！——とレオンテスはびっくりして叫んだ——どんな危ない目に遭っているのか，分かっているのかね？」

「もちろん分かっているわ．だからこそ，ハンセン氏病患者の身なりをしているの．」

「僕に再会できるようにするためだけに，そんなことをしたのかい？——とレオンテスは感情を制しきれずに尋ねた——おお，愛しのきみよ，どれほどきみを愛してきたことか！」

少年は彼女の両腕を取り，接吻し，愛撫してやりたかったが，彼女の変装に疑いの念を呼び覚まさないようにするため，そうするのを抑えた．

「あなたとポリュクセネのためよ！——とヘクタは説明した——私のこの友はあなたに，この前あなたがした約束を思い起こしてもらいたがっているわ．」

「ねえ，ヘクタ．僕はもうアキレウスにそのことを話したんd．でも彼が言うには，そういう逢い引きにもっとふさわしい時期を待たねばならないって．」

「その時期はもう到来したのよ——とヘクタは確言した——しかも知っておくれ．アキレウスとポリュクセネはもう7晩前に出逢って，一緒に陣地で寝て，互いに満足したのよ．」

「それなら，なぜ僕に伝言を伝えるように要求するのかい？　いつでもどこでも好きなようにすでに逢っているのに」とレオンテスは少し苛立って言い返した．

ヘクタはこの非難を聞き過ごして，動揺することなく，続けた．

「ポリュクセネはアキレウスに知らせたがっているの．彼と結婚することに同意するようにとの彼のプロポーズを受諾する，と．婚礼の準備は万端整っているわ．あなたが自分でペレウスの息子を来月，テュンブレのアポロン神殿の

神託に連れてきて欲しいの。」
　「彼と結婚するために？　で，戦争は？」
　「戦争はこの結婚のおかげで，終止符を打つかもしれません——とヘクタは安心させた——でも，お若いあなた，今は私をトロイアへ帰らせてください。ここに，アカイア勢の許に居るのは，とても危険ですから。」
　「ヘレネよ，愛しのヘレネ！」——とレオンテスは叫んだが，女性を引き止めることはできなかった。彼女は電光石火のように，市場に押しかけていた大群衆の中に姿を消した。
　少年はやけになって彼女の後を追いかけ，スイカで満杯の荷車を引っくり返し，何十人ものぼろをまとった人々にぶつかり，声を限りに彼女の名を呼んだが，もう見つけることはできなかった。ヘクタは砂漠の中の蜃気楼みたいに群衆の中に姿をかき消してしまった。
　さんざん走って疲れきり，レオンテスは息を切らせながら立ち止まった。愛する彼女がふと再び出現してくれることを期待したのだが，そのとき，テルシテスの声で現実に連れ戻されたのだった。
　「おい，レオンテス，どうしてそこに突っ立っているんだい？　スイカの海の中で，大理石の柱みたいに。」
　「え？」と若者は麻痺したように訊いた。
　「僕は君のために大事な報らせがあるんだ」，とその身体障害者が始めた。
　「大事な報らせって？」とレオンテスは機械的に繰り返した。
　「僕が話したことのある，あのフリュギア商人をまだ覚えているかい？　エフェソスへ行ったんだったな？　さあて，今日は僕に再会したんだ。そして，君の親父さんに起きたことをすっかり話してくれたんだ。」
　「父上のことか!?」と若者は叫び，やっと自分に戻ったように見えた。「おお，テルシテス，どうか話しておくれ！　父上を殺した奴の名前を言っておくれ！」
　「君が思っているのとは，違うことが起きたのさ——とテルシテスは彼を制止した——今晩，テロニスの居酒屋で，日没後すぐにすべてのことを落ち着いて話すよ。そこで待っていてくれ。僕はそのフリュギア人も連れてくるよ。それから，蜂蜜入りの甘いワインを一緒に乾杯できるだろうて。」
　「でも，少しぐらい何か今ここで言ってもらえまいか……」とレオンテスがせっついた。

「今すぐにはできない。ほかに片づけなくてはならぬことがあるんだ」とテルシテスは言葉を遮り，ちょうど数分前にヘクタがしたのと同じように，市場の人込みの中に消え失せてしまった。

アキレウスはそうこうする間，またしても栄光に包まれていた。彼はヘクトルの死後，最初にトロイア勢を助けに駆けつけたエチオピア人メムノンを殺害していたのだ。

神話によると，このメムノンは，およそ存在するなかで，ずば抜けた美男子だった。ペレウスの息子と似かよっており，また戦闘能力もあったために，彼は《黒人アキレウス》とも呼ばれていた。1000人のエチオピア人，1000人のスサ人，200台の戦車から成る派遣団を指揮していた。彼がトロイアに上陸するや否や，敵どもを大量虐殺したため，プリアモスの軍勢はもうアカイアの船に放火しかかろうとした。そのときの彼が犯した唯一の過ちは，アカイア・グループの中でアキレウスの最後の友でありネストルの息子でもあったアンティロコスを殺したことだったであろう。先にパトロクロスの死に際してもそうしたように，ペレウスの復讐欲に燃えた息子はこのことを知るや否や，怒り狂って敵の戦線を突破し，エチオピア男を探したのである。

衝突は言わば叙事詩的だった。それというのも，両者とも傍で戦ってくれる不死の母を持っていたからだ。テティスはアキレウスを助け，曙の女神エオスはメムノンを支えたのだ。ゼウスがしっかり武装した両者を見たとき，金秤をまたも取り上げて，両者の運命を量った。審判は曖昧さを許さないものだった。黒人が死なねばならなかったのである。

メムノンは二つの尖端のある槍を持って登場した。このため，彼は槍が邪魔になったときには，これを地面に刺しておくことができた。こうして彼はより自由な身動きで戦えたし，必要とあらば，槍に訴えることもできた。アキレウスはメムノンほどずるくはなかったが，白兵戦でははるかに果敢だった。その日，彼は復讐欲をみなぎらせて，自分と生き写しの男に突進し，戦車から彼を引きずり降ろしてから，ほんの一撃で胴体から頭を切断してしまった。

エオスは埋め合わせた，永久に人間たちの記憶に残るように，息子のために格別豪華な葬儀を要求した。するとゼウスは彼女を満足させるために，一切のことを保証してやった。オウィディウスによると，英雄の死体が薪の上で燃え

ている間，煙があまりにひどく濃く上がったため，とうとうそれは肉食鳥の姿になったという。*1 これらの鳥はメムノニス (Memnonis) とも呼ばれており，二つの群れに別れてから，互いに闘い，炎の中に落ちて即死したらしい。別の伝承では，メムノンを愛した女たちがこの偶像をあまりにも長く泣き悲しんだため，とうとうゼウスは彼女らを憐れんで，それをホロホロチョウ*2 に変えたという。

　レオンテスとゲモニュデスはテルシテスを探していて，きっとミュルミドン人たちの天幕の近くで見つかるだろう，と正当にも考えた。メムノンに対してのアキレウスが得たような勝利は，必ずや部下の兵士たちによって祝われるだろうし，また，テルシテスのような好戦的な男は，英雄の勝利に対して報復するための機会を見逃すことは決してあるまい。また事実，ペレウスの息子が儀礼の称賛を受けようと東屋に姿を現わすや否や，身体障害者のはげた頭も前進してくるのが見えたのだった。
　「おお，ペレウスの息子よ，君はいかにもご立派なことだね」とテルシテスは最前列に立ちはだかりながら，侮辱した。「君は自惚れではち切れんばかりだから，ヘファイトスが鍛造してくれた武具を拡大しなくちゃなるまいの。そのふくれあがった胸に合わせるにはな！」
　「何が言いたいんだ，ヒキガエルめ！――とアキレウスが怒りで青白くなって言い返し，近寄った――貴様が生涯戦ったり勝ったりできないような戦いをして僕は勝ったんだぞ。貴様が秀でていることと言ったら，英雄たちに呪いを吐くことのほかに何かあるかい。」
　「いや，ペレウスの息子よ，僕は別に何も言いたくはないんだ――とテルシテスは頑固に続けた――ただ，アカイア勢に覚えておいてもらいたいだけさ。長い冬の夜に，子供等にこんな話を語れるようにな，――貴様はエチオピア人たちの誇り，勇敢なメムノンを戦場で敗っただけでなく，哀れな死んだ女，アマゾン女王ペンテシレイアを強姦したのだということをな。さて，それでも英

---

*1 オウィディウス『変形譚』，XIII，600–620行．
*2 イタリア語原文は "gallina faraona"．この用語〔ファラオの〕はメムノンの祖国の偉大さを暗示している．

雄の行為だと貴様が思っているのなら，勝手にそうしな。でも僕だったら，こんな話をあちこちあまり吹聴したくはないがなあ！」
　ペンテシレイアの名前なぞ言わなければよかったのに。一跳びでアキレウスは彼に襲いかかり，あまりにも激しいげんこつをくらわせたため，哀れテルシテスは雷に打たれたように崩れ落ちた。ゲモニュデスとほかの熱意ある者たちは彼を生き返らそうと試みたが，無駄だった。打撃は致命的だったのであり，彼とともに，消え失せたネオプロスについての真相をあれほど知りたかったのに，その希望も消え失せてしまったのである。
　「もう僕にはポリュクセネしか居ない！」とレオンテスは考え，泣きだした。

XV アキレウスの踵(かかと)

ポリュクセネとアキレウスの結婚式。パリスによるこのペレウスの息子の殺害。後者の武具をめぐる争いで、テラモンのアイアスが正気を失う。パリスがフィロクテテスとの決闘で死ぬ。

　西暦紀元前12世紀にアキレウスと一緒に旅行すれば、まったく安心感を覚えられたであろう。敵であれ、追剝(おいはぎ)であれ、その他の犯罪者たちであれ、彼が傍に居る限り、近寄ろうとはしなかっただろう。とはいえ、若いレオンテスは彼の同伴を喜んで断念したであろう。それというのも、ペレウスの息子がテルシテスを殺してからは、極悪人と見なされていたからである。
　「僕がここに居るのも、父上について何か知りたいからなんです——と彼はゲモニュデスに打ち明けた——望むらくは、将来アキレウスとも、同類の連中とももう一切関係を持ちたくはありません！」
　「それじゃ、ポリュクセネが結婚式を挙げた後ですぐにもネオプロスに関する一切のことを語ってくれる、とでも期待しているのかい？」
　「ヘクタはそう言ってくれたんですが、おおゲモニュデス、白状すると、僕はポリュクセネをほとんど信用していません。それに、よりにもよって自分の兄〔ヘクトル〕を殺した男に恋するような女を、どうして信用できましょう？師匠、よろしいですか、あのふたりは同じ性格の持ち主なのです。ですから、将来彼らから子供が生まれると、必ずや息子はケンタウロスより残忍になり、娘はハルピュイアたちよりも狂暴になるでしょうよ！」
　「ヘクタもテュンブレにやってくるのかい？」とゲモニュデスが尋ねた。
　「彼女はそう約束しました。」
　「それはけっこう。とうとう彼女に会えるな……。」
　「……彼女が本当に実在すること、私の空想の産物なんぞではないことを納得してください」、とレオンテスが結んだ。

　一部は戦車、一部は歩兵からなる行列がゆっくりと、スカマンドロス川の岸辺の狭い道を進んで行った。先頭にいたのは忠臣アルキモスとアウトメドンを

引き連れたアキレウスの戦車だった。つづいて、ペイサンドロスを御者とするフォイニクスの戦車が、そして3番目には、イドメネウスが好意から貸してくれた車に乗ってレオンテスとゲモニュデスがやってきた。最後に5スタディオンの距離を置いて、長槍で武装したミュルミドン人の大部隊が続いた。

　ポリュクセネのほうはアキレウスがよりロマンチックな逢い引きになるように、武装しないでひとりだけでテュンブレにやってきてくれることを欲していたであろう。ところが、賢者フォイニクスは断固として迷いはしなかった——100名の武装兵を引き連れて行くか、それとも結婚式は執り行わないか、の選択で。ところで、フォイニクスがポリュクセネを信用していないとすれば、逆に、フォイニクスを、とりわけアキレウスを信用しない者たちもいたのだった。ディオメデスはペレウスのこの息子に対して、正真正銘の中傷キャンペーンを開始していた。すなわち、敵との密約をあからさまに非難し、この疑惑の証しとして、英雄が夜間にプリアモスと会ったり、若いポリュクセネと結んだ秘めやかな恋愛関係を挙げたのだった。それだから、最初の曙光が射す前から、オデュッセウスやテラモンのアイアスと一緒に、アポロンの神託所の近くに赴き、監視することにした。裏切りの証拠を集めるのが使命だった。アキレウスへのこういう遺恨の因をなしていたのは、周知のように、いとこのテルシテスをアキレウスが殺したことによる。

　ポリュクセネはたったひとり、神殿の階段の最上段にじっとしていた。はっきり言って、彼女は当時流行の美の要件を何一つ兼ね備えてはいなかった。それほど豊満ではなかったし、トロイア女性の広いヒップもしていなかったし、家事に要求される力強い手首の関節もなかった。小柄ですらりとしていたが、その代わり、ものすごく別嬪だった。胸はチュニカの下でほとんど感じ取れなかったし、仮に腰にまで届く長くてしなやかな髪の毛が垂れ下がっていなかったとしたら、少年と見間違えられたかも知れない。逆光の中に立っている彼女を見ると、神託所を飾っていた多くの立像のうちのひとつとほとんど見分けがつかなかった。

　アキレウスは、フォイニクス、アルキモス、アウトメドンを2メートルほど距てて従えたまま、両手を広げて彼女のほうに進んだのだが、ポリュクセネは命令の仕草をして、全員を引き止めた。

　「おお、ペレウスの子息よ、どうか、友だちを神殿の外で待たせてください

な。私たちが逢い引きしたときと同じように，神の御前にもふたりだけで歩み出るべきだわ！」
「いいかい，フォイニクスは僕の父親同然なんだ——とアキレウスが言い返した——ここテュンブレにやってきたのも，アカイア勢の代表者としてなんだ。きみのほうでも，親戚のひとりを居合わせておくれ。私たちの結婚をトロイアの人々に認めさせてくれるようにね。僕がもう識っている老プリアモスならもっとも喜ばしいが，彼が王として城壁を出られないというのなら，君の兄弟のひとりで，信頼できる人物でも寄こしておくれ。」
「今日のような場合には，アカイア人もトロイア人も区別すべきじゃないわ——とポリュクセネが即答した——今日は神々のお祭りなのだから，私たちだけで祭壇の前に進むべきです。私たちの結婚により，地上の人々に，どんな憎悪も怨恨も克服されることを示しましょうよ。」
ペレウスの息子は少女の意志に屈して，階段の端で待っていてくれるように友だちに頼んだ。そうこうする間，レオンテスはというと，愛するヘクタを死にもの狂いで探し求めた。どこにも見つけられなかったので，すぐに神殿の左手にある小さな森に入り込んだが，そこでひどく驚いたことに，生け垣の後ろからオデュッセウスがひょっこり姿を現わしたのだった。
「やあ，どこへ行くんだい？　若いの——とイタケ王が訊き，剣先を彼のほうに向けた——アカイアの陣地からこんなに離れたところで何をやっているんだい？」
「僕はペレウスの偉大な子息の警備をしているんです——とレオンテスはびっくり仰天して答えた——この小さな森に入り込んだのは，ある女の人が見つかるかも知れないと思ったからです……。」
「いったいどうしてなのかい，君はミュルミドン人の警備をしているクレタ人じゃなかったのかい？」とオデュッセウスがなおも尋ねた。
「僕は実は……」と少年はますます不安になって口ごもった。イタケ王の背中にディオメデスとテラモンのアイアスが姿を現わすのが見えたからだ。
だが，この文を仕上げることはできなかった。ぎゃっという恐ろしい悲鳴が神託所へとレオンテスを向けさせたのだ。彼がこわごわ振り返ると，神殿の列柱の下をアキレウスが胃袋に両手を当てながら出てくるのが見えた。一本の矢が彼の腹に刺さり，もう一本は踵に突き刺さっていた。数秒間ペレウスの息子

は酔っ払いみたいに高い段の端をあちこちよろめいてから，武具のがちゃがちゃという恐ろしい音とともに階段を転がり落ちた。フォイニクスとその他の者たちは何事かとアキレウスの周りに集まったのだが，聞けたのは，彼の最後の言葉，「ポリュクセネ……ポリュクセネ……を火あぶりに……」だけだった。

　何が起きたのか？ ポリュクセネは神殿の中でアキレウスの手を取るや，アポロンの祭壇の前へと彼を案内した。ふたりがこの神の像の下に着いたとき，彼女は彼に接吻したがるような振りをして，彼を後ろ向きにさせた。そして，英雄が彼女に接吻しようと目を閉じたまさにその瞬間，兄のパリスが，すでに張っておいた弓を手に像の後ろから出てきたのだった。*
　第一の矢はアキレウスの踵に当たった。ペレウスのこの息子ははっと振り返り，自分を攻撃する勇気のある者がいるとはほとんど信じられなかったのだが，敵の顔を見る暇もないくらい速く，今度は第二の矢が胴よろいの下数センチメートルの胃袋に突き刺さった。そして，倒れないよう祭壇の突出部にしがみつこうとしたとき，ポリュクセネが近づき，これまで心の奥底に抑えてきた憎悪を洗いざらい彼に向けてぶちまけて叫んだ。
　「おお，ペレウスの息子よ，私がお前を好きになりうるなぞと，本当に錯覚したのかい？ いいか，私がお前のベッドに入りに行ったのも，お前の不死身の秘密を探るためだけだったんだ。それなのにお前は浅はかにも，すぐさまそれを打ち明けやがった。さあ死ね，ひとでなし！ 私の兄トロイロスが殺された同じ場所で，お前も最後の息をするがよい！」

---

　*　パリスがアポロン像の背後から出現したということは，実はパリスではなくてアポロン自体がパリスの姿をしてアキレウスを殺したのだという噂をもたらした。どうやらこの神はアキレウスに格別な好感を持っていなかったらしい。彼の〔アンフィノモスとの間の〕息子キュクノスがうなじ（彼の唯一の負傷しうる部位）への空手チョップで殺されたからである。テティスはアキレウスが幼少の頃からの危険を心得ており，息子がひょっとして心ならずも，この神の数多い息子のひとりを殺したりするようなことにならないように，絶えず従者ムネモン（記憶）をつけて，片時も忘れずこの危険を思い出させようとした。それでも，アキレウスはキュクノスを殺してしまったことに気づくと，今度はムネモンを殺してしまった。ムネモンがアキレウスにうまく思い出させてやらなかったからだ。グレイヴズ『ギリシャ神話』参照。

周知のように，アキレウスには傷つきやすい弱点が1箇所あった。踵である。すなわち，彼の母テティスが彼が誕生後すぐに不死身にするためにステュクス川に浸けたのだが，その際彼女は右の踵をしっかり持って離さなかったのだ。もちろん，この善良な女性が彼を2回浸けたとしたら，しかも，1回は彼の踵，もう1回は彼の手をしっかり握ることをしていたなら，誰も彼を殺せなくなっていたであろうに！

　神殿の階段の下で，死体の所有をめぐって激しい闘いが始まっていた。レオンテスとゲモニュデスをも含めて，アキレウスの友だちはみな，どこから現われたのか，トロイア人たちの黒山で突如攻められるのが分かった。指揮していたのはディフォボスとパリスだった。
　ディオメデス，大アイアス，オデュッセウスは憑かれたように戦った。ミュルミドン人たちが駆けつけるまで耐えることができれば，と望んだ。ペレウスの息子の死体以上に，彼の名高い武具のほうをめぐって激しく戦われた。ギリシャ方もトロイア方もこれを手に入れようと力の限りを尽くして戦った。アイアスはヘカベの弟アシオスを殺した。ディオメデスは彼に劣らじとばかり，ナステスとアンフィマコス——ふたりともカリア出身——を引き倒した。オデュッセウスはトロイア勢が新たに勢力を増しつつあるのに気づき，しかしそう長くは持ちこたえられまいと見て取り，ペイサンドロスを戦車とともに送って，アカイア勢に通知させた。こうして，間もなくアキレウスの周囲では，正真正銘の戦闘が燃えさかった。
　とうとうアイアスは（武具を含めて）ペレウスの息子の120キロもの目方を肩の上に担ぐことに成功した。そして，策略に富むオデュッセウスが剣を抜き，アイアスの背中を覆って行き，こうしてアイアスは落ち着いてアカイアの陣地へ向かった。
　無事にアキレウスの死体は取り戻されたのだが，このことがその後，最悪の悶着を惹き起こした。というのも，今度は誰がヘファイトスの鍛造した有名な武具を手に入れるべきかということが問題になったからだ。テュンブレから陣地まで死体を無事に運んできたアイアスにか，それとも，アイアスの退却を剣をかざして守ってきたオデュッセウスにか？
　アガメムノンはトロイアの捕虜たちにこの問いをぶつけてみようという考え

がひらめいた。「お前からしたら，どちらのアカイア人が，トロイアをよりひどく害したと思うかい。アイアスか，オデュッセウスか？」

すると当然ながら異口同音に答えた，「オデュッセウスだ」，と。

実際，イタケの智謀に富む王の策略のほうが，テラモンの息子の粗暴な力よりもトロイア勢をはるかに害していたのである。

こういう形の賞の配分はもちろん，アイアスにはまったく気に入らなかった。「どうしてそんな不当なことがまかり通るのか？——とこの大男は激昂した——アカイア勢が騒動の中へ突入してゆく者を必要とするたびごとに，私を呼び寄せ，しかも私は決して骨惜しみしたりしなかったんだ。ところが今……今や私のいとこアキレウスの武具を誰かふさわしい者に割り当てる段になって，この武具は私が手ずからトロイア勢から略奪したものだというのに，ここの恩知らずどもめはどうしようというのだ？ 最前線で稀にしか見かけなかったオデュッセウスにくれてやるとはなあ！」

幻滅がひどかったため，この哀れな男は理性を失ってしまい，ある日家畜の囲いの中にいたとき，雄羊たちすべての名前を1頭ずつ呼び始めた。アカイアのリーダーたちと見間違えて。しかもその後，彼はたった一晩で100頭以上を殺し，最後に，2頭の白脚をした雄羊を柱に縛りつけて，思う存分鞭打ったらしい。哀れな家畜たちは怖がってところかまわず暴れまくったが，その間彼のほうは罵倒を浴びせ続けるのだった。

「ほら，アガメムノンよ。こいつはお前のためだ……ほら，こいつは……，ほら，もうひとつは。この一撃はお前が生涯で犯した卑怯な言動のせいだ，もう一撃はお前が裏切ったあの男のせいだ！ それに，策略の親分オデュッセウスよ，いいか，お前には背中をたっぷりブラッシングしてから，その嘘つきの舌をちょん切って，豚どもの餌食に投げつけてやろう！」

へとへとに疲れ切って彼は曙光の中で，ヘルメスにツルボランの野原へ彼の影を導いてくださいと懇願し，* さらに，エリニュスたちには彼に復讐をして

---

* ツルボランの野原は死者たちの国にあった。ホメロスはこれについて『オデュッセイア』第十一歌で語っている。ここでは，アキレウスの霊魂は，黄泉の国の王になるよりも，貧乏人の奴隷になるほうがましだと告白している。ツルボランはペルセフォネが愛好したユリ科の植物である。ギリシャ人たちは，それが死者たちにお気に入りの食べ物と信じていたのであり，墓場の上に直接これを植えていた。

くださいと懇願した。それから，剣を柄でもって地面にすえつけて，その上に身投げした。その際には，彼が傷つくことのできる唯一の個所——脇の下——を武器が突き刺さるよう十分に配慮しておいたのだった。*1

　船員伝説によれば，オデュッセウスは帰還の旅の間，難破し，アキレウスの武具をすべて失ったという。すると，これらの武具はテティスの意志に沿って長らく波の上を漂い，とうとうロイテオン岬のアイアスの墓にまで到達し，そこで永久に残ったことになっている。

　アキレウスの葬儀はもちろん，この英雄の重要性からして当然だが，壮大に執り行われた。はっきり言えば，この英雄は戦場からあまりにも長く遠ざかっていたため，軍隊の間では格別愛されていたわけではなかったのだが。テティスに導かれたネレイスたちの一群は不思議な軟膏を死体に塗り込んでから，その周囲に半円形に集まり，長らく泣き濡れた。9名のムーサたちが歌った哀歌は，17日間昼夜にわたって続いた。この折には，ペレウスの息子が女装してリュコメデス王の妾の間に隠れていたとき，スキュロスで儲けた*2 15番目の息子であるネオプトレモスもトロイアにやってきた。

　18日目に，アキレウスの遺体は薪の山の上で焼かれた。その遺灰はパトロクロスのそれと混ぜられ，ヘファイトスが鍛造した黄金の壺に収められ，最後に，シゲイオン岬でフティアの方角に向けて埋葬された。船員たちがこの海峡を通過すると，今日でも嵐の夜には聖なるホメロスによってアキレウスに献じられた詩句が朗読されるのを聞くような印象をもつし，他方，トロイア平原からは，疾駆する馬のにぶい蹄音，戦車のきしむ音，武器のガチャガチャする音が聞き取れるのである。

　ネオプトレモス（ピュロス〔赤髪男〕とも呼ばれる）は，ポリュクセネを自分の父の墓の上に生贄として供するまでは休まないと誓っていたのであり，こ

---

*1　アイアスが生まれたとき，ヘラクレスは彼を不死身にしたくて，頭から足の先まで，〔クレオナイの〕ネメアのライオンの毛皮にくるんだ。しかし，ライオンの毛皮がひもを通すために穴が空けられていたため，この幼児の身体の脇の下があいにく覆われなかったことにヘラクレスは気づかなかったのだった。

*2　厳密に計算すると，ネオプトレモスは11歳以下だったことになるのだが，彼の軍功を考慮するに，少なくとも15歳になっていたに違いない。

の目論みはいかなる躊躇もなくきっと遂行されたであろう——アガメムノンを頭とする長老たちの忠告で，この少女がまだあまりにも幼かったとの理由から思いがけずもこの少女が無罪にされたりしなければ。実をいうと，アガメムノンは自分の新しい妾で，ポリュクセネの姉カッサンドラの好意を得たかったのだった。しかし，アカイア人たちはこの決定に不満の声を上げ始めた。「アキレウスの剣と，アガメムノンのベッドと，いったいどちらが重要なのか？」と。これにとうとう答えたのは，ペレウスの息子本人，いやむしろ，彼の亡霊だった。すなわち，ある夜，シゲイオン岬の上から彼が現われて，うめくのが見えたのだ，「わしも戦利品の分け前が欲しい！」と。それから，少女は閉じ込められていた囲いから連れ出され，髪の毛をつかんでアキレウスの墓塚にまで引っぱられた。そこで彼女は自分から白い胸の上のチュニカを開けて，ネオプトレモスに復讐の剣を突き刺せるようにしたのだった。

　アキレウスもアイアスも死んでしまい，ギリシャ人たちにとって状況は悪くなりかけた。それというのもディオメデスを除いて，トロイア人たちを怖がらせることのできる英雄がもはやひとりもいなかったからだ。しかもより苦い現実が生じてきた。9年間の戦争の後，致命的な武器は剣ではなくて，弓だということがはっきりしたし，しかもトロイア勢は優秀な射手を擁していた（このことを誇りにしていた）のに，アカイア勢はこの武器を英雄というよりも卑怯者に向いていると見なして，これを用いるのを恥じていたのである。地理学者ストラボンによると，かつて古い円柱の上に，石をも含めて，戦争ではあらゆる類の投擲弾（とうてきだん）の使用を禁じるという勅令を読んだという。プルタルコスは『倫理論集』(Moralia)の中で，臨終に際して「僕が気にかかるのは，死なねばならぬことではなくて，卑怯な射手によって殺されたことだ」＊と叫んだ話を伝えている。

　こういう考察を除けば，アガメムノンは戦争にもう十分満足していた。敵対が始まってから約10年が経過していたし，彼は帰還へのとてつもなく大きな欲求を抱いていた。妻である美女のリュタイムネストラが心配しながら彼を待っていたし，3人の子供はその間にすっかり成長していたから，彼が帰還したと

＊　プルタルコス『倫理論集』，234E46；ヘロドトス『歴史』，IX, 72参照。

してもおそらくもはや再認しなかったかも知れない。しかも，いったい全体こういうことはすべて何のためだったのか？　プリアモスはヘクトルのために身代金を支払おうとして，宝石箱を空にしていたのだが，それは当時ひょっとして消え失せてしまっていたであろう戦利品のためだったというのか？　結局，もうトロイアに居残るのは無意味だとアガメムノンは考えたのだった。他方，彼としても，空手で帰郷するわけにもいかなかった。アカイア世界に対して，これをどう正当化できたであろうか？　せめて，パリスは殺されねばなるまい。弟〔メネラオス〕が蒙った恥辱への復讐をするためにも。だが，このトロイアの臆病者を城壁の外へとどうやって引っぱり出すべきか？

パリスはプリアモスの息子たちのうちで疑いもなく，もっとも用心深かった。決闘に見をさらしたことは決してなかったし，戦場にしぶしぶやって来ても，いつもより安全な遮蔽物の中にいて，そこから，そのいまいましい矢を遠くより射たのである。彼を戸外に出させる唯一の方法は，弓矢での決闘だったであろう。彼は見えっぱりだったので，たぶん引き受けただろうからだ。だが，誰を相手にさせるべきか？　考えられる唯一のライヴァルは，アイアスの腹違いの弟テウクロスだ。だが，アイアスが自殺した後では，もはやこれも考えられない。テウクロスはアガメムノンを心底から嫌っていたし，だから，アトレウスの息子〔アガメムノン〕の名誉のために戦ったりは決してしなかったであろう！　そのとき，あの忘れられた英雄フィロクテテスの名前が浮かび上がった。ギリシャ勢がかつて9年前，エーゲ海の或る島に負傷したまま置き去りにしてきた人物である。

フィロクテテスは疑いもなく，アカイアの射手たちのうちでもっとも勇敢だったし，つまるところ，彼もヘラクレスの私有の弓と矢を受け継いできていたのである。*1　しかしながら，トロイアの小島ネア*2への旅をしていて，水補給

---

*1　ヘラクレスがディアネイラから贈られた，ネッソスの毒血を塗った下着を着たとき，苦痛を耐え忍ぶよりも，オイテ山上で火葬壇に登り焼死するほうを選んだ。そのときたまたま通りかかったフィロクテテスに薪の山に点火するように頼み，それからすぐ，ヘラクレスは謝意から自分の弓矢を彼に贈ったのだった。

*2　"ネア"は「新しい」を意味し，ここでは噴火により突如生じた——しかも，おそらく同じ理由で消失した——島のこと。ところで，フィロクテテスが降ろされたのがどの島なのかについては，論争がなされている。レムノスだという人もおれば，テネドスだという者もいるのである。

のため上陸したとき，毒蛇に脚を嚙まれ，しかも，傷が化膿して，ひどい悪臭を発したため，旅仲間たちは最初に見つけた島に彼を降ろすのがよいと考えたのだった。

　さて，アキレウスの葬儀のための休戦期間を利用して，オデュッセウスはこっそり抜け出してフィロクテテスを島から連れ戻すための好機がきたと考えた。彼は人気のない砂浜で，野獣同然にあちこち彷徨っているところを発見された。
「やあ，フィロクテテス，どうやって生きているのかい？──とオデュッセウスは何事もないかのごとくに挨拶した──今でもアカイア勢で一番の射手だと思っているのかい？」
「この呪われた島に俺を降ろした連中が目の前に現われたら，俺の腕がまだどれほど達者かを見せてやろうぜ！」と射手は答えた。
　少しばかりお喋りしたり，彼の傷をポダレイリオスかマカオン本人から治療させてやると約束したりしてから，オデュッセウスはとうとう彼にトロイアへ一緒に戻り，アカイア勢と合流するよう説得することができた。

　パリスとフィロクテテスとの決闘は，トロイア戦争の大きな武勇に数え挙げられている。
　いつものように衝突の前に，両戦士は半時，互い思い浮かんだありとあらゆる罵詈雑言を浴びせ合った。
「おお，ポイアスの息子フィロクテテスよ──とパリスが叫んだ──お前が弓から矢を射る前に，お前の両足の悪臭で俺を殺すだろうよ。」
「おお，プリアモスの子孫よ，貴様もひどい悪臭を放っているぞ。裏切りの悪臭をな──とフィロクテテスは言い返した──ちがうのは，わしの悪臭はアスクレピオスの子息たちから治してもらえるが，貴様のはいつまでも恥辱の印として貴様に耐え難くつきまとって離れないという点だ。」
「臭い英雄よ，せめて礼儀を守っておくれ。風上に立つのは止めておくれ！──と今度はパリスが懇願した──両手で鼻を抑えなくちゃならないのに，どうやって弓を引けるというのかい？」
「じゃ，儂の矢のことは考えていないのかい？──とフィロクテテスは答えて箙を指し示した──おお，かわいそうに，これらの矢は貴様の臭った腹の中よりも，糞の山に入りたがっているわ！」

こうした誹謗中傷がひどくなるにつれて、一方の陣営からの熱烈な賛同、他方の陣営からの嘲りの叫びがいっそう声高になるのだった。こういう言葉でのいさかいの後で、本来の真剣勝負が始まった。そして早くもはっきりしたことは、フィロクテテスが本当に名人であり、しかも矢を射ることばかりか、彼に向けられた矢をかわすことでもそうなのだ、ということだった。実際、パリスは一回も的を射ることができなかったが、アカイア男のほうは逆に3回矢を相手の身体に突き刺したのだ。第一の矢は手を、第二の矢は右目を、第三の矢は足首を。

　重傷にもかかわらず、パリスはすぐには死ななかった。トロイア勢はかつての愛人オイノネが魔力をつかって治してくれるものと期待して、パリスをイデ山の上まで運び上げた。しかし、このニュンフェはヘレネのせいで見捨てられたことを今なお怨んでいて、パリスを助けるのを拒んだ。それから、このことを後悔した彼女は、死に際の彼を救おうと魔法の薬草を持ってトロイアへ急いだのだが、もう人びとは彼女にスカイアイ門を開けようとはしなかった。英雄はすでに妻の両腕の中で息絶えていたからだ。

　パリスの死後、老プリアモスはもう一つの難問を解決しなければならなかった。どの息子に今度はヘレネを妻として与えるべきか？　求婚していたのは、ディフォボスとヘレノスのふたりだった。結局、前者に決まったのだが、そのために後者はひどく激昂し、この攻囲された都をこっそり抜け出し、アカイアの陣営に逃避してしまう。ここでは、彼は予想できるように、オデュッセウスから両手を広げて迎え入れられた。このイタケ王はすぐさまこの機会を利用して、トロイアのあらゆる秘密をこの寝返り者から聞き出した――城壁の厚さ、歩哨の数、監視解除の時刻、等々を。

　神託の玄人ヘレノスによると、トロイアはアカイア勢がペロプスの肩甲骨を調達するまでは決して崩壊しないだろうとのことだった。アガメムノンは当時の万人同様、迷信深かったから、すぐに伝令をエリスのピサに遣わし、この貴重な遺物をトロイアへ持ってこさせた。

　だが、ヘレネは次から次へと婚姻の床を渡り歩かねばならないことをどう考えていたのだろう？　哀れ彼女は今や第四の夫に妻さ(めあわ)されていたのだ。テセウス、メネラオス、パリスの後で、今やディフォボスに譲渡されたのである。運命はその後彼女のために、第五の男――つまりアキレウス――を割り当てることで

あろうが，もちろんこういうことになるのは，彼女が死んだ後のことである。

パリスが退場してからは，はたしてヘレネのトロイア人たちに対する態度が変わったのか否かは分からない。彼女が何でも女奴隷のように無抵抗に受け入れたのか，それとも反抗しようとしたのか？ 異説が多岐に分かれているし，ヘレネ本人に関する判断もまちまちなのだ。ある人びとにとっては，彼女は不貞女や家族破壊女の権化だし，他の人びとにとっては，逆に，彼女は自分より大きなもろもろの事件の犠牲者である。ステシコロスはその歌「トロイア劫掠」の中でヘレネをあまりにも悪しざまに詠んだため，彼女は自らハデスの神々に彼の視力を奪ってくださいと懇願した。もちろんこの後，この詩人が先の判断を訂正したことに気づくや否や，彼女は彼の視力をまた取り戻してやったのである。

とにかく，神話学者たちはヘレネを依然として矛盾した，少なくとも明白に特徴づけることのできぬ人物と見なしている。'Ελένη なる名前そのものからして，月の女神"セレネ"との神秘的な近似を暗示させる。

アイスキュロスにとっては，彼女は「船をこぼち，人を殺し，市を破壊する者」[*1]以外の何者でもなかった。彼女のせいにされている数多の害悪のうちには，麻薬，ことにモルヒネを発明したということもある。トロイア戦争の後で，オデュッセウスの息子テレマコスが彼女をスパルタに訪ね，そして，父親についてもはやいかなる情報も得られないので，絶望して泣くと，彼女は彼を宥めるために自分自身の涙から取り出した鎮静剤——彼にあらゆる苦しみを忘れさせるエレニオン——を手渡すのである。[*2]

ヘレネについてのもっとも人間らしいイメージは，オウィディウスが『変身物語』の中で述べているものである。詩人はヘレネを，鏡をのぞき込む老いぼれとして描写している。

[*1] アイスキュロス（内山敬二郎訳）『アガメムノーン』，689-690行〔「ギリシャ悲劇全集」第1巻，鼎出版，1979年，268頁〕。

[*2] 「……一同の飲む酒に秘薬を混ぜたが，これは悲しみも怒りも消し，あらゆる苦悩を忘れさせる秘薬であった。この薬を混酒器に投じ，酒に混ぜて飲む者は，たとえ父母の死に遭おうとも，また面前で兄弟またはわが息子が刃物で殺されて，目の当りそれを見ようとも，その日のうちは頬を涙で濡らすことが絶えてない。」（ホメロス『オデュッセイア』，第四歌220-226行〔松平千秋訳，岩波文庫，（上），1994年，95頁〕）。

彼女は黙ってしわ，白髪，しわの寄った首を眺め，そしてそれからびっくりして，自問するのだ。どうしてこのような自分が2度もかどわかされる（bis rapta）はめになったのか，と。*

---

* 「……ヘレネも，鏡にうつる老いの皺(しわ)を目にして，ざめざめと泣き，このような自分がどうして男ごころをそそり，二度もかどわかされるはめになったのかを，怪しんだとか。おお，物という物を食い尽くす《時》よ！ 嫉みぶかい歳月よ！ おまえたちは一切を破壊する。時間という歯にかけて，あらゆるものを，徐々にゆっくりと死滅させるのだ。」(オウィディウス『変身物語』，巻十五，232-236行〔中村善也訳，岩波文庫，(下)，1984年，310-311頁〕)。

XVI　木　馬

　　　　木馬の建造。トロイアの破壊。レオンテスは略奪，放火，
　　　　殺人，極悪な暴力行為に見舞われた都の中にヘクタを探し
　　　　求め，ついに自分の父親についての真相を知るに至る。

「トロイアは難攻不落だ！——とヘレノスはアカイア勢の総会で主張した——城壁の上で見張っている射手たちははなはだ巧みだし，都を取り囲んでいる壁はあまりにも厚い。おお，アカイアの衆よ，忘れるでないぞ。これらの壁はたった一晩でアポロンとポセイドンが建設したものなのだし，神々の仕事は人間の手で崩されたりはできっこないのだ。」

　裏切者ヘレノスは，オデュッセウスから破格にもお気に入りの客人として扱われていたが，少しも疑いを抱いていなかった。たとえ戦争が100年続こうとも，ギリシャ勢がトロイアの壁を侵すことはできまいということを。だから，都に入り込むためには策略をひねりだし，これまで暴力で成功しなかったことを狡猾さで獲得しようと努めなくてはならなかったのである。

「僕にはひとつ考えがある——とオデュッセウスは口火を切りながら，周囲に集まったリーダーの小集団の中央で立ち上がった——アテナのために木馬を建造し，砂浜に放置してから，われらの船を海に押し出し，みんなが祖国へ帰る振りをしよう。」

「馬だと？——とアガメムノンが驚いて尋ねた——木馬がトロイアを壊せるとでも思っているのかい？」

「きっとできると思う。ただし，その内部に死ぬ覚悟のある勇敢な英雄の一団を匿えばの話だが」と策略の名手は答えた。

「おお，ラエルテスの息子よ，武装兵で一杯のこの馬を自らの手で壁の中に運び入れるほど，トロイア人たちが愚かだ，と本当に思っているのかい？」

「そうとも。あの高いスカイアイ門よりもっと高いのを建造すればだが！」

　今となっては，アガメムノンはまったく理解できなかった。敵どもが進んでその馬を壁の中に運び込むことからして難しいと思えたのだが，その巨大な馬が入場門よりも高いとなれば，オデュッセウスの計画は不可能としか思えなかっ

たのだ。ところが，イタケのこの狡猾な王は，まさにこのようにして，トロイア勢を口車に乗せようと欲していたのだった。

「アイデアは良いが，あまり男らしくないな」，とディオメデスが認めた。

男らしさという考え，ギリシャ人のいう 'ανδρεία は，ディオメデスにとって極めて重要だった。語の神聖な意味での英雄として，テュデウスのこの息子は，同じ武器を持ち，1対1の決闘をし，強者が勝つようなもの以外の戦闘形態を認めてはいなかった。ところが，オデュッセウスはスポーツマンらしくはなかったのだ。母方の祖父アウトリュコスから隣人を欺く術を受け継いでいたし，何か企てる際には，少なくともふたりを欺かなければ満足しなかったのである。

木馬を建造するという課題は，アカイア勢の中でももっとも臆病なエペイオスに委ねられた。大工としての才能は知られていたが，戦場で生命を危険にさらそうとしないことでも知られていた。とはいえ，一瞥しただけでは，彼が意気地なしとは誰も考えなかったであろう。生まれつき肩幅はとても広かったし，特に右手は強烈なパンチ力を備えていた。とても力持ちだったから，臆病で目立っていたとはいえ，パトロクロスのために催された葬いの競技では，拳闘ですべての競争相手を打ち負かしたほどだった。

エペイオスは内部に23名の完全武装の兵士を収容しうるように，木馬を建造した。登り口は巧みにカムフラージュされていたし，開放の仕掛けは建造者だけにしか知られていなかった。木馬の脇腹には"ギリシャ人よりアテナに謝意をこめて"＊ と目立つ上書きがなされていた。

木馬の中に収容された武装兵の数に関しては当初からいつも論議されてきた。12名という者もあればあれば，23名という者もいるし，30名という者もあれば，3000名という者までいるのだが，これははっきり言って，やや誇張のように思われる。階級に応じて，筆頭にはメネラオス，オデュッセウス，ディオメデス，ネオプトレモスが選ばれた。その他の者に関しては，王家の血統に属する者たちだけが籤引きで選ばれた。トロイアに来ている各共同体につきひとりが割り当てられた。同盟軍は18に分かれていたから，18名の代表者が選ばれた。第23番目の者としては，エペイオスに決まった。彼はかわいそうに，何としても仲

＊ アポロドロス『抜粋』，V，14-15。

間に加わらないように躍起になった。木馬の腹の中に引き入れようと無理やり引きずられる間に、足蹴りを喰らわした。木馬の脇腹をげんこつで破壊するぞ、と脅したり、勘弁してくれとアガメムノンに懇願したりしたのだが、誰も心を動かそうとはしなかった。とどのつまり、エペイオスは秘密の出口の仕掛けを知っている唯一の人物だったし、それだから、実際に欠かすことのできない唯一の人物でもあったのだ。

クレタの代表者を選出するときになると、イドメネウス、メリオネス、エウアイニオス、レオンテスの名札が壺の中に入れられた。くじに当たったのは若いレオンテスだったが、ゲモニュデスがすぐに立ち上がり、異議を申し立てた。

「民衆の牧者アガメムノンよ、こういう武勇行為には強靭な神経と長い戦争経験が必要だ。だから、16歳になったばかりの若者が僅かな選抜者のひとりになりうるとはとても思えぬ。」

「おお、老ゲモニュデスよ——とアガメムノンは答えた——ネオプトレモスを見てご覧。闘争欲で震えているではないか！しかも君も自分の目で分かるように、彼はレオンテスより若いのに、木馬の腹の中に入ろうと懸命になっているではないか！」

「僕も戦いたい……」とレオンテスが抗弁しようとしたが、ゲモニュデスは手で彼の口を抑え、無理やり阻止した。

「勇敢なネオプトレモスを復讐に駆り立てているのはきっとアキレウスの亡霊なのだろう——と師匠は言い張った——でも、おお、アトレウスの子息よ、この若造の代わりに儂を木馬の登らせてくれないか。儂の良き助言がきっと英雄たち全員に役立つことができようぜ。」

「ここでは君の賢明さは問題ではないんだ、ご老体。われらは神々の意志に従わねばならんのだ——とアガメムノンはまたも答えるのだった——運命が定めた以上、われら哀れな人間どもはこれに逆らうべきではなかろう。」

アカイア勢は黒船を離岸させ、帆をギリシャへと向けた、——正確に言えば、ギリシャのほうに向かう振りをした。実は数カイリ出てから、テネドス島の背後に隠れていたのだからだ。出帆したことをより信じられうるようにするために、彼らはこの10年間の戦争中に建造してきた一切のものに放火した。石造りの家、藁葺き屋根の粘土造りの小屋、家畜用の柵、穀物畑、要塞施設、等々を。

砂浜に残したのは，木馬とオデュッセウスのいとこのシノンなる者だけであり，後者は陣営の北にある湿地帯に身を隠したのだった。
　塔の上に立っていた歩哨が，アカイア勢は立ち去ったこと，彼らの船が水平線に姿を消したことをプリアモスに告げたとき，子女をも含めてすべてのトロイア住民が疑い深そうに砂浜に駆けつけてきた。そこでは，台の上にきらびやかな木馬が展示されていた。トロイア人たちはぽかんと口を開けたままだった。これまでこれほど素晴らしいものを見かけたことはなかったのだ！
　「この素晴らしい作品をどうしたものか？──と彼らは唖然として互いに相談するのだった──破壊してしまうべきか，トロイアへ運び込むべきか？」
　これに関する意見はまちまちだった。
　「よく見て！──と読むことのできる数少ないトロイア人のひとりテュオメテスが叫び，脇腹の銘文を指し示した──彼らがアテナのために残した贈物だ！都の中へ運び込もう。そうすれば，女神はわれわれに永久に感謝されるだろう。」
　「駄目だ！──とダルダニア人たちの王カピュスが叫んだ──アテナはいつもアカイア勢の肩を持ってきたのだから，この贈物を女神に届けるには値しない。この砂浜で燃やして，灰をばらまこう！」
　「君に同意はしないな，おお，勇敢なカピュスよ──とプリアモスが答えた──テュオメテスが正しい。もしこの馬を破壊すれば，女神の名誉を辱めることになろう。むしろ滑車の助けでもって，これを壁の内側に運び入れ，それから，盗まれたパラディオンの代わりにアテナに献じるほうが賢明だろう。」
　もちろん，こういう意見のいがみ合いの中で，カッサンドラが沈黙することはできなかった。プリアモスのこの狂った娘はこれまで以上に髪を乱したまま駆けつけて来て，憑かれたように叫んだ。
　「その恐ろしい怪物の腹の中に，何千もの武装兵が見えるわ！　父上，敵どもを吐き出し始める前に，この怪物を破壊してください！　もろ手には松明を持ち，歯からは毒蛇の毒を撒き散らしているわ。これは血に飢えた野獣なのよ。男たちを殺し，女たちを強姦し，子供たちの喉を切って殺すわ。スカマンドロス川が海まで血に染まるのが見えるわ！」
　いつものように，カッサンドラは根本的には真実を話しているのに，細部では誇張していたので，誰も彼女の予言を信じなかった。仮に，1000人の武装兵とか，毒蛇とか，吐き出される敵たちとかを話題にする代わりに，《うへー，

その中には23人の兵士が入っているわ！》と言うに留めていたとしたら，たぶん誰かひとり――ひょっとしてプリアモスも――が彼女を信じることができただろうし，少なくとも好奇心から，護衛兵に命じて木馬の腹を切開して，彼女の言っていることが正しいかどうか試そうとしたことであろう。だが，彼女はまさにこうだったのだ――予言を無理やり誇張して語るか，それとも一切何も語らないか，の。

とにかく，アポロンの神官ラオコンも駆けつけて来て，彼女に加勢した。

「おお，トロイア方よ，あんたらは何と無邪気なのだ，あんたらはオデュッセウスのことをほとんど知らないんだなあ！　アカイア勢が立ち去ったと本気で信じているのかい？」

「じゃ，どうすべきというのだい？」

「その馬を破壊するのじゃ！」とラオコンは断固たる確信をもって答えた。

「でも，贈物だったら！」

「たとえ贈物を持ってきても，儂はギリシャ人など一回も信じたりはしないぞ！」*

こう言ってから，彼は木馬めがけて槍を猛烈な勢いで放った。その武器は巨大な構築物の背中に刺さり，数センチメートル内部に入り込み，中に居た者たちの間にパニックを惹き起こした。もしもトロイア人たちがこの神官の振る舞いに合わせて，失神させるような叫び声を発しなかったとしたら，エペイオスの恐怖の叫び声やにぶい武器のガチャガチャいう音が聞こえたであろう。レオンテスもほとんど叫び出すところだったし，それも不思議はなかったであろう。とどのつまり，彼はやっと16歳になったばかりだったし，薄暗い木の柩(ひつぎ)の中に，見知らぬ22人と一緒に詰め込まれていて，一瞬ごとに見破られたり生きたまま焼かれてしまったりする危険にさらされていたのだ。そのときまでトロイア人たちが持ち出した提案の数々を聞いて，彼は恐怖に陥っていた。《燃やしてしまおうぜ》，《海に投げ込もうぜ》。さらに，テュオメテスはこの馬を要塞都市の中へ運び込もうとしたし，それから，カッサンドラは警告の訴えをしたし，

＊　ウェルギリウスの有名な詩句で，その後，諺になったもの――「たとえ贈物を寄こそうとも，私はダナオイ人［ギリシャ人］を恐れる」(Timeo Danaos et dona ferentes!)。ウェルギリウス『アエネーイス』，II，49行。

しかもラオコンは槍を投げつけて，その先端がだしぬけにネオプレモスの頭から数センチメートルの所に木の壁を貫通して刺さったのだ。心筋梗塞で死ぬしかなかっただろう！　ところがアキレウスのこの息子は，レオンテスとは反対に，もちろん平然としたままだった。彼はそばのベンチに腰掛けているトアスに，少し脇へ詰めるように頼んだ。壁から突き出た青銅の槍の先を頭からよけられるようにするために。

　或るトロイア人は，女神が侮辱されまいかと恐れて，その槍を木馬から引き抜いた。そしてこのことは内部にいた者たち全員にとって，大きな利益となった。つまり，これまでは真っ暗の中に耐えてきた哀れな連中が，その武器が残した隙間のおかげで，少なくともいくらかは見分けることができたからである。エペイオスがしくしく泣いているのが見えた。

　そのとき突然外では叫び声が湧き上がった。何人かのトロイア人が，オデュッセウスにより"見張人"として残して置かれたシノンを捕らえ，そして手足を縛ったまま，プリアモスの前に引きずってきたのだ。このアカイア男は絶望の涙を流したのだが，彼のいとこに対して罵倒したり叱責したりするのを抑えはしなかった。

　「おお，偉大なプリアモス様，海の内外を問わず世界中が貴下の賢明を賛えております。どうかこのシノンめにもご慈悲のほどを！——と彼はむせび泣きながら始めた——私がここに居りますのも，人間の中の極悪の不実なオデュッセウスのせいなのです。」

　「余はオデュッセウスをこの上なく存じておる，たぶんお前以上にな。しかも，彼を恐れてもいるのじゃ——と老支配者は認めるのだった——しかも，戦場での勇敢さというよりも，その策謀のせいでな。じゃが，どうして彼のことを嘆くのか，その理由(わけ)をさあ，申してみい。」

　「おお，ゼウスの子孫——とシノンはプリアモスの心からの言葉に勇気づけられて続けた——オデュッセウスは私のいとこであるにもかかわらず，私をポセイドンへの生贄として選び，しかも長い帰郷の旅を始めるためならこの神からの引き立てを得ようとするのも理解できるのですが，そうではなくて，もしも帰郷でもしたら，殺人犯の罪を着せるかもしれない危険な証人を葬り去るためにこんなことをしたのです。実際，ある日のこと，私は不幸にも或る奴隷の告白を聞き，こうしてこの狡猾者が企んだ，みじめなパラメデスをこの世から

なくそうとする犯罪計画を知るに至ったのです。」
「お前の言うことが本当なのなら——と王は言い返した——どうしてお前はまだ生きているのだ？　余の知る限り，オデュッセウスは敵たちを決して赦したりしたためしがないぞ。」
「というのも，この神官が生贄にしようと私の上に剣を振りかざしたちょうどその瞬間に，ボレアス（北風）が遥かコルキスから涼風を吹きつけたため，みんなは船を海に押すためにすばやく駆け出したからです。そこで，私は縛られていたとはいえ，祭壇から転がり落ち，上や下への大騒動のさなかに，湿地帯へ逃げ切ることができたのです。」
「さて，シノンよ，もうひとつ言ってくれ——とプリアモスは訊き続けた——アカイア勢はなぜこんな途方もない立像を浜辺に残したのだ？　しかも，よりにもよってどうして馬を残したのかい？」
「というのも，私どもギリシャ人は馬の守護者としてアテナを敬っており，女神をしばしばヒッピアと呼んでさえいるのです。ところが最近，女神は私たちがパラディオンを盗んだために私たちにひどく立腹しておられ，そのために，カルカスは女神の怒りを静めるために馬を建造するよう勧めたのです。」
「でも，いったいどうしてこんなに大きいのを作ったのかい？」
「トロイア方が要塞都市の中へ持ち込めないようにし，こうして女神に可愛がられないようにするためです。ある日，オデュッセウスとエペイオスはスカイア門の下に入り込み，アーチの高さを目測したのです。それから，この門を通過できないような大きな馬を建造したのです。」
「こんな言葉はオデュッセウスがお前の口に吹き込んだんだ！」とそのときラオコンがどなりつけ，剣を握りながらシノンに突進した。だが，プリアモスのふたりの監視がラオコンの意図を察知して，引き止めることができた。
「でも，私はこの世でオデュッセウスほど嫌いな人物はいません！」とアカイア男は抗議した。
「そいつは嘘だ，そんなはずはない！——とラオコンはトロイア男に向かってわめき散らし続けた——オデュッセウスがこんな答えを奴に吹き込んだんだ。奴は嘘をついていると知りながら，嘘をついているぞ！」
「私が嘘をいっているのなら，アテナがただちに私を殺してくだされればいい！」とシノンは図々しくも誓った。

「承知した――とラオコンが言った――ここでは馬が問題になっているんだから、お前が嘘をついているかどうかはポセイドンに決めてもらうべきだ。儂は馬の考案者に牝牛を捧げて、それからしるしを乞うことにする。」*1

こんなことを言わねばよかったのに。近くのテネドスからその瞬間湧き上がった強力な海蛇が2匹、海から立ち上がった。ポルケスとカリボイアだった。彼らは海岸に到達すると、砂浜で遊んでいるふたりの子供たち――ラオコンの幼い息子たち――に巻き付いた。神官は怪物たちから引き離そうとしたが無駄だった。しばらく闘った後で、彼も押しつぶされてしまったのだ。

ナポリの市立公園に、《ラオコンの群像》の大理石による複製がある（これのオリジナルはヴァチカン博物館に今日でも所蔵されている）*2。少年時代に、私はこれによく見とれて、自問したものだった――私の父も同じ状況になったら、私を救いに蛇の中に突進してくれただろうか、と。この状景をよく追体験するために、私は彫像の台座によじ登ってウェルギリウスの詩句をそらで吟じたものだった――「彼らは唯一筋にラーオコオーンのところに行き着きて、先づ各々の蛇、彼の二人の子の細やかなる身體（からだ）に巻きつき、彼等の周囲をきりきりと纏ひ（まとひ）、毒牙もて彼等のみじめなる手足を食む。」*3

2匹の海獣は食事を終えると、都の中へ入って行き、アテナの足下でちぢこまった。この時点でメッセージが明白になった。《蛇がラオコンを罰したのは、

---

*1 海神ポセイドンが馬を考案したらしい。それゆえ、今日でもイタリア語では大波のことを"cavalloni"("cavallo"「馬」に由来する）と呼んでいるのであろう。馬の考案は以下のことに基づくようだ。つまり、ポセイドンがデメテルを手ごめにしようとしたが、女神はこの神仲間の気まぐれから逃れたくて、雌馬に変身した。すると、今度はポセイドンは雄馬に変身した。この話のとおりだとしたら、馬、または少なくとも雌馬の考案は、ポセイドンではなくて、デメテルに帰せられねばなるまい。

*2 今日、ローマのヴァチカン博物館所蔵の大理石のラオコン群像は、大プリニウスによると、ロドスの彫刻家、アゲサンドロス、ポリュドロス、アテノドロスに帰せられている。これは皇帝ティトゥス（後79／81年）の宮殿に展示されていたという。プリニウス『博物誌』、XXXVI, 37。

*3 ウェルギリウス『アエネーイス』、II, 213-215行（田中秀夫ほか訳〔岩波文庫上、1949年、65頁〕）。

アテナへ託された贈物を拒絶しようとしたからであり，直後に女神の立像の足下でちぢまったのは，この女神に帰属していることを証明するためだったのだ》。

もちろん，この解釈を人ははるかにもっと簡単かつはるかに有益になし得たのであろう——《テネドスからの危険に注意せよ！》と解釈したのであれば。

こういう突発事件の後では，トロイア勢はもういかなる疑念も抱かなかった。その馬を要塞都市の中へ運び込み，そして，女神が蛇の驚異でもってはっきり分からせてくれたように，女神の願望に従って，そこの最高の位置にそれを固定することが必要だったのだ。もちろん，それは決して容易な企てではなかったし，なにしろ，木の重量のほかに，23人の兵士も移動させなくてはならなかったのだ。だが，エジプト人たちもピラミッドの建造ですでに証示していたように，やろうと思えば何でもできるものなのだし，トロイア人たちとてそれに引けを取りたくはなかったのである。彼らはザイルところの巧みな方式をもって，この巨大な怪物をスカイアイ門の下まで引っ張ることに成功した。それから，入場門のちょうど真ん中を破壊して，馬の頭を反対側から通させた。＊それから最後に，彼らはもっとも困難な，壁からアテナ神殿まで通じている道程をよじ登った。これは急勾配の狭い道であって，しかも周縁に保護壁もなかったのだ。一度ならず，馬が運搬人たちの制御を逃れて滑り落ちたり，下にある家並みを押しつぶしたりする危険があったのである。

その夜は，トロイア人たちは長らく飲んだり歌ったりした。彼らは哀れにもやっと悪夢もなく眠っていて，突如ベッドからはね起き，敵の襲撃を防御しなければならなくなるとはとても考えられなかったのだ。アカイア勢は立ち去っていたし，ゼウスのおかげで，戦争は終わっていた。10年もの長い戦い，涙と流血の後で，トロイア人たちはやっと静かな夜を満喫したのだった。

道傍では，女たちが何百台ものテーブルにごちそうを並べ，花々や月桂樹の葉っぱで飾りつけた。プリアモスは12頭の牛を屠殺し，その夜全員が満腹できるようにしたし，また彼の地下貯蔵室からは12個の大人の背丈ほどのワイン壺

＊ 今日でもトロイアで見られる数多い門のうちでも，囲壁の西端にある一つは，明らかにほかとは異なる未加工の石で閉ざされている。これを論理的に説明しようとすれば，木馬がこの門を通って都に到達した，と考えられよう。換言すると，後世のトロイア人たちは，門を再建するよりも，できるだけ早く，その穴を閉ざそうとしたのであろう。

XVI 木馬

を運び出せるのだった。

　だが，ひとりはこの祝宴に加わらなかった。というのも，彼女はアカイア勢が立ち去ったことが信じられなかったからだ。この女性は，ギリシャの女ヘレネであった。彼女はオデュッセウスとその奸計(かんけい)をあまりにも知り尽くしていたのだ。だから，みんなが飲食に耽っている間にも，彼女は要塞の上に登り，木馬の前に坐ったのである。彼女はそこに黙ったまま何時間も坐りながらそれをじっと見つめた。それから，3回その周囲をまわり，振動を感知しようとするかのように，両足をさすった。とうとう，英雄たちが中に居るのに気づき，彼らの妻の声をまね始めた。

　「ディオメデス，聞こえる？　あんたの優しい妻アイギアレアですよ。ああ，あんたをこの白い胸にかき抱きたいわ……。あんたはステシコロスね，私を覚えてる？　あんたがティリュンスから出て行くのを見たあの日から，どれだけ時が流れたか，知っている？　おお，愛しい君よ，この馬の腹から出てきて，あんたの情熱の限りを尽くして私にキスしてよ……。それに，忠実な夫アンティクロスよ，あんたは私たちの激しい愛撫をもしや忘れたのでは？　私がここでダルダニア人たちに捕われているのに，あんたは私を解放するのを拒んでいるのね……。」*1

　この言葉を耳にして，アンティクロスは正気を失った。跳ね上げ戸を開いて，外に出ようと絶望的な試みをした。ところが，オデュッセウスは彼より素早く，彼を阻止した。5世紀のギリシャ詩人トリュフィオドロスによると，彼を絞め殺しさえしたらしいし，*2　ホメロスによれば，逆にヘレネが彼の妻の声をまねていた間，オデュッセウスはアンティクロスの口を抑えるだけに止めたという*3。

　この挑発女が立ち去ってから，オデュッセウスはカウントダウンをやり始めた。第一番に足を踏み入れたのはエキオンだった。いやむしろ，足より頭のほうだった。なにしろ，彼は縄ばしごの上を滑り落ち，首の骨を折ったからだ。英雄たちは外に出るや，三つのグループに分かれた。ディオメデスを筆頭とする第1部隊は歩哨を殺す任務を引き受け，第2部隊は王宮への道を押さえて，メネラオスとネオプトレモスに復讐を果たす機会を確保しようとした。オデュッ

---

*1　ホメロス『オデュッセイア』，第四歌274-279行参照。
*2　トリュフィオドロス『イリオンの滅亡について』(*De Ilio exicidio*)，463-490。
*3　ホメロス『オデュッセイア』，第四歌286-289行参照。

セウスが率いる第3部隊はスカイアイ門に赴き，その間に壁の下に集合していた2万人のアカイア勢を中に入らせた。

　もちろん，疑問なのは，この木馬作戦が成功したことをアカイア勢に知らせる烽火(のろし)にいったい誰が点火したのか，という点だ。それはオデュッセウスだったという人も居れば，シノンだったという人や，ヘレネだったという人もいる。自らの色恋沙汰を後悔し，かつての同胞たちに協力しようとヘレネが決意したとすれば，まったく驚きである。

　レオンテスはプリアモスと王家全員を殺してしまおうという，復讐者グループに割り当てられていたのだが，この若者には別の考えがあった。彼はヘクタを救出し，家へ連れて帰り，結婚して，生涯の終わりまで幸せに一緒に暮らしたかったのだ。ところで，ヘクタとヘレネが事実上同一人物だとしたら，もちろん，彼女は彼にはどうにもできないだろうし，彼女の命運を決められるのはメネラオスだけだろう。だが，ヘクタがヘクタにほかならないとすれば，彼は木馬の中に隠れていた兵士のひとりとして，彼女を戦利品の分け前に要求できるであろう。レオンテスはトロイアの街路を通って黙って降りて行きながら，こんなことを考えていた。

　このクレタの若者は他の人びとより少しあとに居残り，狭い脇階段からこっそり逃げる機会をうかがった。何としても，他の誰よりも先にヘクタの家へ到着する必要があった。暑かったし，街路には酔っ払いのトロイア人たちがいっぱいいた。隅っこにごろごろしていた，そのうちのひとりが，彼を見ておそらく夢みていると思ってか，右手の人差し指を彼に突き立てて言った。

　「呪われたアカイア人め，ゼウス様の稲妻に打たれろ！　トロイアで何をしている？　戦争が終わったのを知らんのかい？」

　レオンテスはこの男をいとも簡単に殺せたであろう。不幸にもこの男は酔っ払って地面に寝そべっていたのであり，少しも抵抗しなかったであろう。でも，レオンテスはトロイアに人殺しのためにやってきたのではなかった。ヘクタを救出するためだけに，あの身の毛のよだつような馬の中に入り込んでいたのだ。彼の唯一の目的は，今やヘクタを見つけ出して一緒に船に逃げることだった。彼には，生命を犠牲にしてでも彼女を守る覚悟ができていた……それから，彼女をガウドス女王にしてやろう……。

　彼がトロイアにかつて行ったことが，大変役立つ結果となった。二つの交差

点を超えてから，階段の壊れた家の前にうまく差しかかったのだ。ドアは開け放たれたままだったし，第一の部屋は無人，第二，第三の部屋も無人だった。彼が見て取れる限り，あたりに人気・痕跡は以前も最近も皆無だったし，衣類も家具も水瓶や穀物瓶もなかった。だから，ヘクタは彼に嘘をついていたことになる。この家には少なくても1年間，誰も住んではいなかったのだ！

さて，ヘクタも実在しなかったとしたら？　彼女が，テルシテスもいつも主張していたように，実は幻影，妄想，空想の産物，愛欲の投影に過ぎなかったとしたら？　そうだとしたら，彼には，王宮に赴き，自分の目でヘクタとヘレネが同一人物かどうかを確かめる以外は選択はなかった。

そうこうするうちに，オデュッセウスはスカイアイ門を破壊していたし，アカイア勢はトロイアのあらゆる街路になだれ込んでいた。クレタの若者の目の前に今繰り広げられた情景は，どんなに病んだ頭でも想像できる以上の恐ろしいものだった。強姦，殺人，放火，のどを掻き切られた歩哨たち，窓から投げ落とされた乳呑み児たち……。

レオンテスはこの光景に耐えられなかった。一度ならず立ち止まり，吐き出すのだった。

「誰か詞もてその夜の殺戮を，その夜の死を，よく説き得べしや，はた，誰か涙もてその夜の我等の苦悩と競ひ得べしや？」とウェルギリウスは『アエネーイス』の中で自問しているし，これは別に誇張ではないのである。*

夥しいトロイア人は，まだ至福の表情を浮かべたまま眠っているところを殺された。彼らは思う存分食ったり飲んだりして，終戦を祝ったばかりだったのだ。

トロイアの男性たちは年齢に関係なく倒された。とりわけ子供たちは，時とともに危険な復讐者と化すのを妨げるべく，虐殺された。ヘクトルの息子アステュアナクスはまだ2歳にもなっていなかったにもかかわらず，ネオプトレモスによって片足を掴まれ，壁の上から投げ落とされた。女たちに関しては，殺されるか否かは，ひとえに外観にかかっていた。魅力があるとか，働ける女は船にしょっ引かれた。残りの者はすべて，あまりためらわずに殺害された。

---

* ウェルギリウス『アエネーイス』，第二歌361-362行。（田中秀夫ほか訳，岩波文庫上，72頁）

レオンテスはアカイア人がわめいている女を腕に抱えて家から出てくるのを見るたびに，それがヘクタではあるまいか，と不安で震えた。死体の上をまたがったり，窓から雨のように投げ落とされるありとあらゆる物体を避けながら，若者はとうとう王宮にたどり着いた。宮殿の広間は悲鳴や号泣で響いていた。
　彼が目にした最初のアカイア人はネオプトレモスだった。その後ろには忠臣アウトメドンとペリファスが付いていた。アキレウスのこの残忍な息子は彼に向かって嘲笑しながらやって来て，老人の切り落とされた頭を彼の目の前に置いた。トロイア王プリアモスの頭だった。これを見て，レオンテスはまたしても吐き気に襲われた。
　「わが父上の敵どもにはふさわしい最期さ！」とネオプレモスは勝ち誇るように公言した。
　「あんたの父の敵だなんて！――とレオンテスは憤慨して反対した――ヘクトルの死後すぐに，プリアモスがあんたの父の両手に接吻したのを僕は自分で見たんだぞ。」
　「いいか，レオンテス。それじゃもう1回接吻するだろうよ。何回でも接吻するだろうぜ。今，儂の剣の味を知ったんだからなあ！　今頃は薄暗いハデスの中で父に出会っており，あなたのご子息ネオプトレモスはアカイア勢の中でとび抜けて強い方です，と語っているかもしれないぞ！」
　こう言ってから，彼は血のしたたる頭をごみ山の上に投げ捨てた。レオンテスはこの哀れな白髪頭を拾い上げて，未亡人に手渡したかったであろうが，その勇気がなかった。はっきり言って彼は戦(いくさ)には向いていなかったのだ。ああ，せめてヘクタを発見することさえできたなら。そうしたら，一緒に逃げ出したであろう。できるだけ遠くに！
　宮殿の裏側の中庭の，ある祭壇の背後に10人の少女と一緒の，一人の老婆が見えた。彼女らは王宮全体を荒らしまわっている乱暴な兵隊の群れから誘拐されないように絶望的な努力をしながら，しっかりと互いに身を寄せ合っていた。ヘカベとその女中たちだった。だが，ヘレネは一緒にいなかった。木馬の中でレオンテスの真横に座っていたアッティカの英雄アカマスが，ひとりの少女――クリュメネなる者――の片腕を摑まえて，引きずって行こうとしたが，ほかの女たちがみな，何とかしてこれを阻止しようと躍起になっていた。
　「ヘレネはどこなの？」とレオンテスはこの友人に訊いた。

「知らん」とアカマスは答えた。彼はクリュメネを服従させるのに懸命だった。「メネラオスの後を追いたまえ。彼も彼女を探しているから」。
「災いをもたらすその女なら，神殿の中に隠れているわ」とヘカベが即座に囁いた。アカマスがこの戦利品を諦めて，彼もヘレネ狩りに走り去るという空しい希望を抱きながら。「彼女は私たちの不幸の原因です。男の衆よ，楽しみたいのなら，彼女に乱暴しておくれ。でも，真面目な女性はそっとしておいてくださいな」。
アカマスはこの申し出に全然心をそそられたりはしなかった。それどころか，美しいクリュメネを屈服させようと努力を倍加した。逆にレオンテスは息衝く暇もなく，降りてきたばかりの路地を再び駆け上がった。しかし，神殿にたどり着いてみると，ヘレネの足跡はどこにも見つけられなかったし，ヘクタについても同じだった。その代わり，カッサンドラがオレイウスの残忍な息子アイアスとつかみ合いになっているのを見た。
この兵士は処女に襲いかかり，何としても手籠にしようとした。カッサンドラは抵抗するために，アテナの木彫り（パラディオンの代わりに置かれていた）にしがみついて，いつも予言を告げるときより以上の大声で叫んでいた。
レオンテスはその情景に居合わせながら，なすすべもなかった。どうしたものか？　この小アイアスと生死をかけた闘いをしさえすれば，彼に諦めさせることができたであろう。もちろん，ヘクタのためなら，レオンテスも闘っただろうが，カッサンドラのためなら……。
アイアスはその間，処女を無理やり引き寄せて，立像もろとも地面に引っくり返してしまった。荒れ狂ったこの兵士は彼女が女神にしがみついたままなのをものともせず，それでも彼女を背後から強姦した。古代の書物によると，この強姦の間，立像の目は上を向いていたし，暴行後もやはりそのままだったという。これはアテナが当初から，この瀆聖行為の目撃を拒んだことの証しだった。しかし，女神はこれを罰しないまま放置したりはしなかった。実際，小アイアスは帰還の途中，難破し，ある岩に避難しようとしたとき，アテナはゼウスから奪った稲妻で彼の足下を砕き，その結果，オイレウスの息子は溺死したのだった。

レオンテスはひどく絶望していた。ヘレネもヘクタも，ふたりとも見つけら

れなかったし，今やもうどこを探せばよいのかも分からなかったのだ。幸いなことに，デイフォボスの家の位置が分からなかった。さもなくば，そこでは神殿で見かけたよりはるかに残酷な情景を目撃しなければならなかったであろう。

パリスの末弟デイフォボスは，ほんの１カ月前にヘレネと結婚していたし，彼の先人たちはみんなと同じく，狂わんばかりに彼女を愛していたのだ。ところで，その夜は不幸なことに，アカイア隊のもっとも恐るべきふたりのリーダー——メネラオスとオデュッセウス——を相手に同時攻撃から新婚の妻を守らねばならなかった。前者は抜き身の剣を手に前進してきたし，後者はいつものように陰険にも裏口のドアを通って忍び寄ってきた。デイフォボスははっと振り返る。するとこの機とばかり，メネラオスは彼にものすごい傷をさんざん負わせた。まずは彼の両腕，次に両脚，次に鼻，両耳，舌，そしてやっと最後に出血している，形のない切株になってしまったのを見るや，彼を殺害したのである。

デイフォボスが片づけられてから，裏切られた夫メネラオスは復讐の剣を美しいヘレネに振り上げようとした。しかし，この怒り狂った英雄がテュンダレスのこの娘を突き刺す前に，彼女が絹のチュニカの結び目を解き，白い胸を示した。すると，メネラオスは力がなくなり，剣を手から落としてしまった。*

「ヘクタよ，愛しのヘクタよ，お前はどこにいるのかい？」レオンテスはその間ずっとトロイアの街路のいたるところで叫んでいた。

叫んでは泣いていた。死人と瀕死の人でいっぱいの，見捨てられた家々に入っては，いたるところで愛する人に呼びかけたのだが，もう答えてくれることのできるトロイア人はひとりとていなかったのである。

「ヘクタ，ヘクタ，どこにいるんだい？」路上で見つかる女の死体をすべて引っくり返した。そして，瀕死の状態にあるあれこれの人間に問い掛けてみたが，無駄だった。

---

* この情景で思い出されるのはサルヴァトーレ・ディ・ジャコモの古い詩である。詩人は彼を裏切ったばかりの妻に怒っていて，何とかして彼女を罵り，何とかして，手立てを尽くしたいのだが，彼女が以前よりもっと美しいのを見ると，こう言うことしかできないのだ——「哀れなわが心よ，哀れな心よ，何と早くお前は魅惑されてしまうことか！ またも別の苦しみを俺に加えても，俺は仲直りしたい，そう，仲直りしたいだけなんだ！」(Povero core mio, / povero core, / comm'apresso te faie bell'e capace / dopo c'avesse avé n'ato dulore, / voglio fa pace, sì, voglio fa pace！)

「ヘクタ，ヘクタをきみは見なかったかい？」
　誰も何も言えなかった。そうこうするうち，最初の火災が広がり出した。トロイアは焼かれていたし，彼はヘクタがどこで見つかるか，見当もつかなかった。内側の壁に沿って走っていると，とうとう，秘密の通路への入口を隠している木材置き場を見つけた。もしやヘクタがこの地下道に逃げたのでは？　ところが，その木材置き場も火がついており，地下道の入口に入るには，火の燃えさかる中を突っ走らなくてはならなかった。それにもかかわらず，レオンテスは勇気を失いはしなかった。彼は死体からチュニカを剥ぎ取り，顔のまわりに巻きつけて，それから頭を低くして炎の中を突進した。
　1分間ほど煙で窒息しそうになったが，それから，ふと秘密の通路の前に洞窟が開けてきた。洞窟の背後には，幼児を片腕に抱いたヘクタが立っていた。彼女の傍には，右手をなくした白髪の老人がおり，残りの左手で，トネリコ材の長い槍を振りかざしていた。レオンテスが近づくと，この男は立ちはだかり，彼に槍を向けた。レオンテスは顔からチュニカを取り払い，剣を引き抜いた。そして，そのトロイア人に切りつけようとしたとき，ヘクタは彼に気づいた。
　「待って，レオンテス！」
　すると，彼女の傍にいた男もほとんど同時に，その槍を下ろした。
　「おお息子よ，儂はお前の父ネオプトレモスじゃ！」

エピローグ

　私はクレネオスと言い，ちょうど15歳になったばかりです。ヘクタと言うトロイア女性と，ネオプロスというクレタ人の英雄とのひとり息子として，トロイアで生まれ，ここで，3歳まで過ごしました。父はかつて，クレタ島の少し南の小島ガウドスの王でしたが，今日では絶望して薄暗いハデスの中を彷徨っています。帰還したその日に，兄のアンティフュニオスから殺されたからです。
　当時，私は3歳に過ぎませんでしたから，事件のことを思い出せません。それでも，父の暗殺される場面が自分でも経験したかのように思い浮かぶのです。すべてのことを細かく見ているのです。父の胸を突き刺した短刀の刃，流血している傷，母の絶望と涙，民衆の悲鳴，を。
　その日，私たちは長く不如意な海の旅の後で，ようやくガウドスに到着したところでした。民衆は私たちを歓呼の叫びをもって受け入れてくれ，神官たちは順風をポセイドンに感謝するため，1時間以内に必要なもの一切を整えました。若い黒雄牛が月桂樹の葉で飾られ，生贄に供されましたし，処女たちはクレタの輪舞をする準備をし，砂浜には，トロイア方向に向けて木の観覧席が設けられました。
　ところが，式典が始まろうとしたとき，誰が観覧席の真ん中に座るべきかをめぐって，ふたりの兄弟どうしで争いが持ち上がったのです。「どうして君が玉座に座りたがるのか，分からない——とアンティフュニオスが私の父に言いました——君はトロイア方の側についてきたくせに。ガウドスの住民は奴隷で，しかも敵ですらあった者を女王に戴くべきなのかい？」「アンティフュニオス，よく聞け——と父はきっぱり答えました——ヘクタは儂がもうタルタロスに片足を突っ込んでいたとき，生命を救ってくれたんだ。それに，儂の先妻が去年亡くなっていなければ，彼女と正式に結婚したりはしなかっただろう。それでも，君が儂を今日もうガウドスを支配するのに値しないと見なすのであれば，せめて，息子レオンテスをわしの後継者に受け入れてくれ。彼は祖国のために生命の危険を冒したのに，君はここで，言わせてもらえば，安全に権力のあら

ゆる喜びを味わったのだからなあ」。

　すぐさま争いが激しくなって，ふたりは取っ組み合いになった。アンティフュニオスはこの機を用いて，ネオプロスを刺し殺したのですが，彼のほうもそれから，数々の暴力行為のせいで，彼を嫌っていた島の住民たちから石を投げつけられて死んだのです。

　今日ではレオンテスが島の王になっています。彼は私の兄であるばかりか，ある意味では私の父でもあるのです。というのも，彼は私の母ヘクタが哀れ未亡人になって1年後に，母と結婚したからです。レオンテスは善良で，私たちを可愛がってくれており，私たちのほうでも彼を心から愛しているのです。

　トロイアの焼払いに際して，木馬の中に潜んでいたアカイアの英雄たちは，第一に捕虜の女たちを選ぶ権利がありました。でも，レオンテスは女奴隷を個人的な慰めに受け取ることはしませんでした。その代わりに，アガメムノンから，ネオプロスとその妻ヘクタの解放を乞うたのです。私の老師匠ゲモニュデスも説明してくれたように，レオンテスは戦闘でいつも勇敢に戦ってきましたから，誰も当時，彼から何かを拒むことはできなかったのです。他方，メネラオスはヘレネの返還を要求しました。ネオプトレモスはヘクトルの未亡人アンドロマケを，アカマスはクリュメネを獲得しました。しかし，小アイアスはアテナを侮辱したことの罰として，アガメムノンの命令により，カッサンドラを諦めねばなりませんでした。また，オデュッセウスはヘカベを船へ連れ込みましたが，彼女が絶えず彼を呪い続けたため，しばらくして彼女を海中へ投げ込まねばなりませんでした。

　私が生まれたのは，数々の不幸な状況のせいです。父親ネオプロスは戦争の初めの数年間はアカイア側で闘いました。ところがある日決闘で右手を切り落され，そして，とうとうギリシャおよびトロイアの死体の山の下に，生きているというよりも死んだまま，横たわったのです。ところが，私の母ヘクタが，身内の者を助けるためにほかの仲間と一緒に要塞都市から出てきたとき，このアカイア人がまだ息をしているのを発見し，急に同情を催して，出血しているこの哀れな片腕男を，自分の衣服から破り取った布切れで止血してやったのです。それから，彼を元気づけるために，不思議な泉の水を飲ませてやりました。するとこの水は短時間で彼を治したばかりか，彼女に恋までさせてしまいました。ネオプロスは水を飲んで，エロスの矢に打たれてしまったのです。

私はこの泉にたいそうご恩があるのです。今日、私がクレネオスと呼ばれているのも、まさしくこの泉から生まれたからなのです。でも、不思議な水を別にしても、私の母は絶世の美女でしたし、今日でもそのままです。多くの人びとは母のことをヘレネと呼んでいますが、それはスパルタの女王と異常なくらい酷似しているからなのです。でもこの女王とは違い、母は心も美しいです。

訳者あとがき

　クレシェンツォ神話学の最高峰ともいうべき著作を漸く上梓することに漕ぎつけた。もちろん著者は"小説"（Romanzo）と銘打っており，虚構の人物（若きレオンテス）も登場させて"クレシェンツォ・ワールド"を創出している（「エピローグ」はその最たるものである）。これは新しい一つの『イリアス』解釈なのである。トロイア戦争をめぐる一大ロマンであるとともに，ギリシャ神話入門としても有益である。

　すでに，ドイツ（1991年），スペイン（1992年），オランダ（1993年），ルーマニア（1994年），韓国（1998年）の他，ブラジル，ギリシャ，ロシア，スウェーデンの諸国語訳が完成しているが，大半は今日では残念ながら，品切・絶版になっているようだ。原書は1991年イタリアで最高のベストヒット（発売3週間で17万5000部）となった。個々具体的に当たってみて気づいたのは，若干の誤記がドイツ語版では訂正されており，ルーマニア語訳では訳注が詳しいことである。これらは存分に拙訳でも活用させてもらった。「小事典」は訳者の増補も加えた。

　クレシェンツォのギリシャ神話は，「ビデオテーク」（4巻）が映像をもってわれわれを楽しませてくれている。

　本書を脱稿してみて，ブカレストでルーマニア語訳を見つけた（古書）ときの状況や，オランダ語訳をロッテルダムで発見したときの喜びが，ありありと思い浮かんでくる。西欧諸国はヘレニズムを源流として共有しているし，言語も親縁関係にあるから，翻訳が早く出たのは当然だろう。本訳稿は2006年に完成していた。とにかく，曲がりなりにも漸く初志を貫徹できてほっとしているところである。日本でもクレシェンツォがもっと注目されることを願うとともに，読者諸賢のご支援を期待している。

　　　2017年10月10日　藤沢台にて

　　　　　　　　　　　　　　　　　　　　　　　　　谷口　伊兵衛

共訳者あとがき

　訳本を読み返すことは稀なのだが，今回は永らく未刊のままだったため，再読する気になった次第である。良書にはありがちなように，私は本書(原題『ヘレネよ，ヘレネ！　愛しのきみよ！』)をなお一層味読したのだった。
　誰でも初恋の経験をしているものだが，それを成就させた人はごく僅かだ。つきつめると，ホメロスの大叙事詩『イリアス』はすべて運命の女神(モイライ)たちから逃れるすべを知らなかったヘレネをパリスが掠奪したことに起因する。
　今日でもイタリアの中学校2・3年次には，『イリアス』と『オデュッセイア』が素晴らしい伊語（全訳）で熟読したり，解説されたりしている。だから本書を再読してみて，私は当時，中学校の木製の腰掛けで共感して読んだあの英雄たちに取り囲まれている思いがした（！）のである。
　ベッラヴィスタ氏こと技師ルチャーノ・デ・クレシェンツォは，親愛なギリシャ古代についての偉大な情熱的普及者・詩人であるが，今回はこの『現代版ホメロス物語』の巻末に小事典まで付して，歴史的・神話的知識を読者諸氏に提供しようと努めている。
　ナポリの優しい人間として，ルチャーノ氏は善と美の熱愛者であるし，従ってまた，ヘレネという純真かつ極美な女性の理想像の崇拝者でもあるのだ。
　ヘクタ，ヘレネや，私たちに周知の──若年の読者層ならこれから知ることになるであろう──魅力的なこれら女性群像に再会したければ，この"恋愛冒険譚"を再三再四読み返す必要があるだろう（クレシェンツォの関連書『神話世界の女性群像』谷口訳，明窓出版 2012をもぜひ参照されんことをお勧めする）。
　2017年10月10日　四日市市にて

ジョバンニ・ピアッツァ

（付記）
一ヶ所，クレシェンツォが誤解している点があったが，これは訳者の判断で訂正してある。「エクト⇒ヘクタ」のように，イタリア語表記をギリシャ語表記にしたところもある。

ギリシャ神話
小事典

【ア行】

アイアコス ペレウスとテラモンの父。ゼウスに手籠めにされたアイギナから生まれた。この母親の名前を持つ島の王となった。ヘラは夫のこの数えきれないほどの不貞行為に怒って、島に数千匹の蛇を送り込み、島の周りの海水を汚染させようとした。しばらくの間に島民は全員死んでしまった。そこで、アイアコスは蟻を人間に変えるようゼウスに乞うた。これが《ミュルミドン人たち》（μόρμης「蟻」に由来）の起源である。

アイエテス コルキス王。ヘリオスの息子。アプシュルトスとメデアの父。金羊皮を彼から奪って逃げたイアソンと娘メデアの後を帆船で追いかけたとき、幼い息子アプシュルトスの肢体を陰険なメデアが切り刻んで海中に投げ込んだため、これをかき集めるのに幾度も航行を中断しなければならなかった。

アイギアレア シキュオン王アドラストスの娘。ディオメデスの妻。ナウプリオス（⇒「ナウプリオス」）の陰口に乗せられて、コメテスと共謀して夫を裏切るに至った。

アイギストス テュエステスの息子、または孫。ギリシャ悲劇では復讐者の役を演じている。おじアトレウスを殺したばかりか、いとこアガメムノンの妻クリュタイムネストラを誘惑した後で、アガメムノンも片づけてしまった。それから、彼自身もアガメムノンの息子オレステスにより殺された。

アイサコス プリアモスとアリスベの長男。夢を解釈する能力があった。カッサンドラと一緒になって、ヘカベがパリスを生もうとしていたときに見た夢を正しく解釈した。アイサコスはかなり風変わりな人物であって、癲癇の発作にかかったためか、人から信用されなかった。少女アステロペ（⇒「アステロペ」）に恋したらしいが、叶えられなかったので、絶望のあまり張り出した岩から毎日海へ身投げしたが、死ねなかった。とうとう神々が憐んで、彼を海鳥に変えてやった。

アイソン クレテウスの息子。イオルコス王。イアソンの父。異父兄弟ペリアスにより王位を追われたが、後に息子イアソンが金羊皮の冒険から帰還して、これに復讐する。

アイッサ アキレウスがリュコメデス王の宮殿に女装して潜んでいたときに名乗った名前。

アイティオラス メネラオスとヘレネとの息子と推測されている。

アイネイアス アンキセスとアフロディテとの息子。ダルダニア人の王。トロイア戦争の間、神々、とりわけ、ポセイドン、アポロン、母親アフロディテから助けを受けた。息子アスカニウスと老いた父親アンキセスと一緒にトロイアの大虐殺を逃がれた。ラティウムに到達し、そこでルトゥリ〔ラティウムの昔の住民〕の王トゥルヌスを負かした。アイネイアスの子孫はローマ市を創建した。

アウゲイアス フォルバスの息子。エリスの王。実際には、ポセイドンの息子であって、アルゴナウタイの遠征に参加した。ヘラクレスが第七番目の仕事で掃除しなくてはならなかった有名な厩舎は、彼の所有だった。この英雄はたった一日でその仕事をやりおおせて見せると言い張った。アウゲイアスは挑戦を受け入れ、その代わりに、家畜の10分の1を賭けた。ヘラクレスが2本の川を厩舎に引き込んでその目論みを実現したとき、アウゲイアスは債務を支払おうとしなかった。そのため、ヘラクレスによって殺されてしまった。

アウトメドン アキレウスの御者。

アウトリュコス ヘルメスの息子。やや犯罪に走りがちな素質があった。父親から，白い牝牛を黒くしたり，その逆にしたりする力を得ていたため，隣の農夫シシュフォス（⇨「シシュフォス」）の牝牛を絶えず盗んでいた。シシュフォスが自分の家畜がだんだん少なくなるのに，アウトリュコスの家畜が絶えず増えてゆくのを見て，家畜の蹄の上に《シシュフォスからの盗品》と刻んでおいた。こうしてアウトリュコスの罪が実証されて，それから彼は逮捕された。裁判が行われていた間，シシュフォスはこの機とばかり，ラエルテスの妻になっていた，アウトリュコスの娘アンティクレイアを誘惑した。この結びつきから，オデュッセウスが生まれた。だから，よく考えてみるに，オデュッセウスには泥棒の父，泥棒の祖父がいたわけだし，曾祖父として，泥棒の神ヘルメスがいたことになる。

アカストス ペリアスの息子。アルゴナウタイ（⇨「アルゴナウタイ」）の遠征や，カリュドンの猪狩りに参加した。妻アステュダメイアがペレウスに恋し，彼女の気持ちに応えてくれなかったため，彼に乱暴されたと彼を告発した。そこでアカストスは，この推定愛人を片づけるため，乱暴なケンタウロスたちを使って殺させようとしたが，ペレウスは優しい心を持った唯一のケンタウロスであるケイロンによって救われた。

アカデモス テセウスがフレネを誘拐した初日に彼女を隠した場所をカストルとポルクスの双子兄弟に打ち明けたことだけで知られている，小人物。アテナイ人たちは彼に小さな森を献じた。後年，プラトンがこの森に彼のアカデメイアを創設した。この未知なるアカデモスは，かつてスパイを働いただけなのに，その名がアカデミー・フランセーズとかアカデミー・ホールのような学術・芸術の大機関を指すのに役立つようになろう，などと予言できた人がはたしていただろうか！

アカマス テセウスとファイドラとの息子。木馬の中に隠れたギリシャの英雄たちのうちのひとり。彼がトロイアへ出発したのは，祖母アイトラ――ヘレネが誘拐されたときこの女主人と一緒に逃げた，彼女の侍女――を探すためだった。

アガメムノン アトレウスの息子。ミュケナイ王。メネラオスの兄。トロイアへのギリシャ隊の長。トロイアへギリシャ隊を出発させるよう合意を得るために，娘イフィゲネイアを生贄に供さなければならなかった。トロイアから帰還後，妻クリュタイムネストラとその愛人アイギストスにより，祝宴の最中に殺された。

アキレウス ペレウスとテティスとの息子。ギリシャでもっとも有名な英雄。彼を不死身にするため，母親は生まれるやすぐにステュクスの川に浸けたのだが，その際，彼の踵は水に浸からないままだった。アキレウスはケンタウロスのケイロンに育てられ，武器の操縦法も教え込まれた。女神テティスは息子がトロイア戦争で死ぬ定めになっていることを知っていた。そのため，トロイアに出発するのを妨げようとして，彼女は彼をスキュロス島のリュコメデス王の娘たちの間に隠した。だが，オデュッセウスが奸計により，彼を見破り，武器を取るよう彼に強制した。トロイア攻囲中，アキレウスは女奴隷ブリセイスのことでアガメムノンと争いになり，その結果，彼は怒って戦闘を離れてしまう。親友パトロクロスがヘクトルに殺されたとき，やっとギリシャ勢に復帰した。復讐するため，英雄はヘクトルを決闘で殺したのだが，後に自

ギリシャ神話小事典 227

らもパリスが彼の踵に放った矢により，殺された。

アクトル フティアの王。ペレウス（と兄弟のテラモン ⇨「テラモン」）が異母兄弟のフォコスを誤って殺害した後で逃亡せざるを得なくなったとき，フティアに快く彼を受け入れた。アルゴナウタイの遠征にも参加した。

アグライア （「輝き」）パシテアとも言う。美と優雅の三女神カリスの末の妹。姉はエウフロシュネとタリア。モルフェウスが彼女に仕えていた。

アグリオス テルシテスの父親。

アゲシラオス ハデスの異名。

アゲノル トロイアの兵士。アンテノルの息子。アポロンが彼の姿を取って現われ，アキレウスを遠去けた。これにより，トロイア勢は無事，防壁の中に入ることができた。

アゲラオス 羊飼い。プリアモスからパリスを殺すよう命令されたが，これを守らずに，養子にした。

アシオス デュマスの息子。ヘカベの弟。

アスカラフォス アレスとアステュオケとの息子。イアルメノスの兄弟。イアルメノスと一緒にオルコメノスを支配した。アルゴナウタイの遠征に加わった。トロイア戦争に参加していて，デイフォボスに殺された。

アスクレピオス （ローマ人のアエスクラピウス）アポロンの息子。医学の父と目されている。母親はコロニス。彼女は少女のとき，テッサリアのボイベイス湖に両足をつけているところをアポロンに見られた。これだけで，この神が彼女に惚れ込み，彼女を妊娠させるには十分だった。その後，彼女の見張りに白い羽根をしたカラスを残しておいたが，コロニスはその同じ日に彼を裏切ってイスキュスという名の若者と姦通した。激怒したアポロンは彼女に矢を差し込んで，釘刺しのようにしてしまった。それから，イスキュスに稲妻を浴びせ，またカラスを黒い羽根をもつ鳥に変えてしまった。それから，良心の呵責にさいなまされて，神々の使いヘルメスの助力でハデスに降り，元の愛人の死体から，まだ生きている赤児——アスクレピオス——を引き出した。エピダウロスの住民によれば，アスクレピオスはケンタウロスのケイロンから医術を学んだという。女神アテナから，彼はメドゥサの血液を含んだ2個のアンプル（φαρμακών）を得た。左のアンプルの滴で死者を生き返らせることができ，右のアンプルの滴で生者を殺すことができた。ギリシャ語のφαρμακώνは，"薬"も"毒"も意味する。アスクレピオスには，マカオン（⇨「マカオン」）とポダレイリオス（⇨「ポダレイリオス」）という二人の息子がおり，両方とも医者になった。

アステリオス コメテスの息子。アルゴナウタイの遠征に参加した。

アステュアナクス ヘクトルとアンドロマケの息子。まだ2歳にもなっていないときに，ネオプトレモスにより，トロイアの市壁の上から投げ落とされた。

アステロパイオス パイオンの兵士。パラゴンの息子。アキレウスに殺された。

アステロペ 七オケアニデス（単数形は「オケアニス」）の一人。ステロベとも言う。星に変えられ，その後，プレイアデス（⇨「プレイアデス」）に帰属した。

アステロペ トロイアの少女。プリアモスの長男アイサコス（⇨「アイサコス」）が彼女に恋した。

アソポス 同じ名称の川の神。ペラゴンの父。

アタランタ イアソスとクリュメネとの娘。生まれるや否や，父親により，パルテニオ

ン山に捨てられた。熊に育てられて、立派に成育し、勇敢で強くて、男のような性格を身につけた。家に連れ戻されると、父親から、夫を選ぶよう強制された。そこで彼女は条件として、将来の夫たる者は生きるか死ぬかのかけっこで、彼女に勝たねばならない、という課題を出した。こうして、彼女は次から次へと求婚者たちをみな殺しにしたのだが、とうとうある日のこと、メラニオン（ヒッポメネスだという説もある）に挑まれた。挑戦者はアフロディテの助言に基づき、走っている途中、3個の金のリンゴを次々にトラックの上に投げた。そして、3回とも、アタランタはこれらをかき集めたいという誘惑に抗し切れなかった。かけっこに負けた彼女は、結婚せざるを得なくなり、ひとりの息子を儲け、パルテノパイオスと名づけられた。アタランタはアルゴナウタイの遠征にも、カリュドンの猪狩りにも参加した。

アテ 過ちの女神。あまりにも軽かったために、人間の頭上に留まっていても、誰も気づかなかった。ヘラクレスの誕生に際し、ゼウスにまずい助言をしたと彼女を責め立てて、ゼウスは彼女の髪の毛を掴んで、オリュンポスから投げ落とした。彼女はフリュギアの或る丘の上に落下し、ここは今日でも、《過ちの丘》と呼ばれている。

アテナ（ローマ人のミネルウァ）ゼウスの額から生まれた。ある日、神々の父がひどい頭痛を感じて、息子のヘファイストスに助けを乞うた。しかしヘファイストスは医者ではなくて、鍛冶屋だったから、斧の一撃で父の頭を割るよりほかに良い考えが思い浮かばなかった。この割れ目から、アテナが手には槍を、頭には兜をかぶった完全武装の姿で飛び出てきた。ギリシャ人にとってもローマ人にとっても、彼女は知性の象徴だったし、また彼女はあまりにも賢かったから、暴力の代表者アレスを幾度も打ち負かした。トロイア戦争では、彼女はこっそりとアカイア勢に加担したが、それは、パリスの有名な審判で落とされたからだった。"パラス"としても知られている。

アテュムニオス アミソダロスの息子。トロイアの兵士。

アドニス キュプロス島の或る樹の幹から生まれた。アフロディテがこの乳児を取り上げて、ペルセフォネに託した。両方の女神がアドニスの美男子に成長したのを見て、互いに争いになった。ゼウスが介入し、四カ月はアフロディテと一緒に、四カ月はペルセフォネと一緒に、四カ月は彼が一緒に居たい者とともに過ごすように定めた。アドニスは"自由な"もう四カ月もアフロディテと過ごしたため、アレスの嫉妬を買い、彼を猪によって殺させた。アフロディテはアドニスの死に絶望して泣き、その涙はアネモネと化した。

アドメトス アルケスティスと結婚し、アルテミスからは、たとえ誰か他人が彼を死なせようとしたとしても、死なずにすむという特別の約束を得た。死が近づいたとき、彼は毒杯をもって両親のところに赴いたが、両親はひどく年老いていたにもかかわらず、彼の代わりに死ぬのを拒絶した。死の床で彼の代わりをしたのは、妻アルケスティス（⇨アルケスティスの項）だった。アドメトスはアルゴナウタイの一行にも加わった。

アトレウス ペロプスの息子。アガメムノンとメネラオスの父親。兄テュエステスをこの世の誰よりも憎悪していた。テュエステスはミュケナイの王座を狙っていて、金羊皮を先に呈示した者が王に即くべきだ、と提案した。アトレウスは快諾した。金羊皮を手に入れる自信があったからだ。ところが、テュエステスは義理の妹で愛人のアエ

ロペの協力を得て，前日に彼からそれを盗んでいたのだった。アトレウスは復讐心から，テュエステスの3人の子供を殺害し，兄に或る夕方，食事として提供した。食事の後で，彼は兄にフルコースの料理について教え，彼の子供たちの頭を差し出した。そこで，テュエステスは神託所に赴き，弟の娘ペロペイア（⇨「ペロペイア」）と交接することによってしか弟に報復できないことを知った。こうして，アイギストスが生まれ，アイギストスはアトレウスを殺し，王国をテュエステスに取り戻させた。ペロペイアは父とも交接したほか，おじとも交接しようとしたことに言及しておくべきかも知れない。

アトロポス 三モイラたちのうちの一人。生命の糸を鋏（はさみ）で断ち切る女神。ギリシャ語 ἄτροπος は「梃子（てこ）でも動かぬ」の意。

アナンケ 「必然」とも言う。モイラたちの母親。彼女は運命を代表しており，したがって，神々の意志を超越している。

アピサオン パイオンの兵士。ヒッパソスの息子。トロイア勢の同盟者。

アプシュルトス メデアの弟。コルキス王アイエテスの息子。残忍なメデアとその愛人イアソンは，父親の追跡を遅らせるという目的だけから，彼の身体を切断して海中に投下し，父親にそれら断片を海からかき集めるように仕向けたのだった。

アフロディテ（ローマ人のウェヌス） 愛の女神。ウラノスの切断された性器の周りにできた泡から生まれた。それゆえ，彼女はゼウスをも含めて，オリュンポスのほかの神々よりも"老いて"いる。夫はヘファイストスだけなのだが，多くの愛人がいたのであり，そのうちにはアレス，アドニス，アルゴナウテス（アルゴ船乗組員）のブテス，ヘルメス，ポセイドン，アンキセス（彼とはアイネイアスを儲けた）がいた。

パリスの有名な審判で，オリュンポス随一の美しい女神と指定された。

アポロン ゼウスに次いで，おそらく最重要な神。ゼウスとレトとの息子として，妹のアルテミスと一緒に，デロス島で生まれた。母親が妊娠中，ヘラの遣わした蛇ピュトンに迫害された。生まれて3日しか経っていないのに，アポロンはこの蛇を殺し，これにより，すぐさまかなり復讐欲の強い神だと知られることとなる。彼のもっとも有名な報復措置としては，ニオベの子供たちの殺害，サチュロスのマルシュアスに与えた苦しみ（フルート競技でアポロンに挑戦しようとしたため），女神官クリュセスを侮辱した科でギリシャ陣営にはやらせた疫病があった。無数の色恋沙汰を惹起したが，拒絶されたこともある。たとえば，ダフネは彼に屈するよりも，月桂樹に変身するほうを選んだ。アポロンは音楽・詩歌の守護神であり，9名のムーサは彼に仕えていた。彼には，デルフォイの神託という，ギリシャ世界でもっとも有名な神託所が捧げられていた。

アマゾンたち 本書の第XIV章を参照。

アミソダロス 二人のトロイア戦士，アテュムニオスとマリスとの父親。

アミュコス ポセイドンとニュンファ・メリアスとの息子。ベブリュクス人の王。拳闘の考案者。とてつもない力を持った巨人だったが，ポルクスとの死闘で負けた。ポルクスは勝利したが，彼の生命を助けてやった。

アリアッソス クレタの兵士。作者による虚構の人物。

アリアドネ ミノスとパシファエとの娘。怪物ミノタウロスの異父姉妹。テセウスに恋し，彼を迷宮から脱出させようとして，道しるべにするために羊の毛の長い糸を手渡した。テセウスはアリアドネと一緒にクレ

タ島から逃亡したのだが，その後，ナクソス島に彼女を置き去りにした（ここから，「置き去り」"piantata in asso"，つまり，「ナクソスでの放棄」"piantata in Nasso" なる表現が生じた）。少女をディオニュソスが受け入れ，彼女に恋し，それから，オリュンポスへと勝ち誇りながら連れて行った。

アルキモス　アキレウスの仲間。

アルクメネ　ヘラクレス（⇨「ヘラクレス」）とイフィクレス（⇨「イフィクレス」）との母親。

アルケシラオス　ボイオティア人のリーダー。50隻の船を率いてトロイアに到着した。

アルケスティス　イオルコスの王ペリアスの娘。ペリアスは娘に夫を見つけてやるために，競技会を催し，そこでフェライの王アドメトスが勝利を収めた。ところが，アドメトスは女神アルテミスに生贄を捧げるのを忘れた。そのため，新婚の夜，新婦の代わりに寝室に恐ろしい蛇の山を見いだした。女神の怒りを然るべき生贄で宥めてから，彼は誰か身代わりになって死んでくれる者が見つかれば，彼の死を延期できるという贈物を女神から得た。それから，ハデスがアドメトスを連れ去ろうとしたとき，彼は毒杯を持って老いた両親のところに赴き，どちらかが自分の代わりに死んでもらえないか，と尋ねた。しかし，両親は高年にもかかわらず，知らない振りをした。すると，妻アルケスティスは彼の手から毒杯をもぎ取り，彼の身代わりになったのだった。

アルゴス　アルゴナウタイの一行のための船を建造し，自らもこの航海に加わった。

アルゴナウタイ　金羊皮を獲得するための遠征への参加者たち。総勢50名ということになっているが，56名が知られている。すなわち，アカストス，アドメトス，大アンカイオス，小アンカイオス，アンフィアラオス，アルゴス，アスカラフォス，アステリオス，アクトル，アウゲイアス，ブテス，カライス，カントス，カストル，ケフェウス，カイネウス，コロノス，デウカリオン，エキオン，ヘラクレス，エルギノス，エウフェモス，エウリュアロス，エウリュダマス，ファレロス，ファノス，イアソン，イアルメノス，イドモン，イフィクレス，イフィトス，ヒュラス，ラエルテス，リュンケウス，メランポス，メレアグロス，モプソス，ナウプリオス，ネストル，オイレウス，オルフェウス，パライモン，ポイアス，ペレウス，ペネレオス，ペリクリュメノス，ペイリトオス，ポリュフェモス，ポルクス，スタフュロス，テラモン，テュデウス，ティフュス，ゼテス，さらに，女性アルゴナウテスのアタランタ，である。56名というのは，少なくともひとりのアルゴナウテスを出身者に持ちたいという，ギリシャ諸都市の郷土愛のせいなのだ。

アルタイア　テスティオスの娘。デイアネイラとメレアグロス（⇨「メレアグロス」）との母親。メレアグロスが生まれたとき，モイラたちはこう予言した。あなたの息子は暖炉にある薪がすっかり燃え尽きるまで生きるだろう，と。そこで，アルタイアは火から薪を取り出して，安全な場所に隠した。ところが，息子がアタランタに恋し，しかもつまらぬ狩猟の争いでおじたちをみな殺しにしたとき，アルタイアは薪を持ち出してきて，燃え尽きさせてしまった。

アルティネオス　レオンテスの天幕の隣人。作者による虚構の人物。

アルテミス（ローマ人のディアナ）　ゼウスとレトとの娘。アポロンの妹。狩猟の女

神。兄同様に復讐欲が強く，彼女を侮辱したり，言い寄ったりしただけで，多くの男を殺した。そのうちには，巨人ティテュオス，巨人オリオンとか，ニオベの14名の子供が含まれる。彼女は美しくて残忍だったし，処女ながら，氷のように冷淡だった。一般には，アポロンが太陽の象徴だったのに対して，彼女は月と同定されてきた。

アレクサンドロス　「人間を衛る者」の意。パリスがまだイデ山上に暮らしていたとき，この称号で呼ばれていた。

アレクト　怒りの女神。ティシフォネ（復讐），メガイラ（憎しみ）とともに，エリニュエス三女神に含まれる。

アレス（ローマ人のマルス）　戦争の神。ゼウスとヘラとの息子。粗暴の象徴であり，古代の一種のランボである。体力があったにもかかわらず，無敵というわけではなかった。ディオメデス，アテナ，ヘラクレス，その他大勢から負傷させられた。血を見ると興奮し，そして戦争が少なくなったり，横死する者がいなくなると，ゼウスのところに赴いてこのことを嘆くのだった。彼の子供たちはこの好戦的な性格を引き継いだ。たとえば，デイモス（恐怖），フォボス（残酷），エニュオ（殺戮）が挙げられる。アレスは女性とではたいそう幸せだった。お気に入りの愛人には，アフロディテがいたのだ。

アンカイオス（小）　大アンカイオスの甥。アルゴナウタイの遠征に参加した。

アンカイオス（大）　アクトル（⇨「アクトル」）の息子。アルゴナウタイの遠征やカリュドンの猪狩りに参加し，ここで最初に殺された。

アンキセス　カピュスとテミステとの息子。アイネイアスの父。アフロディテから愛されたが，アフロディテとの愛を自慢したため，ゼウスによって不具にされてしまった。伝説によれば，トロイアの破壊を生き抜いた少数者のひとりだった。息子アイネイアスの背中に担がれて，この都から脱出したという。

アンティアネイラ　アマゾンたちの女王。足の不自由な男たちが《恋愛遊戯》ではより巧みだ，と主張したことで知られる。

アンティオペ　おそらくメラニッペ（⇨「メラニッペ」）の異名。アマゾンたちの女王。

アンティクロス　ギリシャの兵士。木馬の腹の中に隠れたうちのひとり。彼だけが，外側から呼びかけているのがヘレネではなくて，妻だと信じた。オデュッセウスは彼が返事するのを妨げるために，彼を絞め殺した。

アンティフュニオス　レオンテスのおじ。作者による虚構の人物。

アンティロコス　ネストルの息子。アキレウスの友。トロイアで，老いた父の身代わりに盾となって，メムノンに殺された。

アンテノル　トロイア勢でもっとも賢明だった。プリアモスの助言者。当初から，パリスに対して，ヘレネを返還するように説得しようとした。このことから，彼はトロイアの殺戮中，生命拾いをしたのだが，同時にまた，祖国の裏切者とも見なされる結果になった。イタリアでは，パドヴァ市を創建した。

アンドロマケ　エエティオンの娘。ヘクトルの妻。アステュアナクスの母親。ペネロペとともに，ホメロス時代の理想的な妻のひとりだった。トロイア陥落後，ネオプトレモスの奴隷にされてしまい，彼との間に3人の子供——モロッソス，ピエロス，ペルガモス——を儲けた。一説では，ネオプトレモスの死後，ヘリオス（ヘクトルの弟で，トロイア勢を裏切った）の妻となったらしい。異説では，ネオプトレモスの先妻

232

である絶世の美女ヘルミオネが，嫉妬から，彼女をその息子モロッソスもろとも殺害してしまったという。

アンフィアラオス オイクレスの息子。アルゴナウタイの遠征にも，カリュドンの猪狩りにも参加した。

アンフィトリテ ニュンファ。ネレウスの娘。ポセイドンの愛人。海の底の黄金の家に住んでいた。

アンフィトリュオン アルカイオスの息子。ティリュンスの王。ゼウスはアンフィトリュオンの忠実な妻アルクメネに恋し，太陽・月・時間の経過を妨げてから，アンフィトリュオンの姿になって，彼女と一緒に暮らした。ゼウスとアルクメネとの結びつきから，ヘラクレスが生まれた。

アンフィマコス ノミオンの息子。カリア人のリーダー。トロイア勢の同盟者。

アンフィマコス クテアトスの息子。エペイア人のリーダー。アカイア勢の同盟者。

アンフィロコス トロイアの兵士。

イアソス リュクルゴスの息子。クリュメネの夫。アタランタの父。

イアソン アイソンの息子。本当はイアソンが継ぐべきイオルコスの王座を簒奪していたおじペリアスにより，コルキスへ金羊皮探しに遣わされた。イアソンは当時の最重要な英雄たちも加わった，アルゴナウタイへの遠征を率いた。この企てでは，イアソンは，金羊皮を見張っていた王アイエテスの娘メデアから大いなる助けを得ることができた。しかし10年後，イアソンがクレウサ（またはグラウケ）と結婚するために，メデアを見棄てようとしたとき，彼女は彼との間に儲けた3人の子供の内の2人を殺し，若い花嫁には毒入りの結婚衣裳を贈って復讐したのだった。

イアルメノス アレスとアステュオケとの息子。アルゴナウタイの遠征やトロイア戦争に参加した。

イオラオス プロテシラオス（⇨「プロテシラオス」）の最初の名前。

イクシオン ラピタイの王。エイオネウスの娘ディアと結婚した。持参金を支払わなくてすむように，彼は舅を晩餐に招待し，それから，燃えている木炭で詰まった堀の中に舅を投げ込んだ。ゼウスはことの成り行きを詳しく知りたくて，イクシオンをオリュンポスに招喚した。ところがイクシオンは少しも動じないで，ヘラに求愛し始めた。このとき，神々の父は辛抱できなくなり，イクシオンに罠を仕掛けた。雲で妻の像をつくり出し，この幻影とともに，ベッドの彼を襲ったのだ。その後の罰は恐ろしいものだった。ゼウスはイクシオンを鞭打ち，千回も"恩人に感謝致します"と叫ばせてから，車輪に縛りつけ，天上で永久に転がせ続けたのだ。イクシオンはケンタウロスたちの父親だった。

イダス アファレウスの息子。リュンケウスと双子の兄弟。アルゴナウタイの遠征や，カリュドンの猪狩りに参加した。弟リュンケウスとともに，レウキッポスの娘たち（フォイベとヒラエイラ）と結婚しようとしていたとき，彼女らはカストルとポルクス（⇨「カストルとポルクス」）に誘拐されてしまった。それに続いた争いで，イダスはカストルを殺したが，リュンケウスのほうはポルクスによって殺された。ゼウスはイダスを殺すことにより，この対決を決着させた。

イドメネウス クレタの王。ミノスの孫。ギリシャ軍の中でもっとも美男子のひとり。ヘレネに求婚したひとりだった。トロイアへ80隻の船とともに到着した。ほかのほとんどすべてのアカイア勢と同じく，帰還は困難を極めた。嵐に襲われて，彼は再び大地に足を踏み入れたならば，出くわした最

ギリシャ神話小事典　233

初の人間を生贄に差し出すとポセイドンに誓った。しかし，これは明らかに不幸なことだった。というのも，彼が見た最初の者は，彼の息子だったからだ。この若者は"パパ"と叫ぶ暇もなく，イドメネウスの振り上げた剣で撃ち殺されそうになった。ところが，突如物音がして，この若者は逃げることができたし，その父親のほうも思い直すことができたのだった。

イドモン アポロンとキュレネとの息子。有名な予言者。アルゴナウタイの遠征に参加した。

イフィクレス アンフィトリュオンとアルクメネとの息子。彼はゼウスが父親ではないとはいえ，ヘラクレスと双子だった。ヘラが揺り籠の中の双子を締め殺すために2匹の蛇を遣わしたとき，人間の性質をしていたイフィクレスが泣き始めた。これにより，ヘラクレスは目を覚まして，蛇を両手の力だけで殺したのだった。イフィクレスはアルゴナウタイの遠征やカリュドンの猪狩りに参加した。

イフィゲニエ アガメムノンとクリュタイムネストラとの娘。異説では，テセウスとヘレネが彼女の両親だったという。後者の仮説によれば，ヘレネが（テセウスにより）最初に誘拐されたとき，妊娠させられ，それから，醜聞を避けるために，アガメムノンとすでに結婚していたおばの子供にされたことになる。

イフィトス ステネロスの息子。エウリュステウスの弟。アルゴナウタイの遠征に参加した。

イリス 虹の女神。タウマスの娘。ハルピュイアたちの姉妹。平和の女使者。

ウカレゴン トロイアの元老のひとり。プリアモスの友人。

ウラノス 天の神。ガイアの息子にして，同時に夫。ガイアとの間に夥しい子供を儲けた。すなわち，ティタン神族（コイオス，クリオス，クロノス，イアペトス，ヒュペリオン，オケアノスの男神と，フォイベ，ムネモシュネ，レア，テイア，テミス，テテュスの女神），キュクロプス（アルゲス，ブロンテス，ステロペス），百腕をもつヘカトンケイル（ブリアレオス，コットス，ギュエス）を。ウラノスはいつか子供のひとりが自分を失墜させるかも知れないと怖れていたので，深いタルタロスに閉じ込めた。だが，妻ガイアは子供たちに父親を襲うように説き伏せ，一番若いクロノスは父の生殖器を鎌で切り取ったのだった。

運命の女神 「⇨アナンケ」

エウアイニオス マタラの王。作者による虚構の人物。

エウアイモン エウリュピュロスの父親。

エウドロス ヘルメスの息子。トロイア戦争でのミュルミドン人たちのリーダー。

エウネウス イアソンとヒュプシピュレ（⇨「ヒュプシピュレ」）との息子。

エウフェモス ポセイドンとエウロペとの息子。父親から，水の上を歩く才能を得た。アルゴナウタイの遠征や，カリュドンの猪狩りに参加した。

エウフォルボス パントオスの息子。トロイアの英雄。再生を信じていたピュタゴラスは，まずアイタリデス，次にエウフォルボス，次にピュロス，そして最後に，ヘルモティモスになったと考えていた。（後者の姿をしていて，エウフォルボスはメネラオスの盾をも再認したのだった。）

エウフロシュネ "歓喜"とも呼ばれた。カリテスたち（⇨「カリテスたち」）のひとり。

エウメニスたち エリニュスたち（⇨「エリニュスたち」）がこう呼ばれるのは，殺人者がその行為を後悔したときである。可愛らしい少女の外見をしていた。

エウリュアロス メキステウスの息子。アルゴナウタイの遠征やトロイア戦争に参加した。

エウリュステウス ミュケナイとティリュンスの王。ペルセウスのおじ。ゼウスの直系子孫。ゼウスはエウリュステウスより後に生まれたいとこのヘラクレス（⇨「ヘラクレス」）を犠牲にして，エウリュステウスに巨大な権力を授けた。だからエウリュステウスはヘラの働きかけで，彼のいとこに12の難業という恐ろしい労苦を課したのだった。

エウリュダマス 彼については，アルゴナウタイの遠征に参加したことや，クシュニアス湖から生まれたこと以外には何も知られていない。

エウリュティオン アクトルの息子。フティアの王。アンティゴネの父。カリュドンの猪狩りの折に，娘婿ペレウスの過失により，殺された。

エウリュディケ 極美のニュンファエ。アポロンの娘。オルフェウス（⇨「オルフェウス」）の甘い歌に誘われて，彼に恋した。しかし，ほかの求婚者から逃亡したとき，1匹の毒蛇に嚙まれた。オルフェウスは悲痛のあまり，彼女を連れ戻すために冥界に赴いたのだが，神々の指示に従わなかったため，永久に彼女を失ってしまった。

エウリュノメ 厳密には，彼女は世界史の最初の人物と言わねばなるまい。この女神はカオスから裸で現われたのだが，それから，踊ろうとして，空を海から分けた（おそらく，足下に触点を持つために）。その後，風を創造したのだが，これはオフィオンという名の蛇に変身してしまった。爬虫類がエウリュノメを見かけると，これを犯さずにはおれなかった。その後，この合体から，エウリュノメは宇宙の卵を生み，この卵から，太陽，地球，月，星，樹木，動物が次々に出てきた。オキオンが宇宙の創造者であると自慢したりしなければ，ふたりの愛人たちはきっと幸せに暮らせたであろう。エウリュノメはこの思い上がった主張を聞いたとき，オキオンの口を蹴飛ばしたため，彼の歯はみな落っこちてしまった。オキオンの歯から，人間が誕生したのだった。

エウリュピュロス エウアイモンの息子。トロイア戦争でのテッサリア人たちのリーダー。トロイア市を劫掠してから，くじ引きで，ディオニュソスの像が当たり，これを見ただけで，彼は気が狂ってしまった。だが神託の予言で，彼が真に残忍な芝居を見物すればその途端に，狂気が治るだろうと告げられた。そして実際に，彼がアルカディアで，若い男女が女神アルテミスのために生贄に捧げられるのを目撃せざるを得なかったとき，ぴたり狂気は治ったのだった。

エオス 曙の女神。ヒュペリオンとテイアとの娘。ヘリオス（太陽）とセレネ（月）との妹。風ゼフュロス，ボレアス，ノトスの母親。バラ色の指でもって，毎朝日輪のために天の扉を開けるのが仕事だった。彼女の夥しい恋人たちのうちから，アレス（ふたりの情事はアフロディテを嫉妬させた），オリオン，ケファロス，ティフォノスだけを挙げておこう。

エキオン ギリシャ英雄たちのうちで木馬から最初に出て，最初に殺された。つまずいて，首の骨を折ったからである。

エキドネ "まむし"とも言う。テュファオンの婚約者。半身が女，半身が蛇の姿をしており，キリキアのペロポネソスのアリマ山の洞窟に住んでいた。好みの食事は生の人肉だった。百の目を持つアルゴス（あだ名はパノプテス）によって睡眠中に殺され

た。

エコ ゼウスがさんざん浮気をしている間，妻ヘラの気を紛らわせるために用いた，おしゃべりニュンファエ。しかし，ヘラはこの策略に気づき，彼女の声を奪って，正確には，他人の言葉の最後を反復することしかできないようにして，報復した。ナルキッソスに惚れ込んだが，気持ちに答えてもらえず，愛で消耗し，とうとうかき消えてしまった。今日でも，場所によっては，彼女の声が聞こえるが，姿は決して見えない。

エピストロフォス フォカイス人たちのリーダー。トロイア戦争に参加した。

エペイオス パノペウスの息子。臆病な振る舞いと拳闘の能力で有名。パトロクロス記念の葬礼競技で勝利を収めた。木馬を建造。トロイアから帰還の間に，イタリアに上陸し，メタポント市を創建した。異説によると，嵐の中で船を失ったが，イタリアの岸で助け出され，ここにエリスの生まれ故郷ピサを想起して，ピサ市を創建したという。トロイアでは，ある日，素晴らしいヘルメス像を彫刻した。2，3の漁夫がこれを薪にしようとしたが，傷つけることさえできなかったので，これを燃やそうとした。しかし，その立像は燃えなかった。とうとう，それを海中に投げ込んだが，漁夫の網に引っかかった。そこで，その立像の真価を悟り，彼らはこれを聖域に安置したのだった。

エリス 不和の女神。エレボス（暗黒）とニュクス（夜の女神）との娘。ペレウスとテティスの結婚式に招かれなかったことに立腹して，神々のテーブルの上に，「一番美しい女性へ」という上書きのついたいわゆる"不和のリンゴ"を投げ込んだ。このことから，ヘラ，アテナ，アフロディテの間に争いが起き，それとともに，トロイア戦争の発端ともなった。

エリニュスたち（ローマ人のフリアイたち）ウラノスが去勢されたときの血の滴から生まれた。アレクト，ティシフォネ，メガイラを言う。手に鞭または燃える松明を持つ姿で表わされてきた。彼女らの主な役割は，特別にひどい罪で汚された人びとを苦しめることにあった。換言すると，彼女らは良心の呵責を表わしていた。殺人者が後悔するや否や，可愛らしい少女に変えられ，それからは，エウメニス（"好意ある女神"）たちと呼ばれた。

エリュマス トロイアの兵士。

エリュラオス トロイアの兵士。

エルギノス ポセイドンの息子。ミレトス王。青年にもかかわらず，白髪になっていた。アルゴナウタイの遠征に参加した。

エレクトラ アガメムノンとクリュタイムネストラとの娘。兄オレステス（⇨「オレステス」）と一緒に，父殺しの報復をした。多くの古典悲劇の女主人公。

エロス（ローマ人のクピド）愛神。彼の出生に関する情報は混乱している。アレスとアフロディテとの息子だという説，ヘルメスとアルテミスとの息子だという説，さらには，カオスの息子という説，また，銀の卵から生まれた最初の者という説まである。とにかく，エロスのおかげで，死すべき者や不死なる者はみな生まれたのである。両手に黄金の弓を構えた，翼のある若者として表わされてきた。彼の矢に当たると，たちまち，出会った最初の人物に惚れ込んでしまうのだった。

エンプサイ 冥界の女神ヘカテの娘たち。美女の姿でよく現われる，反抗的な悪魔だった。長いスカートの下に，驢馬の脛と青銅の蹄を隠していた。四つ辻をうろつき，通行人を誘惑するために，胸を突然さらして見せていた。男を摑まえると，その首に接吻し，その男が死ぬまで血を吸うのだっ

オイネウス カリュドンの王。デイアネイラ，テュデウス，メレアグロスの父。女神アルテミスに生贄を捧げるのを忘れたとき，女神は彼の王国に怪物の猪を遣わして彼を罰した。この野獣によって王国がひどく荒らされたので，オイネウスには隣人たちに助けを乞う以外に術がなかった。こうして，古代でもっとも大がかりな猪狩りが催された。これには，ギリシャでもっとも著名な英雄たちが参加した（⇨「カリュドンの猪狩り」）。

オイノネ イデ山のニュンファエ。彼女に恋したアポロンが，彼女に予言の技を授けた。その後，彼女はパリスに惚れ込み，パリスがスパルタへ出発しようとしているのを見て，思い止どまるよう説得しようとした。彼女はヘレネを誘拐後に振りかかるであろう一切の結果を彼に予言したのだった。トロイア勢が致命傷を負うたパリスの身体を運んできたとき，彼女は自分だけが彼の生命を救えることを知っていたけれども，彼を助けるのを拒んだ。その後，この拒絶を悔いて，妙薬を持ってトロイアへ駆けつけたが，到着したときにはパリスはすでに亡くなっていた。

オイレウス ロクリスの王。小アイアスの父。アルゴナウタイの遠征に参加した。

オケアノス ウラノスとガイアとの息子。この結合から，妹テテュスとともに，大洋，海，川が誕生した。彼はティタネスのうちで神々に反抗しなかった唯一の神だった。

オデュッセウス（ローマ人のウリクセス）ラエルテスの息子。イタケ島の王。知謀で有名。美人のヘレネに求婚できなかったので，テュンダレオスにペネロペを自分の妻にすることを約束させ，彼女との間に息子テレマコスを儲けた。トロイア戦争に行かずにすむように，狂気を演じ，砂浜に塩を撒き始めたが，パラメデスによって見破られた。パラメデスはこの口出しのせいで，後に生命の代償を支払わねばならなくなる。トロイア戦争はオデュッセウスの知謀で刻印されているが，その中には，アカイア勢にトロイア侵入を可能にした木馬の計画がある。トロイア征服後，ラエルテスの息子はイタケに帰還するまでもう10年彷徨した。イタケで，彼の王国を簒奪する目的で妻ペネロペに言い寄る求婚者たちを彼は見つけた。またしても彼は知謀に訴えて，ライヴァルたちを片づけ，島の王座を回復することができた。

オトス キュレニア生まれ。エペイオス人たちのリーダー。

オルフェウス オイアグロス（またはアポロン）とカリオペとの息子。抜きんでた歌い手。美しい彼の歌声は動物たちや山々をも引きつけた。エウリュディケ（⇨「エウリュディケ」）に恋し，彼女が蛇に噛まれて死んだとき，冥界に降って行き，彼女を生者の世界へ連れ帰ろうとした。彼はその歌により，カロン，ケルベロス，死者たちの裁判官ハデスとペルセフォネすらをも服従させた。しかしあいにく，エウリュディケを連れ戻す許可を得たにもかかわらず，すぐまた彼女を失ってしまう。あまりに早く，つまり，彼女が冥界の地下道を出る前に，彼女のほうに振り向いたからだ。オルフェウスが死んだとき，ディオニュソスの従者であるマイナスたちにより四つ裂きにされた。エウリュディケの死後，彼が女たちとのいかなる接触をも拒否したからである。

オレステス アガメムノンとクリュタイムネストラとの息子。復讐者として歴史に残った。すなわち，姉エレクトラに助けられて，父親の死に復讐するために，母親クリュタイムネストラ（⇨「クリュタイム

ネストラ」）とその恋人アイギストスを殺したのである。
- **オンファレ** アマゾンたちの女王。ヘラクレス（イフィトス殺しの疑いを晴らすために，彼女の許にやってきた）に3年間女装させ，羊毛を紡がせた。とうとう彼女はこの英雄に惚れ込み，彼との間に二人の息子を儲けた。

【カ行】

- **ガイア** すべての神々と人間の母。娘のテミス（⇨「テミス」）──ホラたち（ホライ）の母にして，自然界の調和の起源──と同一視されることもある。息子ウラノス（天）から，デメテルの母レアを儲けた。それゆえ，炉と畑の守護神と見なされた。だが，ウラノスからは息子としてキュクロプスたちやティタンたちをも儲けたのであり，後者はその後，父親に反抗することまでやらかした。
- **カイネウス** エラトスの息子。史上最初の性転換者。元来はカイニスという名の並外れて美しいニュンファエだった。ある日，ポセイドンが彼女に惚れて，一緒に寝るよう求めた。ニュンファエは二つ返事で合意した，──ただし，ポセイドンが（その後望むらくは）彼女を無敵の兵士に変えてくれるならば，という条件つきで。カイネウスはアルゴナウタイの遠征やカリュドンの猪狩りに参加した。
- **カストルとポルクス**（ディオスクロイ） レダ，ゼウス，テュンダレオスの息子。レダの二重の受胎により，一人は不死身，もう一人は死すべき者として生まれた。カストルが殺されたとき，ポルクスはゼウスに兄の身代わりに墓に入れるようにしてくれるのを乞うた。そこで，神々の父は二人に半－不死身（一日は冥界，一日はオリュンポスで交互に過ごす）を授け，彼らに星座

──双子座──を指定した。両者はアルゴナウタイの遠征に参加した。
- **カッサンドラ** プリアモスとヘカベとの娘。アポロンが彼女に恋し，予言の才能を与えたが，カッサンドラはアポロンに屈しなかった。そこで，彼女の予言が誰からも信じられないように罰するために，彼女の唇に唾を吐いた。彼女はアガメムノンの奴隷となり，最後はクリュタイムネストラに殺された。
- **ガデノル** アリアッソスの父親。作者による虚構の人物。
- **カドモス** アゲノルとテレファッサとの息子。父親により，ゼウスが誘拐した，妹のエウロペ探しに派遣されたが，見つからなくて，もう帰郷することができなかった。そこで，彼はゼウスが巨人テュフォエウスを打ち負かすのを助けた。デルフォイの神託により，若い牝牛の後をつけて行き，その牝牛が止まった所に都を築くよう勧められた。とうとうその牝牛がボイオティアの土地に倒れたので，カドモスはそこにテーベ市を創建した。しかし，その前に，アレスの息子である一頭の竜を殺さなければならなかった。地面に散らばった竜の歯から，"播かれた者たち"（Σπαρτοί）が出現した。これらは特別に野蛮な兵士として知られることになる。テーベでカドモスはハルモニアと結婚した。
- **ガニュメデス** トロスの息子。あまりにも美男子だったので，ゼウスは鷲に誘拐させた。この鷲はゼウス自身が夥しい変身をしたうちの一つだったのかも知れない。確かなことは，ゼウスは誘拐後すぐに，天の中央に鷲の星座を置いたということである。オリュンポスでは，その後ガニュメデスはヘベ（⇨「ヘベ」）と一緒に，神々の食卓に仕えるよう選ばれた。
- **カピュス** トロイアの兵士。アイネイアスの

友。カプア市の創建者。

カピュス アッサラコスの息子。ダルダニアの王。テミステの夫。アンキセスとテミスの父親。

カライス ボレアスの息子。両足に翼があった。弟ゼテスと一緒に，アルゴナウタイの遠征に参加した。

カリオペ 詩と弁舌のムーサ（⇨「ムーサたち」）。アポロンの妻。オルフェウスとセイレンたちの母。

カリクロ ケンタウロスのケイロンの妻。

カリスたち（ローマ人のグラティアエ）ゼウスとエリュノメとの娘たち。アグライア（装飾），エウフロシュネ（歓喜），タレイア（充満）の3女神。

カリボイア ラオコンを締め殺すために，ポセイドンが遣わした海の怪物の一つポルケスと一緒だった。

カリュドンの猪狩り カリュドンの王オイネウスを懲らしめるために，アルテミスが遣わした巨獣。この怪獣狩りに参加した英雄は夥しかったが，なかでも，イダス，リュンケウス，テセウス，ペイリトオス，カストル，ポルクス，イアソン，テラモン，ネストル，ペレウス，エウリュティオン，アンフィアラオス，アドメトス，カイネウス，大アンカイオス，ケフェウス，アタランタがいた。この狩り仲間には，ホメロス世界でもっとも有名な外科医アスクレピオスも加わった。

カリュブディス ポセインドンとガイアとの娘。ヘラクレスがすでに盗んでおいた，ゲリュオンの家畜を食べた。罰として，ゼウスが彼女を海の怪物に変えてしまい，シケリアのメッシーナ海峡の入口にスキュラと相対峙させた。彼女の得意な仕事は，上流の海水とともに，船や，船員を悉く巻き込むことだった。

カリュムニア レオンテスの婚約者。作者による虚構の人物。

カルカス テストルの息子。アポロンの甥。ギリシャ軍の正規の予言者。予言者モプソスとの予言競技に負けて自殺した。

カントス エウボイアの人とも呼ばれる。アルゴナウタイの遠征に参加した。

キッラ プリアモスの妹。ムニッポスの母親。

キマイラ 古代の一種の"アダム家"に属していた。父母は怪物テュハオンとエキドネ（"まむし"とも呼ばれた）。弟妹には，三つの頭を持つ地獄の番犬ケルベロス，多数の頭を持つ水蛇ヒュドラ，そして最後に，母親エキドネと姦通して，ネメアのライオンと有名なスフィンクス（女の頭をした翼のある牝ライオン）を生んだ，二つの頭を持つ犬オルトスもいた。

キュクノス ギリシャ神話にはこの名前の人物が夥しい。ある者はアポロンまたはアレスの子，他の者ではポセイドンの子である。ここでわれわれに関係のあるキュクノスは，トロイア戦争に参加し，アキレウスによって重傷を負った。死闘の際に，彼は白鳥のような叫びを上げてから，亡くなった。そして，その名の通り，白鳥に変身したのだった。

クサントス ⇨「バリオスとクサントス」。

クノッシア メネラオスの愛人。作者による虚構の人物。

グライアイ 女の顔をした怪物。ゴルゴンたちの姉妹。名前はエニュオ，ペフレド，デイノ。生まれながらにすでに年老いていた。しかも，一つ目，一本の歯だけを共有しており，何かを見たり，食べたりしたければ，互いにやり過ごさざるを得なかった。ペルセウスはメドゥサを殺す許可をもらうための情報を彼女らから手に入れるべく，彼女らの目と歯を"人質"にした。

ギリシャ神話小事典 239

グラウケ クレウサの異名。クレオン王の娘で、イアソンの婚約者。

クリュセイス クリュセスの娘。アポロンの女祭司。アガメムノンによりテーベで奴隷にされたが、アポロンの怒りを宥めるために、父親により取り戻された。

クリュセス アポロンの神官。クリュセイスの父親。

クリュタイムネストラ テュンダレオスとレダとの娘。ヘレネ、カストルとポルクスの三つ子の一人。最初にタンタロス(テュエステスの息子。ペロプスの父のタンタロスと混同しないこと)と結婚し、その後アガメムノンと再婚した。新婚の夫がトロイアへ出発してから、しばらくは夫に忠実だったが、その後アイギストスと密通した。しかも、このことは当然とも言えた。なにしろ、アガメムノンは彼女の最初の夫、そこから生まれた子供たちを殺したばかりか、娘イフィゲニエをも殺していたし、これでは十分でないかのように、クリュセイスとカッサンドラに惚れ込んでいたからだ。夫が戦後帰郷すると、クリュタイムネストラは胴着の袖が縫いつけてある服を彼に贈った。こうして、哀れ夫がそれを着ようとしたとき、アイギストスにより剣で一撃された。そしてアガメムノンがもう死にかけていたとき、彼の女奴隷カッサンドラをもアイギストスはクリュタイムネストラに刺し殺させた。その後、アガメムノンの息子オレステスが今度はアイギストスを殺したのだった。

クリュティオス ラオメドンの息子。プリアモスの弟。トロイアの長老のひとり。

クリュメネ ヘレネの女中。アタランタの母。

クレウサ ⟹「グラウケ」

クレオパトラ イダの娘。メレアグロスの妻。夫の死を悲しんで、首を吊って自殺した。神々は彼女をホロホロチョウに変えた。同名の歴史的人物と混同しないこと。

クレオン メノイケウスの息子。イオカステの兄。ソフォクレスの悲劇作品では、悪役を演じている。彼は祖国をスフィンクスから解放してくるような者に、妹イオカステ——ライオスの未亡人——を結婚させることにした。オイデプスがこの課題をやり遂げたため、自分の父親ライオンを殺したほかに、自分の母親イオカステと結婚した。クレオンの最悪な犯罪のうちには、オイディプスの娘アンティゴネが彼の命令に逆らって弟ポリュネイケスを埋葬しようとしたため、彼女を死なせたことも含まれる。

クレテウス アイオロスの息子。イオルコス市の創建者。

クレネオス ネオプロスとヘクタとの息子。作者による虚構の人物。

クロト "糸を紡ぐ女"。モイラたちのうちの一人。

クロノス ウラノスとガイアとの息子。父親により深淵タルタロスへ投げ込まれたが、自分で自由になることに成功し、母親ガイアからもらった鎌でウラノスを去勢することができた。クロノスのほうでも、自分の子供たちのひとりによって投げ落とされるのを恐れて、子供が生まれるとすぐにこれを食べてしまうことにしていた。しかし、ゼウスの番になったとき、妻レアはこの子の代わりに夫におむつに包んだ石を手渡した。すると、クロノスはこのことに気づかずに、それをがつがつ平らげてしまった。ゼウスが成長したとき、父親に飲み物として催吐薬を与えたため、クロノスはこれまで飲み込んでいた子供をみな再び吐き出さざるを得なかった。このなかには、ハデス、ポセイドン、ヘラ、デメテル、ヘスティアがいた。

ケイロン クロノスの息子。ほかのケンタウ

ロスたちとは違って，穏やかな性格をしていた。神話上の人物としては，教養を有する少数者のひとりだった。医学，音楽，天文学，武術の専門家として，夥しい英雄を教えたが，そのなかにはたとえば，ペレウス，アキレウス，ネストル，ディオメデス，アスクレピオス，メレアグロス，パトロクロス，それに，ディオスクロイ（ゼウスとレダとの間に生まれた双子）カストルとポルクスもいた。

ケダリオン 小人。ヘファイストスの召使い。オリオンが視力を失くしたとき，ケダリオンは彼の肩にのぼり，東へと導いた。その後，オリオンは視力を回復した。

ケフェウス リュクルゴスの息子。アルゴナウタイの遠征にも，カリュドンの猪狩りにも参加した。

ケブリオネス ヘクトルの御者。ヘクトルの腹違いの弟。

ゲモニュデス レオンテスの師匠。作者による虚構の人物。

ケルキュセラ アキレウスがリュコメデス王の城に女装してもぐり込んだとき，名乗っていた名称。

ゲレニアの ネストル（⇨「ネストル」）の形容語で，ゲレニア市に由来する。

ケンタウロスたち イクシオン（⇨「イクシオン」）の息子たち。半人半馬であって，その残忍さで知られた。ラピタイとの戦いで敗北し，テッサリアから放逐された。

コイラノス トロイアにはコイラノスという名前の兵士が二人いた。一人はリュキア人で，トロイア勢の側で戦った。もう一人はクレタ人で，アカイア勢と一緒に戦った。後者はクノッソスのメリオネスの盾持ちだった。

コシニデ エウアイニオスの父。作者による虚構の人物。

ゴルゴンたち フォルキュスとケトとの娘たち。ステノ，エウリュアレ，メドゥサのこと。前二者のみは不死身だった。

コロノス "ラピタ人"ともいう。カイネウスの息子。アルゴナウタイの遠征に参加した。

【サ行】

サルペドン ゼウスとラオダメイアとの息子。トロイア戦争で戦い，パトロクロス（⇨「パトロクロス」）により殺された。

四季 ゼウスとテミスとの娘たち。しばしばホラたち（⇨「ホラたち」）と同一視される。四季それぞれに守護神がいた。すなわち，ヘルメスは春，アポロンは夏，ディオニュソスは秋，ヘラクレスは冬の守護神だった。

シシュフォス アイオロスの息子。コリントスの創建者。当代のもっとも狡猾な人物とされている。アイギナがゼウスによって誘拐されたとき，彼の父で，川の神アソポスにこのことを報らせて，その代償として，コリントス市のために新しい泉を要求した。ゼウスはシシュフォスがスパイをした科で彼を罰し，冥界に追いやった。シシュフォスは，自分を縛りつけることになる鎖の働きをハデスに説明してもらい，しかも，仕組みが正しく分からなかったとの口実の下に，ハデス自身を鎖に掛けた。この出来事の後，地上では誰ももはや死ななかった。それで，アレスはこういう状況にがっかりして，冥界の神を再度解放するために全力を尽くした。だが，シシュフォスは新たな奸計を練り上げた。妻が正しく自分を埋葬しなかったと主張して，自分自身の墓を建立するために三日間の外出を乞うたのだ。もちろん，彼はもう戻らなかった。彼が実際に死んだとき（自然死），岩の塊を山上に運び上げても再び谷底に転が

り落ちるのだが，それを永久に休むことなく繰り返すように，判決を言い渡された。結果，シシュフォスにはもう考える暇は与えられなかったのである。

シノン アイシモスの息子。オデュッセウスのいとこ。アカイア勢がトロイアを放棄する振りをしたとき，シノンは砂浜に居残り，トロイア勢に捕えられるに任せた。プリアモスの面前に引きずり出されると，彼は自分がパラメデスに対するオデュッセウスの裏切りの目撃者であるため，ギリシャ勢が殺そうとしたのをやっと逃げ出したのだ，と話した。さらに，木馬はアカイア勢がアテナのために残した贈物なのだ，と付け加えた。シノンはトロイア市壁の上の灯台に点火して，万事が計画通りに運んだことをギリシャの船に知らせたらしい。

小アイアス オイレウスの息子。ロクリスの王。テラモンの息子，大アイアスとは反対に，ひどく小柄だった。その代わり，トロイアに対しての槍投げではギリシャ一番の名手だったし，アキレウスに次いで足が速かった。攻撃的かつ傲慢な性格をしており，2メートルもの長さの蛇を犬のように後ろに付き従えていることで知られた。

小アンカイオス 大アンカイオスの甥。アルゴナウタイの遠征に参加した。

スカマンドロス トロイア平原を横切って流れている両河の一つ。古代人にとっては，それは神――つまり，ゼウスとドリスとの息子――でもあった。彼はイダイアと結婚し，トロイア王家の始祖テウクロスを儲けた。

スキュラ（または**スキュレ**） ラミアの娘。彼女だけはヘラに殺されなかった。成長すると，グラウコスが彼女を誘惑したので，魔女キルケが嫉妬した。キルケはスキュラが或る泉で沐浴しているのを見て，その中に魔法の草を投げ込み，六つの頭と12の足をもつ怪物に変えてしまった。恥ずかしくて，スキュラはメッシーナ海峡の海の洞窟の中に隠れていて，船乗りを食べるためにだけ出てきた。反対側にはもう一つの海の怪物カリュブディスが棲んでいた。ホメロスは『オデュッセイア』の中で，両方のことについて語っている。スキュラは「八つ裂きにする者」，カリュブディスは「巻き込む者」として。

スケディオス ペリメデスの息子。フォカイア人たちのリーダー。

スタフュロス 「ぶどうの房」の意。ディオニュソスとアリアドネとの息子。兄弟ファノスと一緒に，アルゴナウタイの遠征に参加した。

ステネロス 同名の英雄が何人もいた。ここで関係しているのは，木馬に隠れたステネロスである。カパネウスとエウアドネとの息子。ディオメデスの友人として，25隻の船を率いてトロイアへ向かった。

ステノビュオス レオンテスの船の船頭。作者による虚構の人物。

ゼウス（ローマ人のユピテル） クロノスとレアとの息子。レアの子供たちのうちで，彼だけは父親から呑み込まれずにすんだ。クレタ島に隠されたまま，牝山羊アマルテイアによって育てられた。成長すると，父親に兄弟たちを吐き出させ，そして，そのうちの二人とともに宇宙を分割した。ゼウスは天，ハデスは冥界，ポセイドンは海を得た。ゼウスはすべての神々のうちで最重要と見られているが，絶えず妻ヘラを裏切り，ほとんどいたるところに自分の子供を残した。彼は天の現象を司っていた。得意の武器は稲妻だった。

ゼテス 北風神ボレアスの息子。翼のある兄弟カライスと一緒に，アルゴナウタイの遠征に参加した。

ゼフュロス 西風神。アストライオスとエオ

スとの息子。ノトスとボレアスの兄弟。
- **セレネ** 月の女神。ヒュペリオンとテイアとの娘。ヘリオスおよびエオスの妹。2頭の白馬に引かれる馬車に乗っている並外れて美しい少女として表わされてきた。ときにはアルテミスと同一視されることがある。
- **ソコス** ヒッパソスの息子。トロイアの兵士。

【夕行】

- **大アイアス** テラモンの息子。愛想の良さと堂々たる体格で有名。父親はサラミスの王であり、彼のいとこにアキレウスがいた。生後すぐにヘラクレスによって、ネメアのライオンの毛皮に包まれた。そのため、彼の身体は不死身になったが、箙の皮帯を通すために毛皮に開けた穴のある箇所だけは別だった。アキレウスの武具が割り当てられなかったため、アイアスは発狂し、自殺した。
- **大アンカイオス** アクトルの息子。アルゴナウタイの遠征とカリュドンの猪狩りに参加した。この猪狩りで、一番目に殺されてしまった。
- **タウマス** ポントスとガイアとの息子。ハルピュイアたちとイリスの父親。
- **タナイス** アマゾンたちの女王リュシッペの息子。母親の近親相姦の欲求に屈するよりも、同名の川に飛び込み、溺死するほうを選んだ。
- **タルテュビオス** もっとも有名な使者。アガメムノンに仕えて、使い番として大きな名声を得たため、スパルタに帰還してから、同国人たちから神殿が献じられた。彼の名前は"使者"の同義語となった。
- **タレイア** 九人のムーサの一人。喜劇の守護者。また、カリスたちの一人でもあって、"花の盛り"と称された。
- **タロス** "青銅の召使い"とも言われた。ヘファイストスがクレタ島を海賊から守るために、ミノス王に贈ったロボット。毎夜三度島を馳せめぐって番をし、接近する船には大石を投げつけた。彼は口から踵まで通じているただ一つの血脈を持っていた。メデアに殺された。彼女は彼を催眠術にかけてから、彼の踵にはめてあった釘を抜いて、失血死させたのだった。
- **タンタロス** 世俗の浮華に熱中した王。よくオリュンポスの宴に招かれた。ある日、お返ししようとして、神々を自宅に招待した。けれども最後のときになって、家に"メインディッシュ"がないことに気づき、息子ペロプスをみじん切りにして料理することに決した。だが、神々はこの悪業を知り、愛想をつかしてテーブルから立ち上がった。デメテルだけは、無思慮にもこの若者の肩をかじり続けた。タンタロスへの天罰は覿面(てきめん)だった。つねに飢餓に苦しめられたのだ。彼が縛られていた樹の果実は、口元に近づいてきても、それを食べようとすると枝が遠ざかった。同じく、彼が池の水を飲もうと頭を曲げるたびごとに、なくなるのだった。言及しておくべきことは、彼の息子ペロプスの身体が組み合わされ、蘇生させられたことだ。ヘファイストスは彼の肩を象牙で修理さえしたのだった。
- **デイアネイラ** オイネウスとアルタイアとの娘。メレアグロスとテュデウスの妹。ヘラクレスと結婚したが、裏切られたため、彼女は夫に自分の元の愛人、ケンタウロスのネッソスの血のついたチュニカを贈って復讐した。ヘラクレスはこの毒を塗られたチュニカを身につけてからは、哀れにももはや脱げなくなり、恐ろしい苦病の中で生き続けるよりも火に身を投じるほうを選んだのだった。
- **ディオスクロイ** ⇒「カストルとポルクス」

ギリシャ神話小事典 243

ディオニュソス（ローマ人のバッカス） ブドウの神。ゼウスとセメレとの息子。ディオニュソスが生まれた日に，母親はゼウスの顔を見たがり，その稲妻に撃たれてしまう。ディオニュソスが成人したとき，ブドウの木を発見，そのときから，彼は世界中を歩き回って，ブドウ栽培を広めた。インドにまでいつも酔っ払ったシレノスたちや譫妄状態のマイナスたちの群れが彼につき従ったらしい。テセウスが見捨てたアリアドネに恋して，ディオニュソスは彼女をオリュンポス山の上に連れ出した。オルギア風の祝宴を常とした，このディオニュソス崇拝はギリシャ人の間でもローマ人の間でも支持された。

ディオメデス アレスの息子。人肉で馬を育てた。ヘラクレスはその残忍さに気づいて，第八番目の難業の過程で彼を殺した。（これを"第七の功業"に挙げている者もいる。）

ディオメデス テュデウスの息子。彼に帰せられている数々の武功のうちには，トロイア戦争中，アフロディテとアレスを負傷させたことと，イタリアの若干の都市——なかでも，ベネヴェント，ブリンディシ，カノッサ——を創建したことがある。（アフロディテにそそのかされて）妻アイギアレアに裏切られてからは，彼はイタリアのダウニアという地方（アプリア地方）を彷徨し，ここでダウヌス王の娘と結婚した。

デイコオン ペガソスの息子。トロイアの兵士。

ティシフォネ "殺人を復讐する女"の意。復讐の女神。メガイラ（"嫉む女"），アレクト（"休まぬ女"）と並んで，3人のエリニュスの一人。

ディス ハデスの異名。

ティトノス ラオメドンとストリュモとの息子。ギリシャ神話でもっとも美男の一人。曙の女神エオスが彼に恋し，激情のあまり，ゼウスにティトノスを不死にするよう頼んだ。あいにく，女神は永遠の青春をも恋人のために頼むのを忘れたため，ティトノスはだんだん年老いて弱ってゆき，とうとうエオスをも含めて誰からも見放されるに至った。

ティフュス アルゴナウタイが乗船したアルゴ号の舵取り。コルキスに到着する前に，病気になり，死んだ。そして，小アンカイオスが彼に取って代わった。

ディフォボス プリアモスとヘカベとの息子。パリスの死後，ヘレネと結婚し，そのためにメネラオスから特別に残忍なやり方で殺された。

デイモス アレスの息子。"恐怖"とも言われた。

テイレシアス アテナが水浴しているところを盗み見たため，盲目にされた。一説では，ゼウスとの賭しい議論において，ヘラが間違っているとしたため，ヘラは怒ってテイレシアスを盲目にしたという。この罪を和らげるために，ゼウスは彼に予言の力を授けたのだった。

デウカリオン プロメテウスとプロノイアとの息子。あるいは，パンドラが母親とも言われる。かつてゼウスは人間たちにひどく立腹し，大洪水をもって人類を絶滅させようと決心した。デウカリオンとその妻ピュラだけは助かった。このカップルから，一人息子ヘレンが生まれた。これがギリシャ人たちの種族の先祖とされている。デウカリオンはアルゴナウタイの遠征に参加した。

テウクロス テラモンとヘシオネとの息子。背が低かったため，異母兄アイアス（⇨「大アイアス」）の盾の裏に隠れていて，突如飛び出し，敵を射つのが常だった。サラミスに戻ると，兄アイアスによく

注意を払わなかったとの理由で，父親から追い払われた。

テストル アポロンの神官。カルカス，テオノエ，レウキッペの父親。テオノエが海賊たちに誘拐されるのを目撃し，すぐに追跡したのだが，今度は自分も捕らえられて，カリア人たちの王イカロスに売り飛ばされた。その後，末娘テオノエが女神官の変装をしてイカロスの宮殿に入り込み，父を解放することができたのだった。

テセウス アイゲウスとアイトラとの息子。ギリシャの英雄でもっとも有名な一人だった。彼の夥しい冒険のうち，言及されるべきは，ヘレネ（⇨「ヘレネ」）の最初の誘拐，ミノタウロス（⇨「ミノタウロス」）の駆逐，山賊ペリフェテス（通行人を青銅の棒で殺した）の殺害，そして，ペリトオス（⇨「ペリトオス」）と一緒の，冥界行き，である。テセウスはアテナイを治め，初めて全ギリシャ民族同盟をつくりだそうと試みた。ヘラクレスとともに，アマゾンたちと戦い，すべての偉大な英雄と同じく，カリュドンの猪狩りやアルゴナウタイの遠征にも参加した。アテナイに戻ると，メネステウスにより王座が簒奪されたことを認めざるを得なかった。そこで，テセウスはスキュロス王リュコメデス（⇨「リュコメデス」）の許に赴いたが，岩の上から突き落とされて，死んだ。

テッサロス イアソンとメデアとの息子。母親は彼の兄弟メルメロスとフェレス同様に殺そうと欲したのだが，彼は逃れることができた。長じて，王国テッサリアを創建した。

テティス ネレウスとドリスとの娘。ある神託で長男が無敵になるだろうと告げられたので，ゼウスは彼女がどの神とも一つになるのを許さなかった。彼女はペレウスに強姦されて，息子アキレウスを生んだ。この児は輝かしい戦死を遂げると予言された。テティスは彼の生命を救うためにすべてのことを試みた。すなわち，ステュクスの川に浸けて不死身になるようにしたし，リュコメデス（⇨「リュコメデス」）の娘たちの間に隠したし，いつも戦争では息子の傍に居たのだが，とうとう彼女は運命に屈服しなければならなかった。

テテュス スラノスとガイアとの娘。兄弟のオケアノスの妻となり，世界中の海と河川の神々，わけてもオケアニデスの母となった。

テミス 正義の女神。ウラノスとガイアとの娘。ゼウスの妹・愛人でもあり，多くの子供を儲けたが，なかにはホライと四季（⇨「四季」）もいた。夫カピュスとは，アンキセスを産んだ。よく神々の父の相談役をつとめた。手に天秤を持った姿で表わされた。

デメテル（ローマ人のケレス） 農産物の女神。クロノスとレアとの娘であり，ゼウスの妹ながら，その愛人でもあったから，娘ペルセフォネを儲けた。このペルセフォネはハデスにより奪われて，冥界へ連行された。そのときから，デメテルは悲しみのあまり，穀物を成長させなくした。その後，ゼウスが介入し，ペルセフォネには1年の内の三カ月をハデスと一緒に，九カ月を母親デメテルと一緒に暮らすように決められた。少女がハデスに居た三カ月間，デメテルはもう働こうとはしなかったから，ここから冬が発生した。

テュエステス ペロプスとヒッポダメイアとの息子。アトレウスの兄弟。

テュモイテス プリアモスの義兄弟。プリアモスの姉妹キッラの夫。プリアモスはカッサンドラとアイサコスの予言を曲解して，テュモイステスを出産しようとしていたキッラを，ほかのトロイアの妊婦もろとも

ギリシャ神話小事典 245

殺してしまった。10年後，テュモイステスはトロイア勢に木馬を市壁の中へ運び入れるよう説得して，その報復をすることになった。

テュンダレオス ペリエレスとゴルゴフォネとの息子。テスティオスの娘レダ（⇨「レダ」）を妻とし，ヘレネ，クリュタイムネストラ，カストルとポルクス，の4人の父となった。しかし，ひどく有名になっているこれらの子供は必ずしも全員彼の子とは限らなかった。というのも，その同じ日に，レダはゼウスとも寝たからだ。テュンダレオスはみんなから求婚されたヘレネを，あるギリシャ王子に与えることに決し，オデュッセウスの助言に従い，すべての求婚者たちは，この花嫁が誰か異国の男により名誉を傷つけられた場合には，その名誉を守るという協約に署名することを要求した。この素晴らしい助言への報酬として，彼は兄弟イカリオスに，その娘ペネロペをオデュッセウスの妻として与えるよう説得した。

テラモン アイアコスとエンデイスとの息子。ペレウスの兄弟。異母弟フォコスを誤って殺してから，ペレウスとともにアイギナから逃れて，サラミス島へ赴いた。カリュドンの猪狩りとアルゴナウタイの遠征に参加した。3回結婚した。つまり，グラウケ，ペリボイア（大アイアスの母），ヘシオネ（テウクロスの母）と結婚した。

テルキネス（またはテルキニス） ロドス島の娘たち。犬の顔をしており，手の代わりに鰭を持ち，見た目は格別美しくなかった。彼女らはポセイドンには三叉の戟を贈り，クロノスには父親を去勢するために鎌を贈った。彼女らは霧も発明したし，このせいで，ゼウスは彼女らを抹殺したがったらしい。この罰を逃れるために，彼女らは絶えずあちこちに逃走して生きた。

テルシテス ポルタオンの息子アグリオスの子。足が不自由なせむしのアカイアの兵士。ディオメデスのいとこ。彼の目立つ特徴は，未来について考えていることをすべて誰にでもいつでも言うことだ。彼はアキレウスが屍姦したと非難したため，アキレウスからあごに一撃を食らって殺された。

テレマコス オデュッセウスとペネロペとの息子。オデュッセウスがトロイア戦争に出征する数カ月前に生まれた。イタケ王の鋤の前で，砂の中に生まれたばかりの赤児を置き，この父親の偽りの狂気をパラメデスが暴露した。その後テレマコスは，トロイア戦争が終わって10年してもオデュッセウスが帰還しなかったので，ギリシャ中を探し始め，スパルタのメネラオスの許にも赴いた。すると，ここではヘレネが彼に，気晴らし用に精神安定剤（ελένιον）——いやむしろ，一種の麻薬——を与えたのだった。

テロニス リュキアの居酒屋の主人。作者による虚構の人物。

トアス アンドライモンとゴルゲとの息子。アイトリアの王。40隻の船をもってトロイア戦争に加わった。木馬の中に隠れていた一人。

トアス ディオニュソスとアリアドネとの息子。レムノス島の王。ミュリネの夫で，ヒュプシピュレの父。レムノス島の女たちが島の男たちを皆殺しにしようとした日に，娘は父を或る船に乗せて助けた。

ドリス オケアノスとテテュスとの娘。ネレウスと結婚し，50人の娘ネレイテス（海の精）を生んだ。

トロイロス プリアモスとヘカベとの末子。きょうだいのポリュクセネの目の前で，テュンブレのアポロン神殿でアキレウスにより殺された。

ドロン トロイアの兵士。ある日，オデュッ

セウスとディオメデスに捕虜にされて，戦争の秘密と引き換えに生命を約束される。ところが，二人は目的を成就するや，約束を破り，この捕虜を殺してしまった。

トン プロテウス王に仕えたエジプトの神官。

【ナ行】

ナウプリオス クリュトネオスの息子。老練な航海者。アルゴナウタイの遠征に参加した。息子パラメデスが不当な裏切りの容疑をかけられてアカイア勢から殺されたと知ったとき，復讐のため，ギリシャ軍のリーダーたちはトロイア女たちと肉体関係を結んでいるとの噂を広めた。その後，クリュタイムネストラはアイギストスとともにアガメムノンを裏切り，アイギアレアはコメテスとともにディオメデスを裏切り，また，イドメネウスの妻メデアはレウコスと寝た。ナウプリオスはさらに，エウボイア海岸に沿って，にせの灯光標識に点火して，トロイアから帰還しつつあった数多くの船を難破させた。

ナステス ノミオンの息子。トロイアの同盟者カリア人たちのリーダー。

ナルキッソス ケフィッソスとニュンファエのレイリオペとの息子。彼が生まれたとき，予言者テイレシアスの予言で，鏡で初めて自分の顔をのぞくまで生きるだろう，と告げられた。そのため，母親はあらゆる鏡や，反射する表面をすべて家から遠去けた。ある日，ナルキッソスはひどくのどが渇いて，池に跪き，そこに自分の鏡像を見た。一説では，抱き締めようとしていて，水中に落ち，溺れたという。別の説では，自分自身を愛することができなくて，剣で自分を突き刺したという。彼の血の滴から，花"水仙"が生えたのだった。

ニオベ タンタロスの娘。夥しい子孫のいることを或る女の友に自慢するという過ちを犯した。彼女は言った，「レトには二人しか子供がいないけど，私には14人もいるのよ！」こんなことを言わなければよかったのに。この上なく復讐欲に燃えたアポロンとアルテミス（両者はレトの双子）は弓と矢を取り，彼女の子供をことごとく殺してしまった（アポロンは男子を，アルテミスは女子を）。神々はニオベを岩に変えたのであり，彼女は泉から絶えず涙を流し続けることになった。

ネオプトレモス アキレウスとデイダメイアとの息子。ピュロスの名前でも知られる。はなはだ若年（たぶん15歳にもなっていなかっただろう）にもかかわらず，トロイア大虐殺の際に特別に残忍な行為をしでかしたことで目立った。彼はプリアモスとポリュクセネを自らの手で殺したし，ヘクトルの幼子アステュアナクスを市壁から投げ落とした。祖国に戻ってからは，ヘクトルの未亡人アンドロマケを女奴隷にして，これと寝たし，これにより，婚約者ヘルミオネの怒りをかき立てた。そこでこの少女はデルフォイの住民を彼に対してけしかけ，石を投げつけさせた――彼が殺されなければ，彼はアポロンの神託所を破壊してしまうだろう，との理由で。

ネオプロス レオンテスの父親。作者による虚構の人物。

ネストル ネレウスとクロリスとの息子。ピュロスの王。ゲレネのネストルとも言われた。賢明さで知られたネストルは，ネレウスの息子でヘラクレスに殺されなかった唯一の人物である。つまり，彼はその場に居合わさなかったのだ。たいそう長生きしたため，彼はラピテス族のケンタウロスたちとの戦いにも，アルゴナウタイの遠征にも，カリュドンの猪狩りにも，トロイア戦争にも参加することができた。

ギリシャ神話小事典 247

ネッソス　ケンタウロス。イクシオンとネフェレとの息子。ヘラクレスの妻デイアネイラに恋し，彼女を誘拐しようとしていて，ヘラクレスに殺された。しかし，このケンタウロスは息を引き取る前に，デイアネイラに自分の血液を少し与えて，ある日誰かが彼女を冷遇したときにはそれを使うよう助言した。この助言を覚えていて，ヘラクレスがエウリュトスの娘イオレに言い寄り始めたとき，デイアネイラはネッソスの血液の浸みた衣服を彼に贈った。哀れヘラクレスがこの衣服を着るや否や，身体が焼けるのを感じた。す早く脱ごうとしたのだが，ケンタウロスの毒がそれを許さなかった。衣服が皮膚と合体して一緒になっていたからだ。英雄はこの恐ろしい苦痛のうちに生き続けるよりも，薪の上で焼かれるほうを選んだのだった。

ネブロフォノス　イアソンとヒュプシピュレとの息子。

ネメアのライオン　オルトロスとその母エキドネとの姦通から生まれた。その皮膚はいかなる金属でも傷をつけられなかった。ヘラクレスが矢で突き刺そうとしたが無駄だったので，洞窟に彼を追いやり，素手で締め殺した。その後，このライオンの頭を兜にし，毛皮を自分の身体を守るために用いた。

ネメシス　復讐の女神。ギリシャ人からもローマ人からも敬われた。

ネレイデス　50人の海の精。ネレウスとドリスとの娘たち。海豚（またはほかの海の怪物）にまたがった姿で表わされている。もっとも有名なネレイデスには，テティス，アンフィトリテ，ガラテアがいた。

ネレウス　ポントスとガイアとの息子。ポセイドン以前の海神。50人のネレイデスの父。海の底の黄金の洞窟で家族と一緒に暮らしていた。

ネレウス　ネストルの父親。

ノトス　アストライオスとエオスとの息子。ゼフュロスおよびボレアスの兄弟。南風（シロッコ）を体現していた。

【ハ行】

パシテア　三人のカリスたちのうちの一人，アグライアの別名。

ハデス（ローマ人のプルト）　冥界の神。クロノスとレアとの息子。ゼウスとポセイドンの弟。クロノスが失脚してから，世界は三分された。ゼウスは天，ポセイドンは海，ハデスは冥界を得た。ゼウスとデメテルの意にそむいて，ハデスは彼らの娘ペルセフォネと結婚した。古代の人びとは厄除けのため，彼の名前を発音しようとはせず，その代わりに，さまざまな渾名――たとえば，アゲシラオス，ディス，ポリュデクテス――で呼んでいた。

バテュクレス　カルコンの息子。ミュルミドン人の兵士。アキレウスの下で戦った。

パトロクロス　メノイティオスの息子。オプスの王。アキレウスの無二の親友。二人は言わば校友のようなものだった。なにしろ，二人ともケンタウロスのケイロンを通して学んだのだからだ。アキレウスがアガメムノンの行為に反抗して，戦いから身を引いたとき，パトロクロスは友人の武具を身につけて，多くのトロイア人――なかでも，ゼウスの息子サルペドン――を殺した。しかし，結局はパトロクロスもヘクトルによって殺されてしまい，やっとのことで，アカイア勢は彼の遺骸を回収した。彼に敬意を表して，荘厳な葬礼競技が催され，そして，アキレウスの死後，二人の友の遺灰は混ぜ合わされ，同じ骨壺の中に納められたのだった。

パライモン　ヘファイストスの息子。アルゴナウタイの遠征に参加した。

パラメデス ナウプリオスの息子。有用な多数の発明——数，円盤，灯光標識，秤，物差し，アルファベットのいくつかの字母，歩哨を置く術，とりわけ，ダイスゲーム，チェスゲーム（一種のトランプ）——は，彼に帰せられてきた。オデュッセウスが従軍しないですむように狂気を装ったとき，パラメデスはオデュッセウスの仮面を剥いだ。その後，オデュッセウスはその報復をし，金貨の山を天幕の中に隠してから，パラメデスの裏切りを責め立てた。このため，パラメデスはアカイア勢から石を投げつけられた。

バリオスとクサントス 不死の馬たち。ゼフュロスとハルピュイアのポダルゲとの子供。ポセイドンからペレウスに結婚式の贈物として与えられた。アキレウスはトロイア戦争の折に，第三の馬ペガソスとともに利用した。

パリス プリアモスとヘカベとの息子。母親がこの児の生まれる前に恐ろしい夢を見たため，両親はイデ山にこの乳呑み児を捨てることにした。ところが，一匹の牝熊がこの児に授乳し，そして，羊飼アゲラオスがこの幼児パリスを家に連れ帰ったおかげで，健康で丈夫な男子に成長した。ゼウスがパリスに，三女神（ヘラ，アテナ，アフロディテ）どうしの美の競争を決着させようと考えたために，彼はたいそう厄介な事態に陥った。彼はアフロディテを選んだのであり，そのために，世界で一番美しい女性ヘレネの愛を得たのだが，このことは，トロイア戦争の前触れとなるのだ。パリスはアキレウスを殺したのだが，今度は自分もフィロクテテスによって殺されたのだった。

ハルピュイアたち タウマスとエレクトラとの娘たち。頭部は女で，胴体は鳥の姿をしていた。アエッロ，オキュペテス，ケライノのこと。水夫たちからは嵐をもたらすものと見なされていた。盲目のリネウスが初めて予言の術を実行したため，これを罰すべく，彼女らはリネウスが食卓に就くたびに，その食事を彼女らの糞で食べられなくして，彼を苦しめた。

パン 森林の神。ヘルメスとニンファエのペネロペとの息子。山羊の脚をし，2本の小さな角をもち，全身毛で覆われていた。生まれたときあまりにも醜かったので，母親は——当然ながら——投げ捨てた。けれどもヘルメスが彼を拾い上げて，オリュンポスへ連れて行ったところ，ここでは逆に，みんなからたいそう気に入られた。パンは二つのことが大好きだった——ニュンファエたちを追いかけることと，パンの笛（σῦριγξ）を鳴らすことが。この二つのホビーは密接に関係していたようだ。ニュンファエのシュリンクスはパンの追跡から逃れたくて，ガイアに，自分を葦に変えてくれるように頼んだ。すると，パンはこれを利用して，葦に穴を開け，楽器として使ったのだった。

パンダロス リュカオンの息子。トロイア戦争におけるリュキア人たちのリーダー。弓の巧みな射手として有名だった。パリスとメネラオスとの決闘の直後，メネラオスに矢を放ち，こうして，トロイア勢とアカイア勢との停戦協定を破ることになった。

パントオス トロイアの長老。プリアモスの友。ヒュペレノル，エウフォルボス，ポリュダマスの父親。

ヒケタオン ラオメドンの息子。プリアモスの弟。

ヒッピア アテナの形容語。彼女が馬を好んだために，こう呼ばれた。

ヒッポトオス ペラスゴイ人たちのリーダー。

ヒッポリュテ アレスの娘。アマゾンたちの

ギリシャ神話小事典

女王。ヘラクレスはエウリュステウスの命令により、第九の難業として、彼女が父親から受け継いだ黄金の帯を彼女からかっさらってこなければならなかった。一説では、ヘラクレスは暴力をもって目的を達したというが、別の説では、アマゾンたちのこの女王を自分に惚れ込ませたのだという。前者の説では、ヒッポリュテはヘラクレスに殺されたらしいが、後者の説では、彼女の妹ペンテシレイアの手で、誤って殺されたらしい。

ピュティア デルフォイ神託所の女予言者。アポロンが蛇ピュトンを殺した場所の、三脚台に座って、答えを出していた。ただし、彼女が諜るのは、三日間の断食をした後で、たった年1回だけだった。しかも、彼女の口から出たことはみな、何らの意味も持っていないように見えた。

ピュトン ヘラには親密だった予言する蛇。ある日、レトがゼウスに妊娠させられたとき、嫉妬深いヘラはピュトンに対し、レトの後をどこでも追いかけて彼女がどこでも出産できなくするように命じた。だが、レトは南風ノトにより、デロスという浮遊島に運んでもらい、ここでアルテミスとアポロンを生んだ。一説では、デロスは神々が誕生して後、浮遊するのを止めて、エーゲの中心の4本の黄金の柱の上にしっかり固定したらしい。またさらに、このとき以後、この島ではもう誰も出産することを許されなかったらしい。したがって、デロスの女たちは出産のときには隣りの島々に運ばれたという。アポロンは生後4日目に、ヘファイストスから弓矢を借りて、デルフォイの岩の隙間にいる蛇ピュトンを射って殺した。そしてちょうどその場所に、その後、アポロンのきっともっとも重要な神託所が建てられたのだった。蛇ピュトンに敬意を表して、ピュトン競技が開催された。

ヒュパセ トロイアの少女。作者による虚構の人物。

ヒュプシピュレ 女しか住まなかった島レムノスの女王ミュリナの娘。アルゴナウタイを受け入れ、レムノスの女たちが妊娠するように性交渉と引き換えに水や食物を提供した。ヒュプシピュレはこの企ての過程で、イアソンに惚れ込み、彼から、二人の息子、エウネオス（島の後の王）とネブロフォノスを儲けたと言われている。

ヒュペレノル パントオスの息子。エウフォルボスの弟。トロイア戦争中にメネラオスによって殺された。

ヒュライオス ケンタウロス。アタランタを暴行しようとして、彼女により殺された。

ヒュラス 並外れて美しい若者で、たぶん、ヘラクレスの愛人だったらしい。アルゴナウタイの遠征に参加したが、短い碇泊期間に飲み水を供給するため下船し、何人かのニュンファエたちによって誘拐された。ヘラクレスは泣きながら、島全体を探したが、無駄だった。

ピュルラ アキレウスがリュコメデス王の娘たちの間で女装して隠れたときに、こう名乗っていた。デウカリオン（⇨「デウカリオン」）の妻ピュルラと混同しないこと。

ファノス ディオニュソスの息子。クレタ島に生まれた。アルゴナウタイの遠征に参加した。

ファレロス アルコンの息子。毒蛇が揺り籠の中で彼に迫っていたところを、父により救われた。アルゴナウタイの遠征に参加した。極めて有能な弓の射手として知られた。アテナイの滝ファレロンは彼の名にちなんでいる。

フィロクテテス ポイアスの息子。ヘラクレスから、毒矢の詰まった箙（えびら）と弓を贈られ

た。それというのも，哀れヘラクレスがネッソスの贈った服を着て，これが脱げなくて苦痛のあまり焼死しようとして積み上げた薪の山に点火するのを，彼が手助けしてくれたからである。トロイアへの道中，フィロクテテスは蛇に噛まれた。傷口から出たひどい悪臭のため，アカイア勢は彼を人気のない島に放置した。約10年後，オデュッセウスにより，トロイアへ連れて来られ，ここで彼はパリスを弓の決闘で殺したのだった。

フィロテロス 船長。作者による虚構の人物。

フェレクロス 有名な大工。"建築家"テクトンの息子。"職人"ハルモニデスの孫。彼はパリスとヘレネが逃亡するのに使った船を建造した。

フェレス イアソンとメデアとの息子。イアソンへの仕返しとして，まだ未成年のときに母により殺された。

フォイコス ケンタウロス。アタランタを強姦しようとして，彼女により殺された。

フォイニクス アミュントルの息子。ボイオティアのエレオンの王。父親の愛人を強姦したと不当にも責められて，目をえぐられ，追放された。ペレウスにより拾われ，ケンタウロスのケイロンの奇跡的な力添えにより，視力を回復した。その後，ペレウスが彼にアキレウスの教育を任せ，トロイア戦争でもこの英雄の相談役の任務を負わせた。

フォコス アイアコスの息子。円盤投げの競技で，腹違いの兄弟テラモンとペレウスにより，誤って殺された。

フォボス "恐怖"。アレスの息子。

フォルキュス フリギア人たちのリーダー。トロイア勢の同盟者。

フォロス シレノスの息子。善良なケンタウロスたちのひとり。ヘラクレスをもてなし，ほかのケンタウロスたちの持ち物だったブドウ酒を差し出した。この振る舞いは仲間たちの気にくわなかったし，フォロスはとうとう，ケンタウロスたちとヘラクレスとの戦いにおいて，"事故死"した。

ブテス アルゴナウタイの遠征に参加した。アフロディテの愛人のひとり。

プリアモス ラオメドンの息子。トロイア王。50人の子持ち。その内の19人はヘカベとの子供だった。もっとも有名な子供には，ヘクトル，パリス，トロイロス，デイフォボス，カッサンドラ，ポリュクセネがいた。

ブリアレウス ウラノスとガイアとの息子。100の腕と50の頭をもつ巨人ヘカトンケイレスに属していた。父親から地獄に閉じ込められてから，ゼウスによって解放され，ゼウスとともにティタン神族（ティタネス）と戦った。

フリクソス アタマスとネフェレとの息子。彼を殺そうとした継母イノから逃れるため，彼は妹ヘレと一緒に，金平皮をした牡羊の背中に乗り，コルキスへ高跳びした。あいにく，ヘレは湾に落下したのだが，そこは当時から，ヘレスポントと呼ばれた。フリクソスはコルキスに到着するや，ゼウスにその牡羊を生贄として捧げ，その金羊皮を一本の木に釘で打ちつけた。

ブリセイス ブリセウスの娘。ヒッポダメイアとも呼ばれた。はなはだ不幸な生涯を過ごした。まずトロイア近辺のリュルネソスで彼女の夫を殺したアキレウス（⇨「アキレウス」）の奴隷にされ，それから，妾クリュセイスを失った代償として，アガメムノンが彼女を奴隷にした。

ブリセウス ブリセイスの父親。

プレイアデス 七ニュンファエたちのこと。アトラスとプレイオネとの娘たち。アルカディアに生まれたが，巨人オリオンに追い

回された。ゼウスの助けで，母親とともに天空に逃がれ，そこで星座（プレイアデス星団，昴（すばる））と呼ばれた。プレイアデスの中でもっとも有名なのは，ヘルメスの母マイアである。ほかの六人は，アルキュオネ，アステロペ，ケライノ，エレクトラ，メロペ，タユゲテである。

プレイステネス　しばしば，メネラオスとヘレネとの息子だとされている。

プレクシッポス　テスティオスの息子。アルタイアの弟。カリュドンの猪の毛皮をアタランタの手からもぎ取ろうとしたため，甥メレアグロスにより殺された。

プロテウス　ポセイドンの息子。海の怪物たちの番人。ナイル川合流点のファロス島の傍の海底に住んでいた。彼の専門は動物であれ，元素（火であれ雨であれ）であれ，任意のものに変身することにあった。ここから，プロテウスのように自在に変身できる（proteisch, protéiforme, proteiforme）なる概念は由来している。こういう変身は，誰かがその人の将来を知りたがるときに生じた。かつて，ある人がメネラオスから逃れるために，まず獅子に，次に龍に，そして最後に，豹，猪，樹木，水に変身した。プロテウスは老いたとき，エジプト王になった。

プロテシラオス（"最初に跳ぶ者"）　イフィクロスの息子。彼にこの添え名が付けられたのは，トロイアへのギリシャ遠征軍で最初に船から跳び降り，ヘクトルによって殺されてから後のことに過ぎない。

プロメテウス　人類の恩人。ティタン族のイアペトスの息子。プロメテウスが或る日，一頭の牡牛をいとこのゼウスとシキュオンの民衆との間に分割したとき，ゼウスに属する半分の中にはすべての骨を，民衆用の半分の中には肉のすべてを隠した。このことは，神々の父にまったく気に入らなかった。そこで，彼は人間から火を取り上げることにより，報復した。「汝らが肉を欲しければ，さあ，生で食うがよいぞ。」しかし，プロメテウスは負けてはいなかった。オリュンポスへ昇り，日輪の火花を盗み，この火を地上に持ち帰ったのだ。神々に対するこの第二の侮辱のせいで，彼はコーカサスの岩に縛りつけられ，鷲により毎日肝臓を嘴でつつき出されたのだった。

ペイサンドロス　トロイア戦争では二人のペイサンドロスがいた。一人はトロイア人で，アンティマコスの息子。もう一人はマイマロスの息子で，ミュミドン人たちのリーダーとしてアカイア人の側で戦った。

ペイリトオス　イクシオンとディアとの息子。ラピテス族の王。アルゴナウタイの遠征やカリュドンの猪狩りに参加した。ヒッポダメイアと結婚したとき，ケンタウロスたちも祝宴に招いた。すると，彼らは酔っ払ってから，新妻を盗もうとした。彼はラピテス族，テセウス，ネストルの助力で，かなりの数のケンタウロスを殺した。テセウスと一緒になって，ヘレネをも誘拐したのだが，どちらが彼女を愛人にすべきかの抽籤での決定で負けた。それから，やはりテセウスと一緒に，ペルセフォネをも誘拐しようとしたのだが，ハデスが二人を捕らえて，二つの岩の先端にもう逃れられぬように座らせた。テセウスはやっとのことでヘラクレスにより解放されたのだが，ペリトオスを助ける者はいなかった。

ペイロオス　イングラソスの息子。トラキア人たちのリーダー。

ペガソス　バリオスとクサントス（⇒「バリオスとクサントス」）とともに，アキレウスの戦車を引いた。3頭の馬のうちの1頭。

ヘカテ　ペルセスの娘。魔法と妖術の女神。エムプサや魔女キルケといった，意地悪で

有名な娘たちの母親。

ヘカベ（ローマ人のヘクバ）　とりわけプリアモスの妃として知られている。トロイア陥落後，オデュッセウスの奴隷にされた。一説では，彼女が奴隷にされないように，海に投身自殺したという。別の説では，彼女からの耐えざる侮辱に聞き飽きて，オデュッセウスの仲間から石を投げつけられて殺されたという。彼女が葬られていた石の山を殺人者たちが取り除くと，そこには炎の目をした牝犬が見つかったらしい。

ヘクタ　レオンテスが恋した，トロイアの女。作者による虚構の人物。

ヘクトル　プリアモスとヘカベとの息子。トロイアのなかではもっとも誉れ高い英雄。アンドロマケと結婚し，一人息子アステュアナクスを儲けた。彼は勇敢な兵士，模範的な夫，愛情深い父親の象徴になっている。決闘でパトロクロスを殺し，自分もアキレウスに消された。プリアモスはさんざん懇願した後でやっと，彼の遺骸をアキレウスから取り戻すことに成功した。

ヘスティア（ローマ人のウェスタ）　炉の女神。クロノスとレアとの娘。初めにクロノスに食べられたのだが，ゼウスの干渉により，吐き出された。ヘスティアがギリシャ神話に現われるのはかなり稀であるが，これはおそらく，場所に縛られた女神であるし，本来はひとつの抽象化であるからなのだろう。彼女は（オリュンポスをも含めて）家々を守護してきたのであり，外で見られることは稀だった。

ヘスペリスたち　アトラス（ゼウスにより，世界を両肩の上で支えるよう罰せられたティタネス）の三人の娘たち。アイグレ，エリュテイア（ヘスティアまたはアレトゥサともいう），ヘスペレ（ヘスペルサまたはヘスペレイアともいう）である。彼女らの庭は黄金のリンゴがたわわに実っており，伝説に包まれたアトランティス，つまり，大西洋の真ん中にあった。異説によれば，モロッコにあったともいう。

ペネレオス　ミキステウスの息子。アルゴナウタイの遠征やトロイア戦争に参加した。

ペネロペ　イカリオスの娘。オデュッセウスの妻。テレマコス（⇨「テレマコス」）の母親。忠実な妻のモデルと見なされてきたし，したがって，実際上ヘレネの正反対だった。彼女が結婚したとき，父親イカリオスは彼女が夫と一緒にスパルタの故郷アカルナニアにどうしても留まることを望んだのだが，ペネロペは，「パパ，うちはオデュッセウスとだけで一緒に居たいわ」とでも言うかのように，顔をヴェールで覆った。イカリオスはぴんときて，上品な神殿を建てるだけで自らを慰めた。ペネロペは布を昼間織っては夜間にほどき，こうして夥しい求婚者たちのひとりと結婚する決定を遅らせたことで知られた。

ヘファイストス　ゼウスとヘラとの息子。母親はこの子がほかの神々に比べてかなり醜いのを見て，生後間もなく，海（エーゲ）に投げ落とした。テティスとエリュノメが彼を拾い上げて，海の洞窟で育てた。ヘファイストスは技術にははなはだ恵まれた神であり，数多くの発明を行った。ある日，ゼウスから母を守るため，2回目にオリュンポスから逃げ出して，レムノス島で両脚を骨折した。もっとも美しい女神アフロディテと結婚したが，とめどなく裏切られた。

ヘベ（ローマ人のユウェンタス）　ゼウスとヘラとの娘。青春の女神や神々の酒つぎ係だった。

ヘラ（ローマ人のユノ）　クロノスとレアとの娘。ゼウスの妹で妻。嫉妬の象徴そのものである。ゼウスがその因を成していなかったわけではないが，彼女は執拗な復讐

ギリシャ神話小事典　253

欲にとらわれていた。彼女がトロイア勢に頑固に敵意を抱いたのも，パリス（⇨「パリス」）がアフロディテを彼女よりも美しいと見なしたからだった。彼女の頑固で復讐的な性格を示す一例。

ヘラクレス（ローマ人のヘルクレス）　ゼウスとアルクメネとの息子。彼の出生の状況はまことに冒険的だった。アルクメネはひどくゼウスの気に入ったのだが，彼女は夫アンフィトリュオンに忠実だったし，神々の父の申し出を受諾したりは決してしなかったであろう。そこで，ゼウスはアンフィトリュオンの姿を取るのがよいと考え，姦通をゆっくり味わえるように，時——つまり，太陽，月，時間の経過——を引き留めるのがよいと考えた。この結合からヘラクレスが生まれた。彼はたいそう強かったから，嫉妬深いヘラが彼を殺したくて2匹の蛇を遣わしたのだが，ほんの数カ月の赤児だったにもかかわらず，揺り籠の中で蛇を締め殺してしまった。ヘラクレスが不死身を望んだので，ゼウスはティリュンスとミュケナイの王エウリュステウスが要求する12の仕事を首尾よくやり遂げれば，それを授けることを彼に約束した。エウリュステウスはいくつかの怪物たち，正確には，ネメアのライオン，レルナのヒュドラ，エリュマンタイの猪，ケリュニタの雌鹿，ステュファラの鳥たち，クレタの牡牛，ディオメデスの馬たち，ゲリュオンの牛たち，ケルベロスの地獄の番犬に立ち向かい，そしてさらに，アウゲイアの厩舎を掃除したり，ヒッポリュテの黄金の帯を盗んだり，ヘスペリスたちの庭のリンゴを刈り取ったり，といった多かれ少なかれ，不快な課題を解決するように，彼に強いたのだった。

ペラゴン　アソポス川の息子。パイオンの王。アステロパイオスの父親。

ヘリオス　太陽神。ときにはアポロンと混同された。ヒュペリオンとテイアとの息子。セレネ（月）およびエオス（曙）の兄弟。火を吐く四頭の馬——烈火・火災・灼熱・曙——に引かれた馬車を御していた。朝はエチオピアから昇り，毎夕アドリア海に沈むものとされていた。

ペリクリュメノス　ネレウスの息子。ポセイドンの孫。アルゴナウタイの遠征に参加し，その際に，ヘラクレスと死闘を演じた。祖父ポセイドンからどの動物にでも変身する能力を授けられていたので，彼はまず，英雄の復讐から逃げたが，最後には，鷲になったところ，毒矢に撃たれてしまった。

ペリファス　トロイア戦争では，二人のペリファスがいた。一人はエピュトスの息子で，トロイアの伝令だった。もう一人はオケシオスの息子で，ネオプトレモスの友人だった。

ペリフェテス　コプレウスの息子。ギリシャの兵士。

ペルセウス　ダナエとゼウスとの息子。ダナエの父，アルゴス王アクリシオスは，ペルセウスに殺されるだろうとの予言のせいで，娘と孫を箱に詰めて海に投げ入れた。ところが，セリフォス島の近くで，彼らは無事に陸地に漂着した。島の王ポリュデクテスはダナエに惚れ込んだため，少年を追い払おうとして，彼に超人的な課題を課した。そこで，ペルセウスはグライアイ（⇨「グライアイ」）から彼女らの共同の一つ目や，共同の一本の歯を盗むことにより，隠れ頭巾や翼のあるサンダルの秘密のありかについての情報を彼女らに白状させた。これらを用いて，彼はゴルゴンたちのところに飛んで行き，メドゥーサ（⇨「メドゥーサ」）を殺すことができた。誰でもその顔を眺めた者を石に変える

メドゥーサの頭でもって，それから彼はポリュデクテスとその部下たちを根絶してしまった。最後に，アルゴスに戻ったが，祖父は依然として予言を怖がっていたので，ラリサへ逃亡した。ペルセウスはその後を追いかけて，アルゴスに戻るよう祖父を説得することができたのだが，しかし，円盤投げ競技で，そのつもりがないのに，祖父を殺してしまう。このことへの苦しみから，ペルセウスはもはやアルゴスへ帰還はしないで，ティリュンスに避難所を求め，ここで王となり，ペルシャのアカメニデス朝を創始した。

ペルセフォネ（ローマ人のプロセルピナ）ゼウスとデメテルとの娘。ハデスに誘拐されて，冥界へ連れ去られた。母親である穀物の女神は，九日九晩彼女を探し求めて，とうとう誘拐者の名前を割り出した。そこで，ゼウスはハデスに対し，少女を返してやるよう命じた──ただし，少女がまだ死者の食物を食べていない場合だけという条件で。ペルセフォネはずっと何にも一切手をつけていないと誓い，そして，すでに帰郷しにかかっていたとき，アスカラフォスという名の庭師が彼女の嘘を暴いて言った，「正直に言うけど，俺は奥さんが柘榴(ざくろ)の種を食べるのを見たよ」。柘榴（当時から，死者たちの果実になった）の事件はこの取引の妨げになった。デメテルはストライキに入り，どの樹木，どの穀物にも結実させないように命じた。やがて，畑は不毛になり，その結果，人類は死滅しそうになった。そこで，ゼウスはまたも介入し，新たな調停案を持ちだした。つまり，ペルセフォネは一年のうち九カ月を母親と過ごし，三カ月を父親と過ごすように，と。デメテルは合意したのだが，娘が冥界にいる三カ月の間は，仕事を放棄した（こうして，冬を惹起した）。スパイのアスカラフォスはこの女神によって，メンフクロウに変えられた。

ヘルマフロディトス ヘルメスとアフロディテとの息子。生まれたときは男だった。ところがそれから，ある日彼がニュンファエのサルマキスからあまりにも情熱的に抱擁されたために，神々は心を動かされて，彼ら二人の身体を，二つの性器を持つ単一体に融合してしまったのである。

ヘルメス（ローマ人のメルクリウス）ゼウスとマイアとの息子。神々の使者で，泥棒の神。ある洞窟の中に生まれ，出生の日に早くも亀の甲で竪琴を作った。それから，アポロンの所有していた家畜を盗み，そして，この神から家畜の返還を要求されると，ヘルメスは代わりに，自分で発明したばかりの竪琴を贈った。ヘルメスは翼のあるサンダルを履き，先のとがった帽子（ペタソス）を頭にかぶり，その使者としての役割を表わす，伝令使の杖（caduceus）──先端に2匹の蛇が巻きついている──を片手にした，ひげをたくわえた若者として表わされてきた。

ヘルミオネ メネラオスとヘレネとの並外れて美しい娘。当初父親はオレステスに彼女を嫁として約束したのだが，それから考えを変えて，アキレウスの息子ネオプトレモスに娘を与えた。ヘルミオネは夫ネオプトレモスの妾でヘクトルの先妻アンドロマケを殺害し，そして夫がオレステスによって殺されてから，彼と結婚し，こうして，彼女の初恋は成就されたのだった。

ペレウス アイアコスの息子。テラモンの兄。武器の扱いではあまり恵まれなかった。誤って，腹違い兄弟のフォロスを殺したし，カリュドンの猪狩りでは，義父エウリュティオンをやはり誤って殺めてしまった。ケンタウロスたちの手に渡って，食い裂かれそうになったとき，心根の優しいケ

ギリシャ神話小事典

ンタウロスのケイロンが救出してくれた。ゼウスの命令でテティスと一緒になり、アキレウスが生まれた。ペレウスはアルゴナウタイの遠征にも参加した。

ヘレネ 女神ネメシスはゼウスのしつこい求愛を逃れるために，魚，鼠，蜂，のろ鹿，その他の動物に変身した。しかし，このことは何にもならなかった。というのも，ゼウスは同時に，ビーバー，猫，モンスズメバチ，ライオン，といったようなさまざまな肉食動物に変身したからだ。無数の変身の最中に――彼女がガチョウ，ゼウスが白鳥になったとき――ゼウスは彼女を犯すことに成功した。そこから生まれた卵はゼウスに取り上げられて，レダ――スパルタ王テュンダレオスの妃――が或る日足を広げて椅子の上に座っていたとき，その腹の中に収められた。この卵からヘレネ，クリュタイムネストラ，カストルとポルクスが生まれた。だが，これら四人全員がゼウスの子供ではなかった。その日，レダは夫とも寝たからだ。絶世の美女として，ヘレネは波瀾に富む生涯を送った。まだ少女だったとき，テセウスによって初めて誘拐され，それからメネラオスと結婚したが，パリスにより再度誘拐された。最後にデイフォボスと結婚させられ，その後，またもメネラオスと再婚した。一説では，あの世でもアキレウスと関係を持ったという。

ヘレノス プリアモスとヘカベとの息子。カッサンドラと双子。神託に精通。ヘクトルの死後，トロイア軍の指揮を執った。しかし，パリスの死後，人びとはヘレネを彼の妻にしようとしなかったので，彼はアカイア勢の許に逃亡し，トロイアを最終的に降伏させるのに必要な条件をすべてオデュッセウスに打ち明けた。すなわち，パラディオンを盗み，ペロプスの遺骨をトロイアへ送還し，ネオプトレモスとフィロクテテスがヘラクレスの弓矢を持って参戦し，最後に，木馬を建造すること，である。ネオプトレモスと一緒にギリシャに移り，後者の死後，その王国を継承し，ヘクトルの先妻アンドロマケと結婚した。

ヘロフィロス ポセイドンとアフロディテとの息子。

ペロプス タンタロスの息子。アトレウスおよびテュエステスの父親。ペロポンネソスなる名称の元になった。一家の内輪の恥は，ソフォクレス，アイスキュロス，エウリピデスといった詩人たちの空想をかき立て，ギリシャ悲劇の成功に著しく貢献した。ペロプスがまだ赤児だったときに，父親により八つ裂きにされて，煮られ，神々の食事に出された。しかし，神々がこの奸計を見破り，タンタロスは罰され，ペロプスは蘇生させられた。

ペロペイア テュエステスの娘・愛人。

ペンテシレイア アレスの娘。アマゾンたちの女王。誤って姉ヒッポリュテを殺してしまい，その後，罪を清算するためにトロイアのプリアモス王の許に赴いた。ここでは戦争の最中なのを知って，トロイア勢の側につくのが義務だと考えた。アキレウスに対抗して戦ったが，彼に殺され，死後犯された。

ポイアス マグネシア人タウマコスの息子。フィロクテテスの父親。アルゴナウタイの遠征に参加した。

ポセイドン（ローマ人のネプトゥヌス） クロノスとレアとの息子。ゼウスおよびハデスの弟。海神。生れ落ちるや，父親から呑み込まれたが，それから，ゼウスがクロノスに催吐薬を飲ませたとき，再び吐き出された。ポセイドンは海底の黄金の宮殿に暮らしていた。そこから出るときは，青銅の蹄のある2頭の馬に引かれた馬車に乗るのだった。テルキネス（⇨「テルキネス」）

から贈られた三叉の戟(ほこ)が彼の権力の象徴だった。

ポダルケス イフィクロスの息子。プロテシラオスの弟。当時、アキレウスに次ぐ、最速ランナーとして知られた。アマゾンのクロニアは彼により殺された。

ポダレイリオス アスクレピオスの息子。マカオンの弟。父や兄と同じく、優れた医者だった。専門は外科よりも内科であって、外科ではマカオンのほうが優れていた。

ポデス エエティオンの息子。トロイアの兵士。

ホラたち（ホライ） ゼウスとテミスとの娘たち。当初は3姉妹——エウノミア（"秩序"）、ディケ（"正義"）、エイレネ（"平和"）——だけだったが、その後、5姉妹（タロとカルポが加わる）になり、最後には12姉妹、24姉妹になってしまった。

ポリュクセネ プリアモスとヘカベとの娘。弟トロイロスがアキレウスに殺害されるのを目撃させられ、アキレウスに復讐することを誓った。彼女はこの英雄に恋している振りをし、代償としてヘクトルの遺骸を返還してもらうよう頼んだ。アキレウスと一緒に陣営で寝たとき、身体のどの部分が傷をつけられるのか、打ち明けさせる。それから、テュンブレのアポロン神殿に彼を誘い込み、ここで弟パリスに彼の踵を撃たせた。この行為を彼女は後に生命をもって償うことになる。トロイアの没後、ネオプトレモスは彼女をアキレウスの墓の上で生贄に捧げたからだ。

ポリュデグモン ハデス（⇨「ハデス」）の異名。

ポリュドロス プリアモスとラオトエ（またはヘカベ）との息子。ホメロスによると、彼はアキレウスによって殺されたらしい。異説では、トロイアの陥落以前は彼は多量の黄金とともに安全な場所——ケルソネス王ポリュメストルの許——に置かれた。しかし、トロイアが陥落するや、このポリュメストルはポリュドロスを殺し、黄金を独占してしまったという。

ポリュフェモス ポセイドンとヒッペアとの息子。有名なキュクロプスと混同しないこと。彼はアルゴナウタイの遠征に参加した。

ポルクス ⇨「カストルとポルクス」。

ポルケス ポセイドンがラオコンを締め殺すために遣わした、海の2匹の怪物の内の1匹。もう1匹はカリボイアだった。

ボレアス アストライオスとエオスとの息子。寒いトラキアに暮らし、北風を体現していた。その兄弟には、西風ゼフュロス、南風ノトスがいた。

【マ行】

マイア プレアデス星団の中のひとり。アトラスの娘。ゼウスと結合し、ヘルメスを生んだ。

マイナスたち（ローマ人のバッカンテス）ディオニュソスの女信者たち。絶えずきづたの葉っぱ（またはほかの植物の葉っぱ）を噛んでおり、そして"狂乱状態に陥って"狂宴の儀式になるのだった。

マカオン アスクレピオスの息子。ホメロス時代のもっとも著名な外科医。弟ポダレイリオスと一緒に、父アスクレピオスから医術を学んだ。兄弟は一緒に、トロイア戦争にも参加し、彼らはそこで、わけてもメネラオス、テレフォス、フィロクテテスを治療する機会があった。

マラフィオス メネラオスとヘレネとの息子だったらしい。

マルペシア アマゾンたちの女王。トラキアとシリアを征服し、王国をエーゲ海にまで拡張した。

ミニテュイア アマゾンたちの女王。

ミノス クレタ王。パシファエの夫。王座に即くために，ポセイドンにこれまで見たこともない極美の牡牛を生贄に捧げることを約束した。この神は海から，白い毛皮のすばらしいのをミノスに贈ったが，彼は出し惜しみして，別の牡牛を生贄に捧げるほうを選んだ。そこで，ポセイドンは立腹し，ミノスの妻パシファエがその牡牛に惚れ込むように仕向けた。この動物と合体して，妊娠し，人肉を食べる半人半牡牛の怪物ミノタウロスを産んだ。ミノスはそのため，建築家ダイダロスに迷宮を建造させ，そこに怪物を隠した。誰にも迷宮の秘密がばれないようにするため，その中にダイダロス本人とその息子イカロスも一緒に閉じ込めた。ところが，二人はダイダロスが余分につくっておいた蠟の二つの翼のおかげで脱出することができた。ミノタウロスを満足させるため，ミノスはとうとう，配下の諸都市に，年貢として七人の若者と七人の少女を怪物に献じるよう命じた。アテナイ市が仕立てた遠征のひとつに，英雄テセウスが進んで参加し，ミノスの娘アリアドネの助けのおかげで，彼はミノタウロスを殺すことができた。冥界では，ミノスは死者たちの霊魂の裁判官になった。

ミノタウロス 血に飢えた神話上の怪物。クレタ王ミノス（⇒「ミノス」）の妃パシファエが，牡牛を愛したために生まれた。テセウスによって殺された。

ミュリナ アマゾンたちの女王バティエイアの異名。当初リビアの女王として，王国の男たちをみな殺しにした。その後，レムノスに移り，ここでも実際上同じことをした。ヒュプシピュレの母。トアスの妻。

ムーサたち ゼウスとムネモシュネとの娘たち。九人おり，アポロンに守られてヘリコン山に住んでいた。銘々が一つの技芸を守護した。すなわち，カリオペは叙事詩と雄弁術を，クレイオは名声と歴史を，エラトは恋愛詩を，エウテルペは音楽を，メルポメネは悲劇を，ポリュヒュムニアは多くの歌（物まね）を，タレイアは喜劇を，テルプシコレは踊りを，ウラニアは天文を守護した。

ムニッポス キッラの息子。プリアモスの孫。

ムネモシュネ（"記憶"） ウラノスとガイアとの娘。九人のムーサたちの母親。

ムネモン "記憶する者"を意味する。テティスが彼をアキレウスの同伴者にして，アポロンの息子たちを決して殺すことのないようにと，絶えずアキレウスに思い出させようとした。さもなくば，彼も今度は神に殺されるからだ。ムネモンは30分ごとにアキレウスに大声で繰り返すことにしていた。あいにく，彼はアキレウスがまさしくアポロンの息子キュクノス（⇒「キュクノス」）を殺したとき，沈黙した。この怠慢のせいで，ムネモン自身もアキレウスにより殺されてしまった。

メデア アイエテスの娘。もっとも論議の対象となってきた人物。イアソンに恋し，自分の父がコルキスの森の中に保管しておいた金羊皮を彼が盗み出すのを助けた。父親が海上から追跡してくるのを遅らせるために，幼い弟アプシュルトスの身体を切り刻み，海中に投げ入れた。秘薬や妖術に精通していた彼女は，イアソンの友人ペリアスに対して，お湯に入ると若返ると納得させてから，煮え湯の鍋の中に飛び込ませることができた。イアソンがクレウサと結婚するために，彼女を見捨てたときには，彼との間に儲けた三人の子供の内の二人を殺した上，花嫁には毒入りの結婚衣裳を贈った。これを着た花嫁は際限のない苦しみのうちに死んでしまった。

メドゥーサ 三人のゴルゴンたち（⇒「ゴ

ルゴンたち」)のうちで最年少。生まれたときに絶世の美女だったが,その後,アルテミス像の前でポセイドンと寝るという過ちを犯した。この女神は処女神だったから,このことで深く侮辱されたと感じた。そして,メドゥーサを頭髪がシュッシュッいう蛇,歯が猪の長い牙,爪が青銅で,目からは炎を吹き出し,蝙蝠の翼の付けた,恐ろしい怪物に変えてしまった。彼女を見た者は石化した。しかし,ペルセウスは盾に映った彼女の顔だけを見つめることにより,彼女を殺すことができた。メドゥーサの切断された胴体からは,ポセイドンの二人の息子——クリュサオルと,翼のある天馬ペガソス——が飛び出した。メドゥーサの右脇から流れ出た血の滴から,女神アテナは死者をよみがえらせられる薬φαρμακόνをつくり,左脇からのそれからは毒をつくった(⇨「アスクレピオス」)。

メネスティオス トロイア戦争におけるミュミドン人たちのリーダー。

メネステウス ギリシャの兵士。ヘクトルにより殺された。

メネラオス アトレウスの息子。アガメムノンの兄。ヘレネと結婚したが,それからパリス(⇨「パリス」)のせいで見捨てられたことで有名になった。ヘレネとの間には一人娘ヘルミオネだけを儲けた(ほかにもいろいろ子供がいたという説もある)。メネラオスは一人の女奴隷との間に,メガペンテス("大きな苦しみ"を意味する。これにより,彼が妻からいかに苦しめられたかを強調しようとしたのだった)という名の息子を儲けていた。ヘレネが取り戻されたとき,当初彼は彼女を殺そうとしたのだが,それから,その美貌に負けて,彼女を許すほうを選んだのだった。

メノイティオス オプスの王。アクトルの息子。パトロクロスの父親。

メムノン ティトノスとエオスとの息子。エチオピアおよびエジプトの王。有色人ではもっとも美男子とされてきた。プリアモスを助けるためにトロイアへやって来て,多数のアカイア人,わけても,ネストルの息子アンティロコスを殺した。彼自身もそれから,アキレウスにより長い決闘の後で殺された。葬儀の間に,彼の灰は猛禽類(メムノディデスと呼ばれた)に変化し,彼の母親の涙は露に変わった。

メラニッペ おそらく,アマゾンたちの女王アンティオペ(⇨「アンティオペ」)の異名。ヘラクレスに捕らわれていた姉ヒュッポリュテを解放することができたが,自分が今度はテラモンによって殺された。

メランポス アミュタオン(または,毒舌家によるとポセイドン)とイドメネとの息子。ビアスの兄弟。"黒い足"と呼ばれたわけは,母親が乳児の彼を1時間,両足を天日にさらしたまま,木陰に放置したからである。メランポスがかつて2匹の死んだ蛇をきちんと埋葬し,その子の面倒を見てやったため,動物たちからたいそう好かれた。彼は馬類,四つ足の動物,昆虫たちの言葉すらも聞き分けることができた。この才能のおかげで,ある日彼は2匹の木食い虫の会話に聞き耳を立て,木の梁の落下を予見することができた。彼はアルゴナウタイの遠征に参加した。

メリオネス クレタの司令官。イドメネウスの仲間。パトロクロスの葬礼競技での弓術で勝利した。

メルメロス イアソンとメデアとの息子。未成年者のときに,母親により,イアソンへの復讐者として殺された。

メレアグロス オイネウスとアルタイアとの息子。デイアネイラの兄。生まれたとき,モイラたちの予言で,暖炉の中で燃えてい

る薪がすっかり燃え尽きるまで生きるだろうと知らされた。そこで、オイネウスとアルタイアは火の中から薪を取り出し、一種の金庫の中に隠した。しかし、メレアグロスがおじたちを殺したとき、母親は兄弟の死の復讐として、薪を火の中に投げ入れた。メレアグロスの死後、英雄の母親と姉妹は集団自殺をし、アルテミスが彼らをホロホロ鳥に変えてやった。

モイラたち （ローマ人のパルカエ）ときにはエレボス（暗闇）とニュクス（夜）との娘たちとされている（ヘシオドス『神統記』第217章）が、ときにはゼウスとテミスとの娘、ときにはアナンケ（必然）の娘とされることもある（プルタルコス『天才ソクラテス』、591b）。また、アナンケの姉妹とされることもある（プラトン『国家』X, 14）。彼女らは人間の誕生日から息を引き取るまでつきまとった。クロト（"紡ぐ女"）が生命の糸を織り、ラケシス（"切断する女"）がその長さを確かめ、そしてアトロポス（"逃れられない女"）が最期にそれを切断していた。

モプソス アポロンとマントとの息子。あらゆる時代を通じて、おそらくもっとも有能な予言者。カルカスを予言競技で打ち負かしてから、彼を自殺させた。

モモス ヒュポノスとニュクスとの息子。悪口の神。ヘレネを生ませ、こうして、広く混乱を挑発させるように、ゼウスを説得した。

モルフェウス ヒュプノスとニュクス（夜）との息子。睡眠の神。軽くて大きな翼のある老人と想像されてきた。あまりにも軽やかにベッドに近づくため、誰もその顔を見ることができなかった。オウィディウスによると、二人の兄弟がいた。一人は美しい夢の神ファンタソス、もう一人はひどい夢（悪夢）の神フォベトルである。名詞"モルヒネ"はモルフェウスの名前に由来する。

【ラ行】

ラエルテス とりわけ、オデュッセウスの父親として知られる。だが、そうではなかった可能性もある。なにしろ、彼の妻アンティクレイアは、オデュッセウスが生まれる九カ月前に、シシュフォスによって犯されたからだ。オデュッセウスがトロイアからイタケへ帰還したとき、ラエルテスはまだ生存していた。そして、もうたいそう老年だったけれども、息子を助けて求婚者たちを追い払ったのだった。彼はアルゴナウタイの遠征に参加した。

ラオゴノス トロイアの兵士。

ラオコン アンテノルの息子。アポロンの神官。木馬をトロイア市に引き入れることに反対したことで知られる。アカイア勢からの奇妙な贈物に否定的意見を表明するや否や、蛇の形をした海の2匹の怪物が海から姿を現わし、怖がっているトロイア人たちの目の前で、彼をその二人の幼児もろとも押しつぶしてしまった。

ラオダメイア 女彫刻師。アカストス王の娘。プロテシラオスと結婚したが、一緒に過ごせたのは結婚の夜一晩だけだった。夫がトロイアで死ぬと、ペルセフォネに、一晩だけ生きた姿で帰らせてもらうようお願いした。女神がこの願いをかなえてやると、ラオダメイアはこの時間を活かして、毎晩抱いて眠れるように夫の蠟の立像を仕上げてしまう。父アカストスは娘が気が狂ったものと思い、この立像を煮たっている油の鍋の中に投げ込むと、ラオダメイアもすぐその後から鍋の中に身を投じたのだった。

ライトエ プリアモスの女奴隷。リュカオンとポリュドロスの母。

ラオドコン トロイアには，ラオドコンという名をもつ者が二人いた。一人はアカイア人，もう一人はトロイア人だった。ここでわれわれに関係があるのは，トロイアでもっとも賢明な男の一人，アンテノルの息子で，ラオコンの弟のことである。

ラオメドン トロイア王イロスとエウリュディケの息子。プリアモス，クリュティオス，ヘシオネ，ヒケタオンの父親。アポロンとポセイドンにトロイア市壁の建造に際して助けを乞うたのに，その仕事が完成したとき，約束の報酬の支払いを拒んだ。神々はこれを怒り，ポセイドンは海の怪物を彼に送った。この怒りを鎮めるために，ラオメドンは娘ヘシオネを生贄として岩に縛りつけねばならなかった。しかし，彼女はヘラクレスにより救出された。

ラケシス "糸を切断する女"。三人のモイラたちのうちの一人。人間の生命の糸がいつ終わるかを測るのが仕事だった。

ラトナ ギリシャの女神レトのラテン名。コイオスとフォイベとの娘。ゼウスにより妊娠させられ，そのために，ヘラから迫害された。ヘラは彼女に蛇ピュトン（⇨「ピュトン」）をつきまとわせて，ラトナがどこでも出産できないようにさせた。それでも，彼女は南風ノトスで飛翔し，浮遊島デロスに運んでもらい，ここでアポロンとアルテミスを生んだ。

ラニュジア レオンテスの妹。作者による虚構の人物。

ラミア ベロスとリビュエとの娘。ゼウスに愛された。ヘラは嫉妬して，スキュラ（⇨「スキュラ」）を除き，彼女の子供をみな殺しにした。哀れラミアは悲痛から正気をなくし，間もなく，ぞっとする女に急変してしまい，他人の子供たちをかっさらった。夜中には，彼女は眠っている間を監視できるよう，自分の目を抜き出しておくのが慣わしだった。

ランパド アマゾンたちの女王。

ランポス ラオメドンの息子。トロイアの長老たちの一人。

リタイ ゼウスの娘たち。後悔している者が被害者に対して訴えかける嘆願を象徴する。

リュカオン プリアモスとラオトエとの息子。アキレウスによって殺された。

リュコフロン アカイアの兵士。マストルの息子。テラモンの息子アイアスの盾持ち。

リュコメデス スキュロス島の王。この王の許に，テティスは息子アキレウス（⇨「アキレウス」）を女装させてから，隠した。リュコメデスはテセウスをも隠まったが，この英雄に王座を簒奪されはしまいかと怖れて，彼を岩から投げ落として殺したのだった。

リュシッペ アマゾンたちの女王。自分の息子タナイスに病的な愛情を抱き，そのために，アマゾンたちの掟――どの男もすべて国から追放すべしという――を破った。どうやら，この愛情はアフロディテが，結婚を毛嫌いしているリュシッペを罰しようとして，挑発したものらしい。タナイスのほうは，近親相姦を回避するために，自殺したとも言われている。

リュストデモス ロクリスの兵士。作者による虚構の人物。

リュンケウス アファレウスの息子。イダスの双子兄弟。アルゴナウタイの遠征にもカリュドンの猪狩りにも参加した。この双子兄弟はレウキッポスの娘たち――フォイベとヒラエイラ――と結婚しようとしたとき，彼女らはディオスクロイ（⇨「ディオスクロイ」）によって誘拐された。その後の争いで，イダスはカストルを殺したが，他方，リュンケウスのほうはポルクスによって殺された。

ギリシャ神話小事典 261

レア ウラノスとガイアとの娘たちである，ティタン女族のひとり。クロノスの妹にして妻。クロノスとはなかんずく，ゼウス，ヘラ，デメテル，ヘスティア，ポセイドン，ハデスを儲けた。クロノスが子供のひとりによって王位を追われるのを防ぐために自分の子供を呑み込むことに気づいたとき，彼女は最近生まれたばかりのゼウスの代わりに，おむつの中に石をくるみ，夫にこれを食べさせた。それから，ゼウスをこっそりクレタ島で育てたのだった。

レウキッポス メッセニアの王。レウキッポスの二人の娘——フォイベとヒラエイラ——の父として知られる。二人は最初，カストルとポルクスによって誘拐され，その後，双子兄弟イダスとリュンケウス（⇨「リュンケウス」）と結婚した。

レオンテウス トロイア戦争におけるテッサリアのリーダー。

レオンテス ガウドス島の青年。作者による虚構の人物。

レソス トラキア人たちのリーダー。トロイア勢の同盟者。その白馬で有名だった。予言では，この白馬たちがスカマンドロス川の水を飲まされない限りは，トロイアが敵の手に陥ることはないとのことだった。レソスは眠っているところをオデュッセウスとディオメデスによって殺された。

レダ テュンダレオスの妻。ヘレネ，クリュタイムネストラ，カストルとポルクスの母親。一説では，白鳥に変身したゼウスにより暴行されたというが，異説では，ネメシス＝鵞鳥がゼウス＝白鳥とつくった卵を受け入れただけだという（⇨「ヘレネ」）。

レト ⇨「ラトナ」。

ロドス ポセイドンとアフロディテとの息子（一説では，娘）。

［著者略歴］

ルチャーノ・デ・クレシェンツォ（Luciano De Crescenzo）
1928年ナポリ生まれ。ナポリ大学卒業後20年間IBMイタリア支社に勤務。1977年TVに出演後、処女作『クレシェンツォ言行録──ベッラヴィスタ氏かく語りき』が爆発的なベストセラーとなったのを機に転身。その後、数多くの書物を出版し、世界25ヶ国で計1800万部以上刊行。テレビ司会者、映画監督、脚本家、俳優としてマルチな活躍をしてきた。
主な邦訳書に『物語ギリシャ哲学史Ⅰ、Ⅱ』『楽しいギリシャ神話ものがたり』『疑うということ』『クレシェンツォのナポリ案内』『ベッラヴィスタ氏分身術』『クレシェンツォ自伝』『ベッラヴィスタ氏ユーモア名語録』ほか。

［訳者略歴］

谷口伊兵衛（たにぐち・いへえ）
1936年福井県生まれ。東京大学大学院西洋古典学専攻修士課程修了。京都大学大学院伊語伊文学専攻博士課程単位取得退学。翻訳家。元立正大学教授。
主な著書に『クローチェ美学から比較記号論まで』、『都市論の現在』（共著）、『ルネサンスの教育思想（上）』（共著）、『エズラ・パウンド研究』（共著）、『中世ペルシャ説話集──センデバル──』ほか。訳書多数。

ジョバンニ・ピアッザ（Giovanni Piazza）
1942年 イタリア・アレッサンドリア市生まれ。スウェーデン・ウプサラ大学卒業。ピアッ座主宰。イタリア文化クラブ会長。
主な訳書に、『イタリア・ルネサンス 愛の風景』、アプリーレ『愛とは何か』、バジーニ『インティマシー』、クレシェンツォ『愛の神話』、サラマーゴ『修道院回想録』（いずれも共訳）ほか。

現代版 ホメロス物語　ヘレネよ、ヘレネ！ 愛しのきみよ！

2018年2月25日　第1刷発行

著　者	ルチャーノ・デ・クレシェンツォ
訳　者	谷口伊兵衛／ジョバンニ・ピアッザ
発行所	有限会社 而立書房
	東京都千代田区神田猿楽町2丁目4番2号
	電話 03 (3291) 5589 ／ FAX 03 (3292) 8782
	URL http://jiritsushobo.co.jp
印　刷	株式会社 スキルプリネット
製　本	壺屋製本 株式会社

落丁・乱丁本はおとりかえいたします。
Japanese translation Ⓒ Ihee Taniguci / Giovanni Piazza, 2018.
Printed in Japan
ISBN 978-4-88059-404-0　C0097

〔ルチャーノ・デ・クレシェンツォの本〕

ルチャーノ・デ・クレシェンツォ／谷口勇 訳　1986.11.25 刊
四六判上製
物語ギリシャ哲学史 I　ソクラテス以前の哲学者たち
296 頁
定価 1800 円
ISBN978-4-88059-098-1 C1010

古代ギリシャの哲学者たちが考え出した自然と人間についての哲理を、哲学者たちの日常生活の中で語り明かす。IBM のマネジャーから映画監督に転身した著者は、哲学がいかに日常生活に関わっているかを伝えてくれる。

ルチャーノ・デ・クレシェンツォ／谷口伊兵衛 訳　2002.10.25 刊
四六判上製
物語ギリシャ哲学史 II　ソクラテスからプロティノスまで
302 頁
定価 1800 円
ISBN978-4-88059-284-8 C1010

鬼才クレシェンツォの魔術にかかると、古代アテナイで馴染みの偉大な思想家たちが歩きまわり、現代ナポリで顔なじみの隣人が哲学的に生きている。前篇に続く、有益で楽しい哲学史ものがたり。各国語に翻訳され、いずれも大成功。

ルチャーノ・デ・クレシェンツォ／谷口伊兵衛 訳　2003.11.25 刊
四六判上製
物語中世哲学史　アウグスティヌスからオッカムまで
216 頁
定価 1800 円
ISBN978-4-88059-308-1 C1010

『物語ギリシャ哲学史』にひき続いて、本書では「魔女」、「蛮族」や「十字軍」まで登場。〈神との対話〉が絶対であった中世を興趣深く語る。愉快この上ない面白哲学講義。イタリアのジャーナリズム界の話題をさらった一冊。

ルチャーノ・デ・クレシェンツォ／谷口伊兵衛 訳　2012.9.25 刊
四六判上製
ベッラヴィスタ氏分身術（ダブル）
160 頁
定価 1500 円
ISBN978-4-88059-375-2 C0097

書斎の書架の後ろに偶然見つけたドアを開くと、時間の経過しない部屋があった。そこに居ると、平行の世界から自己と等身の分身（ダブル）が現れる。ドストエフスキーやシャミッソーなど、分身文学の衣鉢を継ぐユーモア小説。

ルチャーノ・デ・クレシェンツォ／谷口伊兵衛 訳　2008.2.5 刊
四六判上製
クレシェンツォ言行録　ベッラヴィスタ氏かく語りき
280 頁
定価 2500 円
ISBN978-4-88059-341-8 C0010

クレシェンツォの処女作。ニーチェの『ツァラトゥストラ』に擬して著した、現代に向けての言行録。想像を絶する交通渋滞、ロトに熱中する市民、どうしようもない失業率と貧困問題……それでもナポリ市民は〈楽園〉の中で陽気に暮らしている。

ルチャーノ・デ・クレシェンツォ／谷口伊兵衛、G・ピアッザ 訳　2003.9.25 刊
B 5 判上製
クレシェンツォのナポリ案内　ベッラヴィスタ氏見聞録
144 頁
定価 2500 円
ISBN978-4-88059-297-8 C0025

ベッラヴィスタ氏を名のる市井哲学者クレシェンツォが撮影した、南イタリアはナポリの下町風景に、エスプリのきいた文章をつけて、自己の生い立ちの背景と、都市国家的性格をもつイタリアの断面を照射する。図版多数。

ルチャーノ・デ・クレシェンツォ／谷口勇、G・ピアッザ 訳　1995.4.25 刊
四六判上製
疑うということ
128 頁
定価 1500 円
ISBN978-4-88059-202-2 C0010

侯爵夫人の 65 歳の晩餐会の席に、邸の前でエンストを起こした技師も招待されることになった。その夜、技師は、あったかもしれない過去とその結果招来するであろう未来をテレビに映して見せる。"偶然と必然"をテーマに読者を哲学の世界に誘う。